Tina N. Martin

APFELMÄDCHEN

THRILLER

Deutsch

Leena Fle

blanvalet

Die Originalausgabe erschien 2021 unter dem Titel
»Befriaren« bei Bokförlaget Polaris, Stockholm.

MIX
Papier | Fördert gute Waldnutzung
FSC® C014496

Penguin Random House Verlagsgruppe FSC® N001967

3. Auflage 2023

Redaktion: Ingola Lammers
Umschlagmotiv: plainpicture/Dave Wall und DEEPOL
by plainpicture/Peter Lyden.
Umschlaggestaltung: buerosued.de
BL · Herstellung: sam
Satz: Buch-Werkstatt GmbH, Bad Aibling
Druck und Bindung: GGP Media GmbH, Pößneck
Printed in Germany
ISBN 978-3-7341-1165-5
www.blanvalet.de

Die Dunkelheit, sie ist allumfassend. Hüllt sie wie Nebel ein und raubt ihr die Sicht.

Sie blinzelt, aber nichts tut sich. Dieser Raum ist nicht dafür vorgesehen, dass Licht hereinfällt.

Es riecht nach Sägespänen und frisch gehobeltem Holz. Ihr schwirrt der Kopf, aus Panik wird Hysterie, die beinahe erstickend ist. Sie hat solche Todesangst, wie sie es nie für möglich gehalten hätte.

Sie kommt hier nie wieder weg. Niemand wird sie retten. Denn wer würde je daraufkommen, dass sie hier ist?

Es geht zu Ende mit ihr. Hier in diesem dunklen Raum stirbt sie. Hier, wo es so stark nach Holz riecht.

Allmächtiger.

Hilf mir.

Freitag, 21. August

Vidar Vendel ist siebenundfünfzig, Geschäftsführer eines Energieunternehmens und nicht erst seit gestern gut betucht. Außerdem ist er glücklich mit Eva verheiratet.

Mit dem Sakko seines hellgrauen Leinenanzugs in der Hand ist er an diesem ungewöhnlich heißen Augustabend auf dem Weg nach Hause. Als er in die Straße einbiegt, in der Eva und er wohnen, atmet er den lauen Duft welken Laubs ein. Ihr gelbes Einfamilienhaus steht in Sävast südöstlich von Boden und nur wenige Kilometer von der norrbottnischen Küste entfernt im Neubaugebiet. Die Nachbarn sind nett, die Häuser teuer, die Birken noch jung, der Rasen wird ordentlich gemäht.

Kurz bevor Vidar hoch zu ihrem Haus abbiegt, wirft er einen Blick über die Schulter. Ihre Zufahrt ist die längste in der ganzen Siedlung: pechschwarzer, blitzblanker Asphalt, flankiert von Pflastersteinen und niedrigen Büschen. Eva liebt ihren Buchs und schneidet ihn zu akkuraten kleinen Kugeln. Vidar hat den Reiz von zu unnatürlichen Formen gestutzten Gewächsen nie verstehen können. Die Buchskugeln sehen einfach nur albern aus, liegen wie Fußbälle in einer Reihe.

Er hat kaum den Schlüssel ins Schloss geschoben, als er feststellt, dass die Tür offen ist. Eva muss vor ihm nach Hause gekommen sein. Er ist überrascht und froh, in dieser Reihenfolge. Tags zuvor hieß es noch, sie müsse eventuell Überstunden machen. Anscheinend hat es sich doch anders ergeben.

Vergnügt betritt Vidar den Flur. Vom gleißenden Sonnenlicht tanzen jetzt Schatten durch sein Sichtfeld. Er versucht, sie wegzublinzeln, während er sein Sakko an den Garderobenhaken hängt. Als er sich ein wenig zu schnell die Schuhe von den Füßen tritt, stolpert er über einen Schuhlöffel, der auf dem Läufer liegt. Gerade noch rechtzeitig kann er sich am Türrahmen festhalten, sodass er nicht hinfällt, doch die ruckartige Bewegung fährt ihm in die Schulter, und er macht seinem Unmut und Schmerz lautstark Luft.

Er bleibt noch kurz im Flur stehen, massiert sich die schmerzende Schulter, drückt dann den Rücken durch und blinzelt erneut. Langsam verziehen sich die Flecken vor seinen Augen, und die Dunkelheit zerstreut sich. Vidar lässt den Blick durch den Flur schweifen und hat kaum festgestellt, dass er fast wieder normal sehen kann, als ihm etwas am Eingangsbereich komisch vorkommt. Knapp über Augenhöhe, direkt unter der Stelle, an der sonst die Flurlampe hängt, hängen stattdessen zwei Damenschuhe. Rote, teure Sandalen mit geflochtenen Riemchen über zwei zierlichen Fußrücken.

Erst begreift Vidar nicht, was er vor sich hat. Die Füße bewegen sich nicht. Mit angehaltenem Atem versucht er, was er sieht, zu verdauen. Sein Blick ist wie erstarrt, als hätten die Augen längst eingesehen, was das Gehirn noch nicht verarbeiten will.

Langsam sieht er nach oben. Sein Blick streift die roten Schuhe, die Knöchel, die dünnen Schienbeine und blassen Schenkel, dann denn Rocksaum. In seinem Ohr beginnt es zu schrillen. Der Pfeifton wird im selben Maß lauter, in dem Vidars Blick weiter emporwandert.

Auf dem blauen Stoff sind bräunliche Flecken. Wie wenn ein Auto durch eine Pfütze pflügt und Wasser aufspritzt. Zwischen dem Schmutzwasser entdeckt er zudem rote Flecken.

Die Hände sind über dem Unterbauch verschränkt. Wie zum Gebet gefaltet. Über dem Rock folgt eine dünne weiße Bluse. Um den Hals liegt ein lose geknotetes blaues Tuch – und darüber befindet sich ein lebloses Gesicht. Eine dunkle Strähne hat sich aus dem Zopf im Nacken gelöst und fällt über die bleiche Wange, die am Morgen noch herrlich sommergebräunt war.

Dieses Gefühl wird ihm bleiben.

Diese Verblüffung – wie schnell eine sonnengeküsste Wange bleich werden kann.

Die Frau, die dort von der Decke hängt, ist tot. Auf dem Flur ist es mucksmäuschenstill, doch in seinem Ohr schrillt es weiter. Ein ums andere Mal klappt Vidar verstört den Mund auf und wieder zu, und er muss sich am Türrahmen festhalten, um nicht in Ohnmacht zu fallen. Er weiß nicht, ob er noch atmet, glaubt es aber nicht. Er weiß nur noch, dass die Frau an der Decke nie mehr zurückkommt.

Dann überrollt ihn die Panik wie eine Flutwelle. Es rauscht in seinem Kopf vor wortlosen Gedanken, er kann nichts mehr sortieren, und die Zeit rast und steht zugleich still. Er hebt die Hand, die unkontrolliert zittert, als er ihre Finger berührt und die Kälte der bleichen Haut spürt. Entsetzt zieht er die Hand zurück. Er hyperventiliert. Kurz darauf fangen seine Lippen und Finger an zu kribbeln.

Ungebremst fällt Vidar zu Boden. Es tut nicht mal weh, als er mit dem Kopf gegen den Türrahmen schlägt, im Großen und Ganzen spürt er gar nichts mehr.

Über ihm hängt seine geliebte Eva.

Es ist kurz nach Mitternacht, als Kommissarin Idun Lind den Kopf leicht seitlich neigt und die Tote unter der Decke betrachtet.

Es ist ein befremdlicher Anblick.

Die Frau ist apart in Rock und Bluse gekleidet. Das Tuch, das lose um ihren Hals geknotet ist, sieht teuer aus. Dieser Mode hat Idun nie etwas abgewinnen können. Diese Seidendinger am Hals jucken doch dermaßen.

Oberhalb des Tuchs setzt die Schlinge an, ein grobes Seil, das der Frau verheerend eng um den Hals liegt. Obwohl sie zierlich ist, schneidet das Seil so tief in die Haut, dass sich darüber eine Hautwulst gebildet hat. Die Haut selbst ist lilafleckig mit schwarzblauen Stellen. Es sieht wahnsinnig schmerzhaft aus.

Die Bluse ist bis auf einen Blutspritzer auf der rechten Schulter makellos weiß. Die Frau hat kleine Brüste, Idun kann durch den Blusenstoff einen Spitzen-BH erahnen. Über dem Unterbauch sind die Hände gefaltet.

Idun beugt sich vor und kneift die Augen zusammen. Auf dem Handrücken befinden sich zwei schwarze Stellen. Sie sehen metallisch aus, sind aber unter dem verschmierten Blut nicht gut zu erkennen. Auch auf dem knielangen Rock der Frau ist Blut. Es ist inzwischen annähernd schwarz und sieht aus, als wäre es unerwartet stark von den Händen hinabgelaufen.

Im Flur sind lichtstarke Strahler aufgestellt worden. Die Kollegen aus der Spurentechnik arbeiten konzentriert. In ihren weißen Overalls aus papierähnlichem Material suchen sie nach Fuß- und Fingerabdrücken und DNA-Spuren: nach Blutspritzern, Hautschüppchen, einzelnen Haaren. In sämtlichen Zimmern wird ausgiebig fotografiert. Die Blitze werfen lange Schatten auf die Wände.

Der Leiter der forensischen Abteilung, Mikael Malm, genannt Malmen, sieht Idun zu und rührt sich zunächst nicht. Er weiß, dass sie bei der ersten Inaugenscheinnahme nicht gestört werden will, dass sie in diesen ersten Minuten einer neuen Ermittlung lieber erst eigene Eindrücke sammelt.

Es vergeht einige Zeit, bis sie das Wort ergreift.

»Eva Vendel, oder?«

Malmen antwortet, auch wenn er weiß, dass sie die Antwort schon kennt.

»Das ist korrekt.«

»Sind die Kollegen mit dem Boden fertig? Darf ich näher rangehen?«

»Bitte. Sämtliche potenziellen Spuren unter ihr sind gesichert. Aber wenn ich ehrlich sein soll, gehe ich davon aus, dass der Boden nichts hergibt.«

»Und warum nicht?«

»Geh näher heran, dann siehst du es.«

Malmen nickt auf eine Stelle am Boden hinab. Idun geht davor in die Hocke und sucht den Bereich unterhalb von Eva Vendel systematisch ab. Geseifte breite Holzdielen. Nirgends auch nur ein Fleck.

»Das Blut«, sagt sie, bleibt aber weiter in der Hocke. »Das Blut ist bis auf den Rock gelaufen, aber nicht bis hier runter.«

Sie streicht mit den Fingerspitzen über den Boden, beäugt dann den Latexhandschuh, aber der ist blitzsauber.

»Unwahrscheinlich, dass sie hier ermordet wurde. Die Tat selbst ist anderswo verübt worden, und anschließend wurde die Leiche hierher verbracht.«

Malmen zögert seine Antwort ein bisschen hinaus.

»Könnte so gewesen sein …«

Man kann ihm anhören, dass er bereits über weitere Informationen verfügt.

»Oder …«, murmelt Idun, »… oder aber sie ist hier ermordet worden, und der Täter hat ordentlich sauber gemacht?«

Sie formuliert es wie eine Frage.

»Das wäre derzeit auch meine Vermutung.«

Malmen geht ein Stück auf Idun zu. Sie richtet sich auf, und kurz stehen sie Schulter an Schulter nebeneinander.

»Führ das mal aus.«

Endlich die Aufforderung zum freieren Austausch.

»Es gibt keinerlei Hinweise auf einen Kampf, aber auch keine, die darauf hindeuten würden, dass Eva Vendel ins Haus gebracht worden wäre. Das Haus hat nämlich keinen Nebeneingang, sofern sie also nicht durch ein Fenster hier reingebracht wurde, muss der Täter die Eingangstür benutzt haben. Und wenn ich ganz ehrlich sein soll, dann glaube ich, dass das an einem Freitagnachmittag im August bei diesem Wetter eher schwierig gewesen wäre. Die klassischen Werksferien sind zwar vorbei, aber viele haben immer noch Urlaub. In so einer Gegend wie hier wohnen außerdem Leute, die eher zu Hause arbeiten oder überhaupt nicht mehr arbeiten müssen – und selbst wenn, dann ganz sicher nicht in der Produktion.«

Eine gewisse Verachtung für die Oberschicht ist nicht zu überhören.

»Das Risiko, entdeckt zu werden, während man eine Leiche durch die Vordertür nach drinnen schafft, wäre insofern relativ hoch.«

Idun hört ihm aufmerksam zu. Sie wartet nur darauf, dass sich in den Ausführungen des Kollegen eine Schwachstelle auftut, um seine Hypothesen zum Tathergang ins Wanken zu bringen. Doch bislang gibt es keine Schwachstelle. Die Wahrscheinlichkeit, dass der Täter die blutende Eva Vendel am helllichten Tag hierhergeschleppt hat, ist wirklich äußerst gering. Vermutlich hat er sie vor Ort, in ihren eigenen vier Wänden, umgebracht.

Idun sieht zu der Leiche empor.

»Was sind das für schwarze Stellen da auf dem Handrücken? Die sehen aus wie Metall.«

Malmen lächelt verhalten. Idun ahnt, dass er nur auf die Frage gewartet hat.

»Das sind Nägel. Ziemlich dicke Nägel, zwei Stück, und sie sitzen bombenfest.«

Idun blinzelt.

»Nägel? Sind die der Grund für die starke Blutung?«

»Ich gehe davon aus. Aber das soll die Moritz für uns abklären.«

Idun sieht sich eine Zeit lang die blutigen Hände an. Sie weiß, dass das Blut eines Menschen nach Eintritt des Todes noch eine Weile weiterfließen kann, aber normalerweise gerinnt es in kleineren Wunden recht schnell. Sie beugt sich abermals vor, sodass ihr Gesicht nur Zentimeter von den Händen der Toten entfernt ist. Es riecht süßlich nach Eisen.

»Das heißt ja wohl, dass die Hände zusammengenagelt

wurden, als sie noch am Leben war. Nur so kann noch relativ lange Blut geflossen sein.«

Idun hat es als Frage gemeint, erhält aber keine Reaktion.

Sie reißt den Blick von den verletzten Händen los und sieht zu Malmen.

Der nickt zur Antwort bloß düster.

Samstag, 22. August

Es ist kurz nach vier Uhr in der Nacht, als Olle zu Hause vorfährt. Lovis liegt hellwach im Bett im ersten Stock. Sie ist außer sich vor Wut und Sorge, weiß jetzt aber zumindest, dass er nüchtern ist. Man kann Olle viel vorwerfen, aber er setzt sich nicht betrunken ans Steuer. Wenn er getrunken hätte, wäre er gelaufen oder hätte sich ein Taxi genommen. Dass er im eigenen Auto nach Hause kommt, bedeutet für Lovis, dass er keinen Tropfen angerührt hat. Eine Party kann es folglich nicht gewesen sein, weil er ebenso wenig, wie er betrunken fährt, bei Feiern nüchtern bleibt. Bliebe also die Frage, warum er jetzt erst nach Hause kommt.

Sie hört – wie so oft –, wie er auf der Veranda mit schnellen Tritten die Schuhe an der Fußmatte abstreift. Dann schiebt er den Schlüssel ins Schloss, macht die Haustür auf, betritt den Flur und macht die Tür leise wieder zu. Ein paar Sekunden verstreichen lautlos, bis im Bad Wasser rauscht. Kurz darauf hört sie die wohlvertrauten Schritte auf der Treppe.

Lovis zieht sich die Decke bis unters Kinn und kneift die Augen zu. Sie spürt mehr, als dass sie hört, wie er das Schlafzimmer betritt. Er bleibt noch kurz stehen. Lovis stellt sich vor, wie er sie ansieht und überlegt, ob sie schläft oder nicht. Sie rührt sich nicht und atmet so langsam, wie sie nur kann.

Wenig später hört sie, wie er sich auszieht und schließlich neben ihr unter die Decke kriecht. Sie ist zu wütend und zu erschöpft, um jetzt noch zu streiten. Olle darf auf keinen Fall merken, dass sie noch wach ist.

Doch wie es aussieht, hätte sie sich gar nicht anstrengen müssen, weil er zwei Minuten später tief und fest schläft. Sie selbst bleibt noch eine Weile wach liegen, bevor sie sich vorsichtig hochstemmt und die Beine über die Bettkante schiebt. Lautlos verlässt sie das Schlafzimmer. Das lange Nachthemd weht um ihre Beine. Auf leisen Sohlen schleicht sie über den oberen Flur und dann nach unten.

Im Erdgeschoss bleibt sie zunächst in der Diele stehen, ohne recht zu wissen, was sie dort will. Dann geht sie ins Bad, macht Licht und sieht sich um. Nichts in dem gefliesten Raum wirkt verändert. Die Badetücher hängen ordentlich über dem elektrischen Handtuchwärmer, der Badezimmerteppich liegt glatt auf den Fliesen, und Olles Zahnbürste steht neben ihrer eigenen im Zahnputzbecher. Alles sieht aus wie immer.

Sie knipst das Licht wieder aus und tritt hinaus in die Diele. Olles schwarze Halbschuhe stehen ordentlich aufgereiht neben ihren braunen Absatzschuhen. Am Garderobenhaken hängt die dünne Jacke, die ohne Futter, die mit der Reißverschluss-Innentasche. Lovis beugt sich vor und schiebt das Gesicht in den Stoff, inhaliert den Duft des Mannes, den sie so sehr geliebt hat. Sowie sie ihn riecht, zieht es im Unterleib. Vielleicht sind doch noch Gefühle übrig?

Sie geht zurück ins Bad. Macht das Licht wieder an, greift zu seiner Zahnbürste und hält sie sich an die Lippen. Sie ist trocken. Er hat sich die Zähne nicht geputzt.

Sie stellt die Zahnbürste zurück, schaltet das Licht aus und zieht die Badezimmertür hinter sich zu. Eilig, aber noch immer lautlos, nimmt sie zwei Stufen auf einmal und steht leicht außer Atem wieder im ersten Stock.

Sie schleicht zurück ins Schlafzimmer. Vor dem Bett bleibt sie stehen, sieht Olle an, der mit dem Gesicht zu ihr auf der Seite liegt. Er atmet tief. Die ersten Sonnenstrahlen bahnen sich bereits den Weg durch die Vorhänge und werfen Lichtstreifen auf Olles Stirn und Wange.

Mit pochendem Herzen geht Lovis in die Hocke, bis sie ihrem schlafenden Ehemann von Angesicht zu Angesicht gegenüberkauert. Er sieht aus wie ein Kind, hat den Mund leicht geöffnet, seine Unterlippe glänzt. Die Wangenmuskulatur ist entspannt, nur die Lider zucken hektisch. Er träumt.

Sie beugt sich so weit vor, dass ihr Mund fast sein Kinn berührt, und schnuppert an seinem Atem. Er ist warm und neutral. Für den Bruchteil einer Sekunde verspürt sie eine unerklärliche Enttäuschung, ehe sie beschließt, es noch mal zu versuchen.

Diesmal wartet sie, bis er tief ausatmet, und atmet selbst tief durch die Nase ein. Das Ergebnis ist derart unerwartet, dass sie das Gleichgewicht verliert und hintüberkippt. Instinktiv reißt sie die Hände nach hinten, und es ist ein dumpfer Aufprall zu hören. Schockstarr bleibt sie auf dem kühlen Boden sitzen und sieht beunruhigt zu Olle. Doch der schläft weiter.

Langsam streckt sie die Beine aus. Mit den Fußspitzen zur Bettkante schiebt sie sich vorsichtig rückwärts, bis sie an der Schlafzimmerwand angelangt ist. Dort winkelt sie die Knie an, stützt die Ellenbogen auf und lässt den Kopf schwer gegen ihre Hände sinken.

Sie will eigentlich heulen, aber es kommen keine Tränen. Sie weiß nicht, ob es am Schock liegt oder an der Angst, dass sie ihn wecken könnte. In ihr herrscht ein Chaos, das vollkommen unerwartet für sie kommt. Ihre Beziehung läuft schon seit einiger Zeit nicht mehr rund und neigt sich zweifelsohne dem Ende entgegen – umso seltsamer, dass es sich derart niederschmetternd anfühlt. Wie eine Faust ballt sich die Trauer in ihrer Brust, und ein lähmendes Heulen bahnt sich erbarmungslos den Weg durch ihre Kehle. Sie will nur noch laut schreien, doch ihr Körper gehorcht ihr nicht. Vielleicht ist es ja gar keine Trauer? Sondern Erniedrigung?

Noch während Lovis mit dem Kopf in Händen auf dem Schlafzimmerboden sitzt, stellt sie erschrocken fest, dass es ihr allen Ernstes lieber gewesen wäre, wenn er besoffen gefahren wäre. Da hätten sie sich wenigstens gemeinsam Hilfe holen können. Sie hätten Olle bei den Anonymen Alkoholikern anmelden oder Wunder was tun können. Aber gegen *diesen* Verrat gibt es keine Hilfe.

Olles Atem riecht nicht nach Alkohol. Er riecht nach nichts, was es in Flaschen zu kaufen gäbe.

Er riecht nach Möse.

Es ist Viertel nach sieben am Samstagmorgen, als Idun Lind die Tür zum Besprechungsraum öffnet.

Wie üblich ist sie die Erste.

Sie zieht einen Stuhl unter dem großen Besprechungstisch hervor. Beim Hinsetzen machen sich ihre Beinmuskeln bemerkbar – nach dem Intervalltraining vom Vortag setzt jetzt der Muskelkater ein.

Abgesehen von vier schwarzen Heftern ist der Tisch leer. Die Hefter hat Siv bereitgelegt. Die Frau weiß eindeutig, wie man allen anderen stets ein Stück voraus ist.

Noch sind die Hefter dünn. Die Beweisaufnahme ist noch nicht weit gediehen, was aber nicht überraschend ist. Eva Vendel ist vor noch nicht einmal zwölf Stunden tot aufgefunden worden. Mit der Zeit dürften die schwarzen Hefter wesentlich dicker werden.

Idun beugt sich vor, zieht einen Hefter zu sich heran und hat sich kaum auf ihrem Stuhl zurückgelehnt, als Calle Brandt den Raum betritt. Eigentlich heißt der breitschultrige Kollege Carl, aber außer seiner Mutter nennen ihn alle Calle.

Grußlos setzt er sich neben Idun. Sein Bart hat exakt denselben Rotton wie seine Haare, und sein Gesicht ist voller Sommersprossen.

»Ich hab dich gestern Abend vermisst. Wäre gut gewesen, wenn wir zu zweit dort aufgetaucht wären.«

Es klingt eher nach nüchterner Feststellung als nach Vorwurf.

Calle atmet hörbar durch die Nase ein.

»Ich werde immer vermisst, wenn ich mal nicht da bin. Kann ich nicht ändern.«

Er feixt sie breit an.

»Und apropos ›dort‹ – eine tote Lady, die von der Decke hängt. Welches verdammte Schwein tut einer Frau so was an?«

Idun weiß, dass die Frage rhetorisch gemeint ist, aber nicht einmal sie könnte zu diesem frühen Zeitpunkt eine Antwort darauf geben.

»War sie verheiratet? Hat der Mann ein Alibi?«

Idun seufzt lautlos, ehe sie sagt, was auch Calle längst weiß.

»Eva war verheiratet, ja. Aber im Augenblick deutet nichts darauf hin, dass der Ehemann der Mörder wäre. Auch wenn die Statistik dafürspricht, können wir derzeit wirklich nicht sagen, ob es im vorliegenden Fall genauso ist. Er steht unter Schock, deshalb können wir ihn noch nicht befragen.«

Man merkt Calle an, dass er sich im Recht sieht, indem er den Ehemann verdächtigt, doch als Ermittlerin ist Idun der Ansicht, dass man – Statistik hin oder her – nichts als gegeben voraussetzen darf.

»Ist sie jemandem in die Quere gekommen? Oder hat ein Verbrechen verübt, das irgendwer für sie vertuschen musste?«

Wie üblich scheut Calle sich nicht, die klischeehaftesten Schlüsse zu ziehen.

»Was immer Eva Vendel getan hat – sie hat es nicht verdient, dafür ermordet zu werden.«

Calle schnaubt, aber immerhin hat sich ein Hauch Zweifel eingestellt.

»Natürlich nicht, verdammt. Das weiß sogar Calle.«

»Also. Wo hast du gestern gesteckt? Ich hab versucht, dich zu erreichen, aber dein Handy war ausgeschaltet.«

Er massiert sich den Nacken, wie immer, wenn er eine Frage nicht beantworten will. Trotzdem kann Idun ein Schmunzeln unter dem roten Vollbart erahnen.

»Ich muss etwas Falsches gegessen haben und habe den ganzen Abend und die Nacht auf dem Klo verbracht. Tja, leider … Ich wäre zu gern dabei gewesen und hätte gesehen, wie die Arme an der Decke hing.«

Idun bringt es nicht fertig, die durchsichtige Lüge zu kommentieren.

»Wir kümmern uns beide um den Fall, das ist dir hoffentlich klar?«

Calle nickt demonstrativ.

»Na sicher. Wir sind schließlich die Besten in ganz Nordschweden, wenn es darum geht, die richtig schweren Fälle aufzuklären.«

Auch darauf reagiert Idun nicht, dafür ist sie viel zu bescheiden, auch wenn sie insgeheim weiß, dass es stimmt.

Wie üblich macht Kommissar Anders Eriksson aus seinem Auftritt eine Riesensache. Obwohl er seit drei Jahren Iduns Vorgesetzter ist, hat sie sich nie daran gewöhnen können. Sie mag ihn in vielerlei Hinsicht, aber diese Auftritte sind schwer verdaulich.

Sie hört ihn von draußen laut husten, noch ehe die Tür aufgeht. Oder … aufgeht und aufgeht. Der Chef schiebt die Tür mittels Kehrseite auf: Von dem Zweimetermann taucht erst das Hinterteil auf, dann folgt eine halbe Drehung, damit er in Fahrtrichtung den Raum betreten kann. In der Hand hält er einen Becher mit Kaffee. Er schafft genau zwei Schritte, ehe die Tür hinter ihm so laut ins Schloss fällt, dass er vor Schreck zusammenzuckt. Sein Kaffee schwappt über und kleckert auf den Boden. Anders scheint es nicht einmal zu bemerken, zumindest macht er keinerlei Anstalten, die Spur, die er zieht, wieder aufzuwischen.

Beim Anblick von Idun und Calle hellt sich sein Gesicht auf.

»Was sehe ich denn da – meine zwei Lieblingskollegen! Wie gut, dass ihr da seid – von wegen Samstag und so!«

Aufrichtig erfreut zieht er die Augenbrauen hoch.

Calle ergreift sofort das Wort.

»Wir haben gerade schon über diesen Mist hier gesprochen. Den Dreckskerl schnappen wir uns.«

Anders schmatzt zufrieden. Weiter kommt er nicht, weil die Tür erneut aufgeht. Siv Liv ist da. Sie nickt knapp in die Runde und setzt sich auf den freien Platz gegenüber Idun.

Siv ist die einzige Zivilangestellte in der Abteilung. Sie ist das Bindeglied zwischen Polizeibehörde und Öffentlichkeit und hat von ihrem Arbeitsplatz am Eingang einen guten Überblick. Sie empfängt Besucher, bringt sie ins Büro des jeweiligen Ermittlers und bei Bedarf wieder zur Tür. Sie ist scharfsichtig wie ein Falke und wacht über – und überwacht auch mal – den Rest des Teams. Außerdem ist sie Iduns Lieblingskollegin. Für ihren Job brennt sie ebenso sehr wie für Recht und Gesetz und Gesetzeshüter, hält sich dabei jedoch nicht immer sklavisch an die Vorschriften in der leicht schwerfälligen Behörde. Und obwohl Siv keine polizeiliche Ausbildung hat, ist sie eindeutig diejenige, die von ihnen allen am besten Bescheid weiß.

Konzentriert sitzt sie Idun gegenüber, schlägt einen der schwarzen Hefter auf und ergreift wie selbstverständlich das Wort. Niemand, nicht einmal der Chef, scheint es im Geringsten komisch zu finden, dass die einzige Zivilistin, die an der Besprechung teilnimmt, die Führung übernimmt.

Siv räuspert sich und setzt die Brille auf, die sie sich in die Stirn geschoben hatte. Ihre kurzen Haare stehen in Richtung Zimmerdecke ab.

»Ich habe euch das bisschen kopiert, was wir bislang über den Fall wissen. Liegt alles in diesen Heftern – bitte, einer für jeden von euch. Wir haben einen knappen und ziemlich groben Zeitablauf, die Personendaten von Eva Vendel und Ehemann Vidar – identischer Familienname. Es liegt auch ein erster Überblick über die Spurenlage bei. Malmen hat alles, was er hatte, zusammengestellt. Bislang keine Auffälligkeiten, nur eine Menge Fingerabdrücke im ganzen Haus. Leider haben wir in unserer Datenbank keinen Treffer erzielt. Es fehlen Blutspuren, und Malmen zufolge lässt sich dieser Umstand nur dadurch erklären, dass der Täter gründlich hinter sich hergeputzt hat. Und weil das Opfer überdies am helllichten Tag im Haus erhängt wurde, heißt das für uns: Wir gehen derzeit davon aus, dass das Wohnhaus der Tatort ist. Allerdings ist das nicht in Stein gemeißelt. Die Lampe, die an der Decke hing, ist verschwunden, und unverhoffte DNA-Spuren gibt es zurzeit ebenso wenig, aber die Techniker suchen weiter. Außerdem warten wir noch auf den Obduktionsbericht. Auch wenn die Moritz ganz gern ein ordentliches Tempo vorlegt, dauert es sicherlich einige Tage. Immerhin ist heute Samstag.«

Siv beugt sich vor und sieht über den Rand ihrer Brille zu Anders. Ihr Schweigen ist das wortlose Signal an ihn, dass er übernehmen soll.

Der Leiter der Mordkommission räuspert sich lautstark.

»Tja, dann … Wir wissen also bislang, dass es sich bei der Toten um Eva Vendel handelt, wohnhaft in demselben Einfamilienhaus, in dem sie tot aufgefunden wurde. Verheiratet mit Vidar Vendel, Stiefmutter von Nadja, Vidars leiblicher Tochter, die … inzwischen fünfundzwanzig Jahre alt ist.«

Für Letzteres muss er erst durch sein Exemplar von Sivs schwarzen Heftern blättern. Er fährt sich mit der Hand durch das zerzauste Haar und nickt Siv zu, was sie sofort richtig versteht.

»So ist es. Eva Vendel selbst – geborene Stenberg – wurde achtundvierzig Jahre alt. Sie war, wie gesagt, mit Vidar verheiratet. Keine eigenen Kinder. Seit zwölf Jahren

Patchworkmama von Nadja, der leiblichen Tochter ihres Ehemanns, die heute fünfundzwanzig geworden ist. Nadja studiert Jura an der Uni in Luleå. Die Mutter starb an Krebs, als Nadja zehn Jahre alt war. Eva wiederum hat sich vor zehn Jahren von ihrem Ex scheiden lassen, der in Piteå wohnt – ein gewisser Jan-Olov Bergdahl, vierundfünfzig. Der hat ebenfalls wieder geheiratet, keine Kinder. Er dürfte natürlich von Interesse sein, auch wenn wir zum jetzigen Zeitpunkt keinerlei Anhaltspunkte haben, dass er mit dem Mord zu tun haben könnte. Er ist ein paarmal geblitzt worden, ansonsten nicht vorbestraft.«

Als Siv kurz Luft holt, entsteht eine Pause. Idun nutzt die Gelegenheit, um eine Zwischenfrage zu stellen.

»Dann hat sich Eva vor zehn Jahren scheiden lassen, war aber zwölf Jahre lang Nadjas Stiefmutter? Das heißt, sie war noch mit diesem Jan-Olov verheiratet, als sie schon mit Vidar zusammen war. Ist das korrekt?«

Siv sieht Idun konzentriert an und nickt fast militärisch knapp.

»Das ist korrekt. Ich bin selbst sofort hellhörig geworden und habe es deshalb gleich doppelt überprüft. Zwei Jahre bevor die Scheidung von Jan-Olov rechtskräftig war, ist Eva mit Vidar zusammengezogen, auch wenn es komisch klingt, aber was weiß denn ich? Heutzutage kann man anscheinend mit einem verheiratet sein und mit dem anderen zusammenwohnen. Für den modernen Beziehungsmenschen ist jede Konstellation möglich.«

Ihr Tonfall lässt eindeutig darauf schließen, dass sie gegen weniger klassische Liebesbeziehungen gewisse Vorbehalte hat. Die eher konservative Einstellung der Kollegin ist Idun herzlich egal, und immerhin hat auch sie selbst bei der Sache gestutzt: Mit dem neuen Partner zusammenzuziehen, sich aber erst zwei Jahre später vom alten scheiden zu lassen – ist das nicht wirklich ein bisschen seltsam?

»Evas Vater ist noch am Leben«, fährt Siv unterdessen fort. »Åke Stenberg, ebenfalls wohnhaft in Piteå, allerdings in einem Seniorenheim. Keine Ahnung, in welcher Verfassung er ist – er ist immerhin stolze sechsundneunzig. Hoffen wir mal, dass er rüstig genug ist, dass wir ihn befragen können.«

Calle reißt die Arme hoch. Anders, der mit hektischen Bewegungen offenbar nicht umgehen kann, zuckt heftig zusammen.

»Also, ich weiß nicht, ob ihm das zu wünschen ist … Für den Alten ist es doch bestimmt am besten, wenn er so dement ist, dass er sich an eine Tochter nicht mehr erinnert. Wie verdammt lustig ist es denn bitte zu hören, dass sie ermordet und aufgehängt wurde wie die Jesusversion am Fleischerhaken? Und auch selbst jeden Moment damit rechnen zu müssen, ins Gras zu beißen?«

Es ist nicht zu überhören, dass Calle empört ist, was eher die Regel als eine Ausnahme ist. Siv bedenkt ihn mit einem stoischen Blick. Idun hingegen ist überrascht, dass der unbeherrschte Ausbruch des Kollegen für eine gewisse Fürsorge spricht. Nach all den Jahren in ihrem Beruf weiß sie nur zu gut, dass mit das Schlimmste, was einem passieren kann, der Tod des eigenen Kindes ist. Sein Kind obendrein durch Mord zu verlieren macht es, sofern das überhaupt möglich ist, nur noch viel schlimmer. Calle hat nicht ganz unrecht, auch wenn er es nicht sehr charmant formuliert hat.

Siv nimmt den Faden wieder auf.

»Eva war Lehrerin an einer Privatschule in Boden. Ich habe noch nicht herausfinden können, wo sie früher gearbeitet hat, aber die aktuelle Stelle hatte sie seit fünfzehn Jahren. Keine Geschwister, besaß die Hälfte des gemeinsamen Hauses, keine weiteren Immobilien. *That's it* für den Moment.«

Sie schlägt den Hefter zu und legt ihn demonstrativ vor sich auf den Tisch. Alles, was Siv derzeit über Eva Vendel weiß, wissen die anderen am Tisch jetzt auch.

Anders richtet sich gerade auf.

»Idun leitet die Voruntersuchung, aber wie immer arbeiten wir im Team.«

Idun und Calle nicken.

»Zuallererst müssen wir uns ein Bild von Eva Vendel als Person machen und in Erfahrung bringen, was sie in den Stunden vor ihrem Tod getan hat. Dabei könnte alles wichtig sein: Wo war sie? Warum? Und mit wem? Dann wäre natürlich auch interessant, ob sie eventuell mit jemandem Streit hatte – ihr wisst schon: die berühmten potenziellen Feinde.«

Ihr Vorgesetzter grinst so breit, dass Idun schon glaubt, ihm müssten jeden Moment die Zähne ausfallen. Niemand grinst zurück.

Calle verschränkt die Hände im Nacken. Seine muskulösen Arme bilden zwei spitze Winkel. Mit dem tätowierten Ellbogen streift er fast Iduns Gesicht.

»Mit Blick auf die Statistik war der Ehemann der Übeltäter.«

Niemand sagt etwas. Alle am Tisch wissen, dass Calle recht hat.

»Idun und Calle, ihr fahrt zurück zum Haus der Vendels und seht euch dort noch mal um. Die Spurensicherung ist inzwischen fertig, oder, Siv?«

»Japp. Allerdings ist das Haus für weitere Untersuchungen versiegelt.«

»Gut. Dann sehen wir doch mal, was die Obduktion ergibt. Bis dahin geht ihr bitte das direkte Umfeld durch: den Ehemann, klar. Und die Stieftochter. Bringt in Erfahrung, wie sie zu Eva stand. Ihr sprecht mit dem gesamten Umfeld – in erster Linie mit Vidar und Nadja, aber auch mit Nachbarn und Bekannten. Man weiß nie, ob nicht irgendwer etwas gesehen oder gehört hat und wo ein denkbares Motiv lauert.«

Er nimmt einen Schluck Kaffee. Nach seiner Grimasse zu urteilen ist der Kaffee kalt geworden und schmeckt nicht mehr.

»Also dann«, sagt er, als er wieder halbwegs normal dreinblickt, »legen wir los.«

Idun fährt an den Straßenrand und stellt den Motor ab. Dann beugt sie sich vor zur Windschutzscheibe, um das Haus des Ehepaars Vendel besser sehen zu können. Strahlend gelb und mit großen Fenstern thront es inmitten des weitläufigen Rasens. In der Augustsonne sieht die Fassade fast selbstleuchtend aus. Eine akkurat gestutzte Hecke säumt das Grundstück, und das Tüpfelchen auf dem i sind die kugelrunden Büsche entlang der Auffahrt.

Vor der Hecke stehen in einem Halbkreis ein paar Grabkerzen. Daneben liegen Blumen und Trauerkarten. Zwei Frauen sind vor dem improvisierten Mahnmal stehen geblieben, neigen die Köpfe und scheinen sich gedämpft zu unterhalten.

Calle sieht an Idun vorbei durchs Seitenfenster. Er ist nonstop auf der Jagd nach Verdächtigen, schießt es ihr durch den Kopf – und prompt hat er einen erspäht.

»Da steht jemand.«

Idun folgt Calles Fingerzeig, und er hat recht: Ein gutes Stück hinter den Frauen auf der anderen Straßenseite steht ein Mann und hält sich die Hand über die Augen, damit ihn die Sonne nicht blendet. Er versucht eindeutig, hoch zum Haus der Vendels zu sehen.

Calle steigt zuerst aus. So wie er sich bewegt, weiß Idun genau, dass er nur noch auf den Mann auf dem Gehweg fokussiert ist. Sie flucht in sich hinein und löst den

Sicherheitsgurt. Binnen weniger Sekunden ist sie ebenfalls ausgestiegen und hat Calle eingeholt, kurz bevor er bei dem Mann angekommen ist, aber dass er ihn anspricht, kann sie nicht mehr verhindern.

»Calle Brandt, guten Tag. Darf ich fragen, was Sie hier machen?«

Aus dem Augenwinkel sieht Idun, dass die zwei Frauen den barschen Polizisten interessiert beobachten. Sie ballt die Faust in der Tasche.

Der Mann auf dem Gehweg sieht sie überrascht an. Er ist groß, steht kerzengerade da, und für sein Alter – Idun tippt auf Ende vierzig – sieht er athletisch aus. Ein feinmaschiges Netz aus Fältchen überzieht sein Gesicht. Rund um die Augen sind es besonders viele. Jemand, der viel lacht, denkt sich Idun.

Der Mann sieht Calle offen an.

»Guten Tag. Ich heiße Samuel. Kann ich etwas für Sie tun?«

Idun könnte nicht sagen, ob es der aufrichtig freundliche Tonfall oder etwas anderes ist, was Calle derart aus der Fassung bringt. Sie packt die Gelegenheit beim Schopfe.

»Ich heiße Idun Lind, und das hier ist mein Kollege Calle Brandt. Wir sind von der Polizei.«

Sie zeigt flüchtig auf Calle und gibt sich alle Mühe, entspannt zu klingen. Die beiden Frauen bei den Grablichtern haben sich inzwischen zu dem Trio umgedreht und hören ungeniert zu.

»Suchen Sie hier was Bestimmtes?«

Calle klingt schnippisch. Der Mann, der sich ihnen als Samuel vorgestellt hat, lächelt weiterhin freundlich.

»Nicht so richtig … Ich missioniere in der Gegend, aber

jetzt bin ich gerade an dieser Straße vorbeigekommen und wollte für die Vendels eine Kerze anzünden.«

Calle kneift leicht die Augen zusammen.

»Dann ist eine der Kerzen von Ihnen?«

Samuel zuckt mit den Schultern. Er lächelt immer noch.

»Ich habe es mir anders überlegt – es ist einfach zu warm, da entsteht schnell mal ein Feuer, und das will ich natürlich nicht riskieren. Was da passiert ist, ist so unfassbar – die Hinterbliebenen haben mein Mitgefühl. Gott segne die Familie.«

Er sieht ehrlich betrübt aus.

»Sie missionieren?«

Samuel späht zu den Frauen neben den Grablichtern.

»Ich bin Zeuge Jehovas. Ein Bruder und ich missionieren in diesem Wohngebiet. Wir sind zutiefst betroffen von dem, was passiert ist, und wollen den Bewohnern gern anbieten, gemeinsam Texte über Trauer und Trost zu lesen.«

Die Frauen kommen auf sie zugeschlendert und gehen direkt hinter Idun und Calle vorbei. Eine von ihnen nickt zum Gruß. Samuel lächelt und grüßt zurück. Idun sieht ihnen nach, bis sie hinter der nächsten Hecke verschwinden. Die beiden waren für die Sommerhitze ziemlich warm angezogen.

Calle neigt den Kopf leicht zur Seite und sieht Samuel misstrauisch an.

»Jehova, sagen Sie … Haben Sie und Ihr Kumpel vielleicht auch gestern zu Gott und Jesus missioniert?«

Idun unterdrückt einen Seufzer. Gleichzeitig lässt sie Samuel nicht aus den Augen. Wenn er am Tag des Mordes in der Gegend war, besteht immerhin die Möglichkeit, dass er eine interessante Beobachtung gemacht hat.

Samuel scheint über Calles schroffen Ton hinwegzuhören, zumindest erweckt er nicht den Anschein, es ihm übel zu nehmen. Stattdessen sieht er erneut betrübt zum Haus der Vendels.

»Ja, das haben wir tatsächlich.«

Ein Flämmchen Hoffnung flackert in Idun auf, doch dann spricht der Mann weiter.

»Allerdings nicht hier im Viertel. Wir sind eine große Gemeinde, sind aber auch für ein ziemlich großes Einzugsgebiet verantwortlich. Üblicherweise vergehen zwischen Besuchen in ein und demselben Viertel mehrere Monate, daher kann ich Ihnen leider nicht weiterhelfen. Zuletzt war ich im Frühling in dieser Straße. Mitte Mai, wenn ich nicht völlig falschliege.«

Idun achtet genau darauf, wie er spricht. Er klingt aufrichtig.

»Waren Sie auch bei Familie Vendel?«

Wieder das betrübte Lächeln.

»Früher, ja. Mit der Dame des Hauses haben wir uns mehrmals unterhalten. Aber das letzte Mal ist schon ein gutes halbes Jahr her.«

Seine Stimme ist tief und selbstsicher. Möglicherweise gibt es dieses Unterdrückungsregime, von dem man immer hört, gar nicht überall.

»Als wir sie zuletzt besucht haben – das muss irgendwann kurz nach Weihnachten gewesen sein –, hat ihr Mann zu uns gesagt, wir wären nicht mehr willkommen.«

Er sagt es, ohne mit der Wimper zu zucken. Idun ahnt, dass er es gewohnt ist, abgewiesen zu werden.

»Er war ziemlich deutlich. Und weil seine Frau ein Stück hinter ihm stand und gelächelt hat, haben wir angenommen, dass sie sich in der Sache einig waren. Für einige reichen ein paar Gespräche über Jehova aus, und sie sind glücklich. Zumindest sehen wir es gern so.«

»Missionieren Sie immer zu zweit?«

Samuel nickt.

»Aber heute sind Sie allein.«

Er nickt abermals.

»Ich habe heute frei, aber ich musste einfach vorbeikommen. Was da passiert ist, ist einfach nur schrecklich. Zeitgleich mit mir kam eine Familie mit Kindern. Wir haben uns eine Weile über das Unfassbare unterhalten.«

»Die Familie kannten Sie aber nicht?«

»Nein. Leider.«

Idun bedankt sich für das Gespräch und überreicht ihm ihre Visitenkarte.

»Wenn Ihnen oder einem anderen Gemeindemitglied noch etwas einfällt, wären wir dankbar, wenn Sie sich melden könnten. Ganz egal, was – ob es Ihnen wichtig erscheint oder auch nicht.«

Samuel nimmt ihre Karte entgegen und betrachtet sie nachdenklich, ehe er sie in seine Jackentasche schiebt.

»Wie können wir Sie erreichen, wenn wir weitere Fragen hätten?«

»Im Königreichssaal in Boden. Ich arbeite dort im Wachdienst und bin so gut wie täglich da.«

»Eine Meldeadresse haben Sie nicht?«

Calle klingt unüberhörbar skeptisch.

»Nein. Habe ich nicht.«

Er sagt es, als wäre es das Normalste der Welt. Idun erkundigt sich nach der Anschrift der Gemeinde und macht sich eine Notiz.

Sie und Calle bleiben auf dem Gehweg stehen, als der große Mann die Straße hangabwärts schlendert. Zu den

Zeugen zu gehören muss schwierig sein, denkt Idun. Sie hat so eine Ahnung, wie unbeliebt sie gemeinhin sind, wenn sie mit ihren gefühlt unendlichen Geschichten von Gott umherziehen. Ihre jüngere Schwester Mika ist Religionswissenschaftlerin und hat einmal von der Organisation erzählt, von den Anforderungen an die Mitglieder und von den Strukturen der Unterdrückung. Dass sie in der restlichen Gesellschaft mehr oder weniger unerwünscht sind, macht das Leben für sie bestimmt nicht leichter.

Sie reißt den Blick von Samuel los und dreht sich zu Calle um.

»Also. Gehen wir erst ins Haus, oder reden wir mit den Nachbarn?«

Calle spuckt seinen Kautabak aus.

»Wir nehmen die Nachbarn. Ich rede lieber, als dass ich bloß glotze.«

Boden 1975

Das Licht ist grau, diesig, sieht schmutzig aus. Wie ein Schleier liegt es über dem Areal, und sogar das Gras wirkt gräulich. Der Himmel ist eine einzige unförmige, vernebelte Masse, die selbst abseits der Schleier kaum noch an Blau erinnert.

Viola friert. Die kalte Luft auf dem Friedhof zieht ihr um die Beine und unter den dünnen Mantel. Sie legt den gestrickten Schal enger um den Hals und späht abermals zum schmutzgrauen Himmel empor. Wenn sie so darüber nachdenkt, passt dieses gedämpfte Licht ganz gut zu einem Tag wie diesen. Ein Nebelkleid für ihr trauerndes Ich. Ein grauer Schleier über ihrem grauen Gemüt. Das Ganze fühlt sich irgendwie dramatisch an – als hätten Natur und Trauer sich in schwermütigem Einvernehmen zusammengetan.

Das einzig Bemerkenswerte ist, dass sie von allen hier die Einzige zu sein scheint, die tatsächlich trauert. Niemand sonst wirkt auch nur annähernd betrübt. Schon in der kleinen Kirche hat sie es bemerkt: Nur ihr liefen Tränen übers Gesicht, nur ihr hat sich der Hals zugeschnürt. Sie saß zwischen ihrer Mutter und ihrer großen Schwester Rita und fühlte sich wie ein Sonderling. Sie war die Einzige, die weinte, die Einzige, deren Schultern bebten.

Ihre Mutter saß da wie versteinert. Ihr Blick war zu Boden gerichtet und schien nicht ansatzweise wahrzunehmen, was um sie herum vor sich ging. Der Pfarrer predigte, las aus der Bibel, segnete Papa, auf dass er in Frieden ruhe, doch Mama schien es nicht zu hören, und selbst wenn, dann erweckte sie nicht den Eindruck, als würde sie hinhören. Sie zeigte keinerlei Regung, nicht mal, als der Pfarrer den Trauergottesdienst beendete und die wenigen Gäste aufforderte, in Frieden zu gehen. Mama stand bloß schwerfällig auf und wandte sich zum Ausgang. Den Sarg bedachte sie mit keinem Blick.

Bei Rita lag die Sache anders. Zunächst einmal wirkte sie ebenso wenig traurig wie Mama, aber wenigstens halbwegs geistesgegenwärtig – wenn auch irgendwie gleichgültig. Während der Pfarrer sprach, saß sie zurückgelehnt in der Kirchenbank, hatte den Arm über die schmerzhaft gerade Rückenlehne gelegt und sah den Pfarrer schräg von der Seite an. Ab und zu gähnte sie – immerhin lautlos –, aber sie riss den Mund dabei so weit auf, dass Viola ihr bis in den Rachen sehen konnte, samt Backenzähnen und Gaumensegel. Rita strahlte einfach nur Langeweile aus.

Der graue Nebel, der den Friedhof einhüllt, ist regelrecht einschläfernd. Neben Viola steht ihre Mutter. Sie trägt ihr schwarzes Kleid – das langärmelige, hochgeschlossene. Auch die Lederstiefel sind schwarz, vorn an den Zehen abgestoßen, das Haar hat sie sich zu einem Knoten gezwirbelt. Sie ist wie sonst auch ungeschminkt. Die Wangen sind blass und sehen aufgeschwemmt aus, der Blick ist glasig, die Lippen presst sie zusammen. Tatsächlich sieht sie irre traurig aus, auch wenn sie nicht weint. Und plötzlich ist Viola verwirrt. Wo war diese Traurigkeit in der Kirche?

Unter dem linken Auge schimmert die dünne Haut gräulich gelb. Viola weiß, dass die Färbung von einem verheilenden Hämatom herrührt. Verlegen wendet sie sich ab und sieht Rita an. In ihrer schwarzen Anzughose, dem weißen T-Shirt und dem offenen Sakko sieht sie eher aus, als hätte sie sich für eine Party angezogen, nicht für eine Beerdigung. Im Gegensatz zu ihrer Mutter ist Rita stark geschminkt: Die Augen sind kohlschwarz, die Lippen dunkelrot. Einen Mantel trägt sie nicht, trotzdem sieht sie nicht aus, als würde sie frieren.

Violas Schwester hat sich um Regeln nie geschert. Normalerweise liebt Viola sie heiß und innig, aber ausgerechnet heute fühlt es sich einfach nur anstrengend an. Weil dies hier für Rita kein Moment der Trauer ist. Was sie betrifft, ist der Tod ihres Vaters das Beste, was ihnen je widerfahren ist. Viola weiß das und kann es teils sogar nachvollziehen, aber dass Rita es allen unter die Nase reibt, ist eine andere Sache. Auch wenn »alle« heute nur wenige sind.

Der Pfarrer liest noch etwas aus seiner abgegriffenen Bibel und nimmt dann ein Schäufelchen von einem Ständer am Grab. Er wirft dreimal lockere Erde auf Papas braunen Sarg.

»Von Erde bist du genommen, zu Erde sollst du werden. Gott, unser Herr, empfange unseren geliebten Jan-Ivar und lass ihn in dein Himmelreich eintreten.«

Viola weint.

Rita schnaubt.

Mama verzieht keine Miene.

Idun und Calle haben an diesem Samstagvormittag annähernd zwei Stunden mit der Befragung der Nachbarn verbracht. Fast alle, die zu Hause waren, haben ihr Bedauern über den tragischen Vorfall geäußert, aber angegeben, dass sie tags zuvor leider nichts von Interesse beobachtet hätten. Das Wochenende hätten sie so eingeleitet, wie Wochenenden in derlei Wohngebieten für gewöhnlich eingeleitet werden – zu Hause am Esstisch beim Abendbrot oder in einem Restaurant in der Stadt. Ein paar hatten Gäste, und Idun und Carl haben um die Kontaktdaten gebeten, gehen aber nicht davon aus, dass die telefonische Nachfrage etwas ergibt.

Sie sind gerade auf dem Weg zurück zu ihrem Wagen, als ein schwarzer BMW-2er-Coupé mit teuren Felgen neben ihnen vom Gas geht. Fast lautlos biegt er in die Auffahrt des Hauses gegenüber von den Vendels ein. Eine Frau mittleren Alters steigt aus. Sie trägt ein Sakko über der Hose, goldfarbene Schuhe mit hohen Absätzen, und in der Hand hält sie eine große weinrote Handtasche mit einer riesigen goldenen Schnalle. Selbst von der Straße aus kann Idun erkennen, dass die Tasche teuer war. Die Frau strahlt ganz ohne Worte, aber unmissverständlich aus, dass sie in Geld schwimmt.

Mit dem Funkschlüssel verriegelt sie ihren Wagen und dreht sich zur Straße um. Für einen Moment bleibt ihr

Blick an den beiden Ermittlern hängen. Ohne sich darüber zu verständigen, setzen Idun und Calle sich in Bewegung. Als sie bei der Frau ankommen, registriert Idun das elegante Make-up. Die Frau lächelt zwar nicht, sieht aber nicht unfreundlich aus.

»Wir sind von der Polizei. Mein Name ist Idun Lind, und das hier ist mein Kollege Calle Brandt.«

Idun gibt ihr die Hand. Die schlanken Finger der Frau sind perfekt manikürt. In den eben noch freundlichen Blick schleicht sich zusehends Sorge. So ist es oft, wenn die Polizei auftaucht.

»Caroline Hofverts. Ich wohne hier.«

Sie lässt Iduns Hand los und nickt überflüssigerweise in Richtung des Hauses hinter ihr. Es ist ein Bungalow, deutlich kleiner als das Haus der Vendels, aber mindestens genauso gepflegt. Die Fenster sind riesig, die Fassade ist frisch gestrichen. Das Gras scheint mit der Nagelschere gestutzt zu werden. Einen so akkurat gemähten Rasen hat Idun noch nie gesehen.

»Wir haben uns gefragt, ob wir uns vielleicht kurz unterhalten könnten?«

Caroline Hofverts sieht besorgt aus, nickt aber bedächtig.

»Gern drinnen.«

Caroline umklammert ihre Handtasche.

»Es geht um Eva, oder?«

Idun antwortet nicht.

»Kommen Sie. Ich brauche ein Glas Wasser und muss mir die Hände waschen. Nur in umgekehrter Reihenfolge.« Ihr Lachen klingt gekünstelt und verebbt ebenso schnell, wie sie es herausgepresst hat.

An der Haustür tippt Caroline einen sechsstelligen Sicherheitscode ein. Das elektronische Schloss spielt eine kurze Melodie, gefolgt von einem Klicken. Sie bittet Idun und Calle herein.

Durch die großen Fenster strömt Licht in den Eingangsbereich. Weiße Wände und Möbel werden von goldfarbenen Einrichtungsdetails akzentuiert. Eine große Deckenlampe mit Aberhundert Prismen sorgt für tolles Licht, das von zig blank polierten, metallischen Accessoires reflektiert wird. Caroline bekommt mit, wie Idun die große Lampe mustert.

»Eine Sonderanfertigung eines italienischen Herstellers. War eine stark limitierte Produktion.«

Sie sagt es, als hätte sie soeben ein streng gehütetes Geheimnis gelüftet.

Idun sieht sich um. Der Bungalow ist wesentlich größer, als es von außen den Anschein hat. Caroline hängt ihr Sakko auf.

»Kommen Sie rein. Wir setzen uns ins Wohnzimmer.«

Sie zeigt auf das Zimmer zur Rechten.

»Ich muss mir nur schnell noch die Hände waschen – schmutzige Angewohnheit.«

Erneut lacht sie über ihren schlechten Scherz. Idun lächelt pflichtschuldig, während Calle keine Miene verzieht.

Das Wohnzimmer ist groß und lichtdurchflutet. Mitten im Raum steht ein riesiges tannengrünes Sofa, davor zwei Sessel im selben Farbton. An den Wänden hängen Bilder in verschnörkelten Rahmen, die teuer aussehen. Kein Teppich, keine Gardinen, die einzigen Textilien sind zwei weiße Samtkissen, die geschickt auf dem Sofa platziert sind.

»Setzen Sie sich doch.«

Idun und Calle zucken zusammen. Sie haben beide nicht mitbekommen, dass Caroline schon wieder zurück ist.

Sie entscheiden sich für die zwei Sessel, Caroline setzt sich aufs Sofa. Es ist so groß, dass es fast danach aussieht, als würde es Caroline verschlingen. Nervös zupft sie an ihrer Hose. Allmählich lässt sich der Grund für den Besuch der Ermittler nicht mehr ignorieren.

»Eva … Sie möchten bestimmt über Eva sprechen?«

Mit einem Mal klingt ihre Stimme ganz dünn.

Idun beugt sich auf ihrem Sessel vor. Sie stemmt die Beine in den Boden, stützt die Ellenbogen auf die Knie und faltet die Hände. Auf diese Weise signalisiert sie, dass sie sich auf sicherem Terrain bewegt, was diese Unterhaltung angeht, dass sie zugleich aber aufrichtig interessiert ist an Carolines Beobachtungen.

»Waren Sie gestern zu Hause?«

Caroline blickt fast enttäuscht drein.

»Natürlich. Es war schließlich Freitag.«

»Sind Sie freitags immer zu Hause?«

Caroline nestelt an einem ihrer Ringe. Sicherlich ein echter Diamant.

»Ich bin nicht berufstätig. Es reicht, wenn Dag arbeiten geht. Also, mein Mann. Er heißt Dag.«

»Was haben Sie am Nachmittag gemacht?«

Sie scheint kurz nachzudenken. Als sie antwortet, ist schnell klar, dass sie nicht hätte nachdenken müssen.

»Ich habe einen Martini getrunken. Ohne Olive. Um vier kam Dag von der Arbeit, wir haben eine Flasche Wein aufgemacht, anschließend Rentierfilet mit Röstkartoffeln und Salade niçoise gegessen … Salat baue ich nicht selbst an, den bestelle ich im Feinkostladen in der Stadt. Das Gemüse dort ist unschlagbar.«

Sie sieht Idun und Calle an, als müssten die beiden beeindruckt sein. Keiner von ihnen sagt etwas.

»Nach dem Essen haben wir einen Espresso getrunken. Dag hat die Küche aufgeräumt, während ich ein Bad genommen habe. Anschließend haben wir noch *Skavlan* geguckt und sind dann ins Bett gegangen. Dort hatten wir eine Dreiviertelstunde lang Sex, bis wir das Licht ausgemacht und geschlafen haben.«

Sie hat kein einziges Mal geblinzelt.

Man kann Calle anhören, dass er amüsiert ist.

»Das war ja schön aufbereitet. Klingt fast, als wäre das Ihre übliche Freitagsroutine.«

Caroline lässt sich gegen die Rückenlehne sinken. So sieht das Sofa plötzlich noch größer aus, sofern das überhaupt möglich ist. Sie schlägt die Beine übereinander und entspannt sich ein wenig. Idun sieht die Veränderung in der Körpersprache. Sie fragt sich, was in der Frau vor sich geht.

»Ich weiß nicht, ob Routine das richtige Wort ist … Manchmal lassen wir *Skavlan* auch aus. Ich finde ja, er hat seine besten Zeiten hinter sich.«

Calle ahnt sofort, welche Richtung Caroline einschlagen will. Auch er lehnt sich zurück, macht ein ebenso süffisantes Gesicht wie sie, wechselt dann aber das Thema.

»Haben Sie gestern die Vendels gesehen?«

Carolines Lächeln verblasst.

»Nein.«

»Den ganzen Tag nicht?«

»Nein.«

»Haben Sie die Tochter gesehen? Nadja?«

»Nein. Warum fragen Sie?«

Calle ist hochzufrieden, dass Caroline endlich Rückfragen stellt. Doch dann antwortet Idun.

»Wir versuchen, den gestrigen Tag der Vendels zu rekonstruieren. Ist reine Routine bei solchen Todesfällen.«

Caroline blinzelt ein paarmal, ist sichtlich verwirrt.

»Warum sollte es wichtig sein, was Nadja gemacht hat, als die Mutter sich umgebracht hat? Dafür kann doch die Tochter nichts!«

Idun gibt sich alle Mühe, neutral zu klingen.

»Sich umgebracht ...?«

Caroline blickt weiter verwirrt drein.

»Wie kommen Sie darauf, dass Eva sich umgebracht hätte?«

Caroline macht eine vage Geste.

»Klar hat sie das ... Oder was meinen Sie?«

Calle wiederholt Iduns Frage.

»Wie kommen Sie darauf, dass es Selbstmord war?«

Caroline klappt den Mund auf und wieder zu, was ziemlich dümmlich aussieht.

»Eine Frau ohne Freunde und eigene Familie – die noch dazu als Schlampe bekannt war ... Ich meine ... war doch klar, dass das irgendwann so enden würde.«

»War Eva in der Siedlung unbeliebt?«

Caroline zuckt mit den Schultern.

»Unbeliebt würde ich jetzt nicht sagen ... Eher berühmt-berüchtigt, also für ihren Lebenswandel.«

»Von was für einem Lebenswandel sprechen Sie?«

Jetzt seufzt sie.

»Hier wissen alle, dass Eva Vidar betrogen hat. Das war weithin bekannt – sogar Vidar wusste das.«

Idun nimmt ein vages Alarmsignal wahr. Sie kennt das schon von früheren Ermittlungen – diesen kaum hörbaren Alarmton, der so lange in ihr schrillt, bis sie Antworten auf all ihre Fragen hat.

»Und mit wem hat Eva Vidar betrogen? Wissen Sie das auch?«

Caroline lacht ein wenig zu schrill.

»Fragen Sie mich lieber, mit wem Eva *nichts* hatte. Da wäre die Antwort sehr viel leichter.«

Idun sieht Caroline auf ihrem tannengrünen Sofa unverwandt an.

»Sie wollen damit sagen, dass Eva gleich mehrere Affären hatte?«

Caroline sieht sie an, als wäre das die dümmste Frage, die sie je gehört hat.

»Natürlich.«

»Sie scheinen sich Ihrer Sache sehr sicher zu sein.«

»Ich habe es doch mit eigenen Augen gesehen.«

»Und Sie sind sich auch sicher, dass Vidar darüber Bescheid wusste?«

»Das müssen Sie ihn schon selbst fragen. Aber es wäre doch sehr unwahrscheinlich, dass so etwas die Runde macht und ausgerechnet an ihm vorbeigeht.«

Auch darauf antwortet Idun nicht. Anscheinend hat Caroline keine Ahnung, wie viele Sachen die Runde machen und die einzige Person, die es tatsächlich anginge, niemals erreichen.

»Und Sie glauben, dass es Eva schlecht ging?«

»Ohne jeden Zweifel.«

»Wie kommen Sie darauf?«

Caroline blickt aus dem Fenster. Ein Auto fährt an der Auffahrt vorüber, gerade als eine Katze über die Straße läuft. Sie kommt mit knapper Not davon.

»Das ist schwer zu beschreiben … Aber so habe ich es interpretiert.«

»Was genau haben Sie so interpretiert?«

Caroline sieht betrübt aus.

»Die Frage ist schwer zu beantworten …«

»Versuchen Sie es.«

Sie scheint kurz zu überlegen und ringt die Hände im Schoß.

»Ich weiß nicht … Es war bloß ein Gefühl … So recht kann ich es nicht erklären. Womöglich hat Eva nicht direkt beschlossen, sich umzubringen. Vielleicht hat eine innere Stimme sie dazu gebracht oder so, ich weiß nicht, ich habe mit … psychischen Erkrankungen … keinerlei Erfahrung. Trotzdem … Es ging ihr schon eine Weile nicht gut. Sie wirkte irgendwie deprimiert und traurig, das habe ich gesehen, wenn sie draußen im Garten war. Sie sah aus, als würde sie die Last der Welt auf ihren Schultern tragen. Wissen Sie, was ich meine?«

Calle sieht Caroline fast schon angewidert an.

Die Nachbarin der Vendels spricht weiter.

»Ich hatte irgendwie das Gefühl, als wäre da Trauer in ihrem Blick, auch wenn sie gelächelt hat. Die Augen haben nie mitgelächelt. Ich glaube, sie war eine traurige Seele. Der Ansicht war ich schon lange.«

Caroline verstummt. Calle fordert sie mit einer Geste auf fortzufahren. Es funktioniert.

»Ich hatte das Gefühl, sie würde irgendwann einfach eingehen – an Traurigkeit. Oder Trauer. Oder Sorge – keine Ahnung, und jetzt spekuliere ich nur, und das ist eigentlich nicht meine Art. Ich weiß gar nicht, was ich hier sage … Hören Sie nicht auf mich.«

Sie lehnt sich erneut auf dem Sofa zurück. Calle reibt sich die Nasenwurzel.

»Sie kannten sie kaum, haben ihr aber angesehen, dass sie deprimiert war?«

Caroline nickt geistesabwesend.

»Wir waren Nachbarinnen. Ich habe sie fast täglich

gesehen. Und dass es ihr schlecht ging, hat man ihr schon von Weitem angemerkt – an der Haltung, an den Bewegungen. Am Blick und an der Stimme, wenn wir uns mal unterhalten haben. Was aber selten vorkam.«

»Für jemanden, der behauptet, er hätte Eva Vendel kaum gekannt, geben Sie gerade eine ganz brauchbare Analyse ab.«

Idun stößt einen stummen Seufzer aus. Diese verdammte Überheblichkeit.

Caroline indes zuckt nicht mit der Wimper.

Doch Calle ist noch nicht fertig.

»Sie scheinen sie ziemlich oft und aufmerksam beobachtet zu haben. Verbringen Sie viel Zeit im Garten?«

Ihr Blick verdüstert sich.

»Ich weiß genau, was Sie jetzt denken – dass ich so eine Verrückte bin, die den Nachbarn hinterherspioniert und sich dann Geschichten über sie ausdenkt, die kein bisschen der Wahrheit entsprechen.«

Calles Gesicht sagt alles: Genau das hat er gedacht.

»Aber da liegen Sie falsch. In einem Wohngebiet wie unserem passen wir aufeinander auf. Eva und ich waren nicht befreundet, wir hatten nie tiefergehende Gespräche bei einem Gläschen Wein oder bei einem Kaffee – wir waren bloß Nachbarinnen, und sie war deprimiert. Das konnte jeder sehen. Und wenn man einander gegenüber wohnt, dann sieht man sich manchmal öfter, als einem lieb ist. Eva ist gestorben, sie hat sich umgebracht, und das tut mir sehr leid – aber ich habe nicht vor, mich zu grämen, nur weil ich mitbekommen habe, dass es ihr nicht mehr gut ging. Ich verstehe auch gar nicht, warum Sie überhaupt mit mir reden wollten. Bei Selbstmord wird doch nicht ermittelt?«

Calle bleibt stumm, was ihm gar nicht ähnlichsieht.

Idun versucht es so behutsam wie nur möglich.

»Haben Sie Eva denn je gefragt, wie es ihr ging?«

»Nein. So eng war unser Verhältnis nicht.«

Idun nickt, um ihr zu verstehen zu geben, dass sie das nachvollziehen kann.

»Erzählen Sie uns mehr von Evas Affären.«

Caroline verändert die Sitzposition.

»Immer wenn Vidar auf Dienstreise war, standen Autos in ihrer Auffahrt. Es ist auch kein Geheimnis, dass es verschiedene Männer waren – die verschiedenen Autos waren ja nicht zu übersehen. Und dass eine Frau mit so einem Lebenswandel alles andere als glücklich ist, liegt doch wohl auf der Hand.«

Calle trommelt mit den Fingern aufs Knie.

»Kam da einer nach dem anderen? Oder waren es zwei oder mehrere auf einmal?«

Bei der Frage scheint Caroline zu stutzen.

»Es ist ja nicht so, als hätte ich hinter dem Vorhang gestanden und genau beobachtet, was Eva da treibt …«

Bei der offenkundigen Lüge würde Calle am liebsten die Augen verdrehen.

»Aber nein – es waren nicht mehrere Männer auf einmal. Unterschiedliche Autos zu unterschiedlichen Zeiten. Gott bewahre …«

Sie presst sich die Hand an die Brust, um ihr Entsetzen zu unterstreichen.

»Und woher wissen Sie, dass es unterschiedliche Autos waren?«

»Ich habe doch Augen im Kopf!«

»Und Sie haben gesehen, dass in den Autos unterschiedliche Personen saßen? Unterschiedliche Männer?«

Diesmal windet sich Caroline.

»Na ja, nicht direkt … Das war ja meist abends und dunkel. Und die Auffahrt der Vendels ist sehr schlecht beleuchtet. Trotzdem bin ich mir sicher, dass es verschiedene Fahrzeuge waren, und da kann man doch wohl davon ausgehen, dass es auch verschiedene Fahrer waren. Versteht sich von selbst, würde ich meinen.«

Idun und Calle haben fürs Erste keine weiteren Fragen. Sie bedanken sich und stehen auf. Caroline entschuldigt sich dafür, dass sie nicht mehr beitragen konnte, doch Idun versichert ihr, dass sie ihnen sehr wohl behilflich war. Sie und Calle teilen ihr mit, sie würden sich melden, wenn sich noch Fragen auftäten, und Caroline verspricht, dass sie sich ihrerseits meldet, wenn ihr noch etwas einfällt, was die Polizei interessieren könnte.

»Was immer es ist, und wenn es noch so unbedeutend wirkt – rufen Sie uns an.«

Caroline steht draußen auf der Zufahrt, als die beiden Ermittler in ihren Wagen einsteigen. Idun fährt vom Bordstein weg und verlässt das Wohngebiet in Richtung des Riksväg 97. Sie sind schon auf halbem Weg nach Luleå, als sie Calle einen flüchtigen Blick zuwirft. Gedankenversunken sitzt er neben ihr.

»Und? Was hältst du von Caroline Hofverts?«

Calle verzieht das Gesicht, dass seine Oberlippe fast die Nase berührt. Sein Gesicht ist zerknittert, und in den Runzeln scheinen die Sommersprossen ineinanderzufließen.

»Sie lügt. Ich weiß nicht, in welcher Hinsicht, und ich weiß verdammt noch mal nicht, warum – aber die Hofverts lügt, so viel kann ich dir sagen.«

Idun wirft einen Blick in den Rückspiegel. Um diese Uhrzeit ist die Verbindungsstraße annähernd verwaist.

Die Pendler, die täglich zwischen Boden und Luleå hin- und herfahren, sind noch eine Weile bei der Arbeit, ehe es Zeit für sie wird, nach Hause zurückzukehren.

»Ich hatte auch ein mulmiges Gefühl. Sie hat nicht aufrichtig gewirkt, andererseits könnte ich nicht genau sagen, wie ich daraufkomme. Es hat sich irgendwie nicht angefühlt, als würde sie rundheraus lügen – eher so, als würde sie ... falschliegen?«

Calle sieht aus dem Fenster. Rechts von ihnen zieht Gammelstad vorbei.

»Ich weiß auch nicht ... Aber Caroline Hofverts weiß mehr, als sie sagt, da bin ich mir sicher.«

Sie werden von Calles Handy unterbrochen. Er meldet sich mürrisch. Idun kann nicht hören, mit wem er spricht. Ohne sich zu verabschieden, legt er auf und schiebt das Handy in die Tasche am Hosenbein.

»Das war Siv. Du kannst wenden, wir fahren zurück nach Sunderby.«

Idun sieht ihn überrascht an.

»Sie hat die behandelnde Ärztin aus der Psychiatrie erreicht, eine gewisse Karin Simma. Vidar Vendel hat sich bereit erklärt, kurz mit uns zu reden. Es geht ihm nicht gut, aber er ist ›besprechbar‹ – was immer das heißen soll.«

Erneut sieht Idun in den Rückspiegel. Die Straße ist frei, und bei der nächsten Lücke in der Mittelleitplanke wendet sie scharf und fährt zurück in die Richtung, aus der sie gekommen sind. Als Idun Gas gibt, sind sie im Handumdrehen mit hundertfünfzig Sachen unterwegs. Diesmal zieht Gammelstad linker Hand an ihnen vorbei.

Luleå 1976

Der Kallax Airport ist ein graues Gebäude mit dreckigen Fenstern inmitten einer Riesenmenge Asphalt. Irgendein kleinmütiger Optimist hat versucht, den Anblick durch Petunien in großen Kübeln an den Eingängen aufzuhübschen, aber die armen Blumen sind in den kühlen Herbstnächten bereits eingeknickt.

Rita steht vor dem Eingang und raucht. Als sie ausatmet, bilden sich zwei wabernde Ringe, die gen Himmel schweben und sich in der diesigen Luft auflösen. Viola steht neben ihr. Schweigend wartet sie darauf, dass Rita fertig geraucht hat, auch wenn ihr lieber wäre, wenn die Zigarette nie zu Ende ginge. Lieber würde sie für den Rest ihres Lebens hier draußen stehen, als zu tun, was sie gleich tun wird.

Irgendwann ist Rita so weit.

»Scheiße, ist das kalt!«

Sie zieht sich den Kragen bis unters Kinn und stampft missmutig auf der Stelle. Viola weiß nicht, was sie erwidern soll. Der Kloß in ihrem Hals wird sekündlich größer. Er ist da, seit sie Papa beerdigt haben, und jetzt schwillt er abermals an, dass es fast wehtut. Sie weiß, dass es die Trauer ist, nur weiß sie nicht, wie sie die je wieder loswird, und weder Mama noch Rita wollen davon etwas hören. Sie wollen nicht hören, wie Viola um einen Vater weint, den niemand sonst zu betrauern scheint. Es ist schon bemerkenswert. Gewisse Menschen scheinen einfach nicht imstande zu sein zu vergeben.

Rita hustet und dreht sich um – so abrupt, dass Viola zusammenzuckt. Dann betritt Rita so schnell das Gebäude, dass Viola sich erst verwirrt umsieht, ehe sie ihr hinterherläuft. Ihre Beine eilen wie von selbst durch den großen Eingang, während in ihrem Kopf eine Stimme schreit, dass sie stehen bleiben soll. Das Herz hämmert in ihrer Brust, und ihr Hals tut so weh, als würde er jeden Moment bersten.

Rita steuert den Check-in an. Eine Frau mit gelblichem Haar und einer riesigen Menge Make-up im Gesicht sitzt hinter dem Schalter. Sie strahlt wie die Sonne, als Rita auf sie zutritt. Wenn sie es sich nur anders überlegen könnte … Wenn sie nur bleiben würde …

»Hallooo!«

Die geschminkte Frau klingt, als würde sie nach langer Zeit eine alte Freundin wiedersehen. Rita sieht sie verächtlich an.

»Sie verreisen?«

Die Frau blinzelt Rita munter an, die ihrerseits vielsagend auf ihre Reisetasche hinabstarrt. Dass sie die Frage schwachsinnig findet, kann man ihr ansehen, doch die Frau am Schalter scheint gegen Feindseligkeit immun zu sein.

»Dann wollen wir doch mal sehen, was wir da haben … Ein Gepäckstück, richtig?«

Sie klingt immer noch quietschvergnügt.

»Ja.«

Die Frau lächelt so breit, dass sich der rote Lippenstift aufhellt.

»Dann legen Sie die Tasche bitte aufs Band, damit ich das Schätzchen mit Namen und Flugnummer versehen kann.«

Rita stellt ihre Tasche auf das Gepäckband. Mit beiden Händen – die Fingernägel sind dunkelrot lackiert – legt die Frau einen breiten Klebestreifen um die Trageschlaufen. Anschließend drückt sie auf eine Taste, das Band setzt sich in Bewegung, und die Tasche verschwindet.

»Guten Flug!«

Sie klimpert fröhlich mit den Wimpern. Statt zu antworten, dreht Rita sich zu den Gates um und geht. Viola lächelt verlegen und nickt der geschminkten Frau zu, ehe sie Rita abermals hinterherläuft.

»Jetzt warte doch mal!«

Sie hört selbst, wie verzweifelt sie klingt, und ist gleichermaßen beschämt und traurig. Und allmählich steigt Panik in ihr auf.

Rita wird langsamer, aber erst als Viola zu ihr aufgeschlossen hat und sie am Arm berührt, bleibt sie wirklich stehen. Ihr Blick ist hart. Da ist keinerlei Freundlichkeit zu spüren, keine Traurigkeit, keine Wut. Das alles ist so grässlich, dass Viola heulen könnte, trotzdem reißt sie sich zusammen. Die beiden Schwestern stehen einander schweigend gegenüber. Um sie herum sind Menschen auf dem Weg irgendwohin oder zurück nach Hause. Viola weiß nicht, was sie noch sagen soll, während Rita ihrerseits überhaupt nichts zu sagen hat.

»Musst du wirklich weg?«, wispert Viola.

Rita schweigt.

»Ich will nicht, dass du fliegst.«

Ihr kommen die Tränen. Betreten blinzelt Viola sie weg. Rita starrt sie an, und dann ganz plötzlich und ohne Vorwarnung verändert sich etwas in ihrem Blick. Sie holt tief Luft; es klingt fast wie ein umgekehrter Seufzer.

»Ich *will* weg. Und das solltest du auch wollen.«

Viola schüttelt den Kopf.

»Wenn du jetzt fliegst – wen hab ich dann noch?«

Trotzig reckt Rita das Kinn vor. Sie sieht vollkommen leidenschaftslos aus.

»Genau das ist doch das Problem, Viola. Du glaubst, dass du außer dir selbst irgendwen anderen bräuchtest – aber du brauchst niemanden.«

Viola rührt sich nicht.

»Du brauchst mich nicht«, fährt Rita fort, »du brauchst Mama nicht und erst recht nicht Papa. Du kommst wunderbar allein klar.«

Ganz unerwartet – und für sie gänzlich ungewohnt – lodert Wut in Viola auf.

»Du bist doch nur sauer auf Papa! Und auf Mama! Ich verstehe das ja, trotzdem müssen wir doch zusammenhalten! Wir sind doch eine Familie! Und jetzt haben wir Papas Haus und alles geerbt – wir beide. Können wir nicht versuchen, das gemütlich zu machen? Nur für uns zwei?«

Erneut kommen ihr Tränen. Diesmal blinzelt sie sie nicht weg, sondern lässt ihnen freien Lauf.

Rita seufzt.

»Ich bin sauer. Und zwar zu Recht. Sie waren als Eltern komplette Versager. All das, was Papa uns zugemutet hat – die Schläge, die Drohungen, der Hohn. Das verzeihe ich ihm nie, und ich verzeihe Mama nicht, dass sie zu alldem den Mund gehalten hat.«

Viola hört ihr zu, wenn auch unfreiwillig.

»Denn weißt du was, Viola? Ein Vater sollte seine Kinder nicht schlagen. Und wenn, dann sollte die Mutter sofort ihre Sachen packen. Mama hätte ihn im selben Moment verlassen müssen, als er zum ersten Mal zugeschlagen hat.

Stattdessen hat sie sich entschlossen zu bleiben. Und ich habe nicht vor, ihr das zu verzeihen. Niemals.«

Sie hält kurz inne.

»Und von dem Haus will ich nichts mehr wissen. Das kannst du behalten oder anzünden – mir total egal.«

Inzwischen kann Viola die Schluchzer nicht mehr kontrollieren. Leute mit Reisegepäck gehen an ihr vorbei und sehen sie neugierig an. Aber Viola sind diese Leute egal. Sollen sie doch glotzen. Rita, ihre liebste Rita, will sie allein lassen. Es zerreißt ihr das Herz. Viola kriegt keine Luft mehr, weiß nicht mehr, wohin mit sich.

Rita steht ihr stumm gegenüber. Es dauert eine Weile, ehe Viola sich wieder beruhigt hat. Als sie das Wort ergreift, spricht sie so leise, dass niemand es hören kann – weil sie sich dafür schämt, weil sie sich mit jeder Faser im Leib dafür schämt.

»Ich weiß, dass er ein Schläger war. Aber das war doch nicht Mamas Schuld!«

Sie sieht, wie Ritas Nasenring vor Zorn zittert.

»Sag, dass es anders war, bitte …«

Viola klingt nur mehr verzweifelt.

Rita schluckt trocken. Dann macht sie einen kleinen Schritt auf sie zu, sodass ihre Gesichter nur noch Zentimeter voneinander entfernt sind.

Ihre Stimme trieft vor Verachtung.

»Da werden wir nie einer Meinung sein. Die Mutter, die bleibt, wenn das eigene Kind grün und blau geprügelt wird, ist genauso verantwortlich wie der Vater, der zuschlägt. So ist es nun mal. Erinnere dich eines Tages daran. Wenn du mal eigene Kinder hast, mit einem Mann, der sie schlägt, dann *musst* du ihn verlassen. Hörst du? Sonst bist du selbst nämlich genauso übel. Du und ich, wir wissen beide, dass Mamas Schweigen ein genauso großer Verrat an uns war wie die Schläge an sich.«

Dann dreht sie sich um und geht. Ihre Absätze klappern über den harten Bodenbelag.

Viola kann sich nicht von der Stelle rühren. Sie will Rita nachlaufen, will sie festhalten und umarmen und schreien, dass sie bleiben soll. Trotzdem steht sie wie angewurzelt da. Die Scham brennt in ihrer Brust. Tränen der Trauer laufen ihr übers Gesicht.

Weil Rita natürlich recht hat. Papa war ein Schläger, und Mama hat nichts dagegen getan. Aber das würde Viola niemals laut aussprechen.

Vielleicht hätte Viola sich anders verhalten, wenn sie gewusst hätte, dass dies ihre letzte Begegnung mit Rita war. Aber in diesem Moment weiß sie das noch nicht. Deshalb steht sie bloß stumm da, während Rita durch das Gate verschwindet.

Wie eine nagende Erinnerung an den Verlust des jeweils eigenen Krankenhauses zweier benachbarter Städte liegt das große Kreiskrankenhaus genau zwischen Boden und Luleå.

Nachdem sie von der 97 abgefahren ist, fährt Idun über die enge Zufahrtskurve auf den Klinikparkplatz. Sie finden eine Parklücke, Calle legt das gelbe Polizeieinsatz-Schild unter die Windschutzscheibe, und sie steigen aus.

Sie überqueren den Parkplatz. Das Krankenhaus ist ein halbrunder Koloss, der hoch in den Himmel aufragt. Mit dem hellen Backstein und den langen Fensterreihen erinnert es an eine Universität. Idun kann der Architektur nicht viel abgewinnen, obwohl ihr der Zweck des Gebäudes an sich durchaus zusagt. Sie hat nie verstanden, wie Menschen sich vor Krankenhäusern fürchten können. Wenn es einen Ort gibt, in dem man in Sicherheit ist, dann doch wohl hier.

Wie um sich selbst zu widerlegen, wirft sie einen zaudernden Blick in Richtung Notaufnahme. Sofort zieht sich in ihr alles zusammen. Dort drinnen wurde ihr die zweifellos traurigste Nachricht ihres Lebens überbracht. Zusammen mit Mika und Papa Per musste sie sich dort die schlimmste Mitteilung überhaupt anhören.

Sie halten auf den Eingang zu und lassen die surrende Glastür hinter sich. Dahinter geht es nach rechts in die

Dermatologie, zur Spieltherapie und zu den Kreißsälen; sowohl Idun als auch Calle waren schon zu mehreren Gelegenheiten dienstlich in der Psychiatrie und wissen, dass diese in der entgegengesetzten Richtung hinter der Lungenambulanz, der Orthopädie, der Klinikbibliothek und der Rheumatologie liegt.

Sie gehen an all diesen Stationen vorbei und stehen schließlich vor dem verschlossenen Eingang zur Psychiatrie. Von dem strammen Marsch ist Idun warm geworden. Sie zieht die dünne Jacke aus, während Calle bereits auf den Klingelknopf drückt. Eine beleibte Krankenschwester macht ihnen auf. Mit freundlich-fragendem Blick sieht sie erst Idun, dann Calle an.

»Ja?«

Sie hat die Hand nicht von der Klinke genommen und blockiert ihnen mit ihrer Leibesfülle den Weg.

»Mein Name ist Idun Lind, und das ist mein Kollege Calle Brandt. Wir sind von der Polizei.«

Die Krankenschwester sieht sie ernst an. Dann tritt sie wortlos beiseite, damit Idun und Calle eintreten können. Die Tür gleitet lautlos hinter ihnen zu, und das elektrische Schloss surrt kurz, als der Riegel sich vorlegt.

Die Schwester streckt ihnen die Hand entgegen.

»Ich heiße Lisbeth Halvarsson und bin hier die leitende Ambulanzschwester.«

Idun sieht sich um. Es sind keine Patienten in der Nähe. Lisbeth scheint ihre Gedanken zu lesen.

»Nach dem Mittagessen ist Mittagsruhe. Sie sind alle auf ihren Zimmern. Wir haben hier nur Einzelzimmer. Ich kann Sie trotzdem nicht hereinlassen, ohne dass der zuständige behandelnde Arzt sein Einverständnis gegeben hat.«

Calle, der bislang kein Wort gesagt hat, strafft die breiten Schultern.

»Mit der behandelnden Ärztin haben wir bereits Kontakt aufgenommen. Unsere Kollegin hat sie aus dem Kommissariat angerufen … eine gewisse Karin Simma?«

Lisbeth nickt bedächtig.

»Karin, ja? Na, dann darf ich Sie bitten, mit mir mitzukommen. Sie hat ihr Sprechzimmer ein Stück weiter in der Station.«

Sie dreht sich um und watschelt langsam vor Idun und Calle her den Flur entlang. Idun stellt für sich fest, dass die leitende Ambulanzschwester offenbar wirklich nicht schneller gehen kann. Zu allem Überfluss ist die Abteilung trist und unansehnlich: hellblaue Wände mit furnierten Handläufen zu beiden Seiten, nirgends Bilder oder anderer Wandschmuck, nur runde weiße Wandleuchten in regelmäßigen Abständen. Immerhin tauchen sie den ansonsten nichtssagenden Flur in halbwegs angenehmes, warmes Licht.

Zu guter Letzt bleibt Lisbeth vor einer Tür stehen und klopft leise an. Von der anderen Seite ist ein *Herein* zu hören, und sie schiebt die Tür auf.

Hinter einem Schreibtisch sitzt eine Frau in einem weißen Kittel: Anfang sechzig, attraktive Fältchen, neugieriger Blick. Schulterlanges, glattes graues Haar umrahmt ihr schmales Gesicht. Sie hat sich die Bildschirmarbeitsplatzbrille in die Stirn geschoben, sagt kein Wort, sieht das Trio jedoch erwartungsvoll an.

Lisbeth fordert Idun und Calle mit einer Geste auf, auf den Besucherstühlen vor dem Schreibtisch Platz zu nehmen. Die Ärztin sieht sie ohne jede Regung an, steht aber auf, um ihnen über den Tisch hinweg die Hand zu geben.

»Karin Simma. Sehr erfreut.«

Auch Idun und Calle stellen sich vor.

»Dann habe ich mit Ihnen telefoniert?«

Karin sieht Idun an, die den Kopf schüttelt.

»Das war unsere Kollegin Siv. Sie hat uns angekündigt. Wir müssten mit einem Ihrer Patienten sprechen, mit Vidar Vendel.«

Lisbeth murmelt etwas in sich hinein und lässt sie wieder allein. Ohne ein Wort zu sagen, lehnt Karin sich auf ihrem Stuhl zurück und legt beide Hände auf die Schreibtischplatte. Ihre Körpersprache ist offen und entspannt, doch ihr Blick ist leicht reserviert.

»Vidar Vendel, ja ... Sie können sich unterhalten, aber er bekommt immer noch Medikamente und ist sehr müde. Der erste Schock ist aber ausgestanden. Als die Sanitäter ihn gebracht haben, wusste er erst nicht, wo er sich befand oder was überhaupt passiert war – fraglos eine natürliche Reaktion, wenn auch für den Patienten nicht ganz leicht zu handhaben, wenn ein traumatisches Ereignis stattgefunden hat. Und in diesem Fall scheint es sich mir um einen besonders harten Schicksalsschlag zu handeln.«

Karin Simma spricht, als hielte sie eine Vorlesung. Sie offenbart keine Regung, und was sie sagt, klingt nach nüchterner Information. Idun weiß: Es liegt an ihrem Beruf. Als Oberärztin der Psychiatrie gehören Traumata zu Karins Alltag. Eigene Empfindungen angesichts schlimmer Schicksale von Patienten werden über die Jahre, die es dauert, bis man zur Oberärztin befördert wird, abgestellt.

Karin Simma wirft einen Blick auf die Uhr; das Uhrenband scheint aus echtem Gold zu bestehen.

»Sie können gern gleich mit Vidar sprechen. Aber er wird wie gesagt medikamentiert und ist möglicherweise nicht ganz bei der Sache … Aus rechtlicher Sicht muss ich überdies erwähnen, dass die Medikamente sein Erinnerungsvermögen beeinträchtigen können. Was er Ihnen erzählt, muss nicht notwendigerweise so geschehen sein. Schwere Traumata können zu Trugwahrnehmungen und Halluzinationen führen – das ist eine Art Schutzmechanismus, um das Ichbewusstsein vor dem Zusammenbruch zu bewahren. Im akuten Stadium hat der Patient darüber keine Kontrolle.«

Idun nickt, muss aber zugleich einen Seufzer unterdrücken. Die Ärztin scheint zu glauben, dass sie und Calle, was Befragungen traumatisierter Patienten angeht, vollkommene Grünschnäbel sind.

»Wenn es in Ordnung wäre«, sagt Idun und versucht, nachdrücklich, aber nicht unwirsch zu klingen, »dann würden wir uns tatsächlich gern mit ihm unterhalten.«

Karin Simma steht auf.

»Dann schauen wir doch mal, ob er dazu imstande ist. Folgen Sie mir doch bitte!«

Sie verlassen Karins Sprechzimmer und gehen den Flur entlang. Karin geht eindeutig schneller als Lisbeth. Die geschlossenen Türen zu beiden Seiten haben die gleiche nichtssagende Farbe wie die hellbraunen Handläufe. Jede Tür ist nummeriert. Vor Nummer 34 bleibt Karin stehen. Sie klopft an, wartet dann aber nicht die Reaktion von drinnen ab, ehe sie die Tür aufschiebt.

Das Licht, das durch die Jalousien fällt, sieht aus wie gelbgrauer Nebel. An der rückwärtigen Wand steht ein Krankenbett. Von der Tür aus können sie Vidar zwar nicht ins Gesicht sehen, trotzdem geht Idun davon aus, dass er es ist. Unter dem Fenster stehen zwei zerschlissene Sessel. In einem davon sitzt eine junge Frau. Sie sieht abgekämpft aus, aber nicht abweisend. Glattes braunes Haar, das zu einer modischen Frisur geschnitten ist. Eine hellblaue Bluse, die in der hohen Taille der sichtlich teuren Jeans steckt. Sie hat die Beine angezogen, die Arme um die Knie geschlungen und sieht aus, als würde sie frieren, obwohl es sehr warm im Zimmer ist.

»Hej, Nadja. Die Polizei ist hier und möchte gern mit Ihrem Vater sprechen.«

Nadja Vendel bedenkt Karin Simma mit einem langen Blick, sagt aber nichts. Karin geht ohne ein weiteres Wort an ihr vorbei auf das Krankenbett zu und legt Vidar die Hand an die Schulter.

»Vidar?«

Der Mann sieht aus wie Mitte, Ende sechzig. Er ist aschfahl im Gesicht. Das verschwitzte Haar ist dunkel, auch wenn die grauen Einsprengsel nicht mehr zu übersehen sind. Er hat Bartstoppeln auf Kinn und Wangen. Die Augen sind geschlossen. Idun könnte nicht sagen, ob er schläft oder nicht, aber sie hofft, dass er wach ist. Die Lippen sehen bläulich aus, als würde er nicht genug Sauerstoff einatmen.

»Vidar, hören Sie? Das hier sind Idun Lind und Carl Brandt. Sie sind von der Polizei und möchten sich kurz mit Ihnen unterhalten. Ich bin die ganze Zeit hier, und Sie entscheiden, ob Sie reden wollen oder nicht. Sofern Sie denn meinen, dass Sie das schaffen.«

Langsam schlägt Vidar die Augen auf. Mit nur halb geöffneten Lidern sieht er die Ärztin an, sagt aber kein Wort. Idun ist leicht irritiert. Nicht Vidar entscheidet, ob sie sich unterhalten – die Lage ist immer noch akut.

Als hätte sie es laut ausgesprochen, bewegt er die Lippen, klappt ein paarmal den Mund auf und wieder zu, bekommt aber noch immer keinen Ton heraus. Karin sieht ihm unverwandt ins Gesicht.

»Ich glaube, es ist einfacher, wenn Sie sitzen. Sollen wir Ihr Bett hochfahren?«

Vidar schließt die Augen und liegt so lange still da, dass Idun schon glaubt, er wäre eingeschlafen. Doch nach einer Weile nickt er.

Karin greift zu der Fernbedienung auf dem Bettlaken und drückt ein paar Tasten. Langsam und surrend fährt das Kopfende hoch, bis sich Vidar in halb sitzender Position befindet. Karin legt die Fernbedienung zurück aufs Bett und greift stattdessen zu einem Wasserglas auf dem Nachttisch. Sie setzt es Vidar an die Lippen, der ein paar kleine Schlucke nimmt, ehe er mit den kraftlosen Fingern zuckt, um ihr zu signalisieren, dass er genug hat. Auch wenn die Bewegung minimal war, hat Karin sie bemerkt. Sie stellt das Glas wieder neben das Bett und dreht sich zu Idun und Calle um.

»Ich bleibe im Zimmer, und ich entscheide, ob das Gespräch irgendwann abgebrochen werden muss. Mir geht es dabei einzig um das Wohl des Patienten. In diesem Zimmer hat die medizinische Einschätzung oberste Priorität.«

Sie sagt es ganz nüchtern, und Calle tritt bereits vor, um Einspruch zu erheben, doch Idun kommt ihm mit einem ebenso nüchternen *Jawohl* zuvor. Damit wären die Rahmenbedingungen der Unterhaltung ausgehandelt.

Karin setzt sich auf den leeren Sessel zu Nadja. Vidars Tochter sagt noch immer kein Wort. Idun geht näher an das Bett heran und wartet, bis Vidar sie zur Kenntnis genommen zu haben scheint. Langsam dreht er den Kopf in ihre Richtung und sieht sie apathisch an. Calle steht einen guten Meter hinter ihr und macht keinerlei Anstalten vorzutreten. Idun ahnt, dass er ihr die Gesprächsführung überlassen will.

»Ich heiße Idun Lind und bin von der Polizei.«

Vidar sieht sie müde an.

»Zuallererst will ich Ihnen mein Beileid ausdrücken. Mir ist klar, dass Sie eine sehr schwere Zeit durchmachen.«

Er sieht sie weiter stumm an.

»Mir ist auch klar, dass es nicht leicht für Sie ist, jetzt schon mit uns zu sprechen. Aber uns ist sehr daran gelegen, denjenigen dingfest zu machen, der dieses schreckliche Verbrechen verübt hat. Deshalb müssen wir in diesem frühen Stadium mit Ihnen reden. Ich wollte, wir könnten es aufschieben, aber das geht leider nicht.«

Idun hört, wie Karin sich auf ihrem Sessel umsetzt. Sie weiß, dass das Rascheln eine wortlose Erinnerung an die anwesende Ärztin und deren Autorität ist. Sie kann dieser Unterhaltung jederzeit ein Ende setzen.

Idun wartet kurz ab. Und es hat den erhofften Effekt.

Vidar blinzelt ein paarmal, ehe er langsam die Lunge füllt. Seine Antwort ist ein heiseres Wispern.

»Ich gebe mein Bestes, um Ihnen zu helfen.«

Idun ist insgeheim überrascht, dass er gleich mit einem ganzen Satz antwortet. Sie nickt ihm dankbar zu.

»Haben Sie irgendeinen Verdacht, wer Eva das angetan haben könnte? Irgendwer – wer auch immer –, der Ihnen einfällt?«

Vidar kneift die Augen fest zu. Seine Stimme klingt noch heiserer.

»Keine Ahnung … Überhaupt keine Ahnung …«

Idun bleibt reglos an der Bettkante stehen.

»Hatte Eva Feinde?«

Er schlägt die Augen wieder auf. Sie füllen sich mit

Tränen, und mühsam versucht er, sie wegzublinzeln, doch es gelingt ihm nicht. Er muss rasselnd husten.

»Es ist einfach so schrecklich, von ihr in der Vergangenheit zu reden. Sie fragen, ob Eva Feinde *hatte*. Nicht, ob sie welche *hat*.«

Idun beißt sich auf die Lippe. Sie wartet kurz ab, ehe sie die Frage abermals stellt, wenn auch anders formuliert.

»Sind Ihnen denn Feinde bekannt? Irgendwer?«

Erneut schüttelt Vidar langsam den Kopf.

»Eva hat keine Feinde. Jeder mag sie. Ich wüsste niemanden, der ihr etwas Böses …«

Ihm versagt die Stimme, und er verzieht das Gesicht. Eine Weile laufen ihm stumme Tränen über die Wangen.

Idun wartet geduldig ab.

Irgendwann hat er sich so weit beruhigt, dass Idun weitere Fragen stellen kann. Sie ist sich die ganze Zeit über bewusst, dass Oberärztin Simma mithört.

»Wissen Sie, wo Eva sich gestern tagsüber aufgehalten hat?«

Es scheint ihn Kraft zu kosten, er sieht fast aus, als würde es ihm wehtun zu antworten, und Idun glaubt sogar, dass es wirklich so ist – dass er unerträgliche Schmerzen empfindet, während er über den Umstand reden muss, dass seine geliebte Frau tot ist.

»Sie war bei der Arbeit. Oder zumindest nehme ich das an. Wenn sie dort nicht aufgetaucht wäre, hätte ich das erfahren. Evas engste Kollegin ist eine Freundin von uns, Majgull Rasmusson.«

Idun weiß, dass Calle den Namen aufschreibt. Sie selbst steht reglos da und wartet auf die Fortsetzung. Sie darf auf Vidars Antworten nicht spontan reagieren, wenn sie seine Gedankengänge und Antworten nicht beeinflussen will.

»Hatte Eva viele Kollegen?«

Darüber scheint Vidar nachzudenken.

»Wie viele arbeiten wohl in einer Schule? Ich bin mir nicht sicher. Sie hat Kollegen … Aber wie viele? Ich weiß es nicht.«

Er verstummt und dreht sich zum Fenster. Idun ahnt, dass er die Frage nach den Kollegen seiner Ehefrau beantwortet hat, so gut er nur konnte; außerdem spürt sie, dass er nicht weitersprechen will – ein Wunsch, den sie ihm leider nicht erfüllen kann.

»Evas engste Angehörige sind Sie und Nadja, nicht wahr?«

Sie nickt dabei über die Schulter in Richtung der jungen Frau auf dem Sessel. Nadja reagiert darauf nicht, doch Idun sieht aus dem Augenwinkel, wie Karin Simma einen tapferen Versuch unternimmt, Vidars Tochter mitfühlend zuzulächeln. Es gerät eher zur albernen Grimasse.

»Evas Vater«, antwortet Vidar tonlos, »wohnt in Piteå im Altersheim. Er ist ein bisschen verwirrt, aber die beiden kommen gut aus, auch wenn er nicht immer weiß, wer sie ist, wenn sie ihn besucht. Oder … na ja. Dass sie gut miteinander auskommen, kann ich wohl kaum mehr sagen. Sie *kamen* gut miteinander aus.«

Er fängt an zu zittern. Dann bricht er erneut in Tränen aus, diesmal mit Wucht – der ganze Mann zittert. Idun weicht ein Stück zurück, und kurz befürchtet sie, dass es ein epileptischer Anfall sein könnte, ehe ihr dämmert, dass ihn soeben nichts weiter als die reinste, überwältigende Trauer gepackt hat.

Dann reißt er die Arme hoch, und binnen weniger Sekunden schlägt sein hysterisches Schluchzen in eine Panikattacke um. Er bebt am ganzen Leib, reißt die Augen weit auf und scheint nicht mehr genug Luft zu bekommen. Karin Simma ist sofort zur Stelle. Sie drückt ihm eine Hand auf die Schulter, während sie mit der anderen nach der Fernbedienung greift, um das Kopfende des Bettes nach unten zu fahren.

»Vidar«, sagt sie ganz ruhig, »Sie haben eine Panikattacke. Die ist nicht gefährlich und geht wieder vorbei. Atmen Sie durch die Nase.«

Während das Kopfende des Bettes nach unten fährt, schlägt Vidar weiter mit den Armen aus. Der eben noch kraftlose Körper scheint plötzlich voller explosiver Energie zu sein. In seinen Augen lodert eine Angst, die größer als das ist, was Idun zuvor an ihm wahrgenommen hat. Karin bleibt an seiner Seite. Sie hält seine Hände fest und redet in einem fort ruhig auf ihn ein. Nach ein paar Minuten wird sein Keuchen langsamer, er hört auf zu fuchteln und blickt nur mehr erschöpft drein. Als Karin sich sicher sein kann, dass er ruhig bleibt, legt sie ihm erneut die Hand auf die Schulter. Dann dreht sie sich zu Idun um. Unaufgeregt verkündet sie ihren Entschluss.

»Diese Unterhaltung ist hiermit vorbei. Vidar hat fürs Erste nichts mehr zu sagen.«

Enttäuscht muss Idun es hinnehmen. Sie murmelt einen Dank für das Gespräch, das sie abbrechen müssen, und sieht Vidar fast fürsorglich an, ehe sie und Calle das Zimmer verlassen.

Draußen auf dem Flur stützt Idun sich auf den braunen Handlauf. Calle steht neben ihr und scheint tief in Gedanken versunken zu sein.

»Verdammt!«

Idun muss sich zusammenreißen, um nicht die Faust auf den Handlauf zu donnern. Calle sieht sie verbissen an.

»Ich hatte gerade erst angefangen.«

Calle brummt etwas Unverständliches vor sich hin.

»Was war das? *Was* machen wir jetzt?«

Idun ist gleichermaßen wütend und ratlos. Calle scheint noch kurz nachzudenken, ehe er endlich antwortet.

»Vidar steht unter Schock. Mit dem sprechen wir zu einem späteren Zeitpunkt. Umso interessanter scheint mir die Tochter zu sein.«

»Nadja? Was interessiert dich an ihr?«

Calle sieht Idun vielsagend an.

»Die wirkte da drinnen völlig unbeteiligt.«

Idun sieht sich auf dem Flur um. Es ist niemand zu sehen.

»Unbeteiligt? Ich weiß nicht. Eher mitgenommen ... oder vielleicht vor Trauer wie gelähmt?«

Calle seufzt theatralisch. Idun weiß, dass er manchmal kaltschnäuzig ist, und reagiert deshalb nicht, aber er lässt nicht locker.

»Die war weder mitgenommen noch vor Trauer gelähmt, das ist ja das Komische. Ich kann dir nicht sagen, was, aber irgendwas stimmt mit ihr nicht, glaub mir.«

Mit einem Mal fühlt sich Idun erschöpft.

»Wovon redest du?«

Calle drückt den Rücken durch und stemmt die Hände in die Hüften.

»Nadja war völlig ungerührt, als ihr Vater von Eva erzählt hat. *Ungerührt*, verdammt noch mal. Ich hab sie die ganze Zeit von der Seite beobachtet, weil ich es merkwürdig fand, dass sie einfach nur dasaß – vollkommen regungslos. Also, abgesehen von den Augen.«

»Den Augen?«

Idun massiert sich die Schläfen. Da bahnen sich Kopfschmerzen an.

»Das Gesicht sah aus wie eine Maske – abgesehen von den Augen. Die haben gefunkelt. Vor Freude.«

Idun sieht ihn skeptisch an.

»Noch mal: Wovon redest du? *Freude* – in den Augen?«

Calle schnaubt.

»Du hast mich ja wohl verstanden. Nadjas Augen haben vor Freude gestrahlt. Je länger Vidar geredet hat, umso zufriedener sah seine Tochter aus.«

Idun verspürt ein Ziehen in der Magengrube.

»Du willst damit sagen, dass sie starr dasaß und sich insgeheim ins Fäustchen gelacht hat? Meinst du das?«

Calle nickt.

»Genau das meine ich. Wunderbar, dass dein Gehör endlich wieder zu funktionieren scheint.«

Darüber muss Idun erst nachdenken.

»Kannst du das irgendwie ausführen?«

Calle dehnt seinen Hals, dass es knackst.

»Wie schon gesagt, ihr Blick war vergnügt. Die Augen haben richtig gestrahlt und gelacht. Und dann hat sie auch noch die Fäuste geballt – beide.«

»Sie hat die Fäuste geballt?«

Calle führt es ihr vor, ballt die Fäuste und nimmt sie seitlich hoch.

»So – eine richtige Siegesgeste.«

Idun hält den Atem an. Auch darüber muss sie erst nachdenken.

Aber Calle ist noch nicht fertig.

»Du weißt genau, was ich meine, Idun. Das Fräulein freut sich wie blöd, dass die Stiefmutter tot ist. Und sie freut sich sogar, wenn ihr Vater dabei in Todesangst gerät.«

Boden 1977

Der Kaffee ist sehr stark und heiß. Vorsichtig nippt Viola an der Tasse, trotzdem verbrennt sie sich daran. Sie atmet scharf durch die fast geschlossenen Lippen ein, sodass die Luft sich kühler anfühlt, als sie tatsächlich ist, aber so tut es der Zunge gut.

Verlegen blickt sie zu dem Mann auf, der ihr gegenübersitzt.

»Ziemlich heiß. Aber gut.«

Sie spricht leise. Er sieht sie durchdringend an. Er sieht gut aus, ist groß, breit gebaut, an der Grenze zur Grobschlächtigkeit. Er hat hohe Wangenknochen, aschgraue Augen und einen intensiven Blick.

»Trinkst du jeden Tag Kaffee?«

Die Stimme ist sonor. Sein Adamsapfel hüpft auf und ab, wenn er spricht.

Viola nickt zögerlich.

»Ja. Das ist womöglich das einzige Laster, was ich im Leben habe.«

Sie lacht verlegen. Er sieht sie amüsiert an.

»Dein einziges Laster?«

Nachdenklich nickt sie.

»Ich rauche nicht, trinke nicht, esse halbwegs gesund – glaube ich zumindest.«

Wieder dieses verlegene Lachen. Diese Unsitte, sich selbst kleinzumachen.

»Du trinkst keinen Alkohol? Niemals?«

Er lehnt sich auf dem Bistrostuhl zurück und sieht sie immer noch halb amüsiert, halb skeptisch an. Schlagartig ist Viola verunsichert.

»Nein. Oder … doch. Also, manchmal schon. Bei Feiern … Ich weiß nicht. Trinkst du öfter?«

Die Unsicherheit führt dazu, dass sie sich verhaspelt. Die Frage, die sie ihm stellt, klingt fast wie ein Vorwurf, und sie hört es im selben Moment, als sie ihr über die Lippen schlüpft, aber da ist es bereits zu spät. Ihre Wangen glühen, und sie bekommt schweißnasse Hände. Mit einem Mal fühlt sich die Kaffeetasse rutschig an, sie stellt sie auf den Unterteller und legt die Hände in den Schoß. Als sie erneut aufblickt, ist sie erleichtert, dass ihn die Frage anscheinend nicht aufgebracht hat.

»Nicht oft, nein. Aber hin und wieder schon. Ein Bier oder ein Glas Wein zum Essen ist doch ganz nett?«

Sie lächelt.

»Na klar kann ein Glas Wein manchmal nett sein. Gekühlter Weißwein auf jeden Fall, das muss ich zugeben.«

Wieder das zaudernde Lachen. Sie hört selbst, wie gekünstelt es klingt, und bemüht sich, nicht zu laut zu werden.

»Na also. Dann kann ich dich vielleicht mal zu einem guten Abendessen und ein, zwei Gläschen Wein einladen. Wie wäre es mit Freitag? Was meinst du?«

Erneut steigt ihr die Hitze in die Wangen, diesmal jedoch, weil sie glücklich ist. Das Gefühl, wahrgenommen und obendrein auch noch zum Essen eingeladen zu werden, ist für sie eine neue Erfahrung. Eine lang ersehnte Erfahrung. Aber auch neu.

»Das wäre nett.«

Sie klingt ein bisschen zu schrill. Betreten schlägt sie sich die Hand vor den Mund, spürt die Bläschen auf der Zunge, die sich gegen den Gaumen pressen. Sie hat sich schlimmer die Zunge verbrannt, als sie dachte.

Der Mann mit den grauen Augen nickt erfreut.

»Dann machen wir es so. Ich hole dich um sechs Uhr ab.«

Viola lächelt so sachte, wie sie nur kann. Eigentlich hat sie freitags immer erst um sieben Uhr Feierabend, aber damit will sie ihn nicht behelligen. Irgendwie kriegt sie das schon hin.

Er hebt die Hand, um die Bedienung hinter dem Tresen auf sich aufmerksam zu machen, die ihn prompt ermunternd anlächelt. Verwundert stellt Viola fest, dass sie einen Hauch Eifersucht in der Magengegend verspürt.

»Wir nehmen noch Wein. Zwei Gläser Rotwein, gern einen ordentlichen Bordeaux.«

Dann dreht er sich wieder zu Viola um und grinst sie breit an. Die grauen Augen blitzen.

»Dass wir uns zum Abendessen verabredet haben, muss schließlich gefeiert werden.«

Viola nickt bloß zur Antwort. Behutsam schiebt sie die halb leere Kaffeetasse von sich weg. Die Bläschen im Mund tun höllisch weh.

Sonntag, 23. August

Mika steht mit dem Rücken zu Idun an der Küchenspüle. Mit einem scharfen Messer schneidet sie Walnussbrot in dünne Scheiben und legt sie in den Brotkorb aus Pressglas.

Idun sitzt an der Kücheninsel, hat die Ellenbogen aufgestützt und beobachtet ihre kleine Schwester. Mika hat ihre blonden Haare zu einem losen Dutt zusammengebunden, trägt graue Shorts, einen dünnen Pullover und die breite Silberkette, die sie von ihrer Mutter geschenkt bekommen hat. Idun weiß, dass das silberne Herz über dem Brustbein der Schwester liegt. Behutsam berührt sie ihren eigenen Anhänger, der genauso aussieht. Der Kloß im Hals kommt unerwartet, und sie muss ein paarmal schlucken, damit die Tränen nicht kommen, die sich spürbar anbahnen.

Wie auf Kommando dreht Mika sich um, stellt den Brotkorb auf die Kücheninsel, neigt den Kopf leicht zur Seite und sieht Idun forschend an.

»Was ist los?«

Idun weiß, dass sie für Mika ein offenes Buch ist.

»Ich musste an Mama denken. Da war ich kurz vernebelt.«

Mika lächelt sanft.

»Ich denke auch oft an sie. Täglich. Manchmal bin ich dann auch vernebelt, manchmal traurig, und manchmal muss ich bei all den schönen Erinnerungen lachen. Und manchmal muss ich mich im Bad einschließen und heulen wie ein Schlosshund, bis Robban mich suchen kommt.«

Gegen ihren Willen muss Idun lachen.

»Es würde dir guttun, Idun, wenn du auch manchmal heulen würdest wie ein Schlosshund.«

Bevor Idun antworten kann, kommt ihr Vater in die Küche. In der einen Hand hält er drei Weingläser, in der anderen eine Flasche Rioja. Mit erwartungsvollem Blick nimmt er die Flasche hoch. Mika nickt.

»Ich nehme gern ein Glas.«

Papa sieht zu Idun und runzelt sofort die Stirn, als er sieht, dass sie beide Hände gehoben hat.

»Danke, das ist lieb, aber ich will nicht. Ich habe morgen früh Lauftraining.«

Papa Per brummt etwas und stellt die Flasche neben den Brotkorb. Dann streicht er Idun übers Haar.

»Morgen ist ein neuer Tag.«

Seine Stimme klingt dunkel und wohlig, als käme sie tief aus dem Bauch. Idun weiß, er findet, dass sie es sowohl mit dem Training als auch mit der Ernährung übertreibt, aber gleichzeitig ist er auch stolz auf sie: Sie legt eine Entschlossenheit an den Tag, die nur wenige haben, auch wenn ihr das im sozialen Zusammenhang hier und da in die Quere kommt – zumindest behauptet das Mika.

»Japp. Und an so einem neuen Tag geht es einzig und allein um meine Laufleistung. Deshalb halte ich mich am Tag davor lieber vom Wein fern – trotzdem danke.«

Sie essen im Wohnzimmer. Robban hat Spätschicht, deshalb hat Papa nur für drei eingedeckt – samt Kerzen und Servietten. Der Hühnchenauflauf schmeckt lecker nach Knoblauch und Champignons. Papa nimmt sich eine Scheibe Brot und dippt Soße auf.

»Wie läuft's bei der Arbeit, Idun?«

Die Antwort fällt knapper aus als beabsichtigt.

»Läuft.«

Verwundert sieht er sie an. Idun legt ihr Besteck auf den Teller.

»Wir stehen in den Startlöchern zu einer Mordermittlung.«

Jetzt legt auch Papa klappernd sein Besteck beiseite.

»Eine Mordermittlung?«

Idun nimmt einen Schluck Eiswasser.

»Wir haben gerade angefangen, das Umfeld des Opfers abzuklopfen. Da stehen uns noch zig Gespräche und Befragungen bevor. Wir warten auch noch auf den Bericht aus der Rechtsmedizin. Der kommt wohl Anfang der Woche.«

»So schnell geht das mit einer Obduktion? Im Fernsehen müssen sie immer ewig auf Analysen und so was warten.«

»Ein Mord hat immer oberste Priorität. Die Leiche wird in der Rechtsmedizin vorgezogen. Ich nehme an, sie wird entweder heute noch oder gleich morgen untersucht. Bestimmte Analysen brauchen ein paar Tage, aber die wichtigsten Untersuchungen gehen in der Regel schneller.«

Papa und Mika hören ihr aufmerksam zu. Iduns Beruf fasziniert sie.

»War es ein Raubüberfall?«

Idun schüttelt den Kopf.

»Sie ist in den eigenen vier Wänden ermordet aufgefunden worden. Aber das bleibt bitte unter uns.«

Papa macht ein betretenes Gesicht.

»Wie schrecklich. So etwas macht mich echt fertig.«

In seiner Stimme klingt trauriger Ernst mit. Mit seiner langjährigen Erfahrung in der Psychiatrie weiß er natürlich, was ein Mord für die Angehörigen eines Opfers bedeutet. Das Trauma kann derart tief sitzen, dass man nicht mehr imstande ist, sein Leben weiterzuleben, selbst wenn man über Jahre professionelle Hilfe bekommt.

Mika lenkt das Gespräch von der Gefühls- zur Faktenlage.

»Was erhofft ihr euch von der Obduktion?«

Idun sieht sie dankbar an.

»Zum einen die Todesursache, zum anderen brauchen wir den Zeitpunkt der Tat. Der hilft uns dabei, zumindest einen Teil der Leute aus ihrem Umfeld von der Liste der Verdächtigen zu streichen, sofern sie ein wasserdichtes Alibi haben. Das würde uns die Arbeit schon enorm erleichtern.«

Papa zieht erneut Brot durch die Soße. Als er hineinbeißt, landet ein Tropfen auf seinem Pullover. Leicht verstimmt versucht er, den Fleck wegzureiben.

»Aber sie kann doch theoretisch von jedem ermordet worden sein. Der Täter stammt doch nicht immer aus dem direkten Umfeld, oder?«

Idun wiegt den Kopf nachdenklich hin und her.

»In der Regel schon, und es gibt Hinweise darauf, dass das auch diesmal der Fall ist. Aber das müsst ihr erst recht für euch behalten.«

Papa hebt beschwichtigend die Hand.

»Mika und ich erzählen so etwas nicht weiter, das weißt du doch.«

Idun nimmt sich noch Salat.

»Zu Beginn einer Ermittlung schließen wir erst einmal gar nichts aus. Da können wir es uns nicht leisten, uns von Statistiken und Wahrscheinlichkeiten leiten zu lassen.

Aber ich wäre überrascht, wenn das Opfer den Täter nicht gekannt hätte.«

Papa nickt.

»Arbeitest du immer noch mit diesem Carl zusammen?«

»Calle, ja. Wir sind immer noch Partner.« Idun entgeht nicht, dass Mikas Augenbrauen langsam nach oben wandern. Schärfer als beabsichtigt legt sie deshalb eilig nach: »Partner ist bloß beruflich gemeint.«

Langsam wandern Mikas Augenbrauen wieder nach unten, doch sie untermalt die Geste mit einem vielsagenden Pfeifen. Idun beschließt zu ignorieren, worauf ihre Schwester hinauswill.

»Wenn ich ehrlich sein soll, ist da etwas an diesem Fall, was mir ein mulmiges Gefühl beschert.«

Sie kann sowohl ihrem Vater als auch Mika ansehen, dass die beiden ganz bei der Sache sind und mit ihren Fragen hinterm Berg halten, um Idun bei ihren Ausführungen nicht zu unterbrechen. Zögerlich spricht sie weiter.

»Die Tote ist im eigenen Hausflur erhängt worden, und wir wissen bereits, dass es kein Selbstmord war.«

Mika und Papa reißen die Augen auf. Idun seufzt irritiert über sich selbst; eigentlich darf sie von einer laufenden Ermittlung nichts erzählen.

»Das Opfer wurde erhängt?«

Mikas Stimme zittert vor Aufregung.

»Allerdings glauben wir, dass sie da bereits tot war. Zumindest wäre ich nicht überrascht.«

Idun kann sich nicht erklären, warum sie weiterspricht – es will einfach aus ihr heraus.

»Sie hing im Eingangsbereich von der Decke. Und es war nichts in der Nähe, worauf sie gestiegen sein könnte: kein Hocker, kein Schemel unter ihr. Sie war ordentlich angezogen, nirgends Anzeichen für ein Handgemenge. Blutspuren, die vermutlich von zwei ungewöhnlichen Wunden an den Händen herrühren – allerdings nur an der Kleidung, nicht am Leichenfundort selbst. Weder ich noch der Kollege von der Spurentechnik glauben, dass sie außerhalb des Hauses ermordet wurde. Der Täter muss also hinter sich hergeputzt haben. Er – oder sie – hatte somit hinreichend Zeit und wusste das auch. Also – dass er sich Zeit lassen konnte. Deshalb nehme ich an, dass er das Opfer kannte, aber natürlich können wir uns diesbezüglich nicht ganz sicher sein. Klar kann man auch das Leben einer völlig fremden Person ausspionieren, und in Zeiten von Social Media ist das einfacher denn je. Trotzdem gehe ich davon aus, dass das Opfer den Täter kannte.«

Am Tisch ist es mucksmäuschenstill. Idun sieht erst Papa Per und dann Mika an. Beide starren sie an. Warum kann sie nicht einfach den Mund halten? Papa ist Psychologe im Ruhestand und hat im Beruf natürlich das eine oder andere erlebt. Ob er Erfahrung hat mit Schilderungen von im eigenen Hausflur aufgeknüpften Frauen, könnte Idun nicht sagen. Mika wiederum arbeitet an der Uni als Religionswissenschaftlerin und kennt sich mit religiös motivierten und historischen Bestrafungsriten und Mythen bestens aus. Aber tote Frauen, die in ihrem eigenen Zuhause von der Decke hängen, sind dann doch etwas anderes.

Idun räuspert sich, nimmt ihr Besteck und den Teller und streckt sich nach den Tellern von Mika und Papa aus.

»Entschuldigung … Ihr solltet nicht hören, was bei mir beruflich passiert. Ich weiß schon, so etwas ist schwer zu verdauen.«

Ihre Schwester schüttelt langsam den Kopf.

»Ach was, so empfindlich bin ich nicht. Aber bei einem alten, ergrauten Psycho-Doc ist das vielleicht etwas anderes.«

Sie verpasst Papa einen liebevollen Knuff in die Seite. Er sieht mäßig begeistert aus. Mika scheint das nicht mitzubekommen, weil sie mit den Sticheleien weitermacht.

»Ich meine – was hast du dir über die Jahre im Schulwesen anhören müssen? Teenager, die sich in den Falschen verliebt haben oder die eine Mutter hatten, die hier und da zu viel Wein gepichelt hat?«

In Iduns und Mikas Kindheit war Per als Sozialarbeiter an einer Schule beschäftigt, kündigte aber, nachdem einer seiner Schützlinge sich mit siebzehn erschossen hatte. Mehr wissen die Töchter bis heute nicht. Es ist die einzige Phase in seinem Berufsleben, über die er bis heute nicht spricht. Nach dem Vorfall nahm er sein Studium wieder auf, machte den Facharzt und arbeitete anschließend als Oberarzt erst in der psychiatrischen Abteilung des Krankenhauses Boden und später in Sunderby. Seit zwei Jahren ist er pensioniert.

Halbherzig lächelt er seine Töchter an.

»Euer Papa kann mehr ertragen, als ihr beide ihm zutraut.«

Zufrieden tätschelt er sich den Bauch, der trotz seiner großen Vorliebe für Essen und einem völligen Desinteresse an Sport verblüffend flach ist.

»Auf jeden Fall will ich jetzt Nachtisch. Es gibt Schokokuchen mit Sahne. Was meint ihr, Mädels?«

Er ist aufgestanden, noch bevor sie antworten können, beugt sich über den Tisch und nimmt Idun das Geschirr ab.

»Und für die Topsportlerin gibt es Obstsalat mit Hafersahne. Es will mir wirklich nicht in den Kopf gehen, wie du einen Schokokuchen für Grünzeug und Haferschleim stehen lassen kannst. Aber was Sturheit angeht, kommst du nach deiner Mutter.«

Er zwinkert seiner älteren Tochter zu.

Sie zuckt bloß amüsiert mit den Schultern.

Montag, 24. August

Es ist nur noch eine gute Stunde bis Mitternacht, als Idun aufgibt. Eine halbe Ewigkeit hat sie wach gelegen und versucht einzuschlafen. Durch die Schlafzimmerwand hört sie es hämmern und bohren. Unfassbar, dass man sich als frisch eingezogener Nachbar so rücksichtslos verhält. Idun kann nicht verstehen, wie man sich in seiner neuen Hausgemeinschaft einführen kann, indem man die Nachbarn zur Unzeit mit Baulärm terrorisiert. Sie überlegt kurz, nach draußen zu gehen, anzuklopfen und damit zu drohen, die Polizei zu rufen, wenn der Krach nicht aufhört – auch wenn sie selbst bei der Polizei ist. Aber weder kann noch will sie sich jetzt streiten. Sie ist einfach nur müde, die Entspannung nach dem Abendessen mit Papa und Mika hat sie komplett eingeholt. Vielleicht kann sie ja einschlafen, wenn sie noch etwas isst?

Sie schlägt die Decke zurück und steht auf. Ihr Bademantel hängt am Haken hinter der Schlafzimmertür, sie schiebt die Arme hinein, schlingt sich den schweren Stoff um den Leib und bindet über der Hüfte einen lockeren Knoten.

Sie steuert den Kühlschrank an. Nimmt die Schüssel mit gekochten Eiern und die Kaviarcreme aus dem obersten Fach. Am Küchentisch pellt sie ein Ei. Dann setzt sie einen Klecks Kaviarcreme darauf und beißt hinein. Noch ein Klecks, noch einen Bissen. Fünf Kleckse, fünf Bissen, und das Ei ist weg.

Anschließend bleibt sie eine Weile sitzen. Ihr Körper fühlt sich herrlich schwer an und das Gehirn wie Watte, und sie kann kaum noch die Augen offen halten. Sie lauscht der Stille. Der Krach aus der Nachbarwohnung hat aufgehört. Sie schließt die Augen und hält für ein paar Sekunden den Atem an.

Als sie es erneut klopfen hört, lässt sie die Luft mit einem lang gezogenen Seufzer entweichen. Es wird eine kurze Nacht.

Eigentlich hat sie Durst, aber sie kann sich nicht dazu durchringen, aufzustehen und die paar Schritte zur Anrichte zu gehen. Tief in Gedanken versunken, bleibt sie am Tisch sitzen. Etwas, was sie nicht recht greifen kann, nagt an ihr. Sie weiß nur, dass es mit Eva Vendel zu tun hat, mit der zierlichen, adrett gekleideten Frau, die von der Decke hing. Die bleichen Hände, die über dem flachen Unterbauch lagen. Die Nägel in den blutigen Handrücken …

Je länger Idun darüber nachdenkt, umso mehr findet sie, dass das Ganze etwas fast Rituelles an sich hatte. Eva, die an einen Haken gehängt wird. Schön und mit demütig gefalteten Händen. Nicht im Gebet, aber demütig. Und dann die Eisennägel – fast wie bei Jesus am Kreuz.

Mitten in der Nacht am Küchentisch kann sie dieses Gefühl schlichtweg nicht benennen. Es wispert bloß leise im Hinterkopf, eine Stimme, die sagt, dass sie ihrer Intuition folgen soll, die sie schon oft in die richtige Richtung gelenkt hat. Dieselbe Intuition, die Anders Eriksson schon früh schätzen gelernt und die ihr gewissermaßen, wenn auch indirekt, den Posten bei der Kripo beschert hat. Diese Art, mit der sie Schlüsse aus ihrem Bauchgefühl und aus Ahnungen zieht.

Doch diesmal fällt es ihr schwer. Sie kann die Gedanken nicht fassen. Sonst hat sie immer ein Gefühl dafür, was als Nächstes ansteht, aber im Fall Eva Vendel ist sie unsicher. Die Leiche hing kerzengerade vom Haken an der Decke. Die Lampe haben sie noch nicht gefunden.

Boden 1979

Die Hochzeit findet im kleinsten Kreis statt. Zu den Gästen gehören Violas Mutter, Lars' Vater sowie seine zwei jüngeren Geschwister mitsamt Partnerinnen. Viola hat Rita frühzeitig eine Einladung an deren letzte bekannte Adresse geschickt, eine Wohnung in einer englischen Mittelschichtsiedlung. Einen Monat später kam der Brief zurück. Oben links auf dem Umschlag prangte ein verwischter Stempel. Dem knappen Stempeltext zufolge war die Person, an die der Brief gerichtet war, unter der angegebenen Adresse nicht mehr wohnhaft. Ein paar Wochen lang hat Viola überlegt, irgendein englisches Amt anzurufen und so vielleicht herauszufinden, wo Rita neuerdings gemeldet ist – oder zumindest, wo sie ungefähr stecken könnte. Aber jedes Mal schob sie den Gedanken wieder beiseite, weil sie keine Ahnung hatte, welche Behörde sie anrufen sollte. Das Ganze fühlte sich einfach nur schwierig und unlösbar an.

Jetzt, da sie mit der Handvoll Hochzeitsgästen im Restaurant sitzt – vor sich ein trockenes Fleischgericht –, fühlt sie sich entsetzlich einsam. Ihre geliebte, selbstsichere, verbitterte Rita … Es hätte sich alles so viel besser angefühlt, wenn sie heute dabei gewesen wäre.

Ihre Mutter ist der einzige Gast auf Violas Seite. Als Viola und Lars die Hochzeit geplant haben, hat Viola sich gewünscht, auch zwei Kolleginnen einzuladen, doch Lars wollte den Kreis klein halten. Außerdem mag er Violas Kolleginnen nicht sonderlich.

»Sie ziehen sich aufreizend an und reden wie Kerle – und ich mag keine Frauen, die wie Kerle reden. Die sind unweiblich.«

Seine Stimme klang barsch, und er rümpfte die Nase, dass die Bartstoppeln abstanden. Aber wenn Viola so darüber nachdenkt, hat er nicht ganz unrecht. Ihre Kolleginnen sind tatsächlich auf ihre Art schroff. Sie sagen ihre Meinung und stehen für sich ein. Sie sind freundlich und fürsorglich, aber eben auch forsch. Das muss selbst Viola einsehen, wenn sie so darüber nachdenkt. Und Lars hat Menschenkenntnis, was er ihr auch immer deutlich gesagt hat, als sie zu ihrer Verteidigung zumindest zu Anfang ihrer Beziehung ihre Freundinnen ins Feld geführt hat.

Vorsichtig nippt Viola am Rotwein. Er schmeckt sauer und rau auf der Zunge und kein bisschen lecker. Sie erschaudert, sieht aus dem Augenwinkel, dass Lars sie beobachtet, strafft die Schultern und schnalzt leise mit der Zunge.

»Gut, oder?«

Lars' Tonfall ist der einer Feststellung, nicht der einer Frage.

Viola nickt.

»Sehr.«

Er lächelt sie selbstgefällig an.

»Hab ich's nicht gesagt? Zum Fleisch passt nur Rot. Kein lascher Weißwein oder einfach nur Wasser. Immerhin ist heute unser Hochzeitstag!«

Letzteres ist eher an die Gäste als an Viola gerichtet. Sie sieht zu, wie er sein Glas erhebt, und tut es ihm gleich, genau wie ihre Mutter, sein Vater und seine zwei Brüder.

Sie stoßen auf das gute Essen und den guten Wein an, auf das Glück und die wahre Liebe. Viola nimmt den kleinsten Schluck, den sie hinbekommt, und gibt acht, dass niemand ihr ansehen kann, dass der Wein ihr nicht schmeckt.

»Was hält die Zukunft denn nun für das glückliche Paar bereit? Wisst ihr schon, wo ihr wohnen wollt?«

Violas Mutter verzieht den Mund zu einem Lächeln, während die Augen einfach nur müde dreinblicken. Viola versucht, das Lächeln zu erwidern, doch im selben Moment überkommt sie die Sehnsucht nach Rita, und unaufhaltsam bahnen sich Tränen an. Sie antwortet merkwürdig leise, fast krächzend.

»Ich glaube, wir sehen uns nach Häusern um. Ich würde ja gern zentral wohnen. Und weil ich keinen Führerschein habe …«

Lars legt ihr diskret die Hand aufs Handgelenk, trotzdem spürt Viola das Gewicht. Wie zur Warnung legt er die Finger um ihre schmalen Knochen, und sie verstummt abrupt.

»Viola hat recht, wenn sie sagt, dass wir uns ein Haus suchen – aber ganz sicher nicht in der Stadt. Und einen Führerschein braucht sie nicht. Als Nächstes sind schließlich Kinder dran, und da bleibt Viola sowieso hauptsächlich zu Hause.«

Er sagt es, als wäre es die große Überraschung, die sie gemeinsam geplant haben. Lars' Vater strahlt übers ganze Gesicht, und Violas Mutter klatscht verzückt in die Hände.

»Oh, wie schön! Enkelkinder! Die habe ich mir schon so lange gewünscht!«

Lars steht der Triumph ins Gesicht geschrieben.

»Es wird nicht lange dauern, ihr werdet schon sehen. Stimmt's, Viola?«

Es sind zärtliche Worte, doch seine Stimme ist hart. Mit einem Mal ist ihre Kehle ganz trocken und fühlt sich an wie zugeschnürt. Schon bemerkenswert, wie zwei kurze Sätze ein Gefühl erzeugen, als würde ihr jemand den Hals zudrücken. Sie will einen Schluck Wasser, will weinen und Rita anrufen. In dieser Reihenfolge. Aber das geht nicht. Also nimmt sie stattdessen einen Schluck Wein. Bitter rinnt er ihr die Kehle hinab, und es fühlt sich an, als müsste sie erbrechen. Im nächsten Augenblick fühlt sie sich zutiefst frustriert. Wegen Rita. Die zwar nicht hier ist, die ihr aber einst geraten hat, die Beine in die Hand zu nehmen, sobald sie einem böswilligen Mann begegnet.

Lautlos atmet Viola ein. Dann gibt sie sich einen Ruck. Jenes Echo von Ritas Warnung wird sie ganz einfach überhören.

Sie nimmt noch einen großen Schluck Wein, würgt ihn angestrengt hinunter und stellt das Glas ab. Durch den Tränenschleier hindurch sieht sie Lars an, ihren angetrauten Ehemann.

»Genau so ist es.«

Sie sagt es mit selbstsicherer Stimme. Er sieht sie überrascht, vielleicht sogar leicht irritiert an.

Viola lächelt ihr breitestes Lächeln.

Es tut fast weh in den Wangen.

Als Idun in die Tiefgarage des Kommissariats fährt, brennen ihre Augen vor Müdigkeit. Dass der Renovierungsbedarf in der Nachbarwohnung enorm ist, wundert sie nicht im Geringsten. Der Vorbesitzer war ein stiller, anscheinend alkoholkranker alter Mann, der sich nicht sonderlich gut um die Wohnung gekümmert hat; als sie im Internet annonciert wurde, waren nur wenige Fotos zu sehen, und der Startpreis lag ein gutes Stück unter dem Durchschnitt für das Wohnviertel. Doch trotz des schlechten Zustands wurde die Wohnung binnen einer Woche verkauft, und nun sind seit zwei Tagen die neuen Besitzer da. Idun hat gehört, wie sie ihre Möbel durchs Treppenhaus getragen haben, hat es aber nicht geschafft, nach draußen zu gehen und sie zu begrüßen. Sollen sie erst einmal richtig ankommen, hat Idun sich gedacht, ehe sie bei ihnen anklopfen und sich vorstellen würde.

Inzwischen besteht ihr erster Eindruck leider in beträchtlicher Verärgerung. Es war in der Nacht noch lange laut. Natürlich hat Idun Verständnis für deren Enthusiasmus, aber während sie ihren Wagen in eine Parklücke steuert, hofft sie inständig, dass ihre Nachbarn von nun an tagsüber renovieren.

Sie schließt ihr Auto ab und hält auf den Aufzug zu. Sie reibt sich die Augen, ehe sie auf den Knopf für den achten

Stock drückt. Müde lehnt sie sich gegen die Kabinenwand. Der Tag dürfte anstrengend werden.

Wie üblich sitzt Siv an ihrem Schreibtisch direkt am Eingang. Sie hat sich die Brille auf die Nasenspitze geschoben und sieht aus, als wäre sie ganz auf ihren Monitor fokussiert. Idun wird langsamer, doch noch bevor sie auf Höhe des Schreibtischs ankommt, hat ihre Kollegin sie bereits entdeckt. Siv lächelt sie an.

»Hallo, guten Morgen! Neuer Tag, neues Glück!«

Idun lacht leise und muss sofort ein Gähnen unterdrücken.

»Schlecht geschlafen?«

Idun nimmt erst die Hand herunter, als sie ausgiebig fertig gegähnt hat.

»Neue Nachbarn, die nebenan renovieren. Ich verstehe es ja, aber um meinen Nachtschlaf tut es mir leid.«

»Ist das die Wohnung des alten Säufers?«

»Japp. Klar muss die erst wieder aufpoliert werden. Aber ganz ehrlich? Hammer und Bohrer sind mir tagsüber lieber.«

Idun geht weiter den Flur entlang. Anders Erikssons Bürotür ist bloß angelehnt. Ihr Vorgesetzter sitzt an seinem Schreibtisch. Er sieht aus, als wäre er eben erst aufgestanden, die Haare stehen ihm zu Berge, und das Hemd sieht so zerknittert aus, als hätte er darin geschlafen. In der Hand hält er ein Dokument, das ihn zu fesseln scheint.

Idun klopft an, und er zuckt zusammen. Verwirrt blickt er auf.

»Idun! Komm rein!«

Sie betritt sein Dienstzimmer. Es ist größer als ihres, fühlt sich jedoch sehr viel kleiner an. Unterlagen türmen sich auf dem Schreibtisch, und selbst auf dem Fußboden liegen

Papierberge. An den Wänden reihen sich strategisch ungünstig weitere Berge aus Aktenordnern und Heftmappen.

Idun lässt sich auf den Besucherstuhl fallen. Der Stuhl mit dem genoppten braunen Bezug ist zwar wahnsinnig hässlich, aber ungemein bequem. Binnen zwei Sekunden fühlt sie sich, als könnte sie im Sitzen einschlafen, wenn sie nur ganz kurz nicht aufpasste.

»Wie lief's noch am Samstag?«

Anders klingt ehrlich interessiert. Idun kratzt sich den Unterarm. Es sieht aus, als hätte sie unterhalb des Ellbogens einen Mückenstich – eine juckende Beule leuchtet ihr dort rot entgegen.

»Ich weiß nicht recht, wie ich es zusammenfassen soll … vielleicht *ergebnislos*?«

Anders kratzt sich am Kopf.

»Wenn ich es richtig mitbekommen habe, dann habt du und Calle die Nachbarschaft abgeklappert, aber es hat nicht viel ergeben?«

Sie sieht ihn verwundert an.

»Calle war heute im Trainingsraum und früh im Büro. Er hat mich quasi schon an der Kaffeemaschine gebrieft. Trotzdem würde ich gern hören, wie du es erlebt hast.«

In groben Zügen fasst Idun ihr und Calles Gespräch mit der neugierigen Caroline Hofverts und die traurige Zusammenkunft mit Vidar im Krankenhaus zusammen. Anders hört ihr aufmerksam zu. Als Idun fertig ist, massiert sie sich kräftig die Schläfen.

»Vidars Tochter Nadja – Calle meinte, die hätte sich komisch verhalten?«

Idun lässt von ihren Schläfen ab.

»Sie war im Krankenhaus, wirkte aber vollkommen unbeteiligt. Dass ihr Vater eine Panikattacke hatte, hat sie allem Anschein nach kaltgelassen. Das kann natürlich am Schock liegen, aber wir hatten irgendwie beide den Eindruck, dass sie für uns interessant sein könnte. Wenn du mich fragst, sollten wir schleunigst ein Einzelgespräch mit ihr führen.«

Anders sieht aus dem Fenster. Mit einem Mal wirkt sein Blick abwesend.

Idun wartet ab. Als immer noch keine Antwort kommt, hüstelt sie leise. Schlagartig kommt der Chef der Abteilung wieder zur Sache.

»Okay. Gut. Redet mit Nadja, vielleicht hat sie ja etwas beizutragen, sobald der erste Schreck sich gelegt hat.«

Idun steht auf. Sie will sofort Calle aufsuchen und vorschlagen, dass sie unangekündigt bei Nadja Vendel zu Hause vorbeifahren. Sie ist sich inzwischen sicher, dass die junge Frau etwas zu verbergen hat. Und genauso überzeugt ist sie davon, dass sie und Calle der Sache auf den Grund kommen.

Boden 1982

Es vergehen zwei Jahre, ehe Viola ihr zweites gemeinsames Kind zur Welt bringt.

Um kurz nach Mitternacht wacht sie auf, als der erste heftige Schmerz sie durchzuckt. Lars schläft tief und fest neben ihr, und Viola muss laut werden, damit er aufwacht. Schlaftrunken zieht er sich an, ehe er ihr aus dem Nachthemd und in ein Kleid hilft und sie dann fast schon nach draußen zum Auto schleift.

Kaum dass sie auf dem Klinikparkplatz angekommen sind, platzt die Fruchtblase. Es rauscht nur so an Violas Beinen hinab, und einen Moment später setzen mit Wucht die Wehen ein.

Es wird eine schwere Geburt. Die Hebamme ist schnippisch und blafft Viola an, dass sie sich beim Pressen bitte schön reinhängen soll. Als irgendwann ein Arzt dazugerufen wird, um die Saugglocke zu setzen, legt die Hebamme die Hand auf Violas Bauch und hilft, das Kind hinauszudrücken. Der Schmerz, als sie ihr die Rippen zusammenpresst, ist so heftig, dass Viola schwarz vor Augen wird. Sie spuckt Blut und Schleim, ehe sie das Bewusstsein verliert.

Als sie wieder zu sich kommt, sitzt eine Krankenschwester an ihrem Bett. Viola kann weder das Baby noch Lars entdecken. Es vergehen ein paar panische Sekunden, bis es der Krankenschwester gelingt, die fast schon hysterische Mutter zu beruhigen und ihr zu berichten, dass das Kind lebt, dass es ihm gut geht und dass es im Arm seines Vaters in einem Zimmer auf der anderen Seite des Schwesternzimmers schläft. Sie. Es ist ein Mädchen geworden. Ja, es geht ihr gut. Es geht ihr wirklich ausgezeichnet.

Umso mehr Sorgen macht ihnen Viola. Wie sich herausgestellt hat, hatte sie drei gebrochene Rippen. Deshalb ist sie auch ohnmächtig geworden, als die Hebamme ihr auf den Bauch gedrückt hat – nicht etwa wegen der Wehen oder der Geburtsschmerzen. Wie konnte das passieren? Was ist Ihnen widerfahren? Sind Sie gestürzt? Oder waren Sie vielleicht in einen Autounfall verwickelt? Gestürzt. Verstehe. Von der Leiter gefallen, als Sie die Dachrinne gereinigt haben? Verstehe.

Die Krankenschwester macht eine Notiz in der Krankenakte, die am Fußende von Violas Krankenbett hängt. Mit gebrochenen Rippen ist nicht zu spaßen. Sie können die Lunge durchbohren, was die Atmung beeinträchtigt und somit auch den Geburtsvorgang. Im schlimmsten Fall kann es zu Wehenschwäche kommen, was sich wiederum auf das Kind auswirkt, weil die Gebärmutter keine Wehen mehr produziert. Sauerstoffmangel beim Kind? Ja, das wäre ein mögliches Risiko. Als Mutter hat man die Verantwortung für sein Kind, auch noch während es sich im Mutterleib befindet. Man darf nicht mehr alles machen, was man sonst immer selbst verrichtet hat. Man muss auf sich aufpassen.

Viola liegt still in ihrem Bett. Brust, Unterleib, das Herz – alles tut weh. Sie sehnt sich nach ihrem Kind und will schlafen und nicht mehr mit der Krankenschwester sprechen müssen. Die Scham drückt sie nieder, ihr Körper will einfach nur in den Schlaf des Vergessens sinken. Viola hätte es besser wissen müssen, es besser machen müssen, ihre ungeborene Tochter besser beschützen müssen. Als Schwangere hätte sie vorsichtiger sein müssen. Nicht solche Risiken eingehen dürfen. Nicht auf die Leiter steigen.

Von still sein ganz zu schweigen.

Sie hätte viel öfter still sein müssen.

Ab sofort will sie vorsichtiger sein, unsichtbarer, ausweichender. Das Kind will sie so zärtlich halten, wie sie nur kann. Ihm alle Liebe und Fürsorge geben, die sie ihm von Anfang an hätte geben müssen. Denn Kinder sind wie empfindliche Sommeräpfel, sie werden braun, wenn man sie nicht mit allergrößter Umsicht behandelt.

Ihr geliebter kleiner Tommy und ihr geliebtes neugeborenes Apfelmädchen.

Ich werde nie aufhören, euch zu lieben.

Nadja Vendel wohnt in einem Neubaukomplex mit großen Balkonen. Die Fassade ist grau verputzt und schimmert silbern in der Sonne.

Calle tippt den Universalcode für Rettungseinsätze, der in ganz Luleå gilt, in das Codeschloss ein. Es pfeift schrill, dann geht die Tür auf. Das Treppenhaus riecht frisch geputzt. Idun fährt mit dem Finger über die Glasscheibe über der Anschlagtafel mit den Nachnamen der Bewohner. Vendel, vierter Stock.

Auf dem Weg nach oben nehmen sie beide zwei Stufen auf einmal. Als sie das vierte Stockwerk erreichen, ist bei keinem von ihnen der Puls nennenswert gestiegen. Idun drückt auf die Klingel, und aus der Wohnung ist erst der Klingelton zu hören, dann nähern sich Schritte, und einige Sekunden lang ist ein Schatten hinter dem Türspion zu sehen. Jemand mustert sie von drinnen.

Das Schloss klickt, die Klinke wandert nach unten, und die Tür schwingt auf. Licht strömt ihnen entgegen, und vor ihnen steht jemand. Im Gegenlicht sehen sie zunächst nur eine schwarze Silhouette, ehe Nadja einen Schritt zur Seite macht und in den Schatten des Garderobenschranks tritt. Sie sieht Idun und Calle nüchtern an und sagt kein Wort. In ihren engen Jeans und der hellblauen Bluse steht sie lediglich stumm vor ihnen. Sie ist eine Schönheit – hohe Wangenknochen, riesige Augen, lange, dunkle

Wimpern. Idun findet, die kühle Distanz steht ihr gut zu Gesicht. Es ist schwer zu beschreiben, aber Nadja strahlt eine Art natürlichen Stolz aus – Stolz, Schärfe und Unnahbarkeit.

Am Ende ist es Calle, der ihren unangemeldeten Besuch erklärt.

»Hej. Entschuldigen Sie bitte, dass wir unangemeldet vorbeikommen, aber wir waren zufällig in der Gegend.«

Nadja antwortet nicht, sieht sie nur weiter wortlos an. Vielleicht überlegt sie gerade, ob sie sie hereinlassen will oder nicht. Allerdings deutet nichts darauf hin, dass sie sich unsicher wäre. Am ehesten wirkt sie gleichgültig.

Trotzdem macht sie nach einem kurzen Moment einen Schritt zurück, stößt fast gegen die Garderobe und gibt ihnen dann mit einer knappen Geste zu verstehen, dass sie hereinkommen sollen. Willkommen sind sie aber nicht.

Die Wohnung entpuppt sich als großzügige Zweizimmerwohnung. Der lange Flur ist lichtdurchflutet. Rechts befindet sich ein schickes Wohnzimmer mit teuren Möbeln und einem Niedrigflorteppich. Geradeaus ist das Bad, links eine geschlossene Tür, hinter der Idun das Schlafzimmer vermutet. Daneben liegt die Küche, und dorthin geht Nadja voraus.

Idun und Calle folgen ihr. Nadja sagt immer noch nichts, nickt aber in Richtung des Küchentischs. Die beiden Ermittler setzen sich, während Nadja sich lieber mit verschränkten Armen an die Anrichte lehnt.

»Danke, dass Sie mit uns reden möchten.«

Idun muss sich alle Mühe geben, um neutral zu klingen; die Stimmung fühlt sich feindselig an. Nadja reagiert nicht. Sie sieht die beiden nur weiter gleichgültig an.

»Schöne Wohnung, sehr gemütlich.«

Calle klingt tatsächlich angetan. Idun fragt sich, was er von der Tochter eines schwerreichen Vaters erwartet hat. Zu ihrer Überraschung geht Nadja auf das Kompliment ein.

»Danke.«

Doch die tonlose Antwort klingt eher mechanisch.

Idun reckt das Kinn vor. Mit einem Mal ärgert sie die Widerborstigkeit der jungen Frau. Immerhin sind sie hier, um herauszufinden, wer deren Stiefmutter ermordet hat.

»Was haben Sie am Freitag gemacht?«

Die Frage ist regelrecht aus ihr herausgeplatzt, und Idun hört selbst, wie barsch sie klingt. Sie bereut es augenblicklich. Sie spürt, wie Calle sie von der Seite ansieht, kann jetzt aber nicht mehr zurückrudern. Deshalb sieht sie Nadja weiter unverwandt an. Die junge Frau nimmt es gelassen hin. Es verstreichen mehrere Sekunden, in denen die beiden Frauen einander anstarren.

Irgendwann setzt Calle dem Schweigen ein Ende.

»Meine Kollegin will auf Folgendes hinaus: Wenn Sie so freundlich wären und uns erzählen könnten, wo Sie sich am Freitag aufgehalten haben? Das fragen wir alle in Evas direktem Umfeld, sowohl Angehörige, Kollegen als auch entferntere Verwandtschaft und den Freundeskreis. Es geht uns lediglich darum herauszufinden, mit wem Eva in den letzten Stunden ihres Lebens Kontakt hatte.«

Sie haben die Rollen getauscht: Calles Stimme klingt freundlich und warmherzig, während Idun für Härte steht. In Nadjas Gesicht ist noch immer keinerlei Regung zu erkennen.

»Ich war an der Uni.«

»Den ganzen Tag bis zum Abend?«

Calle klingt immer noch wohlwollend.

»Bis zum späten Nachmittag. Nach der Prüfung bin ich nach Hause gefahren. Allein.«

»Gibt es jemanden, der das bestätigen könnte?«

Nadjas Wangen röten sich für einen Moment. Es ist offensichtlich, dass die Frage sie ärgert.

»Die Prüfung kann mein Prüfer bestätigen. Dass ich abends zu Hause war, kann niemand bestätigen. Das müssen Sie mir schon glauben.«

»Und was haben Sie an einem Freitagabend allein zu Hause gemacht?«

Nadja verzieht das Gesicht.

»Jedenfalls habe ich nicht meine Stiefmutter umgebracht.«

Sie legt eine Kunstpause ein.

»Und selbst wenn, hätte ich sie wohl kaum unter der Decke aufknüpfen können.«

Überraschend ausführlich spricht sie weiter.

»Sie können davon halten, was immer Sie wollen, und dürfen es von mir aus auch gern überprüfen. Was Sie denken und wie Sie meine Fähigkeiten einschätzen, meine Mitmenschen umzubringen, ist mir herzlich egal. Und bei allem Respekt – ich pfeife darauf, was Sie zum vergangenen Freitag noch wissen wollen, Sie haben Ihre Antwort erhalten, und damit ist die Sache für mich erledigt.«

Es wird still in der schick eingerichteten Küche. Die Augustsonne scheint durch die großen Fenster. Idun hat ein komisches Gefühl. Diese Unterhaltung hat weder wie erhofft begonnen noch den erwünschten Verlauf genommen.

Sie beschließt, es Calle gleichzutun, und schlägt einen versöhnlicheren Ton an.

»Ihren Vater scheint Evas Tod schwer mitgenommen zu haben.«

Lautlos atmet sie aus – sie hat hörbar netter geklungen. Nadja bedenkt sie mit einem langen Blick, sagt aber nichts.

»Er hatte im Krankenhaus unser vollstes Mitgefühl«, fährt Idun fort. »Aber bei dieser Art von Verbrechen ist es für uns unerlässlich, die Angehörigen eines Opfers so schnell wie nur möglich zu befragen. Tut mir leid, dass wir am Samstag nicht die Gelegenheit hatten, auch mit Ihnen zu sprechen. Das hätten wir gern gemacht.«

Nadja hat sich bislang an der Anrichte keinen Millimeter gerührt. Ihre Wangen haben wieder ihren natürlichen Farbton angenommen. Sämtliche Anzeichen für Verärgerung sind wie weggefegt.

»Haben Sie Eva nahegestanden?«

Wieder nur Stille. Idun ist drauf und dran, die Frage zu wiederholen, als Nadja schließlich antwortet.

»Eva war meine Stiefmutter. Oder Bonusmama, wie Papa es gern von mir gehört hätte. Sie hat in unserem Haus gewohnt, und das über weite Teile meiner Kindheit und Jugend. Insofern – ja, da kann man wohl sagen, dass wir einander nahestanden. Notgedrungen. Aber ein gutes Verhältnis hatten wir nie.«

Idun spürt, wie sich abermals Kopfschmerzen in ihre Schläfen schleichen. Erneut macht sich bemerkbar, wie schlecht sie geschlafen hat. Sie wirft Calle einen Blick zu, der sofort übernimmt.

»Wir unterhalten uns mit Ihnen wirklich viel lieber jetzt und hier. In diesem Stadium der Ermittlung sind es die engsten Angehörigen, die uns in aller Regel am besten weiterhelfen können, und normalerweise funktioniert das besser in einer ruhigen und vertrauten Umgebung statt in einem Vernehmungsraum auf dem Revier.«

Nadja sieht immer noch Idun an, was bemerkenswert ist, weil doch Calle spricht.

»Wir verstehen natürlich, dass Sie unter Schock stehen und trauern, trotzdem benötigen wir Antworten auf gewisse Fragen. Entweder unterhalten wir uns hier, oder wir verlegen das Ganze zu uns. Sie entscheiden, was Ihnen lieber ist. In einer schlechten Verfassung kann man so ein Gespräch auch im Krankenhaus führen, so wie vorgestern im Fall Ihres Vaters.«

Die unausgesprochene, aber unmissverständliche Drohung in Calles Ausführungen ist nicht zu überhören.

Wir reden entweder jetzt, oder Sie fahren mit ins Präsidium.

Endlich reißt Nadja den Blick von Idun los und sieht Calle an. Langsam lässt sie die Arme sinken und streckt sie seitlich über die Anrichte aus. Einen kurzen Moment lang glaubt Idun, dass Nadja gleich anfängt zu weinen. Die Unterlippe zittert leicht, ehe sie sich darauf beißt. Dann schlägt sie den Blick nieder und starrt nach unten.

Eine gefühlte Ewigkeit vergeht. Als Nadja wieder aufblickt und Calle ansieht, ahnt Idun, dass es ihm mitnichten gelungen ist, die junge Frau einzuschüchtern.

»Ich weiß ja nicht, wie lange Sie schon bei der Kripo sind. Denn da arbeiten Sie doch, nehme ich an?«

Sie zieht eine Augenbraue in die Höhe. Nonchalant sieht sie erst Calle, dann Idun an. Ein Schmunzeln umspielt ihre Lippen.

»Hab ich's mir doch gedacht.«

Sie schiebt die Hände noch ein Stück weiter über die Anrichte, seufzt wohlig und lehnt sich bequem zurück. Dann sieht sie zur Decke und lacht. Es ist ein lautes, langes und ehrliches Lachen.

Als sie wieder nach vorn blickt, sieht sie erneut Calle an. Langsam zieht sie die Hände heran und faltet sie entspannt über dem Bauch. Unwillkürlich schießt Idun durch den Kopf, dass die von der Decke hängende Eva die Hände genau so gefaltet hatte.

»Ich bin im Studium vielleicht noch nicht wahnsinnig weit, aber mich einschüchtern? Das schaffen Sie nicht.«

Idun kann die Spannung in der Luft gleichsam spüren. Und es ist offensichtlich, dass Nadja Vendel noch mehr zu sagen hat.

»Ich bin mir meiner Rechte wie meiner Pflichten sehr wohl bewusst. Dies hier ist kein Verhör, bloß ein normales Gespräch, und ich habe aus freien Stücken entschieden, Sie in meine Wohnung zu lassen. Entsprechend kann ich Sie auch jederzeit bitten zu gehen. Ich habe nicht vor, dieses Gespräch fortzusetzen – ob nun im Präsidium oder im Krankenhaus. Im Präsidium spreche ich nur unter einer Bedingung mit Ihnen: wenn Sie mich vorladen. Sie verstehen, was ich damit sagen will?«

Die Frage ist natürlich rhetorisch. Sowohl Idun als auch Calle wissen, dass keine Antwort erwartet wird.

»Dass Eva gestorben ist, ist sehr bedauerlich. Und dass sie ermordet wurde, ist natürlich grässlich, das gebe ich unumwunden zu. Schön und gut. Vielleicht gehöre ich tatsächlich zum Kreis derer, die ein Tatmotiv gehabt haben könnten – das sehe sogar ich ein, wenn ich darüber nachdenke. Aber ich habe Eva nicht umgebracht. Wer immer Ihr Täter ist – er ist nicht hier.«

Idun weiß nicht, was sie sagen soll. Sie hat in ihrer Laufbahn schon häufig Menschen getroffen, die sich selbst unter Schock absolut ruhig verhalten haben. Doch jemanden wie Nadja hat sie noch nie erlebt. Idun sieht

Calle an. Er sitzt völlig entspannt da und mustert Nadja träge.

»Wir überprüfen natürlich Ihr Alibi. Allerdings stehen Sie zurzeit nicht unter Verdacht. Und ja – für mich klingt es auch unwahrscheinlich, dass Sie Ihre Bonusmutter aufgeknüpft haben sollen. Aber wer weiß? Es wäre nicht das erste Mal, dass ich in meinem Job eines Besseren belehrt werde. Ist wirklich nicht böse gemeint. Ich meine – was weiß denn ich? Ich hab nun wirklich keine Ahnung, was kräftige Oberarme angeht.«

Er verschränkt die muskelbepackten Arme. Die Tattoos spannen auf der Haut.

Nadja verzieht minimal das Gesicht, was alles bedeuten könnte. Als sie nichts weiter sagt, fährt Calle mit seiner leicht unprofessionellen, aber für den Moment durchaus wirksamen Stichelei fort.

»Und Sie haben voll und ganz recht. Sie müssen nicht mit uns reden. Aber wir haben alles Recht der Welt, mit Ihnen zu reden. Wenn wir es für notwendig erachten, dann laden wir Sie natürlich zur Vernehmung vor. Dann aber auf dem Revier, das kann ich Ihnen versichern. Bringen Sie gern einen Anwalt mit, wenn Sie Lust haben. Vielleicht einen Ihrer Unidozenten?«

Es dauert eine Weile, ehe Nadja erneut schief lächelt.

»Na also«, sagt sie, »dann wissen wir ja jetzt, wo wir stehen.«

Das Gespräch ist eindeutig beendet.

Auf dem Weg zur Wohnungstür sieht Idun sich um. An den Wänden hängen teuer gerahmte Fotos, mehrere Porträts von Nadja, allem Anschein nach exklusive Studioaufnahmen. Auf zwei der Bilder ist auch Vidar zu sehen und auf dem allerletzten, das am nächsten zur Tür hängt, ein

Mädchen von vielleicht fünf, sechs Jahren, das auf dem Schoß einer jungen, bildschönen Frau sitzt.

»Ist das Ihre leibliche Mutter?«

Nadja sieht das Foto an.

»Ja.«

Idun beugt sich näher, um es sich genauer anzusehen.

»Wie schön sie war.«

Mit einem Mal ist ihre Stimme ganz dünn. Sie schluckt ein paarmal, um den Kloß im Hals loszuwerden. Sie weiß, dass dieses Gefühl in Wahrheit von einer anderen Mutter herrührt.

Calle steigt in seine Schuhe. Idun schnürt sich die dünnen Sommerstiefel und richtet sich wieder auf.

»Darf ich Ihnen noch eine letzte Frage stellen?«

Nadja antwortet nicht, aber entweder es klappt oder eben nicht.

»Sie haben uns erzählt, dass Sie und Eva sich nicht gerade grün waren. Das ist für das Verhältnis von Kindern und Stiefeltern nicht unüblich. Aber wenn Sie es in Worte fassen müssten … Was genau war der Grund dafür, dass Sie kein sonderlich gutes Verhältnis hatten?«

Bedächtig streckt Nadja sich nach der Wohnungstür aus, legt die Hand an die Klinke und drückt sie nach unten, sodass die Tür aufgleitet. Ihr Blick besagt unmissverständlich, dass Idun und Calle jetzt gehen sollen. Sie folgen der stummen Aufforderung. Draußen in dem nach Reinigungsmittel riechenden Treppenhaus dreht Idun sich erneut um und fängt Nadjas Blick auf. Und endlich antwortet Nadja auf Iduns Frage.

»Ich habe Eva gehasst. Deshalb hatten wir ein schlechtes Verhältnis.«

Keiner der beiden schafft es, etwas zu erwidern, ehe

Nadja mit einer gemessenen Bewegung die Tür wieder zuschiebt. Dumpf fällt sie ins Schloss, und Nadja Vendel ist nicht mehr zu sehen.

Idun und Calle bleiben im Treppenhaus stehen. Irgendwie fühlt es sich leicht erniedrigend an. Keiner von ihnen macht einen Mucks, doch beide sind sich ganz sicher, dass ihnen soeben etwas Wichtiges durch die Lappen gegangen ist. Das Problem ist nur, dass sie nicht sagen könnten, was genau das war.

Boden 1986

Viola sitzt auf einer Parkbank am Spielplatz. Es ist die letzte Aprilwoche, bald schlagen die Bäume in hellgrüner Frühjahrspracht aus. Die letzten winterlichen Tage gehen in erste Frühlingstage über, aber noch liegen hier und da Schneereste an Stellen, wo viel Schatten ist. Es war ein langer, kalter Winter. Um Weihnachten herum ist das Thermometer auf unter minus dreißig Grad gefallen und blieb so für mehrere anstrengende Wochen, dann folgten zwei Monate, in denen alles vereist, kalt und dick verschneit war. Der nahende Frühling ist ohne den geringsten Zweifel von Herzen ersehnt.

Heute sind viele Mütter mit ihren Kindern auf den Spielplatz gekommen. Es ist früher Nachmittag, die älteren Kinder schaukeln und erklimmen das Klettergerüst oder spielen mit Eimer und Schaufel im Sand, die kleinsten schlafen im Kinderwagen, während die Mütter auf den Bänken sitzen, die über den Spielplatz verteilt stehen. Einige haben Thermoskannen dabei und bieten ringsum Kaffee und Milch aus kleinen Plastikfläschchen an.

Viola sitzt allein auf der Bank mit der morschen Rückenlehne. Es ist eine ihrer Lieblingsbänke, weil man hier die besten Chancen hat, von den anderen Spielplatzbesuchern in Frieden gelassen zu werden.

Ein Stück entfernt klettert Tommy gerade auf die Rutsche. Er ist inzwischen sechs und ein richtig mutiger Kerl.

Er hat dichtes, dunkles Haar und einen intensiven Blick und sieht eindeutig aus wie Lars. Ihr geht das Herz auf, wenn sie den Jungen ansieht. Er ist eher still, nachdenklich und sehr wachsam. Er hört alles, sieht alles und grübelt viel über das Leben nach. Manchmal trifft Viola ihn in der Fensternische in der Küche an, wo er tief in Gedanken versunken ist. Vorsichtig fragt sie dann, was er gerade macht.

Fast immer lautet die Antwort: »Nachdenken.«

Ingrid, Tommys vierjährige kleine Schwester, sitzt ein paar Meter weiter. Viola nennt sie gern ihr »kleines Apfelmädchen«, was Tommy ungeheuer lustig findet. Im Gegensatz zu ihrem Bruder hat Ingrid blonde Haare und blaue Augen und sieht aus wie eine Kopie von Viola. Als Charakter jedoch ist Ingrid fröhlich, ausgelassen, lacht gern und viel und stürzt sich neugierig auf alles und jeden. Violas Mutter hat einmal erwähnt, dass sie sie an die kleine Rita erinnert. Viola selbst kann sich an keine ausgelassene Rita erinnern. Aus ihrer Sicht war Rita als Kind überwiegend selbstbezogen und mürrisch.

Tommy johlt, als er die Rutsche hinunterschießt. Viola lächelt und hebt die Hand, um zu winken, doch die schmerzenden Rippen hindern sie daran. Es fühlt sich an, als würde ein Projektil ihren Brustkorb durchbohren und bis hoch in den Nacken ziehen. Fast wird ihr schwarz vor Augen. Sie stöhnt hörbar auf, reißt sich aber sofort zusammen, damit es niemand hört.

Vorsichtig nimmt sie die Hand wieder herunter und atmet gleichzeitig langsam aus. Am besten fühlt sie sich, wenn die Lunge völlig entleert ist, da ist der Brustkorb am wenigsten voll und der Druck auf die Rippen am erträglichsten. Zugleich weiß sie aus Erfahrung, dass sie nicht zu lange mit dem nächsten Atemzug warten darf. Es geht so schnell, dass der Körper nach Sauerstoff schreit, und wenn der darauffolgende Atemzug zu tief geht, sind die Schmerzen so schlimm, dass es kaum auszuhalten ist. Einmal ist ihr das beim Einkaufen passiert, da hat sie zu lange gewartet, nachdem sie ausgeatmet hatte. Als ihr Körper sie nötigte, tief einzuatmen, ging es zu schnell, und der Schmerz ist schier explodiert. Viola wurde ohnmächtig, stürzte ins Zeitungsregal und handelte sich einen bösen Schmiss an der Stirn ein. Das Personal rief den Notarzt, der sie ins Ärztehaus brachte, wo eine Krankenschwester die Wunde mit drei Stichen vernähte. All das führte dazu, dass Viola zu spät nach Hause kam und nicht mehr rechtzeitig mit dem Abendessen fertig war. Seinen Unmut darüber ließ Lars sie drei ewige Tage lang spüren und bescherte Viola überdies eine aufgeplatzte Lippe, einen ausgeschlagenen Zahn und ein blaues Auge, das noch wochenlang gelb-lila schimmerte. Seither passt Viola gut auf, dass sie nicht mehr tief Luft holt.

Ingrid läuft auf sie zu. Viola beugt sich nach unten und streicht ihrer Tochter sanft übers Haar. Die Kleine streckt die Hände aus, die sie um irgendetwas geschlossen hat.

»Mein kleines Apfelmädchen, was hast du denn Spannendes gefunden?«

Langsam nimmt Ingrid die Hände auseinander, damit Viola den Stein sehen kann. Sie mustert ihn interessiert und sieht dann Ingrid an.

»Was für ein bildschöner Stein! Was willst du denn mit dem machen?«

Ingrid antwortet nicht. Stattdessen betrachtet sie ihren Stein eingehend.

Tommy kommt ebenfalls über den Sand gelaufen. Er hat verschwitzte Haare und leuchtend rote Wangen.

»Hast du das gesehen, Mama? Hast du gesehen, wie schnell ich gerutscht bin?«

Er ist kurz davor hinzufallen, kann sich aber im letzten Moment an der Banklehne festhalten und bleibt auf den Beinen.

»Hast du gesehen, wie schnell ich war? Der Schnellste von allen! Ich bin ein Superheld!«

Viola muss lachen, was nicht mehr gar so sehr wehtut. Mit den Kindern zusammen zu sein ist das beste Schmerzmittel.

»Klar hab ich es gesehen. Schnell wie Schießmunition warst du, ein echter Superheld!«

Sie muss sich zusammenreißen, um sich nicht hinabzubeugen und ihn zu umarmen. Er steht ein Stück zu weit weg, als dass ihre Rippen es mitmachen würden, wenn sie sich so weit ausstreckt. Stattdessen erhebt sie die Hände zu einer zaghaften Siegesgeste.

»Was hast du denn da?«

Jetzt hat auch Tommy Ingrids Stein entdeckt. Ingrid merkt zunächst gar nicht, dass er mit ihr spricht.

»Was hast du da in der Hand?«

Tommy geht einen Schritt auf sie zu. Ingrid ist derart mit ihrem Stein beschäftigt, dass sie ihren Bruder immer noch nicht bemerkt hat. Viola muss vermitteln.

»Ingrid, Schätzchen, hast du gehört, dass Tommy dich etwas gefragt hat?«

Endlich merkt Ingrid auf. Verwirrt blickt sie hoch und sieht Tommy an. Sie kann das S noch nicht aussprechen, trotzdem weiß ihr großer Bruder natürlich, was sie meint.

»Ein Tein.«

Sie streckt die Hand aus, um ihm ihren fabelhaften Fund zu zeigen, doch Tommys Interesse lässt sofort nach.

»Der ist doch viel zu klein.«

Das ärgert sie.

»Gar nicht wahr.«

Tommy schnaubt, sagt aber nichts mehr. Viola kann ihm die Unzufriedenheit deutlich ansehen.

»Was meinst du denn damit, Liebling? Wofür ist Ingrids Stein viel zu klein?«

Tommy zuckt mit den Schultern.

»Ist einfach so.«

»Gar nicht!«

»Wohl!«

»Nein!«

Ingrid ist aufgebracht. Abwechselnd ballt und öffnet sie die Faust. Tommy sieht sie genervt an, und Viola versucht zu verstehen, was gerade vor sich geht.

»Wofür ist der Stein zu klein?«

Tommy drillt die Fußspitze in den Sand.

»Erzähl Mama, was los ist. Ingrid mag ihren Stein sehr – sie findet ihn schön und ist traurig, wenn du zu ihr sagst, dass er zu klein ist. Wofür ist er zu klein?«

Ingrid verzieht schon den Mund. Verärgert sieht Tommy erst seine Schwester und dann seine Mutter an.

»Er ist zu klein, um damit zu schlagen.«

Viola ist konsterniert. Ein wenig zu schnell richtet sie sich auf, die Schmerzen im Brustkorb lodern mit Wucht auf, und sie beißt die Zähne zusammen, um nicht laut aufzustöhnen. Auf ihrer Stirn bilden sich kleine Schweißperlen. Aus dem Augenwinkel sieht sie, wie Tommy sie anstarrt. Sie nötigt sich zu einem Lächeln.

»Aber Liebling, du weißt doch, dass man sich nicht

schlagen darf. Wen willst du denn mit einem Stein schlagen?«

Ihr sechsjähriger Sohn blinzelt. Als er antwortet, spricht er so leise, dass sie zunächst nicht sicher ist, ob sie es richtig verstanden hat. Doch als sie die Entschlossenheit in seinem Blick sieht, ist ihr klar, dass er es wirklich gesagt hat.

»Papa. Ich will Papa schlagen.«

Dienstag, 25. August

Svetlana Moritz wäscht sich sorgfältig die Hände. Die sterile Seife riecht streng, und ihre Augen brennen, als ihr der warme Wasserdampf ins Gesicht steigt. In der Facharztausbildung hat ihr Chef behauptet, mit der Zeit würde sie sich daran gewöhnen, aber das trifft nicht zu. Das Scharfe, Chemische irritiert sie tagtäglich von Neuem. Wenigstens hat sie sich inzwischen damit abgefunden, dass sie sich nicht daran gewöhnen kann. Ein kleiner Trost. »Sei dankbar für die Sonne, solange sie scheint«, hat ihre Mutter immer gesagt, als sie sich in den letzten Sowjetjahren nichts als Kohl leisten konnten.

Die braune Doppeltür schwingt auf. Warme Luft strömt vom Flur herein. Svetlana spült die Seifenreste von den Händen und trocknet sich mit ein paar Papierhandtüchern ab, bevor sie aufblickt. Erst jetzt sieht sie, dass es zwei Besucher sind. Idun Lind und Calle Brandt.

Svetlana kennt die beiden und würde sogar fast behaupten, dass sie sie mag. Deshalb lässt sie sich auch zu dem nettesten Gesichtsausdruck hinreißen, den sie sich im beruflichen Zusammenhang erlaubt: ein vages, kaum erkennbares Lächeln.

»Idun und Calle … Willkommen in meiner bescheidenen Hütte.«

Sie hat einen russischen Akzent, den sie auch nie hat verheimlichen wollen. Sie ist stolz auf das, was sie ist, und auf das, was sie war. Ihr Heimatland trägt sie im Herzen, auch wenn ihr schmerzhaft bewusst ist, dass sie nie wieder dorthin zurückkehren darf.

»Danke, Svetlana.«

Idun klingt zurückhaltend erwartungsvoll. Svetlana weiß, dass das bevorstehende Gespräch für die Arbeit der beiden wesentlich ist. Calle schweigt wie üblich.

Sie streckt sich nach dem Regalbrett über dem Waschbecken aus und zieht Handschuhe hervor: zwei Paar in Größe Medium und ein Paar in Größe Large. Die großen gibt sie Calle, Idun bekommt mittelgroße Handschuhe. Dann wendet sie sich dem Edelstahltisch in der Mitte des Raumes zu. Die beiden Ermittler folgen ihr. Die Rechtsmedizinerin legt beide Hände flach auf die kühle Oberfläche des Sektionstisches, und Idun und Calle stellen sich ihr gegenüber. Es ist die immer gleiche Prozedur: Svetlana auf der einen und die beiden auf der anderen Seite. Die Seiten unterscheiden sich in einem nicht unwichtigen Detail: Neben Idun und Calle steht ein Edelstahleimer auf dem Fußboden. Seit ihrem ersten Arbeitstag macht Svetlana Besuchern deutlich, dass sie an ihrem Arbeitsplatz kein Erbrochenes auf dem Boden sehen will. Wer kotzen muss, kotzt in den Eimer. Wer das nicht schafft, putzt.

Die Deckenlampe taucht den Tisch in klinisches Licht. Vor ihnen liegt – ebenfalls in kaltweißes Licht getaucht – Eva Vendel. Sie ist entkleidet worden und sehr blass. Über der bleichen Haut sieht die Schambehaarung tiefschwarz aus. Die Lippen sind blau, allerdings heller als der breite violette Streifen um ihren Hals.

Idun und Calle nehmen die Tote schweigend in Augenschein. Svetlana hingegen lässt die zwei Ermittler nicht aus den Augen. Das Schweigen hält auffällig lange an, und erst als Idun den Blick von Eva losreißt und zu Svetlana sieht, ergreift diese das Wort.

»Es liegen noch nicht alle Laboranalysen vor, sodass ich bislang nur ein vorläufiges Ergebnis für euch habe, aber dass das Opfer durch Fremdverschulden umgekommen ist, steht außer Zweifel. Allerdings habt ihr euch das vielleicht schon ausgerechnet?«

Weder Idun noch Calle antworten, genau wie Svetlana es am liebsten hat.

»Eva Vendel wurde erstickt. Erdrosselt, um genau zu sein, mit einem Seil, das ihr mit einigem Kraftaufwand um den Hals geschnürt wurde. Das Hämatom könnt ihr dort sehen.«

Sie zeigt auf den Hals, und ja, das schwarzviolette Band ist deutlich zu erkennen.

»Was von besonderem Interesse sein dürfte, ist der Umstand, dass sie erdrosselt wurde, *bevor* sie an der Decke aufgeknüpft wurde.«

Sie verspürt ein fast triumphales Ziehen im Bauch, als sowohl Idun als auch Calle wie erwartet zusammenzucken. Sie lässt einen Moment verstreichen. Sie hat schon immer gern andere überrascht. Ihre eigenen Gefühle hält sie im Zaum, doch sie liebt es, anderen Menschen Gefühle zu entlocken.

»Du willst damit sagen, sie war bereits tot, als sie aufgehängt wurde?«

Idun klingt genauso verdattert, wie sie aussieht. Svetlana verzieht den Mund, nickt theatralisch und zelebriert den Augenblick, indem sie auf Russisch antwortet.

»Da.«

Sie blickt hinab auf Eva Vendels Hals.

»Man kann es am kaum vorhandenen Winkel sehen, in dem das Seil um ihren Hals lag. Bei jemandem, der erhängt wird, verläuft das Seil an der Seite, wo es an der Decke befestigt wird, wesentlich steiler. In aller Regel ist dies im Nacken der Fall – da sieht es dann aus wie ein Pfeil, der über die Haut nach oben in die Richtung verläuft, in die das Seil gezogen wird. Aber hier? Nichts dergleichen. Das Hämatom verläuft in einem fast ebenmäßigen Kreis um den Hals.«

Idun und Calle beugen sich vor, um sich Eva Vendels Nacken anzusehen. Der Kopf ruht auf einer Art Kissen aus Kunststoff, sodass sie die Rückseite des Halses betrachten können. Genau wie Svetlana gesagt hat, verläuft die schwarzviolette Spur einmal gleichmäßig rundherum.

Erst als sie sich wieder aufgerichtet haben, fährt Svetlana fort.

»Wenn ihr euch jetzt die Vorderseite anseht, dann ist zu erkennen, dass sich das Hämatom über der Kehle verbreitert.«

Mit der Spitze eines Kugelschreibers beschreibt sie über dem Kehlkopf einen Kreis. Tatsächlich ist das Hämatom dort deutlich breiter – als würde der Streifen über der Haut einen Knoten aufweisen. Es sieht fast aus, als trüge Eva ein Kropfband mit Anhänger ein Stück über der Drosselgrube, wo das Hämatom eher einem verschmierten Fleck gleicht.

Calle neigt den Kopf zur Seite und sieht Svetlana an.

»Und was sagt uns das?«

Seine Stimme klingt heiser vor Aufregung. Erneut zieht Svetlana den Moment in die Länge.

»Für mich spricht das dafür, dass sie auf dem Rücken lag, als sie erdrosselt wurde. Der Täter hat ihr das Seil um den Hals gelegt und nach vorn zugezogen. Das Seil hat sich hier an der Vorderseite gekreuzt, genau über der Kehle. Die breite Verfärbung weist darauf hin, dass hauptsächlich dort Druck ausgeübt wurde – genau da, wo das Seil sich gekreuzt hat. An dieser Stelle wird es härter und breiter, weil zwei Stränge auf die Haut eingewirkt haben, mit zweifacher Kraft.«

Sie gönnt sich erneut eine Kunstpause.

»Außerdem weist das Opfer eine Vielzahl von Petechien auf – ihr wisst schon, die winzigen Einblutungen, die man unter anderem im Augenbereich sieht, aber auch in der Mundschleimhaut. Winzige Kapillarblutungen, die entstehen, wenn viel Druck auf den Kopf ausgeübt und die Blutzufuhr unterbrochen wird. Die Mundhöhle zeige ich euch später.«

Idun beugt sich nach vorn, um sich Eva Vendels Hals anzusehen. Sie macht ein paar langsame Schritte in Richtung Fußende, lässt aus nächster Nähe den Blick über Evas Gesicht, Hals, den Brustkorb, Bauch und Beine schweifen. Svetlana ahnt, dass Idun über etwas nachdenkt, und wartet geduldig.

Auf Höhe von Evas Bauch bleibt sie stehen.

»Und die schwarzen Metallpunkte auf den Händen?«

Sie richtet sich wieder gerade auf und massiert sich mit geballten Fäusten den unteren Rücken.

»Nägel. Zwei ordentlich dicke Nägel. Allerdings hat unser Opfer Glück im Unglück gehabt, wenn man so sagen will. Die Nägel sind ihr erst nach Eintritt des Todes durch die Hände geschlagen worden.«

Idun rümpft die Nase.

»Aber wenn die Nägel erst eingeschlagen wurden, als sie schon tot war, wie kann sie dann so stark geblutet haben? Was da über den Rock gelaufen ist, war eine ganze Menge. Blut gerinnt doch, sobald der Tod eingetreten ist?«

Svetlana schnaubt leise. Betont langsam stemmt sie die Hände in die Hüften. So sieht sie selbstgefällig aus, und Idun weiß, dass genau das auch die Absicht hinter der Geste ist.

»Ich muss es jetzt einfach sagen: Was für ein dummer Mythos!«

Wenn Idun die Rechtsmedizinerin nicht halbwegs sympathisch finden würde, hätte sie es ihr vielleicht krummgenommen. Doch weil sie ihr sympathisch ist, begnügt Idun sich mit einem überraschten: »Ach?«

Die russischstämmige Medizinerin schürzt die Lippen.

»Blut hört erst mehrere Sekunden nach Eintritt des Todes auf zu zirkulieren. Man kann also noch ordentlich weiterbluten, auch wenn das Herz nicht mehr schlägt. Bloß in Filmen hört es in derselben Sekunde auf, in der das Opfer stirbt.«

Calle pfeift leise durch die Zähne, und Idun dämmert, dass sie nicht die Einzige ist, der diese Information neu ist.

»Irgendwann setzt die Gerinnung dann natürlich ein – alles eine Frage der Zeit. Ich schätze, sie ist nur Sekunden nach Eintritt des Todes aufgehängt worden. Das Gleiche gilt für die Nägel. Deshalb konnte noch so viel Blut über den Rock laufen. Aber irgendwann war damit Schluss, klar.«

»Irgendwelche Anzeichen von Gewalt? Sexueller Natur? Oder von körperlicher Misshandlung vor Eintritt des Todes?«

Svetlana schüttelt den Kopf.

»Keine sexuelle Gewalt, und ich kann auch keine Hinweise auf eine andersgeartete Misshandlung finden. Was wirklich bemerkenswert ist. Das Opfer scheint sich in keiner Weise verteidigt zu haben. In Fällen von Strangulation kommt es sehr selten vor, dass keine Abwehrhandlung erfolgt. Denn glaubt mir, das ist eine sehr unschöne Art zu sterben.«

Sie klingt grimmig.

»Das Opfer lag auf dem Rücken, als es erdrosselt wurde, und es gibt keinen Hinweis darauf, dass die Frau auch nur versucht hätte, sich zu befreien. Die meisten wehren sich auf die eine oder andere Weise, zumindest solange sie bei Bewusstsein sind. Nun liegen die Ergebnisse aus dem Labor noch nicht vor, deshalb wissen wir nicht, ob unser Opfer vorab betäubt wurde, aber ich habe nirgends den Einstich einer Spritze gefunden, insofern halte ich das für eher unwahrscheinlich. Es gab keine Tablettenrückstände im Magen, und auch die Schnelltests haben fürs Erste nichts ergeben. Warten wir trotzdem die finalen Ergebnisse ab. Erst dann können wir uns ganz sicher sein.«

Calle verschränkt die Arme vor der Brust.

»Komisch, dass sie sich nicht verteidigt hat.«

»Mhm, finde ich auch. Jemand, der keine Luft mehr bekommt, schlägt und tritt normalerweise wild um sich, beißt und kratzt – aber nichts dergleichen ist hier der Fall. Sie hat keine Kratzer auf den Fingerknöcheln, keine Hautschüppchen unter den Fingernägeln. Das hat mich überrascht und ist … wie sagt man … ungewöhnlich, auf jeden Fall.«

Idun runzelt die Stirn, während sie versucht zu verarbeiten, was die Rechtsmedizinerin ihnen soeben eröffnet hat.

»Sie hat sich *gar nicht* gewehrt? Kein bisschen?«

»Nein.«

»Könnte der Täter die Fingernägel sauber gemacht haben?«

Idun hört selbst, wie banal die Frage klingt, aber sie muss sie trotzdem stellen.

»Nein. Andere Spuren habe ich nämlich gefunden: Erde. Pflanzenfasern und Torf. Ich nehme an, dass sie ihren letzten Tag zum Teil im Garten verbracht hat, zumindest den Vortag. Die Nägel wurden jedenfalls von niemandem, der Spuren beseitigen wollte, sauber gemacht, so viel kann ich mit Gewissheit sagen. Sie hat sich ganz einfach nicht verteidigt. Und nein« – sie hebt beide Hände – »ihr braucht gar nicht erst zu fragen, ob der Mörder die Erde im Nachhinein unter die Nägel verbracht hat. Ich weiß, dass sich die Drehbuchautoren dieser beliebten Polizeiserie mal so was in der Art für eine Folge ausgedacht haben. Aber in Wahrheit ist so etwas relativ einfach festzustellen. Man kann Pflanzensporen gut datieren. Unser Opfer hat innerhalb der letzten zwölf bis achtundvierzig Stunden vor Eintritt des Todes im Garten gearbeitet. Die Frage, die ihr euch vielmehr stellen solltet, ist, warum sie sich nicht verteidigt hat.«

Kurz herrscht Schweigen.

»Dann wissen wir also«, fasst Idun zusammen, »dass Eva Vendel erdrosselt wurde. Sie stand aller Wahrscheinlichkeit nach nicht unter Einfluss von Betäubungsmitteln, zumindest nicht unter Einfluss eines Medikaments, das injiziert oder in Form von Tabletten verabreicht worden wäre. Aber diesbezüglich warten wir auf die finalen Ergebnisse aus dem Labor. Sie lag auf dem Rücken, als sie gestorben ist, und hat sich gegen ihren Angreifer nicht gewehrt. Anschließend wurde sie aufgehängt, die Hände wurden mit zwei Nägeln fixiert, Letzteres kurz nach Eintritt des Todes.«

Svetlana wiegt den Kopf hin und her – eine merkwürdige Geste, besonders angesichts der selbstsicheren Erwiderung.

»*Da.*«

Idun und Calle nicken einhellig.

»Eins solltet ihr noch wissen.«

Der russische Akzent wird plötzlich stärker.

»Euer Opfer hatte keine Gebärmutter mehr.«

Idun kneift die Augen zusammen.

»Sie war … sterilisiert?«

»Es heißt Hysterektomie. Und es scheint eine Not-OP gewesen zu sein. Die Narbe verläuft senkrecht und ist richtig hässlich – das muss unter Zeitdruck passiert sein.«

»Unter Zeitdruck?«

Idun wirft einen neuerlichen Blick auf Eva Vendels flachen Bauch. Und richtig – dort verläuft eine blasse, aber immer noch sichtbare Narbe über die Haut.

»Ich habe ihre Krankenakte angefordert. Sie hat vor gut zwanzig Jahren eine Abtreibung vornehmen lassen. Der Arzt muss ein richtiger Pfuscher gewesen sein, weil bei der Ausschabung Teile des Embryos zurückblieben. Die Gebärmutter hat sich dann so schlimm entzündet, dass sie nicht mehr zu retten war. Sie ist von innen heraus verwest – ganz buchstäblich.«

Calle rümpft angeekelt die Nase. Idun indessen verspürt ein Ziehen im Hals.

»Dann war Eva schwanger, hat abgetrieben und hat kurz darauf die Gebärmutter entnommen bekommen? Weil der Arzt gepfuscht hat?«

Svetlana sagt zwar nichts, aber die Antwort liegt auf der Hand.

»Schickst du uns den Krankenbericht?«

»Hast du schon per E-Mail gekriegt.«

Eine Weile stehen sie schweigend beieinander, bis irgendwann allen klar ist, dass es fürs Erste nichts mehr zu besprechen gibt. Doch bevor sie gehen, kann Idun nicht umhin, Eva Vendels unschönes Ende zu kommentieren.

»Was für ein schrecklicher Tod. Auf dem Rücken liegend erstickt zu werden, ohne sich dagegen zu wehren, und dann in den eigenen vier Wänden aufgehängt und mit Nägeln durchbohrt zu werden. Die Arme.«

Statt einer Antwort atmet Svetlana hörbar ein und seufzt. Calle ist schon auf dem Weg nach draußen.

Boden 1987

Der erste Faustschlag des Wochenendes kommt am Samstagmorgen. Viola steht in der Küche und verrührt Eier, Milch und Salz für ein Omelett. Sie ist gänzlich unvorbereitet und kann der geballten Faust, die sie an der Schläfe trifft, nicht mehr ausweichen. Obwohl der Schlag so hart ist, dass sofort alles vor ihren Augen verschwimmt, hört sie noch das Knacksen in der Halswirbelsäule. Im nächsten Moment liegt sie auf dem Boden.

In ihrem Kopf ist nur mehr schwarzer Nebel. Sie schmeckt Eisen, und als sie Luft holen will, kriegt sie Blut in die Luftröhre und bekommt einen heftigen Hustenanfall.

Es ist eigentlich still in der Küche, doch in Violas Kopf rauscht es ohrenbetäubend laut. Als sie gestürzt ist, hat sie die Eiermasse mit zu Boden gerissen, die ihr jetzt zäh und schmierig über Brust und Hals fließt. Sie blinzelt verwundert. Das Rauschen in ihrem Kopf geht in ein Unheil verheißendes Schrillen im linken Ohr über. Sie kann keinen klaren Gedanken fassen, und ihr Sichtfeld ist eingetrübt.

Treu seinen Gewohnheiten erwartet sie weitere Schläge – und diesen Gedanken kann sie noch fassen, obwohl alles andere ausgebremst ist. Gefühlt in Sekundenschnelle reißt sie den Arm hoch, um ihren Kopf zu schützen. Das Schrillen im Ohr wird immer lauter, und sie klappt abwechselnd den Mund auf und wieder zu, wie im Flugzeug, wenn ein

Wechsel in der Flughöhe dazu führt, dass man den Druck im Ohr ausgleichen will.

Aber es kommen keine weiteren Schläge. Nach einer gefühlten Ewigkeit dämmert Viola, dass Lars die Küche wieder verlassen hat. Langsam setzt sie sich auf. Die Eiermasse ist auf ihrem Pullover und am Hals erstarrt und klebt kalt auf der Haut.

Tränen der Erleichterung und der Erschöpfung treten ihr in die Augen. Wimmernd dreht sie sich um und lehnt sich an den Unterschrank. Aus Erfahrung weiß sie, dass Weinen nicht gern gesehen wird, und presst eine Weile fest die Lider zusammen, damit die Tränen nicht fließen. Die paar Mal, als ihr das nicht mehr rechtzeitig gelungen war, waren immer die schlimmsten. »Heulen ist ein Zeichen von Schwäche«, wie Lars immer sagt. Und er tut alles in seiner Macht Stehende, um Viola zu lehren, stark zu sein. Nach einer solchen Lektion ist einer ihrer Ellenbogen schmerzhaft schief zusammengewachsen. Eine zweite Lektion dieser Art braucht sie nicht.

Langsam öffnet sie die Augen und sieht sich um. Tommy und Ingrid sind nirgends zu sehen. Viola ist nicht dumm, natürlich weiß sie, dass sie den Sturz bis in ihr Kinderzimmer gehört haben müssen. Aber sie bleiben, wo sie sind, genau wie sie es ihnen eingebläut hat. Was immer zwischen ihr und Lars geschieht, geht nur sie beide etwas an. Damit müssen die Kinder nichts zu tun haben, zumindest nicht, solange es um Violas Erziehung geht.

Mühsam steht sie auf, schwankt und hält sich an der Küchenspüle fest. Vorsichtig streicht sie sich über die Schläfe. Die hämmert zwar schmerzhaft, aber sie weiß, dass das wieder abklingt. Schlimmer ist das anhaltende Schrillen im Ohr.

Bei der Vorstellung, dass dieses Schrillen nie wieder aufhört, kommen ihr erneut die Tränen. Abermals muss sie die Augen schließen, um nicht loszuweinen. Gegen den Ton im Ohr kann sie nichts machen. Jetzt gilt es nur mehr, den Tag zu überleben.

Sie blinzelt ein paarmal und strafft die Schultern, ehe sie auf ihren verschmierten Pullover hinabblickt. Immerhin ist der Großteil auf dem Boden gelandet. Sie beschließt, erst zu putzen und anschließend schnell unter die Dusche zu gehen und sich umzuziehen. Dann gibt es eben Butterbrote zum Frühstück. Das reicht auch. Wenn sie so darüber nachdenkt, hat sie sowieso keine Lust auf Omelett.

Mittwoch, 26. August

Idun sitzt mit dem Laptop am Küchentisch. Es ist jetzt halb sieben. Sie hat den Obduktionsbericht zweimal gelesen, ohne auf irgendein nennenswertes Detail zu stoßen – abgesehen von den Fakten, die Svetlana ihnen tags zuvor bereits dargelegt hat. Das Ganze schlägt Idun aufs Gemüt. Sie hat gehofft, etwas Aufsehenerregendes zu entdecken, was ihnen zumindest eine neue Richtung gewiesen hätte.

Sie seufzt. Sie sollte eine Pause einlegen und eine Runde mit dem Staubsauger drehen. Die Wohnung hätte es bitter nötig, überall Chaos, die ordentliche Mika würde in Ohnmacht fallen, wenn sie das hier zu Gesicht bekäme.

Zwei dumpfe Klopfer reißen sie aus den Gedanken. Sie spitzt die Ohren. Kam das von der Tür? Sie lehnt sich zurück und lauscht in Richtung Flur. Tatsächlich ist das Klopfen an der Wohnungstür so eindeutig besser zu hören.

Sie zieht sich den Morgenmantel enger um den Leib und geht hinaus in den Flur. Dort zieht sie die Sicherheitskette ab, schließt auf und öffnet die Tür. Aus dem Treppenhaus weht kühle Luft herein, die sich an den Knöcheln unangenehm anfühlt.

Vor ihr steht eine Frau, die Idun noch nie gesehen hat – sie ist kaum älter als sie selbst, eine hübsche, niedliche Erscheinung. Sie hat sich die blonden Locken im Nacken zu einem Pferdeschwanz zusammengebunden und ihn sich locker über die Schulter gelegt. Freundliches Gesicht, klarblaue Augen und ein Mund, der so nett lächelt, dass Idun das Lächeln instinktiv erwidert.

»Hej?«

Es klingt wie eine Frage.

Die Frau sieht Idun aus ihren kornblumenblauen Augen an.

»Hej.«

Das Schweigen zieht sich in die Länge. Idun tritt von einem Fuß auf den anderen, lächelt noch immer, aber allmählich schleicht sich ein Runzeln auf ihre Stirn, was die Frau anscheinend bemerkt.

»Ja, also … Entschuldigung, dass ich so früh störe, aber ich habe gerade bei meinem Morgenspaziergang gesehen, dass bei dir Licht brennt, und … ich wollte mich gern bei dir vorstellen.«

Sie streckt Idun die Hand entgegen. Sie ist trocken und kühl, als die beiden sich die Hand schütteln.

»Ich bin die neue Nachbarin. Die so viel gehämmert und Lärm gemacht hat, dass du davon bestimmt schon verrückt geworden bist.«

Sie hebt zu einem perlenden Lachen an, das durchs Treppenhaus hallt. Allein das bringt auch Idun zum Lachen.

»Mal ernsthaft … Ich verstehe schon, dass ich dich damit wahrscheinlich in den Wahnsinn getrieben habe. Bitte entschuldige!«

Sie starrt betreten den Boden an. Schlagartig ist Idun verlegen.

»Nein, also … Macht doch nichts. So schlimm war es doch gar nicht.«

Die Lüge ist einfach nur durchsichtig. Am liebsten würde Idun es zurücknehmen. Als die neue Nachbarin sie wieder ansieht, merkt Idun ihr an, dass sie es ihr ihrerseits anmerkt. Ihr steht der Zweifel deutlich, wenn auch leicht amüsiert ins Gesicht geschrieben.

»Also, es war nicht wahnsinnig schlimm, hat vielleicht ein klein bisschen gestört … keine Ahnung …«

Sie hört selbst, wie albern sie klingt.

»Jetzt machst du auf nette Nachbarin – was ich sehr zu schätzen weiß!«

Sie hält beide Hände hoch, um zu signalisieren, dass sie es ehrlich meint.

»Aber als Wiedergutmachung würde ich dich gern zum Essen einladen. Und ein Nein wird nicht akzeptiert. Du bestimmst, wann – außer gleich heute. Und ich hoffe, du bist nicht gegen Fisch allergisch, weil ich dann nämlich nicht wüsste, was ich kochen sollte.«

Wieder dieses Lachen. Das perlende.

Erst will Idun aus reiner Gewohnheit ablehnen. Neue Bekanntschaften zu schließen gehört nicht zu ihren Stärken, und Small Talk mit Leuten, die sie kaum kennt, liegt ihr nicht. Die einzige Ausnahme ist ihre Arbeit. Da kann sie mit wem immer reden, wann immer und über jedwedes Thema, ohne dass es ihr im Geringsten schwerfiele – was ein großes Plus ist, weil sie in ihrem Beruf als Ermittlerin ständig mit Leuten reden muss. Aber komisch ist es schon, wie groß der Unterschied zwischen Beruf- und Privatleben sein kann.

Spontan will Idun so etwas sagen wie: Ist doch nicht nötig. So sehr hat der Lärm nicht gestört, sie könnten ja auch so freundschaftlich miteinander umgehen. Doch dann sieht sie in diese schelmisch blauen Augen und ahnt echte Ehrlichkeit, und gleichzeitig fallen ihr Mikas Tiraden ein, dass sie ein anderes Leben leben soll, nicht ausschließlich nur für den Job. Und zu ihrer eigenen Überraschung ist da auch eine unverhoffte Neugier.

»Ein Abendessen wäre total nett.«

Sie weicht dem Blick der Frau aus, bis ihr einfällt, was sie noch sagen kann.

»Es ist nur so, dass ich ziemlich viel arbeite, und ich weiß nie genau, wann Feierabend ist. Aber wie wäre es am … Montag?«

Die Frau strahlt sie an. Der lockige Pferdeschwanz tanzt ihr über die Schulter, als sie begeistert nickt.

»Montag ist perfekt! Ich bringe das Essen mit und komme rüber. Bei mir ist totales Chaos, weil ich immer noch mitten in der Renovierung stecke.«

Sie lacht erneut, und diesmal hat sich ihr Hals leicht gerötet.

»Es gibt Fischgratin. Ein Rezept von mir. Wenn es nicht schmeckt, machst du einfach gute Miene zum bösen Spiel und tust so, als ob. Oder bestellst dir Pizza, sobald ich wieder weg bin. Normalerweise bleibe ich auch nicht bis spät in der Nacht.«

Und dann hallt das Treppenhaus abermals von ihrem perlenden Lachen wider. Idun gefällt es.

»Sagen wir, um sieben? Das wird supernett! Und wie schön, dass ich mich nach den letzten Tagen endlich bei dir entschuldigen konnte.«

Dann dreht sie sich um und geht auf ihre Wohnungstür zu. Weil sie Wand an Wand wohnen, sind es nur ein paar Schritte. Sie legt die Hand an die Klinke und dreht sich noch einmal zu Idun um.

»Marie.«

Idun sieht sie verwirrt an, woraufhin das Lachen ein letztes Mal ertönt.

»So heiße ich. Marie.«

Sie zwinkert Idun zu, die nicht mehr antworten kann, ehe die neue Nachbarin auch schon durch ihre Tür geschlüpft und verschwunden ist.

Lovis liegt immer noch im Bett und tut so, als würde sie schlafen. Es ist schon halb acht. Sie wird zu spät zur Arbeit kommen, aber das ist ihr egal. Endlich hat sie die Möglichkeit, der Sache auf den Grund zu gehen, die ihr seit Samstagmorgen nicht mehr aus dem Kopf geht. Die Ungewissheit hat sie fast in den Wahnsinn getrieben. Sie muss in Erfahrung bringen, mit wem Olle Sex hat.

Wenn sie sich konzentriert, kann sie ihn in der Küche herumwerkeln hören. Er besteht auf seinem täglichen ordentlichen Frühstück: gekochte Eier, Kaffee, Toast und frisch gepresster Orangensaft. In all ihren gemeinsamen Jahren hat er sich über die wichtigste Mahlzeit des Tages den Mund fusselig geredet. Dass die Wissenschaft inzwischen etwas anderes sagt und der Ansicht zu sein scheint, dass unterschiedliche Mahlzeiten für unterschiedliche Leute auch unterschiedlich wichtig sind, will er nicht hören. Jeden Morgen dasselbe Lied – ein grimmiger Blick auf ihren Becher Kaffee.

Eine Minute nach der anderen verstreicht. Sie hört, wie Olle den Wasserhahn laufen lässt, dann klappert die Geschirrspülmaschine, als er sie zuschiebt. Ein paar Schritte über die Holzdielen, dann wieder Wasser, diesmal jedoch aus dem Bad. Auf ihrem Lauerposten im Bett spitzt Lovis die Ohren und hört, wie er sich die Zähne putzt. Wieder Schritte und schließlich die Haustür, die hinter ihm zufällt.

Er geht zur Bushaltestelle. Es ist Mittwoch, da nimmt er den Bus, weil Lovis das Auto braucht, um nach der Arbeit zum Yoga zu fahren.

Sie bleibt noch eine Weile liegen, bis sie sicher sein kann, dass er weg ist. Dann erst schiebt sie die Beine über die Bettkante und streckt sich nach ihrer Jogginghose und dem Pullover vom Vortag aus. Sie braucht nur ein paar Sekunden, um sich anzuziehen. Fest entschlossen verlässt sie das Schlafzimmer.

Im Bad brennt das Deckenlicht. Olle hat vergessen, es auszuschalten. Mit einer Hand nimmt Lovis die Bürste aus dem Regal und klappt mit der anderen den Toilettendeckel hoch. Während sie pinkelt, bürstet sie sich die Haare. Trocknet sich ab, betätigt die Spülung, wäscht sich flüchtig die Hände, ehe sie ein Haargummi aus der großen Dose neben dem Waschbecken angelt. Sie bindet sich die Haare zu einem Pferdeschwanz. Zurück im Flur sieht sie flüchtig in den großen Wandspiegel. Für ihren eigenen müden Anblick reicht ihr das schon – sie sieht blass aus und hat bekümmerte Augen. So sieht eine betrogene Ehefrau aus, stellt sie finster fest.

Der Morgen ist ungewöhnlich warm. Lovis läuft die Verandatreppe nach unten und zur Garage, zieht das Garagentor auf, bückt sich darunter hindurch und zieht es mit einem Knall wieder zu. Schlagartig steht sie im Dunkeln. Sie streicht mit der Hand über die Wand, ertastet den Lichtschalter und dreht ihn an. Die Leuchtstoffröhren an der Decke flackern ein paarmal, ehe die Garage voll ausgeleuchtet ist. Lovis hat dieses Licht nie gemocht, aber Olle behauptet, dass Leuchtstoffröhren für die Arbeit nun mal das Beste sind. Sie denkt kurz darüber nach, sie mit der Harke, die an der Wand lehnt, zu zerschlagen, lässt es dann aber sein. Das Aufräumen würde doch nur an ihr hängen bleiben.

Sie drückt auf den Funkschlüssel. Als die Leuchten des Audi aufblinken, ist gleichzeitig ein mechanisches Klicken zu hören. Sie zieht die Fahrertür auf und setzt sich hinein. Es duftet nach fabrikneuer Lederverkleidung – einer der Vorteile, wenn man immer neue Autos fährt. Eigentlich mag sie dieses Leasingsystem nicht. Ständig müssen sie den Wagen tauschen, kaum dass sie sich an den einen gewöhnt hat, kommt auch schon der nächste.

Sie bleibt eine Weile sitzen und weiß nicht recht, was sie als Nächstes tun soll. Sie hat diesen Wagen nur einige wenige Male gefahren und das eingebaute Navi nie benutzt.

Umständlich öffnet sie das Handschuhfach, in dem diverse Handbücher liegen, eins für das Auto, eins für die Dachbox, eins für den Hänger und – aus unerfindlichen Gründen – eins für den Aufsitzrasenmäher. Lovis muss eine Weile suchen und blättern, bis sie die Gebrauchsanleitung findet, die sie sucht.

Die Anspannung fühlt sich an wie eine tickende Zeitbombe in ihrem Magen, doch nach ein paar Minuten Lektüre ist das Gefühl verebbt. Stattdessen ist sie nur noch verwirrt. Sie muss dieselbe Seite zweimal lesen, um sie auch nur annähernd zu verstehen. Unter anderen Umständen hätte sie einfach Olle um Hilfe gebeten. Er ist ein Technikgenie und versteht Handbücher, quasi indem er das Inhaltsverzeichnis überfliegt. Aber in dieser Lage kann sie ihn natürlich nicht fragen.

Enttäuscht muss Lovis aufgeben. Sie steigt wieder aus, lässt die Neonröhren mit ihrem grässlichen Licht einfach brennen, zieht missmutig das Garagentor auf und tritt nach draußen in die Wärme. An der Haustür pfeift sie darauf, die Schuhe auszuziehen, und marschiert durch den Flur in die Küche.

Ihr Handy liegt auf der Kücheninsel. Binnen zwanzig Sekunden sitzt sie wieder im Auto. Diesmal zieht sie die Fahrertür hinter sich zu. Es ist totenstill. Das Neonlicht von der Decke bricht sich in der Windschutzscheibe, und das sterile Weiß spiegelt sich auf dem schwarzen Handydisplay.

Sie schaltet das Gerät ein und muss erst warten, bis der Apfel erscheint. Mit zittrigen Fingern entsperrt sie das Handy und gibt dann den Code für die SIM-Karte ein. Wieder muss sie erst warten, ehe sie YouTube aufrufen kann.

Sie tippt Bezeichnung und Seriennummer des Navis ein und drückt auf Suchen. Große Hoffnungen macht sie sich nicht, aber es ist womöglich ihre einzige Chance, ihr Vorhaben in die Tat umzusetzen. Hocherfreut sieht sie, dass gleich der erste Clip exakt das liefert, wonach sie sucht.

Sie klickt ihn an. Aus dem Lautsprecher des Handys erklingt eine junge Männerstimme. Lovis sieht sich das Filmchen einmal komplett an und geht dann zurück zu dem Abschnitt, der von früher eingegebenen Adressen handelt. Als sie ihn sich ein zweites Mal angesehen hat, fühlt sie sich hinreichend gewappnet, es selbst mit dem Navi zu versuchen.

Wie sich herausstellt, ist es einfacher als gedacht. Einmal muss sie den Vorgang abbrechen und sich den Filmabschnitt ein drittes Mal ansehen, bevor sie das richtige Menü gefunden hat. Die Adresse wurde ein einziges Mal eingegeben. Am vergangenen Freitagvormittag. Lovis spürt, wie sich ihr die Nackenhaare aufstellen. An dem Tag hat Olle behauptet, er müsste Überstunden machen.

Dass es vier Uhr nachts werden würde, hat er vergessen zu erwähnen.

Sie klickt die YouTube-App weg und ruft den Internetbrowser auf. Tippt »hitta.se« ein, eine Webseite für Meldeadressen. Sie schreibt die Adresse vom Navi ab und drückt erneut auf Suchen.

Als das Ergebnis auf dem Display erscheint, fühlt es sich an, als würde alles Blut aus ihrem Kopf rauschen. Unter der Anschrift sind zwei Personen gemeldet. Von der einen hat sie nie gehört. Die zweite kennt sie nur zu gut.

Es schrillt in ihren Ohren. Was bitte schön haben Olle und diese Frau nach so vielen Jahren miteinander zu tun? Und wie in aller Welt kann es sein, dass er ihr überhaupt noch mal freiwillig entgegentritt? Und auch noch zu ihr nach Hause fährt!

Lovis kann nicht mehr klar denken. Es fühlt sich an, als würde das Auto vibrieren. Das Licht aus den Röhren blendet sie, während gleichzeitig ihr Sichtfeld zu schrumpfen scheint. Olle kam spät in der Nacht auf Samstag nach Hause. Sein Atem roch eindeutig nach außerehelichem Betrug. Dass er aber ausgerechnet mit dieser Frau fremdgegangen sein soll, hätte sich Lovis in ihren wildesten Träumen nicht vorstellen können. Trotzdem hat die Suchmaschine deren Adresse ausgespuckt.

Es dauert fast eine geschlagene Stunde, bevor Lovis wieder aussteigen kann.

Boden 1988

Viola stellt zwei Kaffeetassen und das Milchkännchen bereit, ehe sie zurück zum Herd eilt. Ihre Hände sind schon klebrig vom Schweiß. Es geht ihr schlecht, am liebsten würde sie sich hinlegen. Die Frau am Küchentisch sieht nett aus. Sie hat einen freundlichen, kein bisschen kritischen oder ermahnenden Blick, und sie klang ehrlich erfreut, als sie zu einer Tasse Kaffee Ja gesagt hat. Trotzdem fühlt sich Viola bedroht. Allein die Anwesenheit dieser Frau fühlt sich nach Kontrolle an. Und realistisch betrachtet, ist sie auch genau deshalb gekommen – um zu kontrollieren, ob Viola als Mutter funktioniert. Genau das sagt die Berufsbezeichnung der Frau, die sich zwar vorgestellt hat, als sie kam, deren Namen Viola jedoch sofort wieder vergessen hat.

Der Kaffeekessel pfeift. Viola dreht die Herdplatte ab, nimmt die Kanne und geht zurück zum Tisch. Vorsichtig befüllt sie die Tasse der Kontrolleurin, macht sie gut halb voll, damit noch Milch hineinpasst, sofern sie Milch will. Die Frau bedankt sich mit einem freundlichen Lächeln. Viola lächelt nicht zurück. Stattdessen gießt sie sich selbst Kaffee ein, stellt die Kanne auf den gehäkelten Topflappen und setzt sich. Eigentlich trinkt sie ihren Kaffee nie schwarz, aber ihre Hände zittern zu sehr, um nach dem Milchkännchen zu greifen. Die Kontrolleurin würde nur sehen, wie nervös Viola ist, und das will sie unter keinen Umständen.

»Ich dachte mir, wir fangen mit einigen Fragen an. Wenn das für Sie in Ordnung wäre?«

Die Frau hat eine komische Stimme, tief und kratzig, sie klingt irgendwie heiser und kaputt. Ungewöhnlich, wenn man bedenkt, wie sie aussieht. Sie hat ein schmales Gesicht, das Haar ist schulterlang und glatt gekämmt. Die Fingernägel sind blassrosa lackiert, was zu dem dünnen Schal passt, den sie sich locker um den Hals geknotet hat. Es ist fast, als würde die kratzige Stimme sich an ihrer Persönlichkeit reiben, als würde sie in Wahrheit zu jemand anderem gehören.

Viola antwortet nicht auf die Frage. Sie will überhaupt keine Fragen beantworten und auch selbst keine stellen. Sie nimmt einen Schluck Kaffee. Ohne Milch schmeckt er fürchterlich bitter, und sie muss sich zusammenreißen, um nicht das Gesicht zu verziehen, als sie schluckt. Die Kontrolleurin lächelt schon wieder. Auch sie nimmt einen Schluck und stellt dann vorsichtig die Tasse auf den Unterteller.

»Viola.«

Die heisere Stimme scheint an ihrer Kehle zu reißen.

»Ich bin nicht hier, weil ich Ihnen Böses will.«

Viola schluckt lautlos.

»Ich will nur Ihr Bestes. Das Beste für Sie und für Ihre Kinder. Ich frage mich, wie es Ihnen geht, und wenn es so sein sollte, dass es Verbesserungspotenzial gäbe, möchte ich Ihnen gern dazu verhelfen. Es ist mein Job zu helfen.«

Sie sieht aufrichtig aus, trotzdem schrillen bei Viola die Alarmglocken.

Sie starrt in ihre Tasse, ehe sie antwortet.

»Wir brauchen keine Hilfe. Es ist alles gut.«

Überrascht stellt sie fest, dass sie wie Rita klingt. Barsch und kurz angebunden. Rita fehlt ihr so sehr. Sie nimmt einen Schluck Kaffee.

Die Frau sieht sie eindringlich an.

»Vielleicht ein bisschen Milch?«

Sie nimmt das Milchkännchen hoch. Viola zögert.

»Ich kann es ja mal probieren. Wäre vielleicht gut.«

Die Frau gießt Milch in Violas Tasse. Eigentlich ist es zu wenig, aber jede noch so kleine Veränderung im Farbton kann nur besser sein als das bittere Schwarz.

Die Kontrolleurin sieht sich um.

»Ihre Küche ist wirklich gemütlich. Haben Sie sie eingerichtet?«

Verwirrt blickt Viola sich um. Es ist fast, als sähe sie ihre eigene Küche zum ersten Mal.

»Danke.«

Die Frau sieht ihr wieder in die Augen, und der Blick fühlt sich durchdringend an. Viola fühlt sich durchsichtig wie Plastikfolie.

»Wir machen es folgendermaßen. Ich stelle Ihnen ein paar Fragen, und Sie antworten mir, so gut es geht. Es gibt kein Richtig oder Falsch. Ich bin auf Ihrer Seite.«

Wenn sie nur normal sprechen könnte …

Viola nickt und gibt sich alle Mühe, ihr Unwohlsein zu verhehlen.

Die Frau zieht einen Block aus der Handtasche. Sie schlägt das Deckblatt um, sodass die erste Seite sichtbar wird. Der Block ist jungfräulich.

»Sie leben hier zusammen mit Ihrem Ehemann, Lars, ist das richtig?«

Viola nickt.

»Und wie lange sind Sie schon verheiratet?«

»Im Herbst sind es neun Jahre.«

Die Frau schreibt es sich auf.

»Wie würden Sie Ihre Ehe beschreiben?«

Viola hat Bauchschmerzen.

»Unsere Ehe?«

»Mhm. Wie geht es Ihnen, als Paar?«

Die Frage ist unangenehm. Sie geht direkt zur Sache, ist zu klar, zu deutlich, um sie misszuverstehen.

Viola legt die Hände in den Schoß. Sie zittern so sehr, dass der Hosenstoff über den Schenkeln vibriert.

»Ich weiß nicht, worauf Sie hinauswollen.«

Ihr Mund ist wie ausgedörrt, und die Zunge scheint anzuschwellen.

»Ich frage mich, ob Sie sich zu Hause geborgen fühlen.«

Die heisere Stimme stellt die Frage so ruhig, als wäre es die natürlichste Sache der Welt. Für Viola jedoch ist es die komplizierteste Frage, die sie je gehört hat. Denn wie lügt man glaubwürdig in einer Sache, die nicht einmal in ihren Augen je wahr wäre?

Sie sieht aus dem Fenster. Ein Vogelschwarm hebt vom Rasen ab und verschwindet außer Sicht. Viola wünschte sich, sie könnte den Vögeln hinterherfliegen.

»Es geht uns gut.«

Die Lüge brennt im Mund. Viola will einfach nur noch, dass die Kontrolleurin geht. Doch die bleibt stumm sitzen. Die heisere Stimme hat noch mehr Fragen.

»Wir haben gewisse Hinweise bekommen, zwei anonyme Anzeigen, aber auch eine aus Tommys Schule. Seine Klassenlehrerin macht sich große Sorgen.«

Viola blinzelt.

»Warum sollte Tommys Lehrerin sich Sorgen über meine Ehe machen?«

Die Frau sieht Viola in die Augen. In ihren Blick hat sich Ernsthaftigkeit geschlichen.

»Weil es bei Tommy Anzeichen für Misshandlung gibt.«

Sie bringt kein Wort heraus. Was immer sie sagen könnte, wird erstickt. Sie weiß nicht, was sie erwidern soll, weiß nicht, wohin mit sich. Also sitzt sie stumm da. Sie sitzen beide stumm da.

Hinter Viola klopft es.

Überrascht dreht sie sich um. Es zieht am Becken. Sie weiß, es ist der riesige blaue Fleck auf ihrer Kehrseite, der wehtut. Ingrid steht in der Tür. Sie sieht beunruhigt aus. Viola kommt sich vor wie in einem Traum, der Raum bewegt sich, alles wird zäh und langsam.

»Hej, Liebling!«

Ihre Stimme kommt wie aus weiter Ferne. Am liebsten würde sie Ingrid zurück auf ihr Zimmer schicken. Violas geliebtes Apfelmädchen ... Dieses Gespräch ist nicht für ihre Ohren bestimmt.

Doch Ingrid bleibt stehen. Sie scheint kurz zu stutzen, kommt dann aber näher und krabbelt auf Violas Schoß. Die Frau lächelt.

»Du musst Ingrid sein. Wie schön, dich kennenzulernen.«

Ingrid sieht sie misstrauisch an. Die Frau lächelt immer noch.

»Wie alt bist du denn?«

Ingrid hält die Hand hoch und spreizt die Finger.

»Fünf Jahre alt! Nicht schlecht!«

Jetzt breitet sich ein Lächeln auf Ingrids Gesicht aus.

»Mein Bruder ist schon sieben!«

Die Frau schnappt theatralisch nach Luft.

»Was? Ihr seid beide schon so groß?«

Ingrid lacht vergnügt. Viola spürt instinktiv, dass sie ihre Tochter von hier wegbringen muss.

»Ingrid, Schätzchen, lauf in dein Zimmer und spiel mit den Puppen, ich komme gleich nach. Wenn du lieb bist und spielen gehst, dann backen wir später zusammen einen Kuchen.«

Die Augen des Mädchens funkeln. Ohne ein weiteres Wort rutscht sie von Violas Schoß und läuft zur Treppe. Die Kontrolleurin folgt ihr mit dem Blick.

»Was für eine süße Tochter Sie haben!«

Viola sagt dazu nichts. Die Frau nimmt den letzten Schluck Kaffee und stellt lautlos die Tasse ab.

»Ich will Ihnen wirklich helfen. Ihnen und Ihren Kindern. Und auch Lars. Wenn wir vom Jugendamt gleich drei Mitteilungen von besorgten Erwachsenen kriegen, müssen wir aktiv werden. Ich bin auf Ihrer Seite, aber es würde mir wesentlich leichter fallen, wenn Sie mir Ihrerseits helfen würden – Sie verstehen, worauf ich hinauswill?«

Viola nickt stumm, obwohl sie gar nichts versteht.

»Ist Lars oft wütend auf Sie?«

Viola sehnt sich nach Rita. Es ist jetzt gut elf Jahre her, seit sie sich zuletzt gesehen haben. Oder miteinander gesprochen haben.

»Manchmal ist er wütend.«

Die Frau schreibt sich etwas auf.

»Wie wird er dann, wenn er wütend ist?«

Viola zaudert.

»Er wird … wütend.«

Sie weiß nicht, was von ihr erwartet wird. Denn wie bitte schön beschreibt man einen Zorn, der allen die Luft zum Atmen nimmt?

»Was tut er, wenn er wütend wird? Schreit er?«

Viola fühlt sich unerträglich einsam.

»Manchmal.«

»Schreien Sie dann zurück?«

»Niemals.«

Die Frau sieht Viola aufmerksam an.

»Warum nicht?«

Viola muss alle Kraft zusammennehmen, um antworten zu können.

»Weil ich nicht schreien mag.«

Wieder schreibt die Frau sich etwas auf. Viola wünschte sich, der Block würde in Flammen aufgehen und auf dem Tisch verbrennen.

»Wird er gewalttätig?«

Viola blinzelt.

»Sie meinen … verbal?«

Die Frau verzieht keine Miene.

»Ich meine, ob er Sie körperlich angeht. Verpasst er Ihnen Klapse oder Schläge? Zieht an Ihren Haaren? Spuckt Sie an?«

Viola will am liebsten losheulen, weiß nicht, wohin mit sich – was, wenn sie die Wahrheit sagt? Und was, wenn sie lügt?

Die Kontrolleurin schlägt den Block wieder zu, legt den Stift obenauf und beugt sich über den Tisch. Als sie erneut spricht, klingt sie viel leiser als zuvor. Fast als wollte sie flüstern.

»Es ist folgendermaßen, Viola. Ich kann Ihnen und den Kindern helfen, ob Sie mit mir reden wollen oder nicht. Und wenn es so ist, dass Sie hier zu Hause körperlicher Gewalt ausgesetzt sind, dann werde ich versuchen, Ihnen zu helfen, ganz egal, ob Ihnen das recht ist. Wenn Lars Sie oder die Kinder schlägt, dann ist das nicht Ihre Schuld. Es ist *nie* Ihre Schuld. Aber Sie als Mutter müssen mir helfen, wenn es wirklich so ist, dass der Vater die Kinder schlecht behandelt. Sie dürfen es ihm nicht auch noch erleichtern, dass Lars Sie alle schlägt. Sie müssen mir helfen, damit ich Ihnen helfen kann. Ihnen, Ingrid und Tommy.«

Viola geht es ganz schrecklich. Ihr kommen die Tränen, und diesmal kann sie sie nicht mehr zurückhalten. Es ist, als wäre ein Fluss in ihr über die Ufer getreten, ein aufgestauter Damm gebrochen, als würde es mit unaufhaltsamer Kraft aus ihr hinausströmen.

Wortlos öffnet die Frau ihre Handtasche, zieht ein Päckchen Taschentücher heraus und schiebt es über den Tisch. Dankbar nimmt Viola es entgegen. Es dauert eine Weile, ehe sie sich wieder so weit beruhigt hat, dass sie sprechen kann.

»Er schlägt uns nicht. Es macht mich unfassbar traurig, dass Sie mich so etwas fragen. Deshalb musste ich weinen.«

Ein Teil von ihr wünschte sich, sie hätte den Mut, die Wahrheit zu sagen, aber sie ist innerlich einfach nur erschöpft. Wegen allem. Am liebsten würde sie sich hinlegen und schlafen. Auf den Boden, unter den Tisch – ganz egal, wohin. Einfach nur die Augen zumachen, schlafen, für eine Weile weg sein.

Hinter ihr klopft es. Diesmal dreht Viola sich so schnell um, dass die Schmerzen mit voller Wucht auflodern. Unter der Haut fängt es an zu pulsieren. Erneut steht Ingrid in der Tür. Mit großen Augen sieht sie Viola an. Sie hat sich den Daumen in den Mund geschoben und lutscht hektisch daran.

Viola spürt, wie in ihr etwas zerbricht.

Ihr geliebtes Apfelmädchen hat nicht mehr Daumen gelutscht, seit es drei Jahre alt war.

Lovis sitzt im Schaukelstuhl und heult wie ein Schlosshund. Olle hat sich auf die Arbeitsfläche hochgestemmt. Er ist stinksauer. Dass diese Frau ihn verdammt noch mal nicht in Ruhe lassen kann. Eine einzige Nacht war er weg – eine! Einmal zu zweit um die Häuser gezogen, und keine Woche später fängt sie an, irgendwas von deutlichen Hinweisen auf Fremdgehen zu keifen. Was weiß sie denn schon, verdammt noch mal?

Natürlich hat sie recht.

Er ist fremdgegangen. Aber das kann sie unmöglich wissen. Seine Vorsichtsmaßnahmen waren wirklich beachtlich. Die Umwege, die er gefahren ist, die frischen Klamotten, die er sich angezogen hat, nachdem sie zusammen geduscht hatten und bevor er nach Hause gefahren ist. So wie er alle möglichen Spuren beseitigt hat, kam er sich vor wie der Typ beim Weitsprung, der den Sand in der Kiste mit dem Rechen verstreicht. Trotzdem ist Lovis ihm jetzt auf den Fersen. Wie ein Bluthund will sie die Wahrheit aufspüren.

Er hat sie zigmal betrogen. Immer mit derselben Frau und so gut wie immer am selben Ort: in ihrer Wohnung – hinter verschlossenen Türen und vorgezogenen teuren Leinenvorhängen. Ein paarmal waren sie auch im Hotel oder in ihrem Elternhaus. Nicht oft, aber es kam durchaus vor. Und nie zuvor hat Lovis auch nur Verdacht geschöpft. Sie hat seine Erklärungen immer geschluckt: die Arbeit, die sich in die Länge gezogen hat, oder das Bier mit einem geknickten Kollegen, dem die Scheidung ins Haus steht. Einmal hat er sogar seine Mutter vorgeschoben – sie hätte aus dem Heim angerufen, es ginge um Leben und Tod –, doch da war Lovis schier verzweifelt: Warum er nicht angerufen hätte, sie wäre doch mitgefahren? Immerhin hätte es sich um ihre Schwiegermutter gehandelt.

Nach diesem Vorfall wurde er vorsichtiger. Hat mehr und mehr auf die Arbeit geschoben. Und Lovis hat seine Ausflüchte nie angezweifelt. Bis jetzt.

Olle holt tief Luft und will gerade etwas Bissiges sagen, als ihm sein Handy zuvorkommt. Es schrillt und vibriert auffordernd auf der Kücheninsel.

Vorübergehend erleichtert, rutscht er von der Arbeitsfläche, als Lovis plötzlich aus dem Schaukelstuhl aufspringt. Sie stürzt nach vorn, packt sich sein Handy und starrt misstrauisch auf das Display. Olle ist wie vom Donner gerührt. Was zur Hölle soll das jetzt werden?

Es ist offensichtlich, dass Lovis die Nummer nicht kennt. Er sieht es an ihrem unschlüssigen Blick. Dann schiebt sie trotzig das Kinn vor und geht ran. Ihre Stimme ist heiser vom Weinen.

»Olles Handy, Lovis am Apparat?«

Er kann die Frauenstimme vom anderen Ende hören, aber nicht verstehen, wer dran ist oder was sie sagt. Er hört nur, dass die Stimme formell klingt. Zornig streckt er sich nach dem Gerät aus, doch Lovis weicht einen Schritt zurück und presst sich das Handy ans Ohr.

»Nein, Olle kann gerade nicht ans Telefon kommen. Kann ich ihm etwas ausrichten?«

Die Frauenstimme scheint zu zögern. Nach einer Weile sagt sie doch etwas. Für Olle klingt es im Großen und Ganzen nach gedämpftem Murmeln.

Dass die Frau etwas Wichtiges zu sagen hat, sieht er Lovis hingegen an. Überrascht reißt sie die Augen auf, dann den Mund, klappt ihn ein paarmal auf und wieder zu und sieht völlig verdattert aus. Sie hört weiter zu, bedankt sich für die Info und drückt das Gespräch weg. Bedächtig legt sie das Handy mit dem Display nach unten auf die Kücheninsel. Auf der glänzenden Rückseite verdunsten langsam kleine, feuchte Handschweißflecken.

»Wer war das?«

Statt zu antworten, starrt Lovis auf die Kücheninsel hinab. Mit zittrigen Fingern fährt sie sich über die Lippen. Das macht sie immer, wenn sie unter Strom steht.

»Sag mir jetzt, wer das war! Was ist passiert?«

Er macht einen Schritt auf sie zu, sieht ihre Unterlippe beben. Langsam hebt sie den Blick.

»Das war die Polizei.«

Olle macht große Augen.

»Die Polizei? Und was wollte die?«

Mit einem Mal schlägt die Wut in Sorge um. Lovis sieht ihn abgekämpft an.

»Mit *mir* wollten sie jedenfalls nicht sprechen. Sie wollten nur Bescheid geben, dass sie auf dem Weg zu dir sind. Sie wollen mit dir unter vier Augen reden.«

»Und worüber? Jetzt spuck es endlich aus, Lovis, verdammt!«

Sie hört die Angst in seiner Stimme und freut sich, dass sie ihn aus der Fassung gebracht hat. Dass das überhaupt möglich war.

»Sie wollen mit dir über Eva reden.«

Olle blinzelt sie verdutzt an.

»Über Eva?«

Er kann nicht mehr klar denken. In seinem Kopf schwirrt es wie in einem Wespennest.

»Warum wollen sie denn über Eva reden? Wir haben uns seit Jahren nicht mehr gesehen.«

Lovis sieht aus dem Fenster. Die Welt dort draußen ist immer noch sommergrün. Sie sehnt die kühlere Herbstbrise herbei.

»Was hat Eva gemacht? Und was hab ich damit zu tun?«

Sie hört die Panik in seiner Stimme, blickt aber bloß weiter aus dem Fenster. Hinter der Scheibe seilt sich eine Spinne am Faden ab.

»Ich sag dir, was Eva gemacht hat.«

Ihre Stimme klingt merkwürdig abwesend. Sie hat einen gleichgültigen Unterton, die Wut ist plötzlich wie weggefegt. Es beschert ihr ein merkwürdiges Gefühl des Triumphs, diejenige zu sein, die Olle die Nachricht überbringt.

Sie dreht sich zu ihm um.

»Eva ist gestorben.«

Die Überraschung ist unübersehbar. Er wird schlagartig blass. Lovis wünschte sich, er würde ohnmächtig werden, umkippen, sich vielleicht an der Kücheninsel den Kopf anschlagen und eine hässliche Narbe an der Stirn davontragen. Er hat eine hässliche Narbe an der Stirn verdient. Am liebsten eine, die mit mehreren Stichen vernäht werden muss.

Doch Olle steht einfach nur da. Leichenblass und schockiert und sagt kein Wort. Lovis hat das Gefühl, sie braucht ein großes Glas Wein. Gern in Kombination mit einer filterlosen Zigarette. Nicht weil Evas Tod sie irgendwie persönlich angehen würde, sie kannte die Frau nicht, ist ihr nur ein einziges Mal begegnet, vor Urzeiten bei irgendeinem Fest. Den Rotwein hätte sie gern, um zu feiern. Denn trotz allem ist es ein überwältigendes Gefühl, endlich etwas gesagt zu haben, was Olle zum Schweigen bringt. Und wenn sie ganz ehrlich sein soll, ist dies vielleicht sogar die beste Art, ihn abzustrafen. Ihm erzählen zu dürfen, dass seine Geliebte tot ist. Ist ein Todesfall je so gelegen gekommen?

Insgeheim schämt sie sich ein bisschen, dass sie es als eine Art persönlichen Sieg auffasst. Aber genau das ist es – ein verdammter, echter Sieg. Lag hinter der Kaffeedose in der Vorratskammer nicht noch eine alte Schachtel Zigaretten?

Auf leichten Sohlen dreht sie sich um und will nachsehen. An der Kücheninsel steht der noch immer schockierte Olle. Als sie ihm den Rücken zugedreht hat, kann Lovis endlich in sich hineinlächeln.

Boden 1988

Gun Eberdahl lehnt sich gegen die Küchenspüle. Der Bademantel ist über ihrem fülligen Leib locker geknotet, und das Haar steht ihr zu Berge, weil sie eben erst aufgestanden ist. Sie ist vor Müdigkeit noch ganz träge. Wieder war die Nacht viel zu kurz.

Auf der Küchenuhr ist es Viertel nach vier – unchristlich früh. Das oktoberbraune Gras hinter den schmutzigen Scheiben ist mit eisigem Raureif überzogen. Ab jetzt dürfte jederzeit der erste Schnee fallen.

Draußen frischt der Wind auf. Gun zieht den Bademantel enger und seufzt. Die Küche ist ausgekühlt. Nur widerwillig geht sie hinaus in den Flur und schlüpft in ihre Stiefel. Dann schiebt sie die Haustür auf. Kalte Luft schlägt ihr entgegen, und sie erschaudert, als sie über die Veranda huscht. Der Wind ist schneidig kalt, trägt Regen vor sich her, der sich anfühlt, als würde er von unten kommen. Obwohl ihr Bademantel knöchellang ist, werden ihre Beine nass. Als Gun auf den Holzschuppen zuläuft, platschen die Stiefel über die Erde. Sie muss achtgeben, dass sie nicht ausrutscht.

Sie zieht die windschiefe Tür zum Schuppen auf, macht einen langen Schritt über die Schwelle und kneift die Augen zusammen. Dann zieht sie die Tür hinter sich zu.

Es dauert einen Moment, bis sich ihre Augen an die Dunkelheit gewöhnt haben und sie den Holzstapel vor sich sieht. Fröstelnd tappst sie darauf zu. Doch dann ist mitten im nächsten Schritt Schluss, sie stolpert nach vorn, kann nirgends mehr Halt finden, ihr entschlüpft ein erstickter Schrei, und sie kracht ungebremst gegen den Holzhaufen. Ein schmal zugehauenes Birkenscheit trifft sie über dem Auge, es tut sofort höllisch weh, und aus dem erstickten Schrei wird ein lautes Jaulen, das im selben Moment abbricht, als ihr schwerer Körper auf dem Boden aufschlägt.

Unwirtlich zieht es unter der Tür hindurch. Gefühlt minutenlang liegt sie auf dem gestampften Boden, bevor sie sich hochstemmen kann. Vorsichtig befühlt sie ihre Stirn und stöhnt laut auf, als die Finger die Platzwunde berühren. Blut sickert in den Augenwinkel, und sie versucht, das Schlimmste mit dem Bademantelärmel aufzutupfen. Sie zittert vor Kälte und vor Schreck, während sie endlich in die Hocke kommt, sich dann mit aller Kraft aufrappelt und die Beine durchdrückt. Sie presst die Hand an die Brust, um die Atmung wieder zu beruhigen. Das kann fürs Herz doch nicht gut sein, derart zu keuchen!

Erst jetzt fällt ihr wieder ein, dass sie über etwas gestolpert ist. Mit weichen Knien dreht sie sich langsam um, und bei dem Anblick erstarrt sie. Für den Bruchteil einer Sekunde spürt sie nicht mal mehr die Schmerzen in der Stirn. Sie spürt nicht, dass sie die Hand von der Wunde nimmt und das Blut erneut fließt.

Auf dem Boden liegt der Junge der Nachbarin, Tommy. Ein mageres Kerlchen von nicht mal zehn Jahren mit schmutzigen Klamotten und struppigem Haar. Er trägt einen Schlafanzug, der früher mal blau war, jetzt aber braun ist von Erde und Lehm. Zusammengekauert liegt er in Guns Holzschuppen auf dem gestampften Lehmboden auf der Seite und hat die Arme um die angezogenen Beine geschlungen.

Im ersten Moment könnte sie nicht einmal sagen, ob er noch lebt, doch dann sieht sie, wie sich der Brustkorb unter einem flachen Atemzug hebt. Es ist ein grässlicher Anblick. Auf der Stirn, direkt unter dem Haaransatz klafft eine hässliche Wunde, unverheilt, mit schwarzen Wundrändern. Gun hat von Medizin keine Ahnung, aber dass diese Wunde genäht werden muss, ist ihr klar.

Langsam geht sie wieder in die Hocke. Ihr tut alles weh. Der feuchte Wind zieht schmerzhaft um ihre nackten Beine. Behutsam streicht sie dem Jungen über den Kopf, gibt acht, dass sie die Wunde nicht berührt. Die Sorge kommt stoßweise, und ihr schwirrt der Kopf. Herzchen, was hat du durchgemacht?

Im selben Moment wird Tommy wach. Nicht mit einem Ruck, sondern eher, als hätte er lautlos Luft geholt. Weil er auf der Seite liegt, kann Gun nur ein Auge sehen, und das Lid flattert ein paarmal, bevor er es aufschlagen kann. Seine Atmung beschleunigt sich, und Gun wartet ab, während er versucht, in der dunklen Hütte das sichtbare Auge zu fokussieren.

Langsam, als hätte er schlimme Schmerzen im Hals, dreht er das Gesicht in Guns Richtung.

Als er es geschafft hat, sieht er sie mit abwesendem Blick an.

Gun schnappt ihrerseits nach Luft und weicht instinktiv zurück, schlägt die Hand vor den Mund und spürt, dass ihr gleich die Tränen kommen. Das andere Auge des Jungen ist so zugeschwollen, dass er es nicht einmal öffnen könnte, wenn er wollte. Drum herum der größte blaue Fleck, den Gun je gesehen hat. Das andere Auge sieht glasig aus. Verzögert und anscheinend ohne Erfolg versucht der Kleine, sie anzusehen.

Gun zittert am ganzen Leib. Sie hat es schon lange geahnt, und nun hat sie Gewissheit. Sie weiß, dass sie etwas unternehmen muss. Sie, Gun, muss jetzt etwas tun. So kann das nicht mehr weitergehen.

Dass die Tränen jetzt fließen, spürt sie nicht mal. Eigene Gefühle nimmt sie nicht mehr wahr. Sie hat nur noch einen einzigen Gedanken: dass sie versuchen muss, diesem grün und blau geprügelten Jungen zu helfen, der auf dem Boden in ihrem Holzschuppen liegt. Ihr ist übel. Am liebsten würde sie einfach weiter wegsehen, aber das geht nicht mehr. Es geht schon zu lange so, und jetzt nichts zu unternehmen wäre unchristlich.

Gun hat auch früher schon schlimme Sachen mitbekommen und weggesehen, das kann sie nicht verhehlen. Aber sie hat nie zuvor in ihrem Leben ein derart schlimm zugerichtetes Kind gesehen.

Magnus Bohm sitzt auf dem Sofa im Wohnzimmer und lacht übers ganze Gesicht. Was sich dort vor ihm abspielt, ist einfach zu komisch. Seine Frau Anna kauert – ebenfalls lachend – auf allen vieren am Boden, und auf ihrem Rücken sitzt ihre gemeinsame fünfjährige Tochter Ellen mit dem breitesten Grinsen, das sie zustande bringt. Die zwei blonden Zöpfchen links und rechts tanzen ihr über die Schultern. Die Augen strahlen vor Vergnügtheit.

In einer Hand hält sie Annas blonden Pferdeschwanz fest, die andere ist zu einer Siegergeste erhoben.

»Lauf, 'ferdchen, lauf!«, johlt sie und zieht Anna am Pferdeschwanz.

Anna gibt alles, um auf allen vieren vorwärtszukrabbeln, strauchelt und bricht lachend auf dem Boden zusammen. Ellen quietscht so laut, dass sie fast keine Luft mehr kriegt, und bei dem Anblick treten Magnus Freudentränen in die Augen. Er steht vom Sofa auf und gesellt sich zu seiner kleinen Familie auf den Boden.

»Ich glaube, das Pferdchen muss sich allmählich ausruhen«, sagt er zu Ellen. »Das Pferdchen ist ein bisschen müde.«

Ellen tätschelt ihrer Mutter den Kopf.

»'ferdchen müde.«

Magnus sieht zu Anna, die neben ihm liegt. Ihre Augen

funkeln, und rundherum ziehen sich feine Lachfältchen bis hinauf zu den Schläfen. Das dichte Haar hat sie wie immer zu einem Pferdeschwanz zusammengebunden, allerdings ist er beim Spielen leicht verrutscht, und hier und da haben sich Strähnen aus dem Haargummi gelöst. Magnus beugt sich vor und gibt ihr einen zärtlichen Kuss auf die Wange. Sie legt ihm eine Hand auf den Oberarm und zieht sich näher.

»Nein! Nein! Nich' das 'ferdchen küssen!«

Ellen lacht und versucht, sich zwischen Magnus und Anna zu schieben. Beide rutschen herum, sodass die Kleine zwischen sie passt. Eine Weile bleiben sie zu dritt auf dem flauschigen Teppich liegen.

»Das ist ein Leben«, sagt Magnus und sieht zur Zimmerdecke empor. »Das ist doch mal ein Leben, was?«

Anna lächelt. Magnus sieht es zwar nicht, aber er weiß es. Seine Frau hat das Talent, Freude auszustrahlen, selbst wenn man sie gerade nicht sieht oder hört.

Im vergangenen Jahr hat es die Familie nicht leicht gehabt. Im ausklingenden Sommer war es genau ein Jahr her, dass der Kindergarten zu Hause anrief und mitteilte, Ellen verhalte sich komisch; sie habe übermäßig viel getrunken und – wenn das denn überhaupt möglich sei – noch größere Mengen uriniert. Beim Essen habe sie abwesend gewirkt, und im selben Moment, da Magnus auf den Parkplatz einbog, kam Lennart, der Erzieher, auf ihn zugerannt. Sie hätten eben den Notarzt gerufen. Ellen sei furchtbar müde geworden, auf dem Boden im Vorraum eingeschlafen, und als Lennarts Kollegin Jenny versucht habe, sie zu wecken, sei sie annähernd bewusstlos gewesen.

Im Krankenhaus waren die Ärzte sich schnell einig, dass

es sich höchstwahrscheinlich um Diabetes handelte. Ein paar Labortests bestätigten den Verdacht.

Die darauffolgenden Monate waren eine Herausforderung. Magnus und Anna kämpften mit Blutzuckermessungen, Insulinspritzen und einer verzweifelten Ellen, die nicht verstehen konnte, warum ihre Eltern ihr mehrmals am Tag Spritzen setzen mussten; es einer weinenden Vierjährigen, die den Grund weder nachvollziehen konnte noch wollte, ein ums andere Mal zu erklären war ungeheuer anstrengend, und ebenso anstrengend war es, sie gegen ihren Willen zu spritzen.

Irgendwann brannte Magnus' und Annas Beziehung nur noch auf Sparflamme. Die Müdigkeit, die Resignation und Sorge hatten ihre Ehe porös gemacht, bis sie sich fast gar nicht mehr um sich und um einander kümmerten. Wenn Eivor, Magnus' Mutter, nicht gewesen wäre, wäre die Ehe garantiert in die Brüche gegangen. In einem chaotischen Alltag erwies sich die Großmutter für Ellen als rettender Engel.

Und mit der Zeit wurde es besser. Sie lernten, die Signale zu erkennen, die Ellens Körper aussandte, und nach einigen Monaten trat die Insulinpumpe in ihr Leben. Auch die trug einen großen Anteil zur Rettung der Familie bei. Manchmal schießt es Magnus noch heute durch den Kopf, dass seine Mutter und die Pumpe die einzigen Gründe waren, warum ihre kleine Familie im vorigen Jahr nicht den Bach runterging.

»Hast du Ellens Blutzucker gemessen?«

Anna klingt entspannt. Sie weiß nicht, dass Magnus gerade seinen Gedanken an das vergangene Jahr nachhängt. Er lächelt vor sich hin. Dass sie es trotz allem schaffen, in dieser Diabeteshölle halbwegs gelassen zu sein – wer hätte das ein halbes Jahr zuvor geahnt?

»Ist kontrolliert – sowohl Zucker als auch Pumpe. Alles in bester Ordnung.«

Bei Letzterem streicht er Ellen, die zwischen den Eltern liegt, über den Rücken.

»Ordnung, Mama. 'ferdchen muss sich keine Sorgen machen.«

Anna lächelt wieder. Magnus sieht es nicht. Er weiß es trotzdem.

Die Küche ist liebevoll eingerichtet. Die Oberschränke mit den Glas-Sprossen-Schranktüren reichen bis unter die Decke, und über der Kücheninsel ist eine Art Gitter angebracht, in das man Töpfe, Nudelsiebe und andere Küchenutensilien wie Schöpfkellen oder Fleischgabeln einhängen kann. Von der äußeren Kante baumelt ein riesiger Schneebesen. Für Idun sieht all das aus wie Requisiten aus Alice im Wunderland.

Lovis steht an der Kücheninsel. Im Schaukelstuhl hinter ihr sitzt Olle. Er schweigt und sieht verkniffen aus.

»Sie wollten sich über Eva unterhalten?«

Lovis' Stimme klingt kraftlos, wenn auch nicht vollkommen gleichgültig. Sie stellt es nüchtern fest, ganz ohne Unterton. Olle hingegen zuckt auf seinem Stuhl zusammen. Sein Blick flackert zwischen Lovis und seinen Händen hin und her. Seine Unterlippe zittert, und im nächsten Moment schießen ihm Tränen in die Augen. Auf Idun wirkt er wie jemand, der trauert. Aber natürlich weiß sie aus Erfahrung, dass das nicht unbedingt stimmen muss.

Calle beantwortet Lovis' Frage.

»Das ist korrekt. Wir müssten uns mit Ihnen über Eva Vendel unterhalten … oder vielmehr mit Jan-Olov.«

Calle nickt in dessen Richtung. Jan-Olov sieht aus, als stünde er unter Strom, als hätte der Tod seiner Ex-Frau ihn erstaunlich hart getroffen, besonders wenn man bedenkt, dass sie seit zwölf Jahren nicht mehr zusammen sind. Idun betrachtet ihn interessiert.

»Möchten Sie, dass ich gehe? Damit Sie mit Olle allein sprechen können?«

Calle lässt Lovis nicht aus dem Blick.

»Das soll Jan-Olov selbst entscheiden.«

Lovis muss lachen.

»Bitte, sagen Sie Olle – nur meine Schwiegermutter sagt Jan-Olov.«

Calle beugt sich über die Kücheninsel. Bei der Bewegung blickt Olle auf.

»Möchten Sie, dass Lovis geht, oder soll sie lieber dabeibleiben?«

Olle antwortet nicht, blinzelt bloß ein paarmal.

»Das hier ist lediglich ein normales Gespräch. Aber Sie haben natürlich das Recht, allein mit uns zu reden.«

Lovis hat offenkundig ein Talent dafür, zwischen den Zeilen zu lesen.

»Ich gehe in den Waschkeller. Sie können ja rufen, wenn Sie mich brauchen.«

Sie klingt angesäuert. Calle verzieht keine Miene, doch Idun weiß, dass er das Gleiche denkt wie sie: Zwischen dem Paar herrscht eine ziemliche Anspannung.

Idun nickt Lovis dankbar zu, und Lovis zieht sich aus der Küche zurück. Dann hören sie, wie eine Tür aufgeht und eine Treppe knarzt, als die Frau hinunter in den Waschkeller verschwindet.

Calle spricht aus, was keinem von ihnen entgangen ist.

»Sie scheint wütend auf Sie zu sein.«

Olle legt die gefalteten Hände in den Schoß. Es sieht aus, als wollte er beten, auch wenn Idun ahnt, dass er eher versucht, sich zusammenzureißen.

»Sie ist ständig wütend auf mich.«

Calle nickt teilnahmsvoll. Das sieht ihm nicht ähnlich.

»Wie kommt's – was meinen Sie?«

Olle schüttelt kaum merklich den Kopf.

»Keine Ahnung. Ist auch egal.«

Er hält den Blick auf die gefalteten Hände gerichtet. Calle wartet ab.

»Aber Sie sind hier, um über Eva zu reden …«

In Olles Stimme schwingt Traurigkeit mit.

»Wir möchten gern wissen, was Sie am Freitagnachmittag gemacht haben.«

Olle reagiert so abrupt, dass Idun ein Ziehen im Magen verspürt. Er reißt die Augen so weit auf, dass die Überraschung fast schon gekünstelt wirkt. Mehrmals klappt er den Mund auf und wieder zu, weil er um die richtigen Worte zu ringen scheint.

»Warum wollen Sie das wissen?«

Darauf antwortet Calle nicht.

Olle scheint fieberhaft zu überlegen. Als der Groschen endlich fällt, stockt ihm der Atem.

»Sie wollen damit sagen, dass … dass Eva … dass sie … keines natürlichen Todes gestorben ist?«

Idun kneift die Augen zusammen. Sie versucht zu ergründen, ob der Schock echt ist oder gespielt.

»Beantworten Sie bitte die Frage.«

Olle starrt Calle an.

»Aber was soll das denn heißen? Woran ist Eva gestorben?«

Man kann ihm das Entsetzen deutlich anhören.

Calle richtet sich gerade auf.

»Entweder Sie beantworten jetzt meine Frage, oder wir setzen dieses Gespräch im Präsidium fort.«

Olle sieht aus, als hätte ihm jemand ins Gesicht geschlagen. Er blinzelt ein paarmal verwirrt.

»Entschuldigung, aber das hier ist gerade ein bisschen viel auf einmal … Wie war die Frage?«

Auf seine Stirn treten winzige Schweißtröpfchen.

»Ich habe gefragt, was Sie am Freitag gemacht haben.«

Olle räuspert sich.

»Ich war bei der Arbeit. Wir lagen draußen an einem der Umspannwerke mit einer Sache zurück. Ich bin hingefahren, um das fertig zu machen.«

Nervös knetet er die Hände. Calle lehnt sich auf dem Barhocker zurück und verschränkt die Arme.

»Kann das jemand bestätigen?«

Olle schüttelt den Kopf.

»Ich war dort allein.«

»Vielleicht Ihr Vorgesetzter? Oder Vorarbeiter?«

Olle blinzelt schon wieder. Allmählich kommt seine Nervosität Idun unverhältnismäßig vor.

»Ich bin der Vorarbeiter. Und mein Chef weiß nicht, wann ich Überstunden gemacht habe. Den hat nur interessiert, dass der Job bis zum Wochenende erledigt war – und das war er ja auch, weil ich dort draußen Tag und Nacht geschuftet habe.«

Wieder kommen ihm die Tränen. Idun versucht, seine Körpersprache zu deuten. Wie kann der Tod der Ex eine so heftige Stressreaktion auslösen? Die beiden müssen in den letzten Jahren irgendeine Art von Verhältnis gehabt haben. Vielleicht sind sie Freunde geblieben. Vielleicht Liebhaber?

»Dann kann also niemand bezeugen, dass Sie den ganzen Freitag gearbeitet haben?«

»Leider nein.«

»Wie war das Verhältnis zwischen Ihnen und Eva, nachdem Sie sich haben scheiden lassen?«

Calle stellt exakt die Frage, die Idun sich auch gestellt hat. Olles Reaktion fällt im Vergleich zu seinem vorherigen Verhalten überraschend mild aus.

»Es war gleich null.«

Calle schnaubt.

»Sie erlauben, dass ich daran meine Zweifel habe.«

Resigniert hebt Olle die Hände.

»Warum sollte ich lügen? Wir haben uns scheiden lassen, und damit war jedwedes ›Verhältnis‹ Geschichte. *End of story*, sozusagen.«

Mit einem Mal sieht er entspannt aus. Die Stimmung in der Küche ist umgeschlagen. Die ganze Situation fühlt sich einfach nur absurd an.

»Dafür, dass Sie mit Eva über viele Jahre keine Verbindung gehabt haben wollen, scheint Sie die Frage, was Sie am Freitag gemacht haben, ziemlich aus der Fassung gebracht zu haben.«

Olle fängt Calles Blick auf, sagt aber nichts. Jetzt sieht er selbstsicher aus. Die Situation ist fast schon schizophren.

»Beantworten Sie meine Frage.«

Calle klingt angestrengt.

Doch Olle schmollt wie ein kleines Kind.

»Ich habe keine Frage gehört.«

Man kann ihm ansehen, dass er sich wieder beruhigt hat. In seinem Blick blitzt etwas auf, was an der Grenze zur Provokation liegt. Und natürlich lässt Calle sich provozieren.

»Danke für das Gespräch.«

Er rutscht vom Barhocker.

»Dann sehen wir uns heute Nachmittag um drei auf dem Revier. Wenn Sie nicht erscheinen, holen wir Sie zum

Verhör. Dann kommen zwei uniformierte Kollegen mit dem Streifenwagen – immerhin ohne Handschellen.«

Er wendet sich um zur Küchentür. Idun steht auf, um ihm hinterherzugehen.

Als Olle endlich antwortet, klingt er immer noch seelenruhig.

»Ich rede lieber jetzt gleich. Aber es gibt tatsächlich nicht mehr viel zu sagen. Ich habe den ganzen Tag bis in die Nacht gearbeitet, und das war es auch schon. Seit der Scheidung hatten wir nichts mehr miteinander zu tun. Klar, ich habe sie noch lange danach geliebt, das will ich auch gar nicht abstreiten – aber aus sicherem Abstand und ohne ihr auf den Leib zu rücken. Meine unerwiderte Liebe konnte es nämlich durchaus mit meinem Respekt für sie aufnehmen.«

Darüber denkt Calle nach.

»Hat sie sich im Zuge der Scheidung Ihnen gegenüber schlecht verhalten?«

Olle schüttelt den Kopf.

»Eigentlich nicht. Nicht wenn ich im Nachhinein darüber nachdenke. Damals habe ich es zwar so empfunden. Aber so war es nicht. Eva musste sich einfach freischwimmen. Sie musste es eben, ob ich es damals wollte oder nicht.«

Er ist inzwischen die Ruhe selbst und sieht fast müde aus.

»Und was wollten Sie damals?«

Calle wirft Idun einen irritierten Blick zu. Er wollte eine andere Frage stellen, aber das ist ihr egal.

»Das weiß ich nicht mehr. Ist schon lange her.«

»Versuchen Sie, sich zu erinnern.«

Olle hält ihrem Blick stand.

»Bitte, ich muss das jetzt wissen: Ist Eva ermordet worden?«

»Wie kommen Sie darauf?«

Er sieht aufrichtig traurig aus.

»Eva war noch nicht alt – nicht einmal fünfzig. Die Polizei teilt mir mit – also, genau genommen hat Lovis es mir mitgeteilt, aber auch nur, weil sie an mein Telefon gegangen ist –, dass Eva gestorben ist. Kurze Zeit später klopfen Sie an der Tür und wollen über sie reden. Ich bin vielleicht nur ein einfacher Arbeiter, aber ich bin nicht auf den Kopf gefallen. Ich weiß schon, dass etwas Ernstes passiert sein muss, und auch wenn Eva und ich seit Jahren geschieden waren, ist sie mir immer noch wichtig. Sie war die erste Liebe meines Lebens. Vielleicht auch die größte.«

Letzteres sagt er ein gutes Stück leiser und wirft einen verstohlenen Blick zur Kellertür.

»Eva ist mir wichtig. Ich wünsche ihr nichts Böses. Schon lange nicht mehr.«

Calle nimmt das Heft wieder in die Hand.

»Schon lange nicht mehr? Dann war das nicht immer so?«

Olle schüttelt den Kopf.

»Nein. Nicht immer.«

Jetzt wiederholt Calle Iduns Frage.

»Als Sie und Eva sich getrennt haben – was wollten Sie da?«

Erneut faltet Olle die Hände wie zum Gebet. Und erneut fühlt sich Idun an Eva Vendels zusammengenagelte Hände erinnert.

»Als Eva mich verlassen hat …«

Stille.

»... habe ich ihr den Tod an den Hals gewünscht. So schlimm es auch klingt.«

Er starrt auf seine gefalteten Hände hinab. Die Unterlippe zittert, und er spricht kaum hörbar weiter.

»Ich habe ihr wirklich den Tod gewünscht.«

Dann fließen Tränen. Es ist ein leises, kummervolles Weinen. Idun und Calle warten geduldig ab, ob er noch mehr erzählen will, aber Evas Ex-Mann kann nichts mehr sagen. Da sind nur noch Schluchzer.

Donnerstag, 27. August

Åke Stenberg sitzt im Sessel am Fenster. Mit seinen fast hundertjährigen Augen sucht er den Garten ab. Das Grün ist nach dem warmen Sommer kraftlos. Die Sonne steht hoch am Himmel, aber das fällt Åke nicht auf. Er weiß nicht mehr, was er draußen gesucht hat. Er weiß nicht mal mehr, warum er in diesem Sessel sitzt und aus dem Fenster sieht. Er weiß nur, dass er hier wohnt, dass sich dieses Zimmer jedoch nicht in seinem Haus befindet, und das zu wissen ist schon bemerkenswert, aber so ist es tatsächlich.

Ein Schwarm Möwen landet auf dem Rasen. Åke neigt den Kopf leicht zur Seite und überlegt, ob Möwen Vögel sind. Er glaubt schon, könnte aber nicht sagen, wie er daraufkommt. Er hofft, dass Eva vorbeischaut, damit er sie fragen kann. Sie weiß meistens Rat, auch wenn Åke keine Ahnung hat, wer sie ist und warum sie so oft zu Besuch kommt. Aber sie heißt Eva, so viel ist sicher. Und sie ist nett. Freundlich, mit weichen Händen, und sie guckt immer fröhlich. Vielleicht waren sie früher ein Liebespaar? Oder vielleicht sind sie ja Cousin und Cousine?

Åke wünscht sich oft, Eva würde hier wohnen, in seinem Zimmer, das sein Zuhause ist und doch wieder nicht. Wäre doch nett, hier zusammenzuwohnen.

Er hält einen Umschlag in der Hand. Ihm ist klar, dass der zusammengefaltete Zettel darin ein Brief ist. Aber ob jemand ihm geschrieben hat oder ob der Brief falsch zugestellt wurde, könnte er nicht sagen.

Irgendwas scheint die Möwen draußen erschreckt zu haben. Wie auf ein Kommando schwingen sie sich auf und fliegen kreischend in Richtung des oberen Teils von Åkes Fenster und dann außer Sicht. Ihm kommt der vage Gedanke, dass ein Tier sie aufgeschreckt haben könnte. Welches, weiß er aber nicht. Eine Kuh vielleicht? Oder eine Ziege? Es gibt doch ein Tier, das Ziege heißt?

Ein leises Klopfen an der Tür reißt ihn aus seinen Überlegungen. Das Klopfen ist so zaghaft, dass Åke den Kopf drehen muss, damit das Hörgerät in Richtung Tür weist. Es klopft erneut. Er gibt sich nicht die Mühe zu antworten, kann sich nicht recht erinnern, was man da sagt.

Die Tür geht trotzdem auf, und eine Krankenschwester tritt ein. Åke erkennt sie wieder, kann sich aber nicht an den Namen erinnern. Aber es ist nicht Eva, das weiß er sicher.

»Hej, Åke. Wie geht es Ihnen heute?«

Die Stimme klingt sanft, fast traurig. Åke rümpft die Nase.

»Joah, danke. Aber Sie haben die Möwen erschreckt.«

Die Tür gleitet hinter der Frau ins Schloss.

»Die Möwen?«

Åke wendet sich ab. Das muss sie doch verdammt noch mal selbst wissen, dass sie die Möwen verscheucht hat. Sofern es denn irgendwas gibt, was so heißt.

Grimmig brummt er in sich hinein.

»Ich hab einen Brief gekriegt.«

»Das habe ich gehört. Haben Sie ihn denn schon gelesen?«

Åke ist verwirrt und weiß nicht genau, wovon sie redet. Und wo sind überhaupt die Möwen hin?

Die Krankenschwester, die nicht Eva heißt, geht neben seinem Sessel in die Hocke. Sie legt die Hand auf Åkes Unterarm.

»Den Brief, Åke. Haben Sie ihn gelesen?«

»Was für einen Brief?«

Sie lächelt. Um den Mund sieht sie fröhlich aus, aber die Augen sind traurig. Åke mag keine traurigen Augen.

»Den Brief, den Sie in der Hand halten. Haben Sie ihn schon lesen können?«

Åke sieht nach unten und entdeckt einen Umschlag. Der Umschlag ist offen.

»Schau einer an. Keine Ahnung, ob ich ihn gelesen habe. Würden Sie mir helfen?«

Sie nimmt ihm den Umschlag aus der Hand. Vorsichtig zieht sie das Blatt Papier heraus, faltet es auseinander und überfliegt schweigend den Text. Auf ihrer Stirn bildet sich eine nachdenkliche Falte.

»Was steht denn drin? Ist er für mich?«

Er sieht die Frau an. Sie scheint den Brief erneut zu lesen, ehe sie sich davon losreißt und zu Åke aufblickt.

»Das scheint mir ein Bibelvers zu sein.«

»Ein Bibelvers?«

»Ein Satz aus der Bibel. Wissen Sie, was für ein Buch die Bibel ist?«

Åke schnaubt.

»Ich weiß verdammt noch mal gut, was die Bibel ist! Eine Scheißerfindung! Das ist es: ein Scheißmärchenbuch!«

Die Flüche kommen von der Krankheit. Als er noch gesund war, hätte er nie so gesprochen. Doch was er von Religion hält, ist trotz allem tief in ihm verwurzelt.

Verärgert guckt er wieder aus dem Fenster und sucht

nach diesen Tieren, die er zuvor dort gesehen hat. Eben waren sie noch da, wie immer sie hießen.

Wortlos faltet die Krankenschwester den Brief zusammen und schiebt ihn zurück in den Umschlag.

»Religion ist keine Wissenschaft. Religion sind Annahmen und Spinnereien. Ich weiß, dass Eva gläubig ist, und ja, irgendwie ist das enttäuschend. Aber bitte, könnten Sie mir vielleicht sagen, wer diese Eva eigentlich ist?«

Noch während er auf Antwort wartet, reißt er sich von der Welt draußen los und dreht sich zu der Krankenschwester um. Sie hockt immer noch da, hat ihm die Hand sanft auf seinen Unterarm gelegt. Ihre Augen sehen unendlich traurig aus. Åke schnaubt irritiert.

Nadja Vendel ist schlecht gelaunt. Sie tigert vor den großen Fenstern auf und ab und sieht wiederholt nach draußen. Dass es dermaßen schwierig sein muss, sich zu treffen!

Er wollte zum Mittagessen hier sein, aber inzwischen ist es halb zwei, und er ist immer noch nicht da. Nadja ist es zwar gewöhnt, dass er unpünktlich ist. Sie weiß, dass es nicht an ihm liegt. Trotzdem ärgert sie sich jedes Mal. Pünktlichkeit gehört für sie zu den Kardinaltugenden, und es ist schwer zu ertragen, dass sie für andere nicht ebenso wichtig ist.

Sie setzt sich in die Küche. Sie hat leichte Bauchschmerzen, als würde sie Muskelkater bekommen, obwohl ihr letztes Work-out mehrere Tage her ist. Seit sie von Evas Tod erfahren hat, verhält sich ihr Körper befremdlich. Schmerzen hier, Schmerzen da, und auch allgemein fühlt sie sich niedergeschlagen.

Grimmig muss sie feststellen, dass Evas Tod sie vielleicht doch mehr mitnimmt, als sie es sich eingestehen will; sie weiß nur nicht, warum. Ihr Leben lang hat sie diese Frau verachtet, die ihr Vater immer als *Licht in der Dunkelheit* bezeichnet hat.

Gottverdammt.

Als wäre Nadja nicht Licht genug.

Es klingelt an der Wohnungstür. Sie zuckt zusammen,

wird aus ihren düsteren Gedanken gerissen, springt auf und rennt fast zur Tür.

Und da steht er. Stark wie ein Baum und mit einem Blick, der sie gleichsam durchbohrt.

Sofort fühlt sie sich zu Hause.

Auf dem stürmischen Meer des Lebens ist er ihre Rettungsboje, ihr Fels in der Brandung. Ein Retter in der Not und zugleich die tödliche Gefahr, wenn sie nicht aufpasst. Dass das gleichzeitig geht, hat sie zuvor nicht gewusst, aber genau deshalb fällt es ihr auch so schwer, ihm zu widerstehen. Er ist ihre Sicherheit und ihre größte Bedrohung. Nichts hat je eine stärkere Anziehungskraft auf sie ausgeübt.

Sie weicht in den Flur zurück. Er zieht die Tür hinter sich zu. Bleibt stehen und sieht sie mit flammendem Blick an. Sein Gesichtsausdruck ist hart und verbissen.

Nadja weiß genau, was er will. Und sie will dasselbe.

Anmutig zieht sie ihren Pullover aus. Sie trägt keinen BH und ist sofort halb nackt. Sein Blick brennt auf ihrer Haut. Sie schlüpft aus Hose und Slip, kickt sie leichtfüßig beiseite und steht entblößt vor ihm. Trotzdem wird ihr warm. Ihr Schoß schwillt, und sie wird im selben Maß feucht, wie die Atmung schwer wird.

Er macht einen Schritt auf sie zu. Nadja schließt die Augen, weiß exakt, was er will, und stellt sich breitbeiniger hin. Ihre Brüste fühlen sich schwer an, es rauscht im Kopf, und ihr Mund ist wie ausgedörrt.

Sie schlägt die Augen wieder auf. Ein angedeutetes Lächeln auf seinen Lippen, und sie spürt seinen Atem auf ihrem Gesicht.

Er legt eine Hand auf ihre Brust. Sie schließt erneut die Augen. Seine Hand fühlt sich warm und fest an, sie stöhnt und spürt, wie ihre Brustwarzen hart werden. Sie befeuchtet sich die Lippen und sieht ihm direkt in die feurigen Augen.

Er beugt sich zu ihr herab und küsst ihren Hals. Ihr Unterleib pulsiert, und sie spürt, wie ihr ein Tropfen am Oberschenkel hinabrinnt. Sie kann kaum mehr atmen, das Herz hämmert in ihrer Brust, und es flirrt vor ihren Augen. Er fährt mit der Hand fest über ihren Rücken, und sie spürt die Fingernägel, die dort Spuren ziehen.

»Eva ist tot«, flüstert sie heiser in seine Halsgrube.

Er küsst sie hart auf den Mund. Sie ist so erregt, dass sie kaum noch weiß, wohin mit sich, sie wimmert leise und beißt sich fest auf die Unterlippe. Sie will nur noch, dass er sie hier im Flur auf dem Boden nimmt.

»Ich weiß«, flüstert er ganz nah an ihrem Mund, während er mit zwei Fingern in sie eindringt.

Idun sitzt an ihrem Schreibtisch im Präsidium, klappt ihren Laptop auf und will gerade mit der Recherche zu Nadja Vendel anfangen, als ihr Handy in der Jackentasche klingelt. Sie angelt es hervor. Als auf dem Display eine unbekannte Nummer steht, geht sie mit neutraler Stimme ran.

»Idun Lind?«

Kurz bleibt es still in der Leitung, ehe sie eine zaudernde Stimme hört.

»Hej, hier spricht Lovis … Lovis Bergdahl.«

Idun dreht sich mitsamt Stuhl halb herum, sodass sie mit dem Rücken zum Schreibtisch sitzt. Sie hört, wie Lovis sich räuspert.

»Tja, also … ich wusste nicht, wen ich anrufen sollte, deshalb hab ich nach Ihnen gefragt. Ich hoffe, ich störe nicht?«

Lovis klingt unsicher, an der Grenze zu duckmäuserisch. Nicht ungewöhnlich für Leute, die bei der Polizei anrufen.

»Sie stören kein bisschen. Wie kann ich helfen?«

Neuerliches Schweigen.

»Na ja … Ich weiß nicht, ob es wichtig ist … Aber ich habe etwas entdeckt, was sich irgendwie unangenehm anfühlt. Oder … zwei Sachen eigentlich. Das eine ist mir persönlich unangenehm, und das Zweite ist einfach …

merkwürdig. Ich weiß nicht, was ich davon halten soll. Vielleicht gibt es dafür eine natürliche Erklärung, aber ich weiß ehrlich gesagt nicht genau, was das sein sollte.«

Idun hört zusehends ungeduldig zu. Sie würde dieses Gespräch gern so schnell wie nur möglich beenden und sich wieder Nadja Vendel widmen.

»Erzählen Sie mir, was Sie entdeckt haben, und dann sehe ich ja, ob es von Bedeutung ist oder nicht. Immerhin ist das mein Job, und ich weiß es zu schätzen, dass Sie sich melden.«

Sie muss sich schwer zusammennehmen, um freundlich zu klingen. Über die Schulter späht sie zu ihrem Rechner.

»Ich bin mir wirklich nicht sicher, was es bedeuten könnte, trotzdem hatte ich das Gefühl, dass ich Ihnen davon erzählen müsste. Aber wie gesagt, vielleicht tut es auch gar nichts zur Sache.«

Es zieht sich wie Kaugummi.

Meine Güte, Frau, jetzt spuck es schon aus!

»Sie können ganz beruhigt sein: Wenn das, was Sie uns zu erzählen haben, von Bedeutung ist, gehen wir der Sache natürlich nach. Und falls es sich als irrelevant für die Ermittlung erweisen sollte, haben Sie trotzdem richtig gehandelt, indem Sie uns informiert haben – immerhin ist es unsere Aufgabe, Informationen vonseiten der Öffentlichkeit zu bewerten und in Betracht zu ziehen. Sie haben schon jetzt alles richtig gemacht – und wir sind dankbar für jede Hilfe, die wir kriegen können.«

Sie hört selbst, wie oberlehrerinnenhaft albern sie klingt, und muss unwillkürlich an Mika denken. Vielleicht hat Idun ja auch eine Art Dozentinnen-Gen.

Lovis scheint immer noch nachzudenken, weil es in der Leitung still bleibt. Lange.

»Lovis, sind Sie noch dran?«

Idun wartet auf eine Reaktion.

»Olle ist mir untreu.«

Idun blinzelt, kommt aber nicht dazu, etwas zu sagen, weil Lovis endlich weiterredet.

»Mit Eva.«

Idun setzt sich kerzengerade hin und dreht sich samt Stuhl zurück in Richtung Schreibtisch. In ihr macht sich ein vages Gefühl von Alarmiertheit breit. Sie gibt sich alle Mühe, nicht allzu angespannt zu klingen.

»Olle betrügt Sie ... mit Eva Vendel?«

Sie kann es zwar nicht sehen, hört aber regelrecht, wie Lovis nickt.

»Ja. Oder vielmehr *hat* er mich mit Eva betrogen. Damit war ja aus naheliegenden Gründen am Freitag Schluss.«

Idun muss schlucken.

»Am Freitag?«

Woher kann Lovis wissen, dass Eva am Freitag gestorben ist? Den Tag haben weder sie noch Calle erwähnt.

»Wer hat Ihnen denn erzählt, dass Eva am Freitag gestorben ist?«

Ein schwacher Seufzer.

»*Flashback*. Da wird eine Menge über Eva geschrieben.«

Diesmal ist Idun an der Reihe zu seufzen, wenn auch so, dass Lovis es nicht hört. Wenn die Leute nur wüssten, wie viel Mist auf dieser Webseite steht.

»Sie sagten, Olle habe Sie mit Eva betrogen. Wie kommen Sie darauf?«

»Ich weiß, dass er mich betrogen hat. Daran besteht kein Zweifel.«

Idun trommelt ungeduldig mit den Fingern auf die Schreibtischplatte.

»Verstehe. Aber können Sie mir auch sagen, woher Sie wissen, dass es ausgerechnet Eva war?«

Lovis lacht hohl.

»Sein Atem, als er Samstag in aller Herrgottsfrühe nach Hause kam ... Er hatte eine Frau geleckt – wenn Sie die Wortwahl bitte entschuldigen.«

Idun runzelt die Stirn.

»Sein Atem roch also nach Evas Geschlecht?«

Lovis muss lachen.

»Na ja, *so* gut ist mein Geruchssinn nun auch wieder nicht! Trotzdem hat er nach einer Frau gerochen, wenn Sie wissen, was ich meine.«

Idun weiß genau, was Lovis meint.

»Und dass diese Frau Eva war ... Woher wollen Sie das wissen?«

»Das Navi in unserem Leasingauto ... Darin war abgespeichert, welche Adressen er angesteuert hat. Und am Freitag war er zu Hause bei Eva.«

Idun stellen sich die Nackenhaare auf. Und wieder kommt sie nicht zu Wort, weil Lovis noch eine letzte Anmerkung macht.

»Es ist wirklich komisch, und ich verstehe es selbst nicht, aber ja – Olle hatte anscheinend eine Affäre mit seiner Ex-Frau. Er hatte mit Eva am selben Tag Sex, an dem sie gestorben ist.«

Darüber muss Idun kurz nachdenken.

»Weiß Olle, dass Sie mich gerade anrufen? Weiß er, dass Sie mir das hier erzählen?«

»Nein.«

»Gut. Weiß er, dass Sie wissen, dass er Sie betrogen hat? Oder dass er am Freitag bei Eva war?«

Sie hält die Luft an, als Lovis antwortet.

»Olle weiß weder, dass ich von seiner Fremdgängerei weiß, noch, dass ich Sie angerufen habe. Und er weiß auch nicht, dass ich weiß, dass er bei Eva war.«

Idun lässt langsam die Luft entweichen. Als Lovis noch etwas sagt, schwingt erstmals während dieses Telefonats ein verbitterter Unterton mit.

»Dieser Mistkerl weiß verdammt noch mal gar nichts.«

Bredåker 1989

Das Auto, in dem sie unterwegs sind, riecht nach alten Stoffsitzen. Tommy hat den Kopf gegen das Fenster gelehnt und atmet durch den Mund. Die Atemwölkchen sehen vor der grau schmutzigen Scheibe aus wie weiße Watte. Er weiß, dass er der Versuchung nicht nachgeben darf, auf die Scheibe zu malen. Erwachsene mögen keine Fingerspuren auf Autofenstern.

Neben ihm sitzt Mama. Sie hat ihren grauen Mantel an, den Tommy so gern mag, der nach Wärme und Fürsorge duftet und der sich rau auf der Wange anfühlt, wenn sie einen an sich drückt.

Aber ausgerechnet heute hat sie die Arme nicht ausgebreitet. Sie hat die Hände im Schoß gefaltet und einen starren Zug um den Mund. Kerzengerade sitzt sie da und lässt die Straße nicht aus dem Blick. Es fühlt sich an, als würden sie in die Zukunft fahren, nur dass Tommys Mama sich nicht recht entscheiden kann, ob sie mitwill oder nicht.

Auf der anderen Seite sitzt Ingrid. Niemanden auf der Welt liebt Tommy mehr als seine kleine Schwester. Das helle, lockige Haar ist seitlich am Kopf zu zwei Schwänzchen zusammengezurrt. Sie wippen im Takt, wenn der Wagen ruckelt.

Ingrid ist inzwischen sechs und sieht wunderschön aus. Mit ihrem fröhlichen Blick und dem großen Mund hat sie das beste Lachen, das es gibt. Abends kauern sie oft unten im Stockbett und tun so, als säßen sie in einem Boot. Unter der Decke flüstern sie einander Geschichten vom Meer, von Fischen und Untiefen zu. Sie erfinden Strände, an denen die herrlichsten Abenteuer locken. Ingrid will immer Prinzessin sein, die von ihrem Vater, dem König, gerettet wird. Das ist so, seit Mama ihnen in den Weihnachtsferien *Mio, mein Mio* vorgelesen hat. Und Tommy spielt das Spiel mit, denn eine bessere Prinzessin als Ingrid gibt es nicht.

Vor dem Fenster rast die Welt vorbei. Tommy sieht, dass auch Ingrids Atem kleine weiße Wölkchen bildet. Er sieht außerdem, dass auch sie Bilder in den Dunst malen will, aber sie lässt es ebenfalls bleiben. Selbst mit sechs Jahren kann man erwachsene Regeln lernen.

Das Auto rumpelt, weil sie so schnell fahren. Tommy schließt die Augen. Er muss die vielen Eindrücke sortieren. Was ist eigentlich passiert?

Warme Hände haben ihn vom kalten Boden im Holzschuppen gehoben. Der schwere Duft der Erde verblasste, dann saß er in einem Auto und sah die Straßenlaternen draußen vorbeizischen. Er wurde in ein großes Gebäude geschoben, irgendwer wusch ihn vorsichtig in einem Bad mit blassgelben Wänden, er wurde in ein Handtuch gewickelt und bekam dicke Socken. Ein weißes Bett mit Vorhängen, Leuchtröhren an der Decke, ein roter Knopf an der Wand. Er hatte zwar die ganze Zeit über die Augen geschlossen, trotzdem hat er das Licht von oben gesehen.

Außerdem hat er von oben leise Stimmen bekümmert miteinander sprechen hören: Mama hat geweint, doch Tommy konnte nicht darauf reagieren. Sein Auge und der Bauch taten ihm weh. Sämtliche Gefühle waren wie vernebelt.

Dunkelheit kam und ging. Ein paar Tage verstrichen, vielleicht eine Woche, und jedes Mal wenn er wach wurde, sprach jemand irgendwo in der Nähe: mal Männer, mal Frauen – alle mit freundlichen Stimmen. Manchmal kam auch diese heisere Oma vom Sozialdienst. Mama meinte zwar, dass sie noch zu jung wäre, um Oma zu sein, aber das kümmerte Tommy nicht. Bei der Erinnerung an ihre Stimme kriegt er eine Gänsehaut. Diese heisere, raue Stimme, die fauchte, die Familie brauche eine *sichere Unterbringung*. Sie habe da auch schon eine Idee. Die Krankenschwester pflichtete ihr mit einem Nicken bei, und Mama, die an seinem Bett auf einem Stuhl saß, weinte nur tonlos.

Ein paar Tage später saßen Tommy, Mama und Ingrid in einem braun getäfelten Gerichtssaal. Vor ihnen saß Richter Stenberg. Er klopfte mit einem Holzhammer auf den Tisch und leierte seinen Beschluss zur Unterbringung herunter und dann etwas von Personenschutz und Besuchsverbot und alleinigem Sorgerecht und entzogenem Umgangsrecht und am Ende noch etwas vom Ausschluss der Berufung. Papa saß an einem Tisch auf der anderen Seite und hielt den Blick auf die Tischplatte gerichtet. Der Kloß in Tommys Hals tat höllisch weh, und Ingrids Hand, die er hielt, war schweißnass.

Jetzt fahren sie in diese neue Unterbringung, die der Richter für sie angeordnet hat. Mama sitzt stocksteif neben Tommy. Ingrid sieht aus dem Fenster. Tommy selbst sehnt sich gleichermaßen heim und weit weg.

Idun und Calle stehen im Pausenraum. Keiner von ihnen kann mehr still sitzen. Calle seufzt in einem fort, während Idun schon zum zehnten Mal auf ihre Uhr guckt.

»Mal ernsthaft, wie lange kann es von diesem Restaurant hierher dauern?«

Calle schüttelt den Kopf. Idun will gerade weitersprechen, als ihr Chef den Kopf zur Tür hereinstreckt.

»Da bin ich. Wir reden bei mir.«

Sie gehen in Anders' chaotisches Arbeitszimmer. Idun setzt sich auf einen, Calle auf den anderen Besucherstuhl.

»So«, sagt Anders, als er sich an seinem Tisch niederlässt, »dann wollt ihr mir jetzt also etwas richtig Gesalzenes erzählen, was so wichtig ist, dass ich mein Luxusessen mit der Gattin abbrechen musste?«

Er klingt kein bisschen verärgert. Die beiden Ermittler wissen natürlich, dass er genau weiß, sie hätten ihn nie zu solcher Eile gedrängt, wenn es nicht tatsächlich wichtig wäre.

»Lovis Bergdahl hat mich vorhin angerufen und erzählt, dass Olle ein Verhältnis hatte.«

Anders runzelt die Stirn. »Evas Ex-Mann, von dem sie schon seit einer Ewigkeit geschieden war?«

Idun nickt.

»Er und Eva haben sich vor zehn Jahren scheiden lassen …«

Mit erhobenen Händen bringt Anders sie zum Schweigen.

»Und was hat das mit unserem Fall zu tun?«

Idun sieht ihm direkt in die Augen.

»Olle ist früh am Samstagmorgen nach Hause gekommen und hat nach Sex gerochen. Er war den ganzen Freitag und die Nacht auf Samstag außer Haus. Ein paar Tage später ist Lovis der Sache nachgegangen, und wie sich herausgestellt hat, hatte Olles Navi den Fahrtweg vom Freitag gespeichert.«

Sie legt eine kurze Pause ein, damit Anders auch garantiert bei der Sache ist.

»Wie sich gezeigt hat, ist Olle zu den Vendels gefahren. Lovis glaubt, dass er mit Eva geschlafen hat – dass sie am selben Tag Sex hatten, an dem Eva umgebracht wurde.«

Anders klappt die Kinnlade herunter.

»Verdammte Hacke … Und was schlagt ihr vor, was wir jetzt machen?«

»Natürlich bestellen wir Olle zur Vernehmung ein. Aber während wir uns mit ihm unterhalten, müsste sein Auto beschlagnahmt werden. Die Technik soll den Wagen und das Navi durchleuchten. Wenn er Eva in seinem Auto transportiert hat, dann muss es Spuren geben, und wenn man bedenkt, wie viel Blut sie verloren hat, ist es so gut wie unmöglich, dass er sämtliche Spuren beseitigen konnte.«

Anders kratzt sich am Kopf. Aus der undefinierbaren Frisur rieseln Schuppen. Weiße Flocken landen auf den zerknitterten Sakkoschultern.

»Legt los. Ich rufe sofort Malmen an – und Staatsanwalt Sandberg.«

Er hat schweißklebrige Hände. Am liebsten würde er zur Toilette gehen und sie sich waschen, aber dafür ist jetzt nicht der richtige Moment. Er weiß, dass er in der Tinte sitzt. Sie glauben, dass er so aufgewühlt ist, weil Eva gestorben ist. Und gewissermaßen stimmt das ja auch – aber nicht aus dem Grund, von dem sie ausgehen. Was also soll er ihnen erzählen?

Eigentlich kennt er die Antwort längst.

Scheiße.

Idun Lind sitzt ihm gegenüber und mustert ihn, dem Anschein nach sogar unvoreingenommen. Ihm ist klar, dass sie die Rolle der Beobachterin einnimmt, während der Rotbärtige, dessen Namen Olle vergessen hat, die Fragen stellt. Als sie ihn während der Kaffeepause bei der Arbeit abgeholt haben, waren die Rollen genau umgekehrt: Da war sie es, die ihn davon in Kenntnis setzte, dass er mit aufs Revier müsse und dass sie mit seiner Bereitschaft zur Kooperation rechneten. Seit sie hier sind und er diesen stickigen Vernehmungsraum betreten hat, haben sie die Rollen wie gesagt vertauscht.

»Erzählen Sie uns, was Sie am letzten Freitag getan haben. Sowohl tagsüber als auch nach Feierabend.«

Rotbart klingt barsch. Olles Anwalt sitzt stumm daneben.

Er presst einen leisen Seufzer hervor.

»Das habe ich Ihnen doch schon erzählt. Ich war bei der Arbeit.«

Der Bärtige starrt ihn an. Idun verzieht keine Miene.

»Und genau das glauben wir Ihnen nicht.«

Olle rutscht auf seinem Klappstuhl herum, um eine bequemere Sitzposition zu finden – vergebens.

»Ich weiß nicht, was Sie von mir erwarten – ich habe gearbeitet. Es wurde später als gedacht, aber das ist ja wohl kein Verbrechen.«

Rotbart sieht ihm unverwandt in die Augen.

»Sie hatten am Freitag außerehelichen Verkehr, und wir möchten gern wissen, mit wem.«

Ihm explodiert schier das Herz in der Brust.

»Was meinen Sie?«

Der Anwalt beugt sich vor.

»Ja, Carl Brandt, was meinen Sie damit?«

Calle, richtig, so heißt er.

Der Rechtsanwalt klingt unaufgeregt. Calle wischt seinen Einwurf mit einer Handbewegung beiseite.

»Ich meine damit, dass Jan-Olov am vergangenen Freitag mit einer anderen Frau als seiner Ehefrau Sex gehabt hat. Und ich will wissen, wer die andere war.«

Olles Mund ist staubtrocken. Seine Kiefer tun weh, und es surrt in seinen Ohren wie tausend Insekten.

»Ich hatte am Freitag mit niemandem Sex.«

Calle grinst süffisant.

»Sie sind am Freitag zu Eva Vendel gefahren. Und jetzt erzählen Sie uns, aus welchem Grund.«

Unter Olle tut sich der Boden auf. Die Wände scheinen auf ihn zuzurücken, und die Angst ist so übermächtig, dass er schon glaubt, er müsste sich übergeben. Wie haben sie das herausgefunden?

Calle sieht ihn starr an. Olle hebt in einer resignierten Geste die Hände.

»Warum sollte ich denn zu Eva gefahren sein?«

»Genau das wollen wir von Ihnen wissen.«

Er fühlt sich, als müsste er kotzen.

»Ich verstehe die Frage nicht … Wie kommen Sie darauf, dass ich zu Eva gefahren sein soll?«

»Weil das Navi in Ihrem Wagen genau das besagt.«

Olle klappt die Kinnlade herunter. Der Anwalt legt ihm eine Hand auf den Unterarm.

»Diese Information hätte ich gerne schriftlich.«

»Siv schickt Ihnen nachher die Auswertung der Daten. Viel Spaß bei der Lektüre.«

Der Sarkasmus in Calles Stimme ist nicht zu überhören. Und Olle kriegt keine Luft mehr. Wieso in aller Welt musste er ausgerechnet am Freitag das neue Navi testen? Noch dazu mit der Adresse der Vendels? Er ist in den vergangenen Jahren hundert-, wenn nicht tausendmal dort hingefahren. Und ausgerechnet am Freitag musste er das neue Navi ausprobieren – weil der Wagen neu war und weil er wie besessen von allem Neuen ist.

Ihm bricht der Schweiß auf der Stirn aus.

Es geht ihm richtig dreckig.

»Sollen wir eine Pause machen?«

Der Anwalt klingt leicht besorgt.

Calle antwortet an Olles Stelle.

»Nein.«

Der Anwalt sieht verärgert aus, aber er lässt Calle fortfahren.

»Ihr Mandant war am selben Tag bei Eva Vendel zu Hause, als sie umgebracht wurde, was er uns selbst nicht erzählen wollte, obwohl wir ihn zu Hause besucht und ihn explizit nach Eva gefragt haben. Wir haben vor, ihn so lange hierzubehalten, wie es nötig ist – und zwar aller Wahrscheinlichkeit nach unter Mordverdacht. Das Ganze muss nur noch über den Schreibtisch von Staatsanwalt Sandberg wandern. Und sobald Sandberg grünes Licht gegeben hat, sind wir darauf vorbereitet, noch wesentlich härtere Bandagen anzulegen.«

Calle lehnt sich auf seinem Stuhl zurück und verschränkt die muskelbepackten Arme vor der Brust. Der Anwalt sieht ihn konzentriert an.

»Sie versuchen, meinen Mandanten einzuschüchtern. Zum derzeitigen Stand der Dinge liegt die Grenze bei achtundvierzig Stunden – und wenn ich ganz ehrlich sein soll, scheinen Sie mir nicht allzu viel gegen meinen Mandanten in der Hand zu haben.«

Calle sieht aus, als wollte er ihm gleich an den Hals gehen. Olle atmet flach. Er fühlt sich innerlich vollkommen leer. Er kann es nicht länger geheim halten.

Hoffentlich verzeiht sie es mir.

Er blickt auf, versucht, Calles Verachtung standzuhalten, und als er das Wort ergreift, ist seine Stimme überraschend fest.

»Sie haben recht. Ich bin am Freitag zu den Vendels gefahren.«

Der Anwalt atmet scharf ein, doch Olle hebt nur den Zeigefinger, um ihm Einhalt zu gebieten. Es hat keinen Zweck mehr zu lügen. Die Wahrheit kommt ohnehin ans Licht.

Die beiden Ermittler sitzen ihm stumm gegenüber. Man kann von Calle halten, was man will, aber anscheinend weiß er mitunter doch, wann er den Mund halten muss. Olle kneift die Augen fest zu. Vielleicht ist es ja mit geschlossenen Augen leichter, alles zu erzählen.

»Es stimmt, dass ich am Freitag zu Evas Haus gefahren bin.«

Seine Stimme ist kräftig. Sowohl Idun als auch Calle nehmen zur Kenntnis, wie Olle erneut binnen eines Augenblicks von Panik zu absoluter Ruhe wechseln zu können scheint.

»Aber Eva habe ich dort nicht getroffen.«

Langsam neigt Calle den Kopf zur Seite, was Olle aber nicht sieht, weil er immer noch die Augen geschlossen hat. Mehrere Sekunden verstreichen, bevor der schroffe Ermittler ihm den letzten Schubs gibt, den er anscheinend braucht.

»Und *wen* haben Sie dort stattdessen getroffen?«

Olle schlägt die Augen auf. Sein Blick lodert, als hätte er Fieber.

»Nadja. Ich habe mich mit Nadja getroffen.«

Die Überraschung ist Calle deutlich anzuhören.

»Warum haben Sie sich denn mit Nadja getroffen?«

Olle sitzt vollkommen reglos auf seinem schmalen Klappstuhl. Nach ein paar verwirrenden Sekunden dämmert Calle, dass er die Antwort auf seine Frage schon ahnt. Er wirft Idun einen wortlosen Blick zu und sieht, dass sie ebenso verblüfft ist wie er selbst.

Damit hat keiner von ihnen gerechnet, als sie am Morgen aufgewacht sind.

Wie immer kratzt sich Anders Eriksson am Kopf, während er die Nachricht sacken lässt.

»Das ist ja das Irrste, was ich je gehört habe. Olle behauptet allen Ernstes, er wäre zu seiner Ex-Frau nach Hause gefahren, hätte mit deren Stieftochter geschlafen, und das auch noch am selben Tag, an dem die Ex ermordet wurde? Wer glaubt er denn, wer er ist? Irgendein schlechter Krimiautor?«

Calle sitzt nach vorn gebeugt auf dem Stuhl neben Anders und sieht aufgebracht aus. Neben ihm sitzt Siv: gerader Rücken, Schreibblock in Händen, die Brille ins kurze Haar hochgeschoben. Idun steht am Fenster.

»Als Nächstes verhören wir Nadja. Siv hat sie einbestellt.«

Siv nickt. Anders blickt skeptisch in die Runde.

»Glaubt ihr ihm etwa? Dass er mit der Tochter des Mannes seiner Ex eine Affäre hat?«

Er spreizt die Finger und starrt verwirrt darauf hinab. Idun ahnt, dass er versucht, die Verwandtschaftsverhältnisse in diesem nicht ganz unkomplizierten Beziehungsgeflecht nachzuvollziehen.

»Ich glaube ihm, ja, so merkwürdig es klingt – sowohl Calle als auch ich glauben, dass er die Wahrheit sagt.«

Calle zuckt mit den Schultern.

»Der Typ stand komplett unter Strom, insofern … Ja, wir

glauben ihm. Wie kann man so dreist sein, eine Affäre mit der Stieftochter der eigenen Ex-Frau anzufangen.«

Siv blickt von ihrem Block auf.

»Die Frage ist doch, ob in dieser besonderen Konstellation ein Motiv stecken könnte. Ob Olle und Nadja nur Sex hatten oder ob sie tatsächlich ein Paar sind, wenn auch nur heimlich, und – mal abgesehen davon – ob irgendwo in dieser Liebesbeziehung ein Motiv zu vermuten ist.«

Idun nimmt den Faden sofort auf.

»Darüber habe ich auch nachgedacht. Es ist schon ein bemerkenswerter Zufall, dass sich die beiden ausgerechnet am Tag von Evas Ermordung im Haus der Familie getroffen haben. Nun wissen wir noch nicht, wann genau er dort hingefahren ist – Malmen hat uns die Auswertung des Navis noch nicht geschickt. Ich hoffe, er schafft es, bis Nadja hier ist.«

Siv lehnt sich auf ihrem Stuhl zurück.

»Malmen weiß, wo er die Prioritäten setzen muss. Aber im Übrigen frage ich mich auch, warum Olle nicht gleich damit herausgerückt ist. Hatte er Angst davor, dass Lovis ihm auf die Schliche kommen würde?«

Darüber muss Idun nachdenken.

»Möglicherweise. Wahrscheinlich – oder zumindest wäre es eine naheliegende Erklärung für sein Verhalten.«

Iduns Handy klingelt. Es ist Malmens Nummer.

»Ich habe die Ergebnisse aus der IT für euch.«

»Schieß los.«

Sie hört, wie der Leiter der Spurensicherung durch Unterlagen blättert.

»Den Navi-Daten zufolge ist das Auto um kurz nach zwölf bei den Vendels gewesen und nach ein paar Minuten zu einer Adresse in Luleå weitergefahren. Die beiden Adressen liegen knapp zwanzig Kilometer voneinander entfernt, und die Fahrt hat ziemlich genau zwanzig Minuten gedauert. Der Fahrer kann sich also nicht lange im Haus der Vendels aufgehalten haben. Ab Luleå war das Navi abgeschaltet, Olles Rückfahrt nach Hause ist also nicht gespeichert.«

Idun hat ihm konzentriert zugehört. Calles fragenden Blick ignoriert sie.

»Und die kann Olle nicht selbst gelöscht haben? Also – die Rückfahrt?«

Es knistert im Handy.

»Nein. Was immer man manuell von einem Speichermedium löscht, kann in aller Regel wiederhergestellt werden. Meine Leute hätten die Daten gefunden.«

Sie seufzt enttäuscht.

»Verstehe. Dann ist Olle also um die Mittagszeit zu den Vendels gefahren, hat dort kurz gehalten und ist dann weiter nach Luleå gefahren?«

»Korrekt. Die Adresse in Luleå lautet Östervägen 18B. Und dort endet die Spur, zumindest die aus dem Navi.«

Idun sieht, wie Siv sich etwas aufschreibt.

»Dem Navi zufolge ist der Wagen um fünf vor eins in Luleå angekommen.«

Darüber muss Idun erneut kurz nachdenken, und Malmen wartet geduldig, ehe er weiterspricht.

»Eine Sache solltet ihr allerdings noch bedenken.«

Idun spitzt die Ohren.

»Das *Auto* ist diese Strecke gefahren. Wer da genau am Steuer saß, können wir anhand der Daten nicht wissen.«

Idun weiß, dass er natürlich recht hat.

»Es könnte Olle gewesen sein, der zu den Vendels gefahren ist, aber anschließend könnte zum Beispiel Nadja zu sich nach Hause nach Luleå gefahren sein.«

»Genau so ist es. Verdammter Mist.«

Sie überlegt – offenbar so lange, dass Malmen sich nicht mehr sicher ist, ob sie noch dran ist.

»Hallo?«

»Ich bin noch da ... Was habt ihr sonst in dem Wagen gefunden?«

»Mehr oder weniger nichts, fürchte ich. Unter der UV-Lampe kam rein gar nichts zutage. Wenn in dem Fahrzeug Blutspuren waren, dann sind sie penibel beseitigt worden. Aber ganz ehrlich – ich glaube nicht, dass da jemals etwas war. Die Spürhunde haben nämlich nicht angeschlagen. Wir hatten Kleidungsstücke von Eva gesichert und haben die Hunde auf deren Duftspur gesetzt, und das Ergebnis war gleich null. Meine Leute bleiben aber dran und sind bis morgen fertig. Die Sache hat oberste Priorität, aber fürs Erste sind wir uns halbwegs sicher, dass das Opfer sich nicht in Olle Bergdahls Leasingfahrzeug befunden hat.«

Idun bedankt sich bei ihm und drückt den Anruf weg. Im selben Moment meldet sich Sivs Handy. Sie setzt sich die Brille auf die Nasenspitze und ruft die eingegangene Nachricht auf.

»Nadja sitzt jetzt am Empfang.«

Calle steht auf. Er und Idun wenden sich zur Tür des Besprechungsraums.

»Ihr beiden ...«

Anders' Stimme bebt vor Anspannung. Die zwei Ermittler drehen sich zu ihm um. Calles Hand liegt bereits an der Klinke.

»Ich will jetzt einen Durchbruch in dieser Ermittlung. Quetscht sie aus wie eine Zitrone. Nach allem, was ihr mir von ihr erzählt habt, kann sie das wegstecken.«

Nach Nadja Vendels Vernehmung, die zwei Stunden gedauert hat, sitzen Idun und Calle in Iduns Büro – sofern man es sitzen nennen kann. Calle liegt halb auf dem Besucherstuhl. Er wirkt abgekämpft und verbissen. Idun hat sich schwer auf den Schreibtischstuhl fallen lassen. Sie hat ihn nach hinten gelehnt, so weit es geht, und die Füße auf den Schreibtisch gelegt. Die Schuhe sehen über der hellen Tischplatte derb aus. Beide würden jetzt gern einen Kaffee trinken, bringen es aber nicht fertig, welchen zu holen.

»Es ist verdammt noch mal nicht zu fassen, was man hier alles zu hören kriegt.«

Idun nickt matt, was Calle jedoch nicht sieht, weil er zur Decke emporstarrt.

»Und das Schlimmste ist, dass ich ihr glaube.«

Beide haben damit gerechnet, dass sie auf Nadja ordentlich Druck ausüben müssten. Die sturköpfige Jurastudentin war in grauer Hose mit Bügelfalten, einer dünnen Seidenbluse, die vermutlich mehr gekostet hat als Iduns gesamte Garderobe zusammengenommen, und in einem schicken Blazer mit Goldknöpfen bei ihnen erschienen.

Wie sich aber zeigen sollte, war Druck gar nicht nötig: Gelassen und bereitwillig gab sie die Beziehung zu Olle zu. Diese bestehe seit drei Jahren und werde vermutlich auch über diesen Vorfall hinaus weiterbestehen.

Olle, den Nadja über die Jahre immer mal wieder langsam vor ihrem Elternhaus habe vorbeifahren sehen, sei irgendwann ihr Geliebter geworden. Er sei ihr schon als junges Mädchen aufgefallen. Der sonderbare und allem Anschein nach neugierige Mann, der ständig neue Autos fuhr, habe ihr Grundstück regelrecht observiert. Anfangs habe sie sich eingeredet, er wäre eine Art Leibwächter – ein Leibwächter, den Nadjas verstorbene Mutter ausgesandt habe, damit er über die Tochter wache, indem er bei ihr vorbeifuhr und sicherstellte, dass es Nadja gut ging. Später hatte sie ihn schließlich als schnüffelnden Sonderling abgetan, so einen, der durch die Gegend fuhr und seine Zeit damit verbrachte, sich anzusehen, wie andere lebten. Dass er einst mit Eva verheiratet gewesen war und sich die Ex einfach nicht aus dem Kopf schlagen konnte, wäre ihr nie in den Sinn gekommen.

Eines eisigen Wintermorgens, über Nacht war Schnee gefallen, hatte Nadja es eilig, zur Uni zu fahren. Sie war – untypisch für sie – spät dran und fuhr viel zu schnell aus der Auffahrt, ohne erst nach links und rechts zu sehen. Das Auto, das im selben Moment auf sie zuraste, hupte noch und konnte ihr nur um Haaresbreite ausweichen. Sie stieg voll auf die Bremse und sah mit Herzrasen hinüber zu dem Fahrer.

Zu Olle.

Und im selben Moment passierte etwas mit ihr.

Sie merkte sich das Kennzeichen. Ein einziges Telefonat mit der Leasingfirma und eine zweifelhafte Lügengeschichte später kannte sie seine Anschrift. Ohne zu wissen, wer Olle überhaupt war und in welcher Verbindung er zu Eva stand, fuhr Nadja zu seiner Adresse. Lovis war auf Dienstreise, und Olle sah Nadja, die vor seiner Haustür stand, mit lodderndem Blick an.

Die Beziehung hält jetzt bereits zwei Jahre. Sooft sie es schaffen – manchmal sogar mehrmals pro Woche –, treffen sie sich auf ein Stelldichein im Bett. Sie gehen nie auswärts essen, nie ins Kino oder unternehmen irgendetwas anderes. Ihre Beziehung beruht auf der Zeit, die sie im Bett verbringen, auf Nudeln mit Shrimps, die sie ebenfalls im Bett essen, oder zwei Gläsern Wein und langen Gesprächen, wenn sie aneinandergekuschelt unter der Decke liegen. Olle holt sie immer in dem Wagen, den er aktuell fährt, von der Uni ab, aus der Stadt oder auch von ihren Eltern in Sävast – Letzteres natürlich immer nur, wenn Vidar und Eva nicht da sind.

In der Nacht auf Freitag übernachtete Nadja bei ihrem Vater und Eva. Ihr stand die erste Prüfung des Semesters bevor, und bei sich zu Hause hatte sie sich nicht aufs Lernen konzentrieren können, weil aus dem benachbarten Wohnblock ständig Lärm zu hören war. Am Morgen sagte Eva irgendwas Nerviges, und ein kurzer Wortwechsel führte zu einem Streit; wie üblich ergriff Nadjas Vater Partei für Eva, was Nadja wahnsinnig machte. In ihrer Wut rief sie Olle an. Um die Mittagszeit, kurz nachdem Vidar aufgebrochen war, weil er kurz bei der Arbeit vorbeischauen musste, holte Olle Nadja vor dem Haus ab und fuhr sie nach Luleå. Dort verbrachten sie ein paar Stunden in Nadjas Wohnung, ehe Nadja zur Uni fuhr, um rechtzeitig zur Prüfung dort zu sein. Olle wiederum fuhr zur Arbeit, nachdem er ihr versichert hatte, nach Feierabend wiederzukommen.

Als Nadja von der Uni heimkam, war Olle bereits wieder da. Nackt stand er am Herd und briet Pilze und Schalotten. Auf dem Tisch stand warmer Pastasalat mit Erdbeeren.

Sie aßen im Bett und hatten anschließend mehrere Stunden lang Sex. Erst in den frühen Morgenstunden fuhr Olle nach Hause, Nadja zufolge um kurz nach halb vier Uhr nachts. Sie selbst stellte ihr Handy wieder an und hatte acht verpasste Anrufe von ihrem Vater.

Nadja hat Eva nie gemocht. Allerdings war ihr augenblicklich klar, dass deren Tod ihr eigenes Leben verändern würde. Außerdem würde ihr Vater jetzt bestimmt trauern und heulen und grübeln, und für so etwas hat Nadja in ihrem Leben keine Zeit. Kein bisschen Zeit.

*

Dass Olle Nadja mehrmals vom Haus der Vendels abgeholt hat, ist wohl auch die Erklärung dafür, warum Caroline so oft verschiedene Fahrzeuge in der Einfahrt gesehen hat. Die neugierige Nachbarin ist davon ausgegangen, dass Eva Affären gehabt haben muss, und das gleich mit mehreren Männern, weil immerzu andere Autos vorfuhren. Dass es in Wahrheit Nadja war, die mit Evas Ex-Mann geschlafen hat, hat sich nicht mal die fantasiebegabte Caroline Hofverts vorstellen können.

Idun empfindet zusehends Verächtlichkeit. Was in Nadjas Leben hat dazu geführt, dass sie zu einer so empathielosen Frau herangewachsen ist? Nadjas und Olles Alibis sind so gut wie wasserdicht, sofern die beiden den Mord an Eva nicht gemeinsam geplant und verübt haben. Doch sowohl Idun als auch Calle halten es für wenig wahrscheinlich, dass sie ein hinreichend starkes Motiv dafür gehabt hätten. Gefühlsarmut und einen Stiefelternteil nicht zu mögen reicht aus Sicht beider Ermittler nicht aus, um als Mordmotiv zu dienen. Ebenso wenig, wie eine zehn

Jahre zurückliegende Scheidung Grund genug für ein derart schweres Verbrechen wäre – nicht einmal, wenn die eine Seite schon zwei Jahre vor der Scheidung eine neue Beziehung eingegangen ist. Da ist schon mehr nötig.

»Ich glaube nicht, dass die beiden für Eva Vendels Tod verantwortlich sind.«

Auch Idun klingt abgekämpft. Sie gähnt hinter vorgehaltener Hand, ehe sie weiterspricht.

»Nadja mag empathiegestört sein, aber ich glaube nicht, dass sie ihre Stiefmutter hätte ermorden können. Und warum sollte Olle die Stiefmutter seiner Liebhaberin umbringen, mit der er vor mehr als zehn Jahren verheiratet war? Das passt für mich nicht zusammen. Ich kann nicht glauben, dass das die Lösung sein soll.«

Calle sieht sie müde an.

»Ich sehe es ganz ähnlich. Aber geglaubt wird drüben in der Kirche …«

Idun schließt die Augen.

Da hat Calle natürlich recht.

Freitag, 28. August

Eivor Bohm wirft ihrem Enkelkind einen zärtlichen Blick zu. Ellen steht vor der Vitrine in einem der Cafés in der Einkaufspassage. Vor ihr liegen Plunderteilchen, Tortenstücke, Biskuit und weiteres Backwerk. Sie beugt sich so nah an die Scheibe, wie sie nur kann. Die kleinen, runden Kinderhändchen hinterlassen Abdrücke auf dem beschlagenen Glas.

Eivor sieht, dass Ellen ein Schokobrötchen mit Hagelzucker ins Visier genommen hat. Es ist so groß, dass es für sie beide reichen würde. Trotzdem bestellt Eivor zwei davon, dazu eine Tasse Tee und ein Glas Orangensaft.

Sie führt Ellen zu einem Tisch weiter hinten. Vor dem Schaufenster eilen Passanten vorbei. Es ist kurz nach vier Uhr am Nachmittag, die Leute sind auf dem Heimweg. Eivor stellt den Saft vor Ellen ab und nippt bedächtig an ihrem Tee. Zufrieden sieht sie, wie Ellen in das Schokobrötchen beißt. Es gibt niemanden auf der Welt, den Eivor mehr liebt als dieses Mädchen.

Vor zweiundvierzig Jahren kam Eivors und Stens einziges Kind zur Welt: Magnus. Das Paar hatte – Gott hab Sten selig – zuvor lange versucht, Kinder zu kriegen, fünf lange Jahre, um genau zu sein; damals war von diesen IVF-Methoden noch keine Rede, da hieß es dranbleiben, am Partner und am Zeugungsprozess. Sten quittierte es mit einem Schmunzeln und bemerkte gern, dass all diese

Versuche doch ziemlich nett seien. Eivor kicherte dann nur, war aber insgeheim vor Sehnsucht nach einem Kind schier zerrissen. Nach fünf Jahren der Hartnäckigkeit wurde sie endlich schwanger. Magnus, ihr Engel und Kind der Liebe, erblickte das Licht der Welt. Sten heulte wie ein Baby, als der Junge geboren war. Eivor indes sah Magnus nur völlig fassungslos an. Wie war es nur möglich, einen anderen Menschen so sehr zu lieben?

Siebenunddreißig Jahre später kam Ellen zur Welt, und ihre Gefühle für sie hauten Eivor schier um. Sie rollten wie eine Dampfwalze über sie hinweg. Man liebt seine Kinder mehr als alles andere auf der Welt – zumindest bis sie selbst Kinder kriegen.

Ellens Pumpe piept und reißt Eivor aus ihren Gedanken. Sie zieht Ellens Stuhl an sich heran und sieht unter den Pullover der Kleinen. Routiniert liest sie den Wert vom Display ab. Natürlich hat ihr Stoffwechsel auf das Brötchen reagiert, alles andere wäre auch eigenartig. Die Pumpe versorgt Ellen mit der täglichen, eingespeicherten Dosis Insulin, ohne dass jemand darüber nachdenken müsste. Doch wenn Ellen mehr als sonst isst, braucht sie mitunter eine Extradosis.

Diesmal sind es zwei zusätzliche Einheiten. Eivor drückt zweimal auf die große graue Taste oben an der Pumpe. Das Gerät piept erneut, und das Display springt um. Sie zieht Ellens Pullover wieder zurecht und drückt dem Mädchen ein Küsschen auf den Scheitel.

Sie essen und trinken fertig. Ellen schafft kaum die Hälfte des Schokobrötchens, aber den Saft trinkt sie aus.

Inzwischen ist draußen weniger los. Ellen wischt Hagelzucker vom Tisch und sieht amüsiert zu, wie die kleinen

Körnchen auf den Fußboden fallen. Sie lacht, als sie in alle Richtungen kullern. Eivor lächelt verlegen, lässt der Kleinen aber den Spaß.

Bredåker 1989

Tommy sitzt immer noch im Auto. Verdattert sieht er aus dem Fenster. Mit drei Stockwerken und Satteldach ist das Haus auf dem Hügel das größte, das er je gesehen hat.

Die Sonne schiebt sich über die Baumkronen. Über einen lang gezogenen Schotterweg ist das Auto das letzte Stück auf das Grundstück gerollt, ehe sie im Hof des Hauses gehalten haben. Und jetzt sitzen sie stumm und abwartend auf dem Rücksitz, es ist stickig, als hätte die Fahrt hierher allen Sauerstoff verbraucht.

Mama hat immer noch die Hände im Schoß verschränkt, allerdings kann Tommy sehen, dass ihr Blick an dem Haus emporwandert. Der Fahrer beobachtet sie im Rückspiegel, als sie schließlich aussteigen. Stumm stehen sie Seite an Seite im Hof, während hinter ihnen das Auto knirschend über den Kies auf der Zufahrt rollt und wieder davonfährt.

Ingrid klammert sich an Tommy fest. Ihre kleine Hand fühlt sich warm an. Wenn es jemanden gibt, dem Tommy nur Sicherheit und Geborgenheit vermitteln will, dann ist das Ingrid. Ihm schwirrt selbst zwar der Kopf, aber das will er seiner kleinen Schwester nicht zeigen.

Unschlüssig stehen sie da, bis die Haustür vor ihnen aufgeht. Ein Mann und eine Frau treten auf die Veranda. Sie sehen älter aus als Mama, aber jünger als Opa. Mit hämmerndem Herzen sieht Tommy zu, wie sie die Verandatreppe herunter- und mit zielstrebigen Schritten auf das verunsicherte Trio zukommen.

Der Mann hat einen viel zu großen Pullover an. Er ist hochgewachsen, breit gebaut und hat einen dicken Bauch. Die Frau ist schmaler, aber nur ein paar Zentimeter kleiner als der Mann. Sie trägt ein knöchellanges dunkelblaues Baumwollkleid mit langen Ärmeln und altmodischem Kragen. Sie sieht streng aus, auch wenn sie ihnen entgegenlächelt.

Das Paar bleibt direkt vor ihnen stehen. Der Mann hat graue Haare. Um die Augen sind Lachfältchen zu erkennen, die bis über die Wangen reichen. Keiner sagt etwas. Das Ganze fühlt sich merkwürdig an. Tommy weiß nicht, wie er sich verhalten soll. Sein Blick bleibt an den Händen des Mannes hängen. So große Hände hat er noch nie gesehen.

»Willkommen auf dem Paradieshof!«

Der Mann hat eine tiefe, sonore Stimme.

»Ich heiße Mattias Selberg, und das hier ist meine Frau Ellenor.«

Der Mann, der sich soeben vorgestellt hat, lächelt und gibt Viola die Hand. Es ist kein normaler Handschlag – er umschließt ihre Hände beidhändig, fast als wollte er sie wärmen. Es sieht fürsorglich aus und komisch.

»Ihr seid sicher angespannt. Vielleicht auch müde.«

Die Frau namens Ellenor macht einen Schritt auf sie zu. Sie legt ihrem Mann die rechte Hand auf die Schulter.

»Ich habe Frühstück gemacht.«

Tommy spürt, wie sich Ingrids Griff um seine Hand verstärkt.

»Frisch gebackenes Brot und gekochte Eier. Wir halten hier Hühner, und sie sind wirklich gut. Also – die Eier.«

Sie zwinkert Ingrid zu, deren Gesicht sich sofort aufhellt. Ellenor ahnt, dass sie den richtigen Ton angeschlagen hat, und streckt die Hand in Richtung des Mädchens aus, die jedoch näher an Tommy heranrückt. Ohne ihr Lächeln zu verändern, zieht Ellenor die ausgestreckte Hand zurück und lässt sie stattdessen auf dem Kleiderstoff ruhen.

Dann antwortete Mama.

»Ein Frühstück wäre wirklich toll.«

Ellenor nickt freundlich. Mattias macht kehrt. Wie auf ein Kommando gehen alle fünf auf das Haus zu.

Der Hof ist riesig, fast wie ein Herrenhaus. Ingrid und Tommy machen große Augen. Es gibt einen Stall und mehrere kleinere Außengebäude, alle gesäumt von alten, knorrigen Apfelbäumen mit massenhaft Fallobst darunter, das vom Frost beschädigt ist. Ein Stück entfernt entdecken sie den Hühnerstall. Davor laufen gackernde Hühner auf und ab und picken etwas vom Boden. Noch etwas weiter stehen Pferde in einem Pferch und knabbern Heu. Jetzt kann Ingrid ihre Aufregung nicht mehr verhehlen: Sie quietscht vor Freude, als sie die Pferde sieht. Ellenor muss angesichts von Ingrids Begeisterung lachen.

Die Hauseingangstür ist massiv und braun. In der Mitte hängt eine goldfarbene Platte, die fast so groß ist wie Zeichenpapier, das in der Mitte gefaltet wurde. Darauf steht etwas – ein Satz in eingravierten, schnörkeligen Buchstaben. Tommy ist zu müde, um lesen zu können, was dort steht. Seine Lider fühlen sich wie Sandpapier an.

Mattias öffnet die Tür und winkt alle hinein. Vorsichtig schiebt Mama Tommy und Ingrid vor sich her. Als Tommy über die Schwelle tritt, schließt er die Augen. Es fühlt sich an, als würde das riesige Haus sie verschlucken.

Er macht die Augen erst wieder auf, als ihm der warme Duft von frisch gebackenem Brot entgegenschlägt.

Kurze Zeit später ist Tommy satt – erstmals seit langer Zeit. Das Gefühl ist betäubend. Ermattet sitzt er an dem groben Esstisch.

Die Küche ist riesig. An zwei Wänden entlang verlaufen Arbeitsflächen über den dazugehörenden Unterschränken. In der Ecke befindet sich ein eingebauter Vorratsschrank, der so groß ist, dass problemlos drei erwachsene Männer hineinpassen würden.

Auf dem Stuhl neben Tommy sitzt Mama mit Ingrid auf dem Schoß. Tommys kleine Schwester sieht aus, als würde sie jeden Augenblick einschlafen. Mama streicht ihr übers Haar und pustet ihr sanft über die Stirn.

Gegenüber sitzen Mattias und Ellenor. Beide haben ihre Eierbrote aufgegessen und sehen die kleine Familie wohlwollend an. Tommy fühlt sich merkwürdig glücklich; in der Küche herrscht eine wohlige Stimmung, als wäre der Raum an sich randvoll mit Fürsorglichkeit.

Dann spricht Mattias aus, was Tommy gedacht hat.

»Auf dem Paradieshof seid ihr sicher. Hier kann euch nichts passieren.«

Mit einem Nicken pflichtet ihm Ellenor bei. Tommy findet, dass das viel zu gut klingt, um wahr zu sein. Mama atmet tief ein, doch Tommy kann sehen, wie ihr Tränen in die Augen steigen, ehe sie sie eilig wegblinzelt.

»Gott wacht über den Paradieshof.«

Mama streicht weiter über Ingrids Haar. Dann räuspert sie sich leise.

»Wir sind unendlich dankbar, dass ihr uns bei euch aufnehmt. Wir haben eine sehr … schwere Zeit hinter uns.«

Abermals Tränen. Ellenor streckt sich über den Tisch und tätschelt Mamas Unterarm.

»Glaubst du an Gott?«

Die Frage klingt freundlich. Trotzdem scheint Mama sich zu winden.

»Ich weiß nicht recht, woran ich noch glauben soll ... Eher hab ich den Glauben an alles verloren. Aber dass wir hier sein dürfen, lässt die Hoffnung wieder aufflammen. Ich würde gern an etwas glauben ... an das Gute.«

Sie kann die Tränen nicht länger zurückhalten. Sie strömen ihr nur so übers Gesicht. Tommys Bauch zieht sich zusammen, und er drückt sich an Mama, so eng es nur geht. Ingrid grummelt im Schlaf, als er sie versehentlich mit dem Ellbogen anstößt.

Ellenor erwidert nichts darauf, doch Mattias sieht Mama an.

»Liebe Viola, du musst dir wirklich keine Sorgen mehr machen. Niemand hier erwartet von euch, dass ihr gläubig seid. Auf dem Paradieshof sind alle willkommen: Gott und wir von der Gemeinde empfangen euch mit weit offenen Armen, ganz gleich, woran ihr derzeit glaubt.«

Mama wischt sich mit dem Ärmel die Tränen weg. Tommy bleibt dicht bei ihr.

»Wenn man aber zum Glauben finden will, dann ist der Paradieshof der richtige Ort. Hier findet ihr Sicherheit und die Vergebung aller Sünden. Und einen Weg zu unserem Herrn.«

Tommy versteht das mit der Vergebung nicht, will aber auch nicht fragen.

Ellenor sieht Mama fürsorglich an.

»Und jetzt ruht euch erst einmal aus. Wir zeigen euch euer Zimmer. Am Nachmittag machen wir dann eine kleine Führung, und heute Abend lernt ihr die Gemeinde kennen. Es freuen sich schon alle auf euch.«

Sie steht auf und geht zur Tür. Das Kleid streicht ihr mit

jedem Schritt um die Beine. Es reicht fast bis zum Boden, trotzdem kann Tommy sehen, dass sie leicht hinkt.

Sie folgen Ellenor zu einer Tür hinter der Treppe. Mama trägt Ingrid, obwohl Tommy weiß, dass ihr Ingrid eigentlich zu schwer ist.

Das Zimmer ist nicht groß, aber hell möbliert. Das kleine Fenster geht hinaus zum Stall. Es gibt zwei Betten mit gehäkelten Überwürfen und einen kleinen Kleiderschrank. Vor dem hinteren Bett bleibt Ellenor stehen.

»Ich denke mal, Ingrid kann auf einer Matratze am Boden schlafen. Mattias soll eine von oben holen.«

Mama schüttelt den Kopf.

»Ingrid schläft bei mir. Wir passen in ein Bett, und Tommy nimmt das andere.«

Ellenor wirft Mama einen forschenden Blick zu, nickt dann aber nur. Sie setzt sich auf die Bettkante und streicht mit der Hand über den Bettüberwurf.

»Den hat meine Tochter Vivianne gehäkelt. Handarbeiten liegen ihr.«

Mama nickt kraftlos.

»Sie sind beide sehr schön.«

Mama klingt todmüde. Tommy ist alarmiert.

Auch Ellenor scheint es ihr anzuhören.

»Erholt euch jetzt. Hier, leg Ingrid auf die Decke, und du legst dich daneben. Ich wecke euch in ein paar Stunden.«

Mama tut wie geheißen. Vorsichtig legt sie Ingrid aufs Bett und krabbelt neben sie. Es sieht aus, als würde sie im selben Moment einschlafen.

Ellenor dreht sich zu Tommy um.

»Leg du dich auch ein bisschen hin. Ihr braucht alle drei Ruhe.«

Tommy, der vor Müdigkeit fast besinnungslos ist, protestiert nicht. Schwer lässt er sich auf das freie Bett fallen und spürt, wie sich sein Körper schlagartig entspannt.

»Bitte, machen Sie das Licht nicht aus«, fleht er noch leise.

Als Ellenor antwortet, klingt sie fast amüsiert.

»Hast du etwa Angst im Dunkeln?«

Tommy schüttelt den Kopf.

»Nein. Aber Ingrid.«

Mehr sagt er nicht. Erzählt nicht von jenem Abend, als Papa Ingrid bestraft hat, indem er sie für die ganze Nacht im rabenschwarzen Keller eingesperrt hat. Auch Tommy selbst hat in jener Nacht kein Auge zugetan. Schreckensstarr lag er in seinem Bett im ersten Stock und lauschte Ingrids herzzerreißenden Schluchzern.

Ellenor lässt die Lampe am Fenster brennen. Trotzdem wird es um ihn herum dunkel: Tommy versinkt in einem erholsamen Halbschlaf und hört Ellenor nur mehr wie aus weiter Ferne. Die Stimme klingt schleppend, als würde eine Kassette zu langsam abgespielt. Er meint zu hören, wie sie etwas sagt wie »höchstes Gebot«, aber er ist sich nicht sicher. Und es ist ihm egal. Er will nur schlafen.

Montag, 31. August

Als Idun auf den Parkplatz einbiegt, späht sie hinauf zu dem Gebäude, einem Prachtbau in Gelb und Schwarz, der jahrzehntelang das Dienstgebäude hoher Offiziere war. Das Haus zeugt von der Geschichte Bodens als florierender Militärstützpunkt. Im nördlichen Teil der Stadt gibt es zahlreiche dieser gelben Gebäude mit großen Fenstern. Als abgerüstet und weite Teile des Militärs aus Boden abgezogen werden sollten, gerieten die Einwohner der Stadt zunächst in Panik: Erst fielen Arbeitsplätze weg, und wenig später zogen ganze Familien, die von der Arbeit für das Militär gelebt hatten, in andere gelbe Gebäude, nur eben diverse Breitengrade weiter südlich.

Idun zieht den Zündschlüssel ab und wirft einen Blick hinüber zu Calle. Er sieht hoch konzentriert aus. Es ist immer noch früh am Morgen, die Anspannung ist trotzdem da. Unterwegs haben sie erneut über Nadjas überraschendes Bekenntnis einer Liebesbeziehung zu Olle geredet. Seit sie Ermittler sind, haben sowohl Idun als auch Calle mit unterschiedlichsten Beziehungskonstellationen zu tun gehabt. Dass sich eine Stieftochter mit dem Ex der Stiefmutter einlässt, ist für beide zweifelsfrei eine neue Erfahrung.

Die Frage ist, was hinter dieser Beziehung steckt. Kann es tatsächlich so banal sein, dass sie sich ineinander verliebt haben, und nichts weiter? Oder handelt es sich um eine Art – wenn auch grotesken – Protest gegen die Verbindung, die Vidar und Eva eingegangen sind? Wollte Olle damit seine Ex-Frau abstrafen, oder ist er nur eine Randerscheinung, während es in Wahrheit um Nadjas Aversion gegen die neue Frau ihres Vaters geht? Oder ist dies hier Olles Art, Vidar abzustrafen? Nach dem Motto: »Vögelst du meine Frau, vögele ich deine Tochter«?

Im Vernehmungsraum hat Nadja angegeben, dass Vidar und Eva von der Beziehung keine Ahnung hätten, allerdings ist Idun klar, dass das nicht notwendigerweise wahr sein muss. Zum einen kann Nadja gelogen haben, zum anderen können Eva und Vidar durchaus von der Sache gewusst haben, ohne dass es Nadja klar ist.

Beide starren durch die Windschutzscheibe. Ein niedriger Zaun verläuft rund um das Schulgebäude. Dahinter bringen sichtlich müde Eltern gerade ihre Kinder in den Hort. Die Privatschule erwacht zu neuem Leben.

*

Majgull Rasmusson ist eine große, kräftige Frau. Sie trägt eine schrill bunte Brille und eine altbackene Frisur. Ihr Handschlag ist fest und der Blick durchaus freundlich, auch wenn ihr Gesicht einen harten Zug annimmt, als sie Idun und Calle mustert. Eva Vendels Kollegin hat etwas Misstrauisches an sich, als würde eine schlimme Befürchtung ihre Gesten verzögern.

Das Lehrerzimmer ist um kurz vor sieben noch immer verwaist. Bis Majgulls Kollegen eintrudeln, dauert es noch. Die einzige Ausnahme scheint die Person zu sein, die den Hort zwei Stockwerke tiefer aufschließt.

»Hier können wir uns ungestört unterhalten.«

Idun und Calle nehmen auf einem hart gepolsterten

dunkelroten Sofa Platz. Einen Kaffee lehnen sie ab. Majgull setzt sich ihnen gegenüber auf einen Sessel. Sie lehnt sich zurück, schlägt die Beine übereinander und verschränkt die Hände im Schoß. Sie sieht aus wie eine Therapeutin, die gleich eine Sitzung eröffnet.

»Sie möchten über Eva reden, nehme ich an.«

Calle nickt.

»Das ist richtig.«

Im Auto haben sie beschlossen, dass Calle die Führung übernehmen soll und Idun nur zuhört.

»Was können Sie uns über Eva erzählen? Wie war sie – wie war Ihr Verhältnis zu ihr?«

Majgull schlägt den Blick nieder. Die Unterlippe bebt, und es dauert kurz, ehe sie sich wieder gesammelt hat und antworten kann.

»Eva war in jeder Hinsicht fabelhaft. Ein Fels in der Brandung – als Lehrerin, Kollegin wie auch als Freundin.«

Man kann ihr ansehen, dass sie mit den Tränen kämpft.

»Die Schülerinnen und Schüler haben sie vergöttert. Im Klassenzimmer war sie eine Wucht, eine echte Inspiration, hat aber auch die nötigen Grenzen gesetzt. Letzteres ist heutzutage in der Grundschule wirklich wichtig.«

Idun schießt durch den Kopf, dass Grenzen zu setzen heutzutage überall wichtig ist.

»Wir haben seit Jahren zusammengearbeitet. Eva war immer gut gelaunt, hellwach und nicht einen Tag krank. Sie wird mir wahnsinnig fehlen.«

Majgull verstummt und wischt sich eine Träne aus dem Augenwinkel.

Idun denkt fieberhaft nach. Wenn das mal nicht allem widerspricht, was Caroline Hofverts erzählt hat. Gut gelaunt und hellwach statt deprimiert und selbstmordgefährdet.

»Ein einziges Mal habe ich sie niedergeschlagen erlebt: als ihr Vater erkrankt ist. Das war ein harter Schlag für sie: ihn im Heim unterzubringen und sein Haus auszuräumen – ihr Elternhaus obendrein.«

Majgull schweigt eine Weile, scheint nicht zu wissen, was sie noch sagen soll.

Calle hilft ihr auf die Sprünge.

»Haben Sie als Kolleginnen eng zusammengearbeitet?«

»Sehr eng. Wir waren eher Freundinnen als Kolleginnen. Eva weiß alles von mir. Oder … tja. Wusste.«

Der Tempuswechsel scheint zu viel für sie zu sein. Sie schlägt die Hand vor den Mund und erstickt ein lang gezogenes Schluchzen.

Auf dem Tisch vor ihnen steht eine hässliche Holzkiste, die irgendein Schüler gezimmert haben muss. In der Kiste liegen Servietten. Idun nimmt sich eine und hält sie Majgull hin, die sie dankbar entgegennimmt.

»Ich kann einfach nicht glauben, dass sie weg sein soll.«

Sie schiebt die Brille nach oben und tupft ihre Wangen trocken. Idun versucht, tröstlich zu klingen.

»Es muss für Eva ganz wunderbar gewesen sein, eine gute Freundin als Kollegin gehabt zu haben. Wissen Sie, ob sie mit jemandem Schwierigkeiten hatte? Gab es irgendeinen akuten Konflikt?«

Der Themenwechsel ist nicht der geschmeidigste, aber erfüllt seinen Zweck. Calle wirft Idun einen dankbaren Blick zu.

»Das glaube ich nicht. Ich wüsste nicht, dass sie Feinde gehabt hätte. Ich meine, alle mochten sie …«

Neuerlich Schweigen. Die beiden Ermittler warten geduldig ab.

»Aber da wäre eine andere Sache, die ich Ihnen erzählen will. Wie sie an jenem Freitag nach der Mittagspause die Schule verlassen hat.«

Calle lehnt sich vor. Es ist eine minimale Bewegung, die Idun eher erahnt als sieht.

»Eva hatte keine Feinde. Da bin ich mir absolut sicher. Trotzdem ist sie dann ja … ermordet worden.«

Majgull scheint Schwierigkeiten zu haben, das Wort auszusprechen. Ihr Gesicht knittert, und sie muss erst tief Luft holen, um einen weiteren Weinkrampf zu verhindern.

»Wir verstehen, dass dies hier schwer für Sie ist. Lassen Sie sich Zeit.«

Calle klingt aufrichtig besorgt, und mit einem Mal sieht Majgull verwirrt aus.

»Sie wollten uns von Evas letztem Arbeitstag erzählen. Wie sie die Schule verließ …?«

»Ja, richtig. Eva war schon zur Bushaltestelle gelaufen, als ich ihren Schulschlüsselbund auf ihrem Schreibtisch entdeckt habe. Wir teilen uns das Büro. Ich bin also hier hergerannt und habe das Fenster aufgerissen, um ihr hinterherzurufen, aber es war so viel Verkehr, dass sie mich nicht gehört hat.«

Majgull starrt auf ihre verschränkten Hände hinab. Als sie den Blick hebt, ist er fest – und trotzdem sagt sie nichts. Calle versucht, die Lücke zu füllen.

»Und dann kam der Bus?«

Majgull schüttelt den Kopf.

»Das war ja das Komische. Ein Auto hat an der Bushaltestelle gehalten, und ich habe gesehen, wie das Fenster auf der Beifahrerseite aufging und Eva darauf zutrat. Sie hat mit dem Fahrer gesprochen – wer das war, habe ich nicht gesehen. Jedenfalls hat sie nach ein paar Sekunden die Tür aufgezogen und ist eingestiegen. Dann sind sie weitergefahren.«

Idun kneift die Augen zusammen.

»Und inwieweit war das komisch? Kann das nicht jemand gewesen sein, den Eva kannte?«

Majgull schüttelt langsam den Kopf.

»Das Komische war, dass der Fahrer ein Mann war. Ich habe ihn nicht erkennen können, aber es war ganz ohne jeden Zweifel ein Mann – und es war nicht Vidar, da bin ich mir absolut sicher.«

Calle nimmt die Hände hoch, als wollte er sagen: Und weiter?

Majgull hat die Aufforderung verstanden.

»Eva kannte keine Männer. Niemanden außer Vidar, ihren Vater und unsere männlichen Kollegen.«

»Und Sie sind sich ganz sicher, dass es kein Kollege war?«

»Zu einhundert Prozent. Sie waren ja alle hier.«

»Haben Sie gesehen, was es für ein Auto war?«

Majgull schüttelt grimmig den Kopf.

»Nur dass es schwarz war.«

»Kombi? Limousine?«

Darüber denkt Majgull nach. Sie hadert mit sich.

»Es war kein Kombi … eher so ein kleineres Auto …«

»Zwei- oder Viertürer?«

»Vier. Glaube ich.«

Idun nickt ihr aufmunternd zu.

»Haben Sie das Nummernschild erkennen können?«

Majgull sieht sie betrübt an.

»Nein, keinen einzigen Buchstaben.«

»Aber Sie sind sich sicher, dass das Auto schwarz war?«

Majgull nickt zögerlich.

»Der Fahrer – was können Sie über ihn sagen?«

Majgull sieht aus, als würde sie jeden Moment wieder in Tränen ausbrechen.

»Nur dass es ein Mann war. Ich habe nur die Silhouette gesehen. Er wirkte groß und breitschultrig, aber da bin ich nicht sicher … Die Sonne hat sich in der Scheibe gespiegelt, deshalb würde ich dafür nicht die Hand ins Feuer legen, aber es war ein Mann, das war mehr oder weniger klar. Ein großer Mann, weil es aussah, als würde er fast gegen das Autodach stoßen. Aber es war ja auch ein kleines Auto. Jetzt, da Sie fragen, werde ich unsicher … Aber auf alle Fälle ist Eva eingestiegen, und dann sind sie weitergefahren.«

Majgull kratzt sich am Hals.

Calle holt tief Luft.

»Sie haben uns erzählt, dass Eva abgesehen von Vidar, ihrem Vater und den Kollegen keine weiteren Männer kannte.«

Majgull sieht ihn an. Idun ahnt bereits, was als Nächstes kommt. Und sie hat auch schon so eine Ahnung, wie die Antwort ausfallen wird.

»Woher wollen Sie denn wissen, dass Eva niemanden außer den genannten Personen kannte?«

Majgull reagiert mit einem Schnauben. Es klingt genauso verächtlich, wie es gemeint sein dürfte. In das verweinte Gesicht schleicht sich ein Hauch Wut.

»Weil dieser Idiot von einem Ehemann nicht zugelassen hat, dass sie mit anderen Männern Umgang hatte. Vidar Vendel ist vielleicht reich, schick angezogen und kann kochen – aber abgesehen davon ist er ein eifersüchtiger Mistkerl mit Kontrollwahn, mit dem er Eva fast erstickt hat.«

Und da haben sie es.

Idun hat es geahnt.

Calle lehnt sich auf dem Sofa zurück. Diesmal entgeht die Bewegung niemandem.

»Aber Sie haben doch gerade gesagt, dass Sie keine Ahnung haben, wer Eva ermordet haben könnte? Ein eifersüchtiger Ehemann – wäre der nicht einen vagen Verdacht wert?«

Idun seufzt. Calle sollte es besser wissen, als einer Zeugin Worte in den Mund zu legen. Doch Majgull erweist sich als eine Person, die sich tiefergehend Gedanken macht, als man vielleicht erwarten könnte.

»Vidar hat einen Kontrollwahn. Und er ist eifersüchtig wie nur was. Aber umgebracht hat er Eva niemals, da bin ich mir absolut sicher.«

Calle versucht nicht mal, seine Skepsis zu verhehlen.

»Wie können Sie sich da so sicher sein?«

Majgull fängt seinen Blick auf. Inzwischen sind die Tränen getrocknet.

»Vidar kann ohne Eva nicht leben. Er kommt ohne sie nicht klar – wird zu einem schwammigen Fleck, zu nichts, zu einem Vakuum. Deshalb bin ich mir so sicher.«

Ein paar Sekunden verstreichen. Majgull blickt aus dem Fenster. Was sie als Letztes sagt, richtet sie eher an den Himmel denn an die Ermittler, die ihr gegenübersitzen.

»Ich hoffe nur, dass Eva es gut hat dort, wo sie jetzt ist. Hier auf Erden wird Vidar auf alle Fälle zugrunde gehen. Erst zugrunde und dann untergehen. Das hier überlebt er nicht, ohne dass Herz und Verstand bleibenden Schaden nehmen.«

Idun und Calle warten ab, ob sie sich noch mal vom Fenster losreißt, aber Majgull Rasmusson hat allem Anschein nach nichts mehr zu sagen.

Die Erzieherin Jenny Ek schlägt das Märchenbuch zu. Abgesehen vom Rauschen der Lüftung ist es mucksmäuschenstill im Raum. Eine Weile bleibt sie noch auf dem kleinen Stuhl sitzen. Die Kinder fangen langsam an, hin und her zu rutschen, wissen aber, dass sie Ellen nicht wecken dürfen, die auf der Matratze am Fenster liegt und mit ihrem gelben Teddy im Arm tief und fest schläft.

Ellens Großmutter Eivor hat die Kleine heute früh hergebracht. Die Nacht war anstrengend, schwankende Blutzuckerwerte haben mehrmals Alarm an der Insulinpumpe ausgelöst. Gegen drei Uhr nachts hat Magnus seine Mutter angerufen und gebeten, ihn und Anna abzulösen, damit sie wenigstens ein paar Stunden Schlaf bekämen. Natürlich ist Eivor sofort hingefahren, um die erschöpften Eltern zu entlasten. Das hat sie gern gemacht.

Als Ellen aufwachte, setzte Eivor ihr ein ordentliches Frühstück mit langsamen Kohlenhydraten vor. Eine gute Stunde später schien sich der Blutzucker endlich stabilisiert zu haben, und nachdem sie obendrein eine große Kanne Kaffee gekocht hatte, hat Eivor ihren Sohn und die Schwiegertochter geweckt und dann Ellen zur Kita gefahren.

Jenny lächelt, als sie das Mädchen betrachtet, das dort auf der Matratze schläft. Die anderen Kinder stehen auf und schleichen leise nach draußen, damit ihre übermüdete Freundin nicht aufwacht. Etwa ein Jahr zuvor haben sie die Kinder zusammengerufen und ihnen erklärt, dass Ellen eine Krankheit namens Diabetes hat und deshalb mehrmals am Tag Spritzen bekommt. Ungefähr ein halbes Jahr später bekam sie die Insulinpumpe, und die Kinder machten angesichts des blinkenden Apparats an Ellens Gürtel große Augen. Während der ersten Tage war das Gekreische jedes Mal groß, sobald das Gerät piepte, weil sie nicht verstehen konnten, dass das lediglich hieß, dass Ellens Blutzucker kontrolliert werden musste.

Mit der Zeit gingen die Kinder mit Ellens Insulinpumpe dann so um, wie Kinder mit den meisten Dingen umgehen: völlig entspannt. Sie verschwendeten keinen Gedanken mehr daran.

Drüben im Spielzimmer werden sie von Jennys Kollegen Lennart begrüßt, der sich mit Ivar und Yasmin hingesetzt hat, um ein eingestürztes Lego-Haus neu aufzubauen. Adam und Arvid kramen Malblock und Stifte hervor, und Jenny holt die bunte Wachstuchtischdecke und legt sie auf einen der Basteltische. Die Jungs fangen an zu streiten, wer das Lineal haben darf, lassen sich dann aber auf Vorschlag von Jenny darauf ein, es abwechselnd zu benutzen.

Sie lässt die malenden Kinder allein, geht raus auf den Flur, um die Ecke und steuert den Garderobenvorraum an. An den Wänden hängen farbenfrohe Kinderbilder. Die Erzieher tauschen die Werke regelmäßig aus.

Als sie aus Richtung des Eingangs Schritte hört, sieht sie überrascht auf die Uhr. Es ist erst Viertel vor zwölf, es kann doch noch niemand gekommen sein, um sein Kind abzuholen? Sie geht um die Ecke. Vor dem Garderobenraum steht ein Mann in der Eingangstür. Er ist groß und athletisch, trägt Arbeitskluft und sieht leicht verwirrt aus. Jenny kann sich nicht erinnern, ihn je zuvor gesehen zu haben.

»Hej, hej!«

Im selben Moment, da sie freundlich grüßt, bleibt sie an der Fußmatte hängen. Geistesgegenwärtig hält der Mann sie am Arm fest, damit sie nicht hinfällt. Eine Schrecksekunde lang klammert sie sich an ihn, um nicht zu stürzen.

»Oha! Das war mal eine interessante Version eines ersten Treffens!«

Der Mann grinst sie breit an, während Jenny sich erschrocken die Hand auf die Brust presst.

»Himmel … Das war knapp! Danke, dass Sie so schnell reagiert haben!«

Sie lacht laut, lässt den Arm des Mannes los und zupft sich den Pulli zurecht, der auf Taillenhöhe verrutscht ist. Ohne zu wissen, warum, ist sie leicht geniert.

Der Mann ist wesentlich größer als sie. Seine hellen Augen scheinen sie regelrecht zu durchschauen. Es ist ihr alles andere als unangenehm. Jenny schlägt den Blick nieder und spürt, wie ihr die Hitze ins Gesicht steigt, doch sofern der Mann es ihr angesehen haben sollte, lässt er sich zumindest nichts anmerken.

»Ich komme von der Haustechnik der Kommunalverwaltung. Sie haben Probleme mit einem gurgelnden Abfluss?«

Jetzt ist Jenny an der Reihe, verwirrt dreinzublicken.

»Ach ja? Davon weiß ich gar nichts.«

»Wir haben eine Störungsmeldung reingekriegt – und Sie meinen, die ist nicht von hier?«

Er kratzt sich an der Wange. Jenny ist unschlüssig.

»Ich habe sie jedenfalls nicht geschickt … Vielleicht mein Kollege Lennart? Komisch, er hat gar nichts gesagt.«

Der Mann runzelt die Stirn und zieht ein gefaltetes Blatt Papier aus der Gesäßtasche.

»Hier steht, dass … die Geschäftsstelle der Sävastschule die Störung gemeldet hat.«

Er sieht Jenny an, die ihrerseits nickt.

»Die sitzt im Schulgebäude nebenan. Da müssen Sie eine Tür weiter.«

Sie verspürt einen Stich der Enttäuschung. Der große Mann mit den hellen Augen hat sich einfach nur in der Tür geirrt.

Trotzdem geht er nicht gleich wieder, sondern faltet nickend den Zettel zusammen und stopft ihn zurück in die Tasche.

»Na dann – Sie und die Schule teilen sich die Kanäle – also die Zulauf- und Abwasserleitungen.«

Und dann lächelt er, dass die Lachfältchen tanzen.

»Ich müsste dann bitte einen Blick darauf werfen und nachsehen, ob es hier auch gurgelt. Denn dann müssten wir hier ebenfalls absaugen.«

Auf Jennys Gesicht macht sich ein Lächeln breit.

»Das dürften die Kinder hoch spannend finden, so viel ist mal sicher.«

Der Mann mit den hellen Augen lacht wieder – ein zurückhaltendes Lachen, das sympathisch klingt.

»Wenn Sie Pech haben, riecht es ein bisschen – aber in dem Fall können Sie einfach einen guten Liter Wasser nachkippen. Ich empfehle normalerweise einen Schuss Speiseöl oder so was in der Art, sodass ein Schutzfilm über dem Wasser liegt. Aber das machen Sie natürlich, ganz wie Sie wollen.«

Er sieht ihr unverwandt ins Gesicht, und mit einem Mal hat sie wunderbar weiche Knie.

»Speiseöl. Danke für den Hinweis!«

Sie lacht laut und beißt sich sofort auf die Zunge. Dass sie sich gegenüber diesem gut aussehenden Abwassertypen aber auch nicht normal verhalten kann! Lennart würde tausend Tode sterben, wenn er sie jetzt sehen könnte.

Nach ein paar ewig langen Sekunden hat sie sich wieder halbwegs gefangen.

»Übrigens – Jenny.«

Sie streckt ihm die Hand hin, und er ergreift sie. Sein Handschlag ist fest. Jenny findet, dass er ihre Hand einen Augenblick zu lange festhält, und hofft insgeheim, dass sie sich das nicht nur eingebildet hat.

»Mats.«

Sie nickt in Richtung der Räumlichkeiten.

»Kommen Sie mit, dann zeige ich Ihnen, wo der Zugang ist. Soweit ich weiß, gibt es nur einen, in einem Raum direkt neben den Toiletten.«

Sie geht vor, Mats geht ihr hinterher. Jenny wird ganz anders, als sie seine Bewegungen hinter sich spürt. Im selben Moment, da sie den Heizungsraum betreten, schließt Lennart zu ihnen auf.

»Guten Tag.«

Jenny zuckt zusammen. Mats grüßt zurück und beugt sich dann über den Ablauf im Boden.

»Was macht ihr denn hier?«

Die prickelnde Stimmung ist wie weggefegt, und Jenny ärgert sich. Kann Lennart nicht einfach zu den Kindern zurückgehen? Es reicht doch wohl, wenn sie Mats hilft?

»Ich bin von der Haustechnik. Wir müssen die Abläufe

kontrollieren. Anscheinend blubbert es in der Schule aus der Kanalisation.«

Mats nickt in Richtung des Schulgebäudes. Lennart scheint sich keinen Reim darauf machen zu können, und Jenny geht fast schon schnippisch dazwischen.

»Wir hängen am selben Abwassersystem wie die Schule. Bei denen gurgelt es, und jetzt stellt die Kommune sicher, dass das bei uns nicht auch passiert. Keine große Sache. Was machen die Kinder?«

Lennart wirkt umso verwirrter. Dann sieht er Jenny leicht amüsiert an, die ihrerseits erneut spürt, wie ihre Wangen heiß werden. Lennart räuspert sich, ehe er in einem Tonfall, der unmissverständlich von Belustigung zeugt, zu ihr sagt, weshalb er ursprünglich nach draußen gekommen ist.

»Wir brauchen dich da drin. Ivan hat sich ein Perlchen in die Nase gesteckt, und ich kriege es nicht mehr raus. Kannst du mitkommen und mal sehen, ob du vielleicht mehr Glück hast?«

Jenny stöhnt auf. Dieses Perlchen in der Nase könnte gerade gar nicht ungelegener kommen. Sie dreht sich zu Mats um, der in der Hocke kauert und nach unten in den Ablauf starrt.

»Ich bin gleich wieder da, muss nur schnell ein Perlchen aus einem Rotznäschen ziehen.«

Sie redet ein wenig zu schnell und zu laut. Aus dem Augenwinkel sieht sie, wie Lennart versucht, ihren Blick aufzufangen. Mats steht wieder auf und klopft sich die Knie sauber.

»Kein Problem. Ich glaube, hier ist alles in Ordnung – kein Gurgeln, kein Geruch. Wenn so was hier auch der Fall sein sollte, rufen Sie einfach die Störungshotline an.

Manchmal ist es nach einem Tag aber auch einfach wieder vorbei – und wenn es nur vorübergehend ist, brauchen Sie sich keine Sorgen zu machen. Wenn wir probehalber Druck da reinjagen, kann das schon mal passieren. Und wenn es riecht, gießen Sie hier einfach einen Liter Wasser rein.«

Er sieht erst Jenny, dann Lennart und wieder Jenny an. Diesmal hält sie seinem Blick stand. Sie wiederholt, was er zuvor gesagt hat.

»Wenn es riecht, gießen wir hier einen Liter Wasser rein. Und Speiseöl.«

Mats lächelt, dass seine hellen Augen blitzen.

»Speiseöl, ganz genau.«

Bei seinem Lächeln werden Jennys Knie gummiweich. Was für ein Glück, dass die Sävastschule Probleme mit dem Abwasser hat.

»Jenny?«

Sie zuckt zusammen.

»Ivan! Das Perlchen! Ich komme!«

Vidar empfängt sie in Nadjas Wohnung. Weil sein Haus noch immer versiegelt ist, solange weitere spurentechnische Untersuchungen nicht ausgeschlossen werden können, ist er vorübergehend zu seiner Tochter gezogen.

Als er ihnen an der Wohnungstür gegenübertritt, bewegt er sich langsam und reicht ihnen bloß schlaff die Hand. Es wirkt fast, als hätte die Trauer alle Energie aus ihm herausgesaugt, als wäre sein Körper vollkommen kraftlos.

Idun und Calle ziehen die Schuhe aus und folgen ihm über den langen Flur in die Küche. Nadja ist nirgends zu sehen. Vidar setzt sich auf einen Küchenstuhl. Er trägt eine Anzughose und ein frisches Hemd, die Ärmel sind locker hochgekrempelt. Aber da hört das Förmliche, Ordentliche auch schon auf: Das Gesicht sieht zerknittert und fahl aus, er ist unrasiert, sein Haar steht zu Berge. Unwillkürlich muss Idun an ihren Vorgesetzten denken. Zwischen dem trauernden Vidar und Anders, wie er im Alltag auftritt, bestehen durchaus gewisse Ähnlichkeiten.

Vidar sagt kein Wort. Mit müdem Blick und dem Anschein nach, ohne sie richtig wahrzunehmen, sieht er die beiden an. Idun ahnt, dass er unter Medikamenteneinfluss steht, vermutlich hat er sowohl ein angstlösendes als auch ein Beruhigungsmittel intus.

»Danke, dass Sie uns empfangen. Wir müssen mit Ihnen

noch einige Fragen klären, aber wir versuchen, es so kurz zu machen wie möglich.«

Sie spricht langsam und deutlich. Vidar antwortet nicht, sitzt nur schlaff auf dem Stuhl und hat die Hände in den Schoß gelegt. Idun ist sich nicht ganz sicher, ob er sie gehört hat.

»Vidar? Verstehen Sie, was ich sage?«

Mit verschwommenem Blick sieht er sie an.

»Ja. Sie wollen reden.«

Er spricht extrem verzögert. Idun ist nicht ganz wohl bei der Sache. Sollte er wirklich allein sein?

»Können Sie uns ein bisschen über Ihre und Evas Beziehung erzählen?«

Vidar blinzelt langsam und sieht abwesend aus.

»Unsere Beziehung?«

»Ja. Wie sah Ihr Zusammenleben aus?«

Er schmatzt mit den Lippen. Wäre es nicht besser gewesen, wenn er noch ein paar Tage im Krankenhaus unter der Aufsicht der überfürsorglichen Karin Simma geblieben wäre?

»Was möchten Sie wissen?«

Seine Stimme klingt schleppend. Idun fühlt sich unbehaglich, und sogar Calle, der neben ihr Platz genommen hat, scheint sich zu winden.

»Haben Sie einander geliebt?«

Die Antwort ist ein heiseres Flüstern.

»Sehr.«

Idun nickt.

»Sind Sie gut miteinander umgegangen?«

»Gut?«

»Hatten Sie ein Verhältnis auf Augenhöhe?«

Diesmal nickt Vidar, wenn auch sehr langsam.

»Ja. Ich glaube schon.«

»War Eva eifersüchtig?«

Das langsame Nicken hört auf.

»Das weiß ich nicht.«

»Waren Sie eifersüchtig?«

Er blinzelt. Seine Wange zuckt leicht.

»Weshalb fragen Sie?«

Idun lässt ihn nicht aus den Augen.

»Weil wir Informationen erhalten haben, denen zufolge Sie Eva gegenüber kontrollierend waren, eifersüchtig und dominant. Deshalb frage ich.«

Sie weiß, dass dies hier ein Wagnis ist; ein geistesgegenwärtiger Vidar könnte diese Frage leicht parieren, aber weil er offenkundig Medikamente genommen hat, kann es durchaus sein, dass er zu zeitverzögert denkt, um eine glaubwürdige Lüge zu erdichten. Idun weiß auch, dass es unethisch ist, seinen Zustand derart auszunutzen, aber das ist ihr im Augenblick herzlich egal. Allmählich muss diese Ermittlung irgendwo hinführen.

Als Vidar nicht antwortet, nickt sie knapp.

»Ich verstehe Ihr Schweigen als Bestätigung dafür, dass Sie eifersüchtiger waren als Eva. Gehe ich zu weit in der Annahme, dass Sie sie regelrecht überwacht haben?«

Vidar sieht Idun aus halb geschlossenen Augen an.

»Nicht ... Doch, hab ich ... Aber nur weil ich sie so sehr geliebt habe.«

Idun zuckt nicht mit der Wimper.

»Wir haben uns mit Majgull Rasmusson unterhalten. Sie hat uns erzählt, dass Eva am Freitag in der Mittagspause ihren Arbeitsplatz verlassen hat und in ein schwarzes Auto eingestiegen ist. Können Sie uns dazu etwas sagen?«

Vidar sieht aus, als hätte er Fieber. Die Stimme ist weiter unbehaglich träge.

»Ein schwarzes Auto? Davon weiß ich nichts. Eva ist freitags mit dem Bus gefahren. Ich nehme an, sie ist mit dem Bus nach Hause gefahren.«

Er sieht langsam von Idun zu Calle und wieder zurück.

»Verstehe. Aber nun hat es den Anschein, als wäre sie in einem Auto von der Arbeit weggefahren.«

Eine halbe Minute verstreicht, ehe Vidar schließlich antwortet.

»Da wissen Sie mehr als ich.«

Das reicht Idun nicht.

»Dann haben Sie keine Ahnung, mit wem sie mitgefahren sein könnte? Majgull meint, es könnte ein Mann gewesen sein, sie konnte ihn nur nicht erkennen.«

Etwas tut sich in seinem Gesicht. Als würde ein Schatten darüber hinweghuschen. Ein paar Sekunden lang weiten sich seine Pupillen, dann ziehen sie sich wieder zusammen, bis sie wieder die Größe kleiner schwarzer Körnchen haben.

»Ich habe keine Ahnung, mit wem sie mitgefahren ist.«

Er atmet tief durch die Nase ein.

»Der einzige Mann in Evas Leben – außer mir natürlich – war ihr Vater. Und der fährt seit zehn Jahren nicht mehr selbst Auto.«

Vidars Wange zuckt abermals, während das restliche Gesicht ebenso ausdruckslos ist wie zuvor. Sofern er wirklich rasend vor Eifersucht ist, weiß er es gut zu verbergen. Womöglich sind es auch die Medikamente.

»Wenn Ihnen irgendwas einfällt, rufen Sie uns bitte sofort an. Wir sind brennend daran interessiert zu erfahren, wer Eva nach der Arbeit abgeholt hat.«

Vidar hebt kurz die Hand. Idun und Calle stehen auf, schieben die Stühle zurück an den Tisch und gehen hinaus in den Flur. Vidar bleibt am Küchentisch sitzen. Er folgt ihnen nicht einmal mit dem Blick.

Bredåker 1989

Heiligabend beschert ihnen jede Menge Neuschnee. Tommy und Ingrid konnten beim Frühstück kaum noch an sich halten. Sie sind nach draußen gelaufen und haben sich in den Schnee gestürzt.

Viola steht am Küchenfenster. Durch den Raureif auf den Scheiben sieht sie den Kindern zu. Ingrid liegt mit dem Rücken im Schnee und fuchtelt mit Armen und Beinen, bis ein Schneeengel entsteht. Tommy klettert auf den Hügel neben der Scheune und rutscht auf dem Rücken nach unten. Es ist der perfekte Start für ihr erstes Weihnachtsfest auf dem Paradieshof. Viola kneift sich in den Arm, um sicher zu sein, dass sie nicht träumt.

Ellenor gesellt sich zu ihr. Schulter an Schulter sehen die beiden Frauen den Kindern beim Spielen zu.

»Sie sind hinreißend.«

Ellenor klingt fast gerührt. Viola lächelt, ohne die Kinder aus den Augen zu lassen.

»Sie sind ganz wunderbar. Ich weiß gar nicht, womit ich die zwei verdiene.«

Ihr steigen Tränen in die Augen. Mit einem Mal fühlt sie sich unendlich müde.

»Gott gibt, und Gott nimmt. Dazwischen muss nicht immer ein Zusammenhang bestehen. Seine Wege sind unergründlich, trotzdem liebt er uns alle. Zu jeder Zeit.«

Viola nickt langsam. Sie weiß nicht recht, ob eine Antwort von ihr erwartet wird. Eine Weile stehen sie schweigend da, ehe Ellenor erneut das Wort ergreift.

»Ich habe übrigens ein Geschenk für dich.«

Überrascht sieht Viola sie an. Ellenor muss lachen.

»Aber ja doch! Auch du brauchst ein Weihnachtsgeschenk. Ich könnte jetzt sagen, dass es nur eine Kleinigkeit ist, aber das wäre gelogen. Denn es mag eine kleine Sache sein, wenn man es äußerlich betrachtet, doch am Wert bemessen gehört es zum Größten, was man überhaupt nur bekommen kann.«

Viola presst sich beide Hände vor die Brust.

»Aber ich brauche doch nichts … Ihr habt mir ein Dach über dem Kopf gegeben – ein echtes Zuhause.«

Sie lächelt aufrichtig, als sie es sagt.

Doch Ellenor schüttelt den Kopf.

»Dieses Geschenk brauchst du.«

Sie tritt an den Oberschrank und nimmt ein Päckchen heraus. Es ist in rotes Papier und goldfarbenes Geschenkband gewickelt. Sie hält es Viola hin.

»Bitte schön.«

Viola nimmt es mit zitternden Händen entgegen.

»Danke.«

Vorsichtig zieht sie den Knoten auf und entfernt das Papier. Es ist eine Bibel. Eine rote Bibel mit goldgeprägten Lettern und zwei Lesebändchen. Viola sieht lange darauf hinab. Nach einer Weile stammelt sie leicht beschämt: »Tausend Dank! Aber wie gesagt, das größte Geschenk habe ich längst bekommen: ein Heim für mich und für meine Kinder. Wir durften hier auf dem Paradieshof einziehen, und dafür bin ich euch auf ewig dankbar.«

Als sie das sagt, bebt ihre Stimme. Ellenor macht einen Schritt auf sie zu und legt die Hand an die rote Bibel. Ihr

Mund lächelt, aber in ihrem Blick liegt ein Hauch Unzufriedenheit. Als sie antwortet, klingt ihre Stimme irgendwie stumpf.

»Ein Heim auf dem Paradieshof kann niemals das größte Geschenk sein. Das kann *kein* Heim je sein.«

Viola blinzelt.

»Das größte Geschenk ist immer Gottes Liebe. Ich will von dir nie wieder etwas anderes hören – nicht solange du unter meinem Dach wohnst.«

Eine altbekannte Angst macht sich in Viola breit. Sie versucht, etwas darauf zu erwidern, doch es kommt ihr vor, als würden die Wörter verkleben; die Luft riecht wie früher, wenn Lars drauf und dran war, einen Wutanfall zu bekommen. Schwer und gewaltsam.

Ellenor blickt wieder zum Fenster. Eine Zeit lang sieht sie Tommy und Ingrid noch zu, bevor sie ohne ein weiteres Wort die Küche verlässt. Viola bleibt allein zurück – mit der Bibel in der Hand und bohrender Besorgnis im Bauch. Vor dem Fenster sieht sie ihre Kinder im Schnee spielen. Innerlich fühlt sie sich, als würde ihr Herz zerspringen.

Idun zündet die Kerzen auf dem Esstisch an. Sie klopft die Sofakissen auf und streicht eine unsichtbare Falte in der Decke glatt, die über der Armlehne liegt. Sie hat eine Spotify-Liste aufgerufen, die Siv geteilt hat, und Soulsongs von Künstlern, deren Namen Idun nie gehört hat, klingen durch die Wohnung.

Fast hätte sie das leise Klopfen an der Wohnungstür überhört. Idun lässt ein letztes Mal den Blick durch das Wohnzimmer schweifen, bevor sie in den Flur geht. Als sie die Tür aufzieht, steht eine lächelnde Marie mit einer Auflaufform in beiden Händen vor ihr. Zwischen dem Deckel und ihrem Kinn klemmt eine grüne Blechdose, außerdem baumelt ein Stoffbeutel mit etwas Schwerem darin um ihr Handgelenk. Die Augen blitzen halb vor Vorfreude, halb panisch.

Idun muss lachen und will ihr die Dose abnehmen.

»Ich hätte zweimal gehen sollen – aber das hätte sich angefühlt wie eine echt unnötige Extrameile.«

Als sie über ihren eigenen dummen Kommentar lacht, hallt es durchs Treppenhaus.

»Da ist Brot in der Blechdose. Mohnbrot, selbst gebacken. Du bist hoffentlich nicht dagegen allergisch?«

Idun schüttelt den Kopf und tritt beiseite, damit Marie eintreten kann.

»Ich bin allergisch gegen Nüsse und Pferde, sonst nichts.«

Marie seufzt erleichtert auf.

»Nüsse und Pferde sind da nicht drin. Was für ein Glück – was wäre das bitte schön für ein Versuch gewesen, unsere Nachbarschaft zu verbessern, wenn ich dir gleich am ersten Abend den Garaus gemacht hätte?«

Sie gehen in die Küche. Marie stellt die Auflaufform auf den Herd und stellt den Ofen auf niedrige Temperatur. Als sie sich umdreht, breitet Idun die Arme zu einer ihr nicht sehr geläufigen Willkommensgeste aus.

»Herzlich willkommen bei mir. Und danke, dass du mich zum Essen einlädst!«

Marie lacht schon wieder.

»Danke gleichfalls – und bitte sehr! Was für eine gemütliche Küche! Sieht fast aus wie meine, nur spiegelverkehrt und in wesentlich besserem Zustand.«

Idun sieht sich um.

»Ja, ich mag sie auch.«

Marie nickt anerkennend, während sie den Blick über die Oberflächen schweifen lässt.

»Das glaube ich sofort. Wie lange wohnst du denn schon hier?«

»Gute drei Jahre. Ich habe vorher in Luleå gewohnt, bin aber zurück nach Boden gezogen, als das Heimweh zu groß wurde, nehme ich an – obwohl es an sich nur ein Katzensprung ist.«

Marie nimmt den Stoffbeutel vom Boden hoch.

»Darf ich dich auf ein Glas Wein einladen?«

Zu ihrer eigenen Überraschung sagt Idun Ja. Sie geht ins Wohnzimmer und nimmt zwei Weingläser aus der Vitrine. Als sie sich umdreht, steht Marie hinter ihr, und Idun zuckt kurz erschrocken zusammen, doch Marie scheint gar nicht zu bemerken, dass sie ihrer Nachbarin einen Schrecken eingejagt hat.

»Was für ein schönes Wohnzimmer!«

Völlig verzaubert, klatscht sie in die Hände und dreht sich im Kreis, um sich umzusehen.

»Was für eine tolle Beleuchtung! Und dieser Teppich!«

Idun ist leicht verlegen.

»Danke. Meine Schwester interessiert sich für Einrichtungssachen, insofern gebührt die Ehre gar nicht mir allein.«

Ohne dass sie es sich erklären könnte, spürt sie, wie ihr die Hitze in die Wangen steigt.

»Das sieht man. Dunkelgrün und sonnengelb – die Sofakissen sind wirklich eine tolle Kombination, die schmeicheln dem Auge, und das ist noch untertrieben!«

Sie kehren in die Küche zurück. Idun kramt einen Korkenzieher hervor und drückt ihn Marie in die Hand. Marie zieht den Korken aus der Weißweinflasche und gießt beide Gläser zur Hälfte voll. Eins gibt sie Idun, sie stoßen an und nehmen einen Schluck. Der Wein ist perfekt gekühlt und lecker. Von dem ungewohnten Geschmack muss Idun husten.

Sie setzen sich an den Küchentisch. Idun dreht ihr Weinglas auf dem Tisch hin und her, während Marie noch einen Schluck nimmt.

»Wie kommt's, dass du Heimweh nach Boden hattest? Bist du hier geboren?«

Idun stellt das Glas aus der Hand und lehnt sich zurück.

»Japp – geboren und aufgewachsen in Boden, gleich nördlich der Innenstadt. Ich arbeite in Luleå und hätte dort eigentlich wohnen bleiben sollen, habe mich aber nach der Kleinstadt zurückgesehnt. Hier fühle ich mich einfach wohl.«

Marie hört ihr interessiert zu.

»Mein Vater und meine Schwester wohnen auch hier. Wir haben ein sehr enges Verhältnis. So muss ich zwar täglich nach Luleå pendeln, aber Boden hat – außer einem wilden Nachtleben – alles, was man braucht. Für mich passt es perfekt.«

Marie nimmt noch einen Schluck, und Idun tut es ihr gleich.

»Was machst du denn beruflich?«

Wie immer, wenn Idun die Frage hört, zögert sie kurz.

»Ich bin bei der Polizei. Ermittlerin.«

Marie reißt die Augen auf.

»Wow, was für ein Traumjob! Und in welchem Bereich ermittelst du?«

Idun nimmt ihren dritten Schluck Wein. Ihre Gedanken werden schon jetzt weicher an den Kanten.

»Ich bin bei der Kripo. Wir ermitteln bei Kapitalverbrechen.«

»Kapitalverbrechen?«

Idun nestelt an ihrem Weinglas.

»Vergewaltigung, bewaffneter Raubüberfall, schwere Körperverletzung, Mord ...«

»Laden- und Autodiebstahl auch?«

»Ladendiebstahl nicht, und bei Autodiebstählen ist es so eine Sache. Wenn's organisiert ist, dann womöglich schon. Aber der einfache geknackte Pkw – nein. Dafür gibt es eine andere Abteilung.«

Marie denkt kurz darüber nach.

»Und Terrorismus?«

Diese Frage ist Idun noch nie gestellt worden. Sie schüttelt den Kopf.

»In der Region Norrbotten sind terroristisch motivierte Verbrechen ziemlich selten. Wenn es dazu käme, würde meine Gruppe bestimmt hinzugezogen werden, aber wir würden die Ermittlungen nicht leiten oder einzelne Aufgaben zuteilen; da würde eine Taskforce aus Stockholm oder vielleicht auch aus Malmö raufkommen und die Leitung übernehmen. In Südschweden gibt es spezialisierte Antiterroreinheiten.«

Marie sieht sie fast aufmüpfig an.

»Also, ich finde auf alle Fälle, dass eure Abteilung für Terrorakte gut aufgestellt wäre.«

Auch wenn es nur Vorschusslorbeeren sind, lächelt Idun sie dankbar an. Dann dreht sie erneut ihr Glas hin und her.

»Und wo arbeitest du?«

Marie seufzt theatralisch.

»In einer Vorschule. Eigentlich bin ich Kindergärtnerin und arbeite dort nur vorübergehend.«

Sie sieht die Verwirrung in Iduns Blick und lacht auf. Dieses Lachen ist wirklich ansteckend.

»Für die Vorschule muss man eigens ausgebildet sein, wenn man eine Festanstellung bekommen will. Deshalb habe ich immer nur Zeitverträge, weil ich ›nur‹ normale Erzieherin bin.«

Sie malt Anführungszeichen in die Luft und verdreht die Augen.

»Allerdings gibt es zu wenig Vorschullehrer, und diese vorübergehende Anstellung habe ich jetzt schon seit knapp zwei Jahren. Insofern mache ich mir keine großen Sorgen.«

»Und bist du auch in Boden geboren und aufgewachsen?«

Marie zuckt mit den Schultern.

»Geboren, ja. Aber wir sind, als ich klein war, ziemlich oft umgezogen. Ich bin – wie sagt man so schön? – eine Entwurzelte, wenn es das Wort überhaupt gibt.«

Idun wüsste es nicht.

»Und wie alt bist du?«

»Jahrgang 1986.«

Iduns Gesicht hellt sich auf.

»Ich bin Jahrgang 1985! Wenn ihr länger in Boden gewohnt hättet, wären wir uns bestimmt längst begegnet.«

»Ach, aber mit Mitte dreißig Nachbarinnen zu werden ist ja auch nicht verkehrt. Und ich liebe es, groß zu kochen und Brot zu backen – gewöhn dich also daran, dass ich hin und wieder zum Essen rufe.«

Und dann lacht sie erneut laut auf.

Idun hebt ihr Glas.

»Auf neue Freundschaften! Und auf Essenseinladungen ohne Nüsse und Pferde!«

Sie stoßen abermals an. Idun erkennt sich selbst nicht wieder. Es ist ein angenehmes Gefühl, und Mika wäre bass erstaunt und stolz – in genau dieser Reihenfolge –, wenn sie ihre Schwester gerade sehen könnte.

Marie hat das Glas fast an den Mund geführt, als sie innehält.

»Ah, richtig! Am Samstag läuft ein Film an, den ich mir gern ansehen will. Du kommst doch mit? Ein Nein wird nicht akzeptiert.«

Sie sieht Idun so enthusiastisch an, dass die abermals lachen muss.

»Du meinst, im Kino?«

Marie seufzt übertrieben.

»Üblicherweise laufen Filme im Kino an, ja.«

Woraufhin beide lachen müssen.

Dienstag, 1. September

Schon als Idun aus dem Fahrstuhl steigt, winkt Siv ihr vom Empfang zu.

»Idun, komm mal kurz her!«

Idun umrundet den Empfangstresen und geht durch die danebenliegende Tür. Dahinter ist es aufgeräumt, auf dem Schreibtisch stehen schwarze Plastik-Zeitschriftenhalter für Unterlagen, die Siv mit ihrer runden Handschrift fein säuberlich beschriftet hat.

Idun setzt sich auf einen Hocker. Siv sieht sie durchdringend an.

»Wie geht's?«

Idun blinzelt ein paarmal.

»Müde, aber sonst ist alles okay. Ich habe mit meiner neuen Nachbarin zu Abend gegessen, und es ist ein bisschen spät geworden. Allerdings bin ich vor dem Frühstück noch laufen gewesen, insofern würde ich sagen – alles unter Kontrolle.«

Siv steht die Überraschung ins Gesicht geschrieben.

»Da schau einer an. Du hast ja ein Leben jenseits des Jobs! Hätte ich nicht gedacht. Hat Mika die große Neuigkeit schon gehört?«

Idun kann sich das Lachen nicht verkneifen.

»Manchmal entpuppt sich die Welt als Überraschung.«

Siv schlägt die Beine übereinander.

»Möglich. Aber jetzt zu etwas anderem.«

Siv will eindeutig auf die Arbeit zu sprechen kommen, wogegen Idun nichts einzuwenden hat.

»Åke Stenberg, Evas Vater, wohnt in einem Seniorenheim in Piteå. Er ist an Demenz erkrankt, weshalb er mitunter verwirrt ist.«

»Was heißt denn ›mitunter‹?«

Siv gibt ihr mit einem knappen Winken zu verstehen, dass sie noch nicht fertig ist.

»Er ist mal mehr, mal weniger verwirrt, das ist von Tag zu Tag anders. Aber das spielt gerade keine Rolle. Umso interessanter ist nämlich, dass gestern Abend die zuständige Krankenschwester angerufen hat. Ein paar Tage nachdem Eva umgebracht wurde, hat Åke nämlich einen Brief bekommen.«

Idun wartet ab.

»Er wurde auf einem Computer verfasst und war nicht unterschrieben. Steckte in einem Umschlag ohne Poststempel, was nahelegt, dass der anonyme Absender den Brief persönlich im Heim eingeworfen hat.«

Siv schiebt sich die Brille in die Stirn.

»Nichts an dem Brief deutet darauf hin, dass unser Täter ihn geschickt haben könnte, aber Zeitpunkt und Inhalt haben das Pflegepersonal nachdenklich gemacht. Deshalb haben sie auch angerufen, kurz nachdem du gestern Feierabend gemacht hattest. Calle hat den Brief heute früh abgeholt und ihn ins Labor gebracht. Ihr könnt ja mal Malmen anrufen und nachfragen, was er herausgefunden hat.«

»Na klar, ich rufe ihn an. Was stand denn in dem Brief?«

Siv drückt den Rücken durch und massiert sich die Schulter.

»Ein Bibelvers.«

Idun runzelt die Stirn.

»Ein Bibelvers?«

»Japp. Wir wissen nicht genau, was er bedeutet, aber das kann uns bestimmt jemand sagen, der sich mit der Bibel auskennt. Ich meine, die Schwedische Kirche hätte sogar einen Internetchat …«

Jetzt ist Idun an der Reihe abzuwinken.

»Ich chatte nicht. Aber keine Sorge, ich weiß genau, wen ich da fragen kann.«

Sie werden unterbrochen, als Sivs Handy klingelt. Sie wirft Idun einen entschuldigenden Blick zu und wendet sich ab. Idun macht sich auf den Weg in ihr Arbeitszimmer. Unterwegs fischt sie ihr Handy aus der Tasche und ruft Malmens Nummer auf.

Er geht nach dem zweiten Klingeln dran.

»Hej, Idun, wie gut, dass du anrufst. Ich habe gerade die Laborergebnisse zu Stenbergs Brief gekriegt.«

Idun zieht die Tür zu ihrem Büro hinter sich zu.

»Schieß los.«

Sie hört ein störendes Geräusch, dann scheint Malmen ein paar Schritte zu machen und eine Tür ins Schloss zu schieben, und das Geräusch verstummt.

»Der Text an sich ist ein Bibelzitat. Aber was die Deutung angeht, ist deine Schwester wahrscheinlich die bessere Ansprechpartnerin.«

»Ich will sie gleich anrufen, wenn wir fertig sind. Wie ich Siv kenne, hat sie den Brief eingescannt und mir schon geschickt.«

Noch während sie spricht, klappt sie ihren Laptop auf. Während der hochfährt, setzen sie ihr Telefonat fort.

»Irgendwelche Hinweise aus der Technik?«

Malmen räuspert sich.

»Der Brief wurde auf einem handelsüblichen Tintenstrahldrucker ausgedruckt. Keine Auffälligkeiten, was leider heißt, dass wir auch keinerlei Anhaltspunkte haben. Der Umschlag an sich stammt aus einer Großpackung, wie man sie in jedem Kaufhaus bekommt. Fingerabdrücke haben wir keine gefunden, die DNA-Analyse läuft aber noch. Allerdings habe ich so meine Zweifel, dass wir etwas von

Wert finden, weil jemand, der versucht, keine Fingerabdrücke zu hinterlassen, den Umschlag wohl eher nicht mit der Zunge anleckt.«

Idun murmelt etwas Unverständliches.

»Umso spannender ist aber, dass wir auf dem Umschlag Rückstände von Baumaterial gefunden haben – Holz- und sogar Stahlstaub. Von beidem nicht viel, aber immerhin genug, um es zur Kenntnis zu nehmen. Und nun ist der Umschlag ja auch nicht den normalen Postweg gegangen, insofern können wir davon ausgehen, dass er von derselben Person eingeworfen wurde, die den Brief auch verfasst hat.«

Idun kratzt sich am Hals.

»Baumaterial? Von einer Baustelle, oder was meinst du?«

»Schwer zu sagen, aber darauf dürfte es hinauslaufen.«

Nebenbei tippt Idun Usernamen und Passwort ein.

»Sonst noch etwas?«

»Fürs Erste nicht. Wenn die DNA-Analyse vorliegt, melde ich mich noch mal bei dir, aber ich mache mir wie gesagt keine großen Hoffnungen.«

Sie beenden das Gespräch. Idun loggt sich in ihr E-Mail-Programm ein. Zuoberst findet sie eine E-Mail von Siv. Sie klickt den Anhang an, und auf dem Bildschirm erscheint der Scan des Bibelzitats, das an Åke Stenberg geschickt wurde. Genau wie Malmen gesagt hat, wurde es auf einem Computer geschrieben.

Der Herr ist mein Licht und mein Befreier, vor wem sollte ich mich fürchten?

Der Herr ist meines Lebens Zuflucht, vor wem sollte ich erschrecken?

Idun liest die Zeilen viermal durch, ehe sie zu ihrem Handy greift und Mikas Nummer wählt. Ihre Schwester geht erst nach dem fünften Klingeln dran.

»Idun? Es ist gerade ungünstig, ich stecke mit beiden Händen in einem Hefeteig. Morgen ist auf der Arbeit Kaffeeklatsch. Kann ich dich später am Abend zurückrufen?«

»Lieber nicht … Es geht um diese Mordermittlung. Da ist ein Bibeltext aufgetaucht, bei dem ich Hilfe brauche.«

Ein paar Sekunden herrscht Stille.

»Klar. Da müssen die Hefeschnecken natürlich warten. Bleib kurz dran, ich muss mir nur schnell die Hände waschen.«

Idun hört, wie Mika den Wasserhahn aufdreht. Als sie wieder dran ist, klingt sie hoch konzentriert.

»Was ist es denn für ein Bibeltext? Und in welchem Zusammenhang taucht er in eurer Ermittlung auf?«

Idun starrt ihren Bildschirm an.

»Es ist ein Zitat. Glauben wir zumindest. Über den Zusammenhang darf ich leider nichts erzählen.«

Mika brummt in den Hörer.

»Verstehe. Ich wollte nicht neugierig sein. Lies mir die Stelle vor, und dann sag mir, was genau du wissen willst.«

Mit einem Mal ist Idun zutiefst dankbar für eine Schwester, die Religionswissenschaftlerin ist. Mika hat gerade erst drei Jahre zuvor ihren Doktor der Theologie gemacht und ist eindeutig die beste Ratgeberin.

»›Der Herr ist mein Licht und mein Befreier, vor wem sollte ich mich fürchten? Der Herr ist meines Lebens Zuflucht, vor wem sollte ich erschrecken?‹«

Mika schweigt. Idun gibt ihr Zeit zu überlegen.

»Okay«, sagt Mika schließlich. »Das ist ein Psalm aus dem Alten Testament.«

»Und was sagt dir die Stelle?«

»Sie sagt mir, dass Gott mein Licht ist, dass er mir das Leben schenkt. Und dass ich nichts zu befürchten habe, solange Gott mein Licht bleiben darf. Allerdings ist sich die Theologie nicht ganz einig darüber, ob Gott nur in jemandes Leben ist, wenn man aktiv an ihn glaubt. Es gibt Stimmen, die sagen, dass er auch da ist, wenn nicht, und andere, die davon ausgehen, dass er einem den Rücken kehrt, sobald man sich von ihm abwendet. Über diese Frage sind zig Abhandlungen geschrieben worden.«

Idun macht sich auf dem Block, der neben ihrem Laptop liegt, Notizen.

»Okay, dann sind sich die Theologen also uneins. Was noch?«

»Sie wären sich alle einig darüber, dass dein Zitat nicht korrekt ist.«

Idun hält mit dem Stift in der Hand inne.

»Nicht korrekt?«

»*Yes*. Das mit dem ›Herrn‹ und dem ›Befreier‹ – das stimmt so nicht. Im ursprünglichen Wortlaut heißt es nicht ›Befreier‹, sondern ›Heil‹: ›Der Herr ist mein Licht und mein Heil‹, nicht ›mein Befreier‹.«

Idun legt die Stirn in tiefe Falten.

»Das ist ja seltsam.«

Mika hustet.

»Eigentlich nicht. Es kann doch sein, dass der Verfasser die Stelle einfach nicht gut kannte.«

»Oder aber die Formulierung ist Absicht.«

Mika pfeift durch die Zähne.

»Du meinst, eine Art versteckte Botschaft? Will die Frau Polizistin darauf hinaus?«

Idun atmet hörbar durch die Nase ein. Doch sie kommt nicht zu Wort, bevor Mika auch schon fortfährt.

»Sorry. Ich weiß, dass du darüber nicht reden darfst. Ich frage auch nicht nach, weil ich schnüffeln will, ich bin einfach nur … neugierig.«

Sie müssen beide lachen.

»Danke für deine Hilfe. Eine bibelkundige Schwester ist wirklich Gold wert!«

Mika gluckst.

»Keine Ursache. Komm heute Abend vorbei, wenn du magst. Ich weiß schon, du isst keine Kaffeestückchen, aber du kriegst einen Tee, während ich meine Hefeschnecken probeverkoste. Es geht schließlich nichts über Qualitätskontrolle, bevor man den Kollegen irgendetwas vorsetzt.«

Nachdem sie aufgelegt haben, sitzt Idun eine Zeit lang vor ihrem Rechner. Wenn dieses falsche Wort Absicht war, dann besteht durchaus die Möglichkeit, dass es eine Botschaft an Evas Vater ist. Aber warum an ihn? Warum »Befreier« statt »Heil«? Wer bitte schön soll da befreit werden? Und wovon?

Mittwoch, 2. September

Jenny Ek streckt sich nach der Schaukel aus, kurz bevor sie den höchsten Punkt erreicht hat. Als sie sie anschubst, quietscht Ellen vergnügt. Sie hält sich wacker an den gummibezogenen Ketten fest und strahlt über das ganze Gesicht. Unwillkürlich muss Jenny lachen. Die Fünfjährige sieht überglücklich aus, wie sie dort auf der Schaukel sitzt und lacht.

Auch wenn es schon nach drei Uhr ist, steht die Sonne immer noch hoch am Himmel. Und es ist warm draußen. Jenny hat ihre dünne Sommerjacke ausgezogen und sie auf die Bank unter der großen Birke gelegt. Das Mittagessen haben die Kinder draußen eingenommen, und rund um Jennys Jacke liegen Krümel und Bananenschalen. Auf dem Tisch stehen sechs Plastikbecher, vier davon mit Milch für die Kinder, aus zweien haben Jenny und Lennart Kaffee getrunken. Normalerweise sind fünf Kinder in der Gruppe, aber Yasmin hat kurz vor dem Essen Bauchschmerzen bekommen und wurde von ihrem Vater abgeholt.

Ellen rutscht von der Schaukel und sieht zu Jenny hoch. »Ich habe Durst.«

Jenny lächelt.

»Lauf rein und nimm dir Wasser. An den Wasserhahn im Waschraum kommst du doch ran?«

Jenny richtet ihre Aufmerksamkeit auf die Kolleginnen aus der Kleinkindergruppe, die gerade mit den Zweijährigen nach draußen kommen. Ihre Räumlichkeiten liegen im hinteren Teil des u-förmigen Gebäudes, und Jenny schmunzelt, als die Kinder durch die Tür watscheln. Es sieht aus wie eine kleine Lemmingprozession aus Zweijährigen.

Die drei Erzieherinnen bildeten die Nachhut, und eine davon – Helen Svensson – winkt Jenny fröhlich zu. Sie haben ihre Ausbildung zusammen gemacht und dann gleichzeitig in der Blåbäcken-Kita angefangen. Sie sind zwar nicht miteinander befreundet, aber gute Kolleginnen.

Als Jenny sich wieder umdreht, sieht sie noch, wie Ellen durch die Tür zum Garderobenraum geht. Das Mädchen hält etwas Blaues in der Hand, und Jenny schirmt sich mit der Hand die Augen gegen die Sonne ab, um zu sehen, was es ist. Als ihr dämmert, dass es sich um den Becher handelt, aus dem Ellen beim Mittagessen Milch getrunken hat, muss sie unwillkürlich lächeln. Ellen will zum Wassertrinken denselben Becher benutzen. Offenbar hat sie gut aufgepasst, als Jenny und Lennart mit den Kindern über Nachhaltigkeit gesprochen haben. Weniger Geschirr zu spülen ist eine der Umweltschutzideen, die die Gemeinde Boden bereits ihren Vorschulkindern beibringen möchte, und ein bisschen was haben die Kleinen sich anscheinend gemerkt.

Vier Zweijährige laufen an Jenny vorbei und zeigen zur Rutsche, auf die gerade ein paar ältere Kinder klettern. Als die Zweijährigen stehen bleiben, beugt Jenny sich zu ihnen hinunter und fragt, ob sie in der Mittagspause gut geschlafen haben. Der eine wirkt schüchtern und schiebt sich den sandigen Daumen in den Mund. Zwei weitere nicken bedächtig, während der vierte, ein Junge, auf etwas hinter Jennys Rücken konzentriert zu sein scheint. Sie dreht sich um, kann aber nichts Besonderes erkennen. Die rote Fassade badet im Sonnenlicht, und das Tor im Zaun ist geschlossen. Draußen auf der Straße ist auch niemand. Irgendwo bellt ein Hund.

Sie sieht erneut den Jungen an. Er steht wie versteinert da und starrt immer noch auf einen Punkt hinter Jenny. Sie wirft noch einen Blick über die Schulter – und sieht, wie im Spielzimmer ein Schatten am Fenster vorüberhuscht. Sie reckt den Hals, kneift die Augen zusammen, um besser sehen zu können, kann aber nicht mal erkennen, ob drinnen noch Licht brennt oder nicht. Die Sonne spiegelt sich in den Fenstern, die Reflexion blitzt metallisch. War das überhaupt ein Schatten?

Sie dreht sich wieder zu dem Jungen um, der jetzt ein Blatt vom Boden aufhebt. Jenny versucht, mit den Kolleginnen auf dem Rasen Blickkontakt aufzunehmen, bei Helen klappt es, sie zeigt auf die jüngeren Kinder und mit der anderen Hand in Richtung der Innenräume. Helen nickt und setzt sich in Bewegung. Die Zweijährigen bei Jenny sind inzwischen ganz auf das Laub am Boden konzentriert.

Sie geht auf das Gebäude zu. Sand und Kies knirschen unter ihren Sohlen. Als sie die Tür erreicht, streift sie sich die Schuhe an der borstigen Fußmatte ab.

Sie betritt den schmalen Eingangsbereich. Vor ihren Augen tanzen Lichtpunkte. Sie blinzelt sie weg und geht weiter in Richtung der Räumlichkeiten. Auf dem Weg kommt sie an den zwei großen Trockenschränken vorbei, die im Winter annähernd den ganzen Tag lang dumpf brummen.

Auf Socken geht sie weiter den Flur entlang und sieht sich nach Ellen um, die nirgends zu sehen ist. Jenny beugt sich vor, um unter das Sofa zu spähen, wo die Kinder sich gern mal verstecken.

»Ellen?«

Unter dem Sofa sieht sie nur Staubflusen und zwei Duplo-Bausteine.

»Ellen?«

Sie sagt es eher ruhig, als dass sie laut ruft, weil sie das Mädchen nicht erschrecken will, falls es irgendwo seinen Gedanken nachhängt.

Dann hört sie ein leises Schaben aus einem der Räume, allerdings könnte sie nicht sagen, aus welchem es kommt. Sie ruft erneut nach Ellen, diesmal ein wenig nachdrücklicher. Wieder bekommt sie keine Antwort.

Sie geht an der Küche vorbei und sieht, dass Lennart nach dem Mittagessen die Butter nicht weggeräumt hat. Sie kommt in das große Spielzimmer. Die Vorhänge sind zugezogen, sodass das Licht im Raum gedämpft ist. Jenny stutzt. Sie hätte schwören können, dass sie die Vorhänge aufgezogen hat, als Ellen aufgewacht ist.

Wieder hört sie das Schaben. Es scheint aus dem Bastelzimmer zu kommen. Sie geht um die Ecke, wo die Sitzkissen liegen. Das hier ist der beliebteste Platz in der ganzen Einrichtung. Zwischen den Kissen entdeckt sie einen einzelnen vergessenen Strumpf.

Vor der Tür zum Bastelzimmer tritt sie fast auf ein Spielzeugauto am Boden. Das Schaben wird lauter, und jetzt ist sie sicher, dass es aus dem Zimmer kommt. Sie legt die Hand an die Klinke und ist überrascht, als sie plötzlich ein Flattern im Bauch verspürt.

Sie stößt die Tür auf. Warme Luft von draußen schlägt ihr entgegen. Das Zimmer sieht aus wie immer. Ellen ist nirgends zu sehen.

Allerdings steht eins der Fenster sperrangelweit offen. Der Vorhang bläht sich in der Brise, und am unteren Saum hat sich ein Stöckchen im Stoff verfangen, das hörbar über den gelben Linoleumboden schleift, sobald der Vorhang sich bewegt.

Jenny tritt an das Fenster und sieht nach draußen. Die Straße ist menschenleer, aus Richtung des benachbarten Wohnblocks hört sie einen Hund kläffen – vermutlich denselben, den sie schon zuvor auf dem Spielplatz gehört hat.

Rechts liegt der Schulhof. Dort spielen ein paar Kinder, springen Seil, und ihr Lachen weht durch die warme Spätsommerluft zu ihr herüber.

Jenny streckt die Hand aus und greift zum Fenstergriff, will das Fenster zuziehen und dann die anderen Räume nach Ellen absuchen. Vielleicht sitzt sie auf der Toilette und träumt vor sich hin?

Was dann passiert, ist eine Sache von weniger als einer Minute, auch wenn es Jenny im Nachhinein vorkommt, als wäre eine Ewigkeit vergangen.

Ein paar Tage später wird ihr ein Psychologe erklären, dass dies eine Strategie des Gehirns ist, um Traumata und Stresssituationen zu bewältigen: Die Zeitwahrnehmung verändert sich, damit das Gehirn die Möglichkeit hat, Eindrücke, die es unter Schock gesammelt hat, neu zu sortieren.

Ein Geräusch unterhalb des Fensters weckt ihre Aufmerksamkeit. Und was sie dort unten entdeckt, jagt ihr derart Angst ein, dass alles andere schlagartig totenstill wird. Ein paar Sekunden lang hält die Welt den Atem an, ehe es in ihrem Kopf nur mehr ohrenbetäubend schrillt.

Auf der Erde liegt Ellen.

Im Arm eines fremden Mannes.

Sein Gesicht sieht sonderbar aus. Er hat den seltsamen Blick auf Jenny gerichtet – es ist fast, als wären die Augen und auch der Mund verformt und falsch platziert. Außerdem haben sie eine merkwürdige Farbe, als läge das Gesicht im Schatten, obwohl an der Stelle die Sonne hinscheint.

Jenny bekommt keine Luft mehr. Sie versucht einzuatmen – ohne Erfolg. Der Mann starrt sie an. In seinem Gesicht gibt es keinerlei Symmetrie, alles ist schief und schwarz verschmiert. Trotzdem sieht Jenny, dass er ihr unverwandt in die Augen starrt.

Ellen sieht aus, als würde sie schlafen – und instinktiv weiß Jenny, dass sie bewusstlos ist. Der Mann mit dem grotesken Gesicht hat ihr etwas angetan.

Ein paar eiskalte Sekunden verstreichen, ehe zeitverzögert der erste Schreck nachlässt. Endlich bekommt Jenny wieder Luft – und sie schreit los. Ihr Schrei kommt tief aus dem Bauch, und sie brüllt so laut, dass es wehtut, während sie sich am Fensterrahmen hochzieht. Ihr kommt es vor, als wäre die Zeit zäh wie Sirup, gleichzeitig passiert gerade alles auf einmal.

Blitzartig springt der Mann auf. Er bewegt sich geschmeidig, und noch ehe Jenny reagieren kann, steht er ihr Auge in Auge gegenüber. Jäh verstummt sie, starrt nur mehr in diese merkwürdigen Augen. Die Haut ist grauschwarz, das Haar liegt platt am Kopf auf, besteht nicht aus Strähnen, eher aus einer Art Stoff, und Jenny schießt durch den Kopf, dass es künstlich aussieht, fast wie bei einer Figur, die die Kinder basteln …

Sie holt abermals Luft und brüllt dem Mann ins Gesicht. Er zuckt zusammen, und im nächsten Moment trifft Jenny ein harter Schlag direkt über dem Mund.

Damit hat sie nicht gerechnet und stürzt rückwärts. Mit dem Rücken kracht sie auf einen Tisch, und alle Luft weicht aus ihrer Lunge. Dumpf schlägt sie auf dem Fußboden auf. Ihr Rücken tut sofort höllisch weh, und sie schnappt nach Luft, als der Schmerz ihr bis hoch in den Nacken schießt. Ihre Ohren schrillen.

Binnen zwei Sekunden schlägt die Angst um in rasende Wut. Sie springt wieder auf, stürzt auf das Fenster zu. Sie weiß nicht, woher sie die Kraft nimmt, aber sie ist jetzt so wütend und hat solche Panik, dass sie einen Tunnelblick hat. Das Einzige, was sie noch vor sich sieht, ist Ellen, die leblos in den Armen des Mannes hängt, der wiederum breitbeinig im Gras vor dem Fenster steht.

Als Jenny die Hände an den Fensterrahmen legt, um nach draußen zu springen, macht der Mann zwei Schritte rückwärts. Der Puls donnert in ihren Ohren, sie kann keinen klaren Gedanken mehr fassen, weiß nur noch, dass dieser Mann Ellen mitnehmen will – und als ihr das dämmert, ist mit einem Mal alles glasklar.

Brüllend hievt Jenny sich durch das Fenster. Ihr läuft Blut aus der Nase, es spritzt auf den weißen Fensterrahmen und auf ihren Pulli, aber das merkt sie nicht mal. Sie denkt nur noch daran, dass sie ihm Ellen entreißen muss.

Der Mann weicht noch ein paar Schritte zurück. Die Fünfjährige hängt immer noch schlaff in seinen Armen. Und mit zwei langen Schritten ist Jenny bei ihnen. Sie schreit so laut, dass ihr Hals brennt, während sie sich wie entfesselt auf ihn stürzt. Der Mann mit dem künstlichen Gesicht weicht behände zur Seite aus, doch Jenny erwischt Ellens Jacke. In einer einzigen kraftvollen Bewegung reißt sie die Kleine aus seinem Arm und stürzt zu Boden. Der Rasen dämpft den Aufprall, Ellen landet auf Jenny und bleibt einfach schlapp liegen.

Jenny rollt sich zur Seite ab und kommt auf die Beine.

Sie zieht Ellen mit hoch, und ihre Armmuskeln kreischen vor Anstrengung.

Sie ist immer noch in ihrem Tunnel, daher sieht sie nicht, wie von der Seite etwas auf sie zuschießt. Sie bekommt nur noch mit, dass der Mann etwas Grauschwarzes in der Hand hält.

Im nächsten Moment trifft sie der Schlag an der Schläfe. Als der Stein sie am Kopf trifft, knirscht es in ihrem Nacken. Es klingt fast, als würde jemand Chips in der Faust zermalmen. Das Sonnenlicht verändert sich, während sich gleichzeitig ein leiernder Ton in ihrem Kopf breitmacht.

Unmittelbar bevor sie zu Boden geht, spürt Jenny noch, wie ihr schlecht wird. Vage erahnt sie noch den widerwärtigen Geschmack der Magensäure, bevor ihre Augen zugehen und die Welt in Schwarz getaucht wird.

Calle stemmt sich aus dem Sessel und hält auf die Kaffeemaschine zu, um sich die dritte Tasse für heute zu holen. Auf dem Sofa im Aufenthaltsraum sitzt Idun. Sie beißt herzhaft in einen Apfel und rümpft sofort heftig die Nase. Der Apfel ist so sauer, dass sich ihr der Mund zusammenzieht.

»Ich verstehe einfach nicht, worum es da geht – das sind doch wohl echt kranke Wege, die sich gleich mehrmals kreuzen …«

Calle klingt wütend. Er lässt sich wieder in den Sessel fallen und stellt den Kaffeebecher auf den runden Tisch, bevor er sich zurücklehnt und die Hände hinter dem Kopf verschränkt. Seine Armmuskeln wölben sich und spannen sich so sehr an, dass die Adern unter der Haut hervortreten. Idun schießt durch den Kopf, dass er besser aussieht, als auf den ersten Blick ersichtlich wäre; wenn er nur bescheidener wäre, würde er womöglich als attraktiv durchgehen.

»Sag mir, was du denkst.«

Natürlich ahnt sie es längst, sie arbeiten schon lange und zu eng zusammen, als dass sie nicht wüsste, wie seine Gedankengänge funktionieren. Doch Gedanken, die man in Worte fasst, sind in Gänze einfacher zu fassen.

Calle seufzt irritiert.

»Eva wird umgebracht und in den eigenen vier Wänden

an die Decke gehängt. Der Ehemann findet sie. Er hat ein Alibi – gleich drei seiner Kollegen bestätigen das. Siv hat es doppelt und dreifach kontrolliert, trotzdem steht er unter Verdacht, weil es den Anschein hat, als wäre er krankhaft eifersüchtig – zumindest wenn man Evas Kollegin Majgull glauben will. Was für ein verdammt komischer Name übrigens.«

Idun blinzelt ihn an.

»Komisch?«

»Majgull. Wer zum Teufel nennt sein Kind Majgull?«

Darauf weiß Idun keine Antwort. Sie beißt erneut in den sauren Apfel und spürt die Säure bis in die Zahnwurzeln. *Idun* – wie normal ist ihr Name bitte schön?

»Ich wüsste verdammt gern, wer Eva an der Bushaltestelle aufgelesen hat. Damit hätten wir garantiert ein wesentliches Puzzleteil gefunden.«

Idun nickt und schluckt den Bissen hinunter.

»Außerdem hat sich gezeigt, dass Evas Ex-Mann, Olle, am Tag der Tat mit dem Auto bei den Vendels war. Das Auto ist schwarz, was mit der Beschreibung des Wagens übereinstimmt, in den Majgull Eva hat einsteigen sehen. Olles Alibi wiederum besagt, dass er und Nadja gevögelt haben. Aber ob das auch stimmt? Für den Moment gelten somit auch er sowie die Stieftochter als verdächtig.«

Endlich lässt der saure Apfelgeschmack nach. Sie streckt sich nach Calles Kaffeebecher aus, nimmt einen großen Schluck und stellt den Becher wieder ab. Calle folgt der Bewegung mit teilnahmslosem Blick.

»Dass Olle Evas Stieftochter vögelt ... Das ist echt krank. Wer zum Teufel geht eine Beziehung mit dem Ex der eigenen Fast-Mutter ein?«

Idun hält Calle den Apfel hin. Er nimmt ihn, beißt aber

zunächst nicht hinein. Idun überlegt, ob es nicht an der Zeit wäre, sich einen eigenen Kaffee zu holen.

»Ich finde das auch eher merkwürdig. Ungewöhnlich in jeder Hinsicht. Aber nun sind Nadja und Olle keine Verwandten – es gibt keine familiäre Beziehung, und sie haben nie als Familie unter einem Dach gelebt. Der einzige Einwand ist doch, dass jeder eine spezielle Verbindung zu Eva hatte. Allerdings nicht mal zur selben Zeit oder am selben Ort.«

Calle beißt in den Apfel und verzieht sofort das Gesicht. Er legt ihn beiseite und spült mit dem restlichen Kaffee nach. Idun steht auf, um zwei neue Kaffees zu holen, während Calle weiter laut nachdenkt.

»Nein, ich weiß schon – und trotzdem … Es fühlt sich verdammt an wie Inzest.«

Idun stellt einen Becher unter die Maschine und drückt auf die Taste.

»Ist es aber nicht. Nicht mal annähernd, ganz egal, was wir davon halten.«

»Ich weiß. Aber an der Sache ist trotzdem etwas faul – die ganze Familie ist doch nicht normal! Ein eifersüchtiger Ehemann und eine Tochter, die mit dem Ex der Stiefmutter ins Bett geht … Es haben schon Leute aus deutlich banaleren Gründen Selbstmord verübt. Die Frage ist doch, ob all das nicht irgendeinen verflixten Familienkonflikt verursacht hat. Die meisten Morde werden bekanntermaßen innerhalb der Familie verübt. Und das hier fühlt sich kranker an als sonst, muss ich sagen, gerade in Bezug auf Nadja und Olle. Diese zwei – eine Jurastudentin und ein verheirateter Typ, der ihr Vater sein könnte … Ich kapiere das nicht. Was sieht sie in ihm?«

Idun angelt den Becher aus der Kaffeemaschine, stellt den zweiten hinein und drückt erneut auf die Taste. Als auch der zweite Becher gefüllt ist, nimmt sie ihn heraus und dreht sich um.

»Ungewöhnliche Liebesbeziehungen sind kein Motiv für einen Mord. Außerdem erklärt ihr Verhältnis die vielen Autos, die Caroline Hofverts auf der Auffahrt der Vendels gesehen hat. Nicht Eva, sondern Nadja hatte Männerbesuch – und weil Olle seine Leasingfahrzeuge so oft wechselt wie andere Leute ihre Socken, hat Caroline ständig ein anderes Auto dort stehen sehen.«

Calle nickt, schlägt dann aber eine andere Richtung ein.

»Und dieser Zettel, den Åke Stenberg gekriegt hat … Wie hängt der mit all dem zusammen? Ist Eva befreit worden? Aber von wem? Oder ist es ein anderer, der von ihr befreit wurde? Vielleicht der Vater, Åke? Aber warum sollte ein altersdementer Vater von seiner erwachsenen Tochter befreit werden müssen?«

Idun schüttelt den Kopf.

»Ich weiß es nicht. Und wir wissen ja noch nicht mal mit Sicherheit, ob der Zettel mit dem falschen Zitat überhaupt mit Evas Ermordung zu tun hat. Beides fällt natürlich zeitlich zusammen, aber wissen können wir es trotzdem nicht.«

Calle seufzt. Er will gerade etwas darauf erwidern, als Siv durch die Tür stürmt.

»Wo zur Hölle habt ihr eure Handys?«

Idun lässt vor Schreck fast ihren Kaffeebecher fallen. Es sieht Siv nicht ähnlich, so aufgeregt zu sein. Und sonst flucht sie nie. Calle stemmt sich halb aus dem Sessel und klopft seine Taschen ab.

»Ich muss meins im Auto liegen gelassen haben …«

Idun sagt gar nichts. Sie kann Siv ansehen, dass sie keine Antwort erwartet.

»In einer Kita draußen in Sävast ist ein Kind entführt worden! Mindestens eine Person verletzt! Die brauchen alle Verstärkung, die sie kriegen können!«

Bredåker 1990

Gedankenverloren sitzt Tommy am Küchentisch. Mattias knufft ihm leicht die Schulter, und verwirrt blickt der Junge auf. Mattias hält ihm den Brotkorb hin.

»Magst du vielleicht ein Butterbrot? Vivianne hat das Brot gebacken.«

Tommy nimmt sich eine Scheibe und wirft der Frau, die ihm am Tisch gegenübersitzt, einen flüchtigen Blick zu. Vivianne, Ellenors und Mattias' Tochter, lächelt ihn verschmitzt an. Sie ist hochschwanger und hat einen unfassbar großen Bauch, der aussieht, als könnte er jeden Augenblick platzen.

»Nimm dir gleich zwei Scheiben, wenn du magst. Papa darf auf Brot gern verzichten.«

Vivianne blickt vielsagend auf den dicken Bauch ihres Vaters hinab und zwinkert Tommy zu, der sich ein Kichern nicht verkneifen kann.

»Jetzt sei doch ein bisschen netter zu deinem alten Vater! So habt ihr nur umso mehr an mir, was ihr lieben könnt!«

Viviannes Kommentar scheint Mattias nicht im Geringsten zu ärgern. Tommy mag die Stimmung, die am Küchentisch herrscht. Sie ist wohlig entspannt.

Mit ihrem leichten Hinken dreht Ellenor sich vom Ofen weg. Sie stellt eine dampfende Auflaufform auf den Tisch und setzt sich zu Mattias. Dann faltet sie artig die Hände im Schoß. Mama streicht Ingrid über die Haare und sieht zu Mattias. Als er feierlich die Stimme erhebt, klingt er fast wie der Weihnachtsmann, der Geschenke verteilt.

»Danken wir unserem Herrn und Erlöser.«

Für die anderen am Tisch ist es wie ein Signal: Ellenor, Vivianne, Tommy, Mama und Ingrid neigen die Köpfe.

»Wir danken dir, Herr unser Gott«, fährt Mattias fort. »Wir danken dir für alles Gute, was du tust, und für die Gaben, die du uns bescherst. Wir danken dir für alle Prüfungen, für alle Wahrheiten und alles Böse, das uns erspart bleibt, indem du dich schützend vor uns stellst. Wir danken dir für deine Liebe. Dafür, dass du uns die Hände auflegst und uns vom Bösen erlöst. Wir danken dir für all jene, die wir lieben. Und wir danken dir, dass du uns befreist, jeden Tag, für alle Zeit. Amen.«

Tommy hält die Augen geschlossen. Sein Magen knurrt. Er möchte sich gern an Ellenors duftendem Auflauf bedienen, bleibt aber mit gesenktem Kopf und gefalteten Händen sitzen. Nach einer gefühlten Ewigkeit öffnet er verstohlen die Augen und sieht sich vorsichtig um.

Auch Mattias hat die Augen geöffnet, rührt sich aber nicht. Und er macht keine Anstalten, sich Essen zu nehmen. Abermals verstreicht lange Zeit.

Irgendwann greift Mattias zu seinem Wasserglas und nimmt einen Schluck. Das leise Klopfen, mit dem er es wieder abstellt, ist für die anderen das Startsignal: Nach und nach schlagen sie die Augen wieder auf und entspannen die Hände.

Ellenor blinzelt ein paarmal, ehe sie Mattias' Teller nimmt. Ihr Ehemann bekommt eine stattliche Portion Auflauf und nickt zum Dank, als er den Teller entgegennimmt.

»Also, meine Freunde. Habt ihr den Herrn im Herzen?«

Allen ist klar, dass die Frage in Wahrheit an Mama gerichtet ist. Tommy wartet gespannt auf ihre Antwort.

»Ich weiß es nicht recht.«

So wie er dreinblickt, will Mattias, dass sie ihre Antwort ausführt. Er sieht sie freundlich, aber durchdringend an.

Mama tastet sich langsam vor.

»Als Kind war Gott immer bei mir. Mein Vater war zutiefst gläubig. Aber in den Jahren, als ich mit meinem Mann verheiratet war, habe ich ihn ein bisschen aus den Augen verloren … also, Gott.«

Tommy findet, dass Mattias plötzlich komisch guckt. Dann jedoch antwortet Vivianne.

»Der Paradieshof ist der richtige Ort, um wieder zu Gott zu finden. Es ist sogar der richtige Ort für euch, Viola, um Befreiung zu ersuchen.«

In ihrer Stimme schwingt ein merkwürdiger Tonfall mit.

Mama scheint sich die Antwort sorgsam zurechtzulegen.

»Ich bin überaus dankbar, dass wir hierherkommen durften. Mir war nicht klar, dass es auf der Welt solche Güte gibt.«

Ellenor tätschelt ihr den Unterarm.

»Hier gibt es Fürsorglichkeit und Essen – sieben Tage in der Woche. Aber hier gibt es nun mal auch Gott, und auf dem Paradieshof ist er ein Teil unseres Alltags. Er ist für uns alle das Wichtigste überhaupt. Es tut mir weh zu hören, dass ihr nach all der Zeit noch immer nicht zu ihm gefunden habt. Und es tut weh zu hören, dass ihr immer noch nicht seinen Segen empfangen habt.«

Viola starrt auf Ellenors Hand hinab. Die Antwort ist nur ein Flüstern.

»Es sind doch erst ein paar Monate. Vielleicht brauche ich ein bisschen länger …«

Bekümmert sieht Ellenor sie an.

»Es ist jetzt fast ein Jahr, Viola. Ein ganzes Jahr.«

Mama nickt zögerlich.

»Ich versuche wirklich, zu ihm zu finden. Ich freue mich darauf.«

Tommy hört die Angst in Mamas Stimme. Er versteht gar nicht, wovor sie Angst hat. Er weiß, dass Mattias freitags regelmäßig Bibelgespräche mit Mama führt. Dann schließen sie sich in seinem Arbeitszimmer im Obergeschoss ein. Tommy und Ingrid ist es verboten zu stören. Manchmal hören sie seltsame Geräusche aus dem Zimmer, Schluchzer von Mama, die sich mit Mattias' Stimme vermischen, die zwar irgendwie da ist, aber keine Wörter vorzubringen scheint. Anfangs hat Tommy sich Sorgen gemacht, doch Ellenor hat ihm versichert, es sei alles in bester Ordnung.

»Wenn man sich Gott nähert, kommen einem manchmal die Tränen. Das ist ein Zeichen dafür, dass man alle Trauer und Sorgen, die man mit sich herumgetragen hat, endlich rauslassen kann. Wenn man zu Gott findet, müssen die Sorgen den Weg nach draußen finden, damit die Freude den Weg hineinfindet.«

Ellenor behauptet, Mattias helfe Mama, zu Gott zu finden. Das könne sie mit aller Gewissheit garantieren.

»Und auf diese Weise hilft er auch dir. Und Ingrid.«

Endlich nimmt Ellenor die Hand von Mamas Arm weg.

»Er freut sich darauf, dich zu treffen, und umso mehr, dich zu befreien.«

Immer dieses Gerede von Befreiung. Wovon soll Gott Mama denn befreien? Sie sind doch schon frei. Frei von

Papas Schlägen und seiner Sauferei. Frei von Angst. Auf dem Paradieshof sind sie in Sicherheit, das hat sogar diese heisere Frau vom Sozialdienst gesagt. Tommy sieht Mama an, um es zu verstehen, aber sie weicht seinem Blick aus.

Schweigend nehmen sie ihre Mahlzeit ein. An der Wand tickt die Uhr. Ingrid bekommt Milch in den falschen Hals, Mama streicht ihr über den Rücken, als sie hustet, und niemand sagt mehr etwas, doch als Mattias sich die dritte Brotscheibe nimmt und dick mit Butter bestreicht, zwinkert Vivianne Tommy abermals verschwörerisch zu. Er gluckst leise vor sich hin, auch wenn es sich mittlerweile nicht mehr lustig anfühlt. Er will über Mattias' Brote nicht lachen. Er will nur noch Mama umarmen, doch die sitzt stumm da, stochert mit der Gabel in ihrem Essen und starrt auf ihren Teller.

Mama ist mit den Gedanken ganz woanders. Sie sitzt auf ihrem Stuhl zwischen Tommy und Ingrid, aber anwesend ist sie nicht.

Im selben Augenblick, als das Auto aus der Tiefgarage fährt, stellt Idun das Blaulicht an. Das Kommissariat liegt in der Innenstadt von Luleå. Passanten, die sich nach dem Nachmittagsshopping gerade in der Nähe aufhalten, sehen dem Wagen mit der schrillenden Sirene, der die Kungsgatan hochrast, erschrocken nach. Im Eiltempo fahren sie am Kulturzentrum vorbei, und die Reifen quietschen, als Idun scharf rechts abbiegt.

Vor ihnen schaltet die Ampel am Stadion auf Rot. Idun flucht laut, tritt dann aber das Gaspedal durch, als sie sieht, dass die beiden Fahrzeuge, die von rechts gekommen sind, stehen bleiben, um sie vorbeizulassen.

Calle presst den Kopf gegen die Nackenstütze. Die beiden wissen nur zu gut, dass ein Kind, das einem Verbrechen zum Opfer zu fallen droht, oberste Priorität hat. Dass dieses Kind überdies aus seiner Kita entführt wird, fühlt sich fast surreal an. Selbstverständlich müssen sie alles in ihrer Macht Stehende tun, um das zu verhindern.

Es dauert nicht mal eine Minute, bis sie am Kreisverkehr mit der riesigen Rostkugel ankommen. Als sie auf die 97 einbiegen, bricht der Wagen hinten aus und donnert halb über den Sockel der Verkehrsinsel. Blech kreischt, als sie mit dem Heck das Hinweisschild am Kreisel erwischen. Calle wirft einen flüchtigen Blick nach hinten, während Idun gar nicht reagiert.

Sie fährt schneller als je zuvor in ihrem Leben, als es aus dem Funkgerät knackt. Einen Augenblick später ist Sivs Stimme aus den Lautsprechern zu hören.

»Vermutlich ein Einzeltäter. Hat eine der Erzieherinnen verletzt und vermutlich auch das Kind. Wir gehen davon aus, dass der Täter auch weiterhin eine Gefahr darstellt – ich wiederhole: Wir gehen davon aus, dass der Täter eine Gefahr darstellt.«

Einer, der ein Kind aus einer Kita entführt, ist *natürlich* gefährlich, denkt Idun noch, als es abermals im Funkgerät knackt. Der Funkspruch ist beendet.

Sie haben Glück, dass der Nachmittagsverkehr nur spärlich ist und sie, so schnell sich Idun nur traut, über die linke Spur rasen können. Rechts schießen ein Nadelwäldchen und Eisenbahnschienen vorbei. Idun gibt so viel Gas, dass Calle nicht mal mehr einzelne Bäume erkennen kann. Alles wird zu einer grün-braun verwischten Kulisse.

Sie fahren am Krankenhaus Sunderby vorbei, und nach weiteren fünf Minuten nähern sie sich der Abfahrt ins Zentrum von Sävast. Idun hält den Blick auf die Straße gerichtet. Krampfhaft umklammert sie das Lenkrad. Ihre Unterarme schmerzen bereits.

Kurz vor der Zufahrt nach Sävast kommt ein Bus aus Boden, der rechts in Richtung Zentrum abbiegen will. Idun keucht auf und hofft nur, dass der Fahrer sie rechtzeitig sieht. Der Bus bremst so scharf ab, dass Idun gerade noch zwischen ihm und der Verkehrsinsel hindurchpasst, allerdings hat sie zu spät eingeschlagen und schrammt mit der rechten Seite die Front des Busses. Der Fahrer springt von seinem Sitz auf und fuchtelt wild mit den Armen, aber das sieht Idun nicht mehr.

Knapp zwanzig Sekunden später sind sie vor Ort und fahren auf den Parkplatz der Kita. Idun schaltet das Blaulicht ab. Sie und Calle springen aus dem Wagen und entsichern ihre Waffen. Das Adrenalin in ihrem Blut sorgt dafür, dass ihr der Schweiß ausbricht. Sie spürt das Rinnsal am unteren Rücken.

Geduckt laufen sie an dem lang gezogenen Gebäude entlang. Die Kita ist in einem rot gestrichenen Holzbau untergebracht, der alles in allem aus vier Teilen besteht, die versetzt zueinander angeordnet sind, sodass die Anlage den Innenhof weitgehend einrahmt. Er ist nur schlecht einsehbar, und Idun und Calle können nicht erkennen, was auf der Rückseite vor sich geht.

Von fern ist die Sirene eines Rettungswagens zu hören. Ein Stück voraus auf dem Rasenstück unter dem Frontgiebel liegt eine Frau im Gras. Sie ist von vier Erwachsenen umringt. Einer telefoniert, während zwei weitere sich über die Frau beugen, allem Anschein nach, um Erste Hilfe zu leisten. Der vierte winkt den Polizisten entgegen und ist sichtlich erleichtert, dass sie endlich da sind.

Als sie bei ihnen ankommen, sieht Idun sofort, dass die Frau am Boden bei Bewusstsein ist. Sie bewegt sich ruckartig, hält sich den Kopf, über ihrem rechten Ohr klafft eine blutende Wunde. Sie hat geweint. Die Wimperntusche ist bis über die Wangen verschmiert. Ihr Pullover ist am Ellbogen eingerissen. Entlang der Beine und auf den Knien hat ihre Hose Erdflecken.

Idun geht vor der Frau in die Hocke. Calle bleibt direkt hinter ihr stehen und spricht leise in sein Funkgerät. Idun kann nicht verstehen, was er sagt.

Dann sind die Rettungssanitäter da, und nur Sekunden später fahren weitere Streifenwagen, ein zusätzliches Ambulanzfahrzeug und schließlich das Einsatzkommando vor.

»In welche Richtung ist der Täter verschwunden?«

Idun stellt die Frage, so laut sie kann, ohne schreien zu müssen. Es ist jetzt wesentlich, dass die Verletzte sich konzentriert, ehe vor lauter Sanitätern und Polizisten nur noch Chaos herrscht. Als die Frau nicht antwortet, wiederholt Idun die Frage.

»In welche Richtung ist der Täter verschwunden?«

Die Frau am Boden hält sich weiter den Kopf. Sie weint, wirkt panisch, scheint nicht zu verstehen, dass Idun sie gemeint hat.

Schließlich antwortet einer der Umstehenden – er murmelt so leise in sich hinein, dass Idun aufstehen muss, um ihn verstehen zu können.

»Wissen Sie, wohin er verschwunden ist?«

Diesmal spricht sie leiser, wenn auch unmissverständlich an den murmelnden Mann gerichtet. Er sieht sie mit Tränen in den Augen an. Idun ahnt, dass er unter Schock steht. Sie streckt ihm die Hand entgegen, zögerlich ergreift er sie, und sein Handschlag ist schweißig und schlaff.

»Ich heiße Idun Lind und bin von der Polizei. Sie müssen mir sagen, wohin der Täter verschwunden ist.«

»Ich bin Lennart … Jenny hat gesagt, sie weiß nicht, wo er hingelaufen ist.«

»Jenny?«

Lennart nickt in Richtung der Frau am Boden. Idun lässt ihn nicht aus den Augen.

»Sie wollen damit sagen, dass Jenny nicht gesehen hat, wohin sich der Täter gewandt hat?«

Lennarts Blick flackert. Er sieht abwechselnd Idun und Jenny an.

»Sie war bewusstlos, als wir sie gefunden haben.«

Er hält inne und schluchzt. Idun geht einen Schritt auf ihn zu und legt ihm die Hand fest auf die Schulter, um zu verhindern, dass er einen schwereren Schock erleidet. Sie weiß, dass die anfänglichen Zeugenaussagen entscheidend sein können, wenn es darum geht, einen Täter aufzuspüren. Und sie weiß überdies, dass hier Eile geboten ist.

»Hat Jenny etwas über den Täter sagen können? War es einer, oder waren es mehrere? Ein Mann oder eine Frau?«

Idun spricht überdeutlich.

Lennart kneift die Augen zu. Idun sieht ihm an, wie er leidet. Zittrig presst er die Antwort hervor.

»Es war einer.«

Dann schlägt er die Augen auf und sieht sie besorgt an. Sie gibt acht, dass der Blickkontakt aufrechterhalten bleibt, sieht ihn ihrerseits ruhig an, während sie gleichzeitig den Griff um seine Schulter verstärkt.

»War es ein Mann?«

Lennart nickt stumm.

»Ich glaube, er hat Jenny niedergeschlagen. Sie lag blutend da, als wir sie entdeckt haben.«

Idun spürt, wie seine Schulter anfängt zu beben. Als er fortfährt, ist das Beben zu einem heftigen Schütteln geworden.

»Und er hat Ellen mitgenommen.«

Im Speisesaal der Kita herrscht eine gedrückte Stimmung. An einem Tisch sitzen zwei Streifenpolizisten bei Lennart. Sie stellen leise Fragen, wieder und immer wieder die gleichen: Was hat Jenny gesagt? Hat sie den Täter beschrieben? Hat sie gesagt, wohin er mit Ellen verschwunden ist?

An einem anderen Tisch sitzen Idun und Calle mit Jenny, und hinter ihr steht ein Rettungssanitäter. Er verarztet die Wunde über dem Ohr und legt einen weißen Verband an. Jenny wimmert vor Schmerzen, als er die Bandage um ihren Kopf wickelt. Leise murmelt der Sani, dass diese Wunde genäht werden sollte.

Jenny weint ohne Unterlass, schafft es aber schließlich, ihm zu versichern, dass es auch so geht. Lieber will sie mit der Polizei sprechen, als zur weiteren Behandlung weggebracht zu werden. Der Sani sagt daraufhin nichts mehr, legt ihr jedoch eine graue Krankenhausdecke um die Schultern.

Calle beugt sich vor und versucht, Jennys Blick aufzufangen. Ihre Augen sind verschleiert und glasig; Idun und Calle wissen beide, dass das am Schock liegt und dass es Stunden – bei manchen sogar Tage – dauern kann, bis der wieder nachlässt.

»Ich hätte gern, dass Sie mir schildern, was da genau passiert ist.«

Calle klingt warmherzig und mitfühlend. Er spricht langsamer als sonst, betont jedes einzelne Wort. Idun sagt keinen Ton. Stumm beobachtet sie die erschütterte Jenny Ek.

»Ich ... Ich ... Ich weiß nicht ...«

Sie zittert am ganzen Leib. Insgeheim fürchtet Idun, dass sie hier nicht weiterkommen, wenn die Frau sich nicht bald beruhigt.

Erneut spricht Calle sie behutsam an.

»Nehmen Sie sich Zeit, Jenny. Erzählen Sie uns, woran Sie sich erinnern. Irgendein kleines Detail, an dem wir ansetzen können.«

Jenny hustet. Ihr tropft die Nase, und sie wischt mit dem Ärmel darüber.

»Ich ... Ich war draußen ... mit den Kindern ...«

Calle nickt ihr aufmunternd zu. Jenny starrt unschlüssig zu Boden. Man sieht ihr an, dass sie versucht, sich den ganzen Vorfall vor Augen zu führen.

»Und dann ist Ellen nach drinnen ...«

Sie schließt die Augen und schweigt eine Weile. Calle versucht, ihr auf die Sprünge zu helfen.

»Warum ist Ellen nach drinnen gegangen?«

Jenny hält die Augen geschlossen.

»Sie hatte Durst. Wollte etwas trinken.«

»Ist sie allein nach drinnen gegangen?«

Jenny nickt vorsichtig. Die Unterlippe zittert heftig.

»Und was ist passiert, nachdem sie reingegangen war?«

»Sie hatte den Becher dabei. Dann war sie länger weg.«

Calle sieht Jenny unverwandt an. Langsam schlägt sie die Augen wieder auf und lässt den Blick über die Tischplatte wandern, fährt mit den Fingern zögerlich über die Wachstuchtischdecke.

»Karim schien hinter mir etwas entdeckt zu haben – was, weiß ich aber nicht.«

»Karim?«

Jenny wischt sich erneut mit dem Ärmel über die Nase.

»Ein Junge aus der Kleinkindgruppe.«

Calle versucht, ihren Blick aufzufangen. Idun sitzt mucksmäuschenstill da.

»Wie alt ist denn dieser Karim?«

»Zwei. Keine Ahnung, was er gesehen hat. Aber er hat mich dazu gebracht, mich umzudrehen.«

Idun verspürt einen Stich der Enttäuschung. Einen Zweijährigen werden sie nicht befragen können.

»Und was ist als Nächstes passiert?«

Jenny versucht, tief einzuatmen. Die Angst schnürt ihr immer noch die Kehle zu.

»Ich bin nach drinnen gegangen. Ich habe Ellen gesucht. Aber sie war nirgends.«

Erneut bahnt sich ein Weinkrampf an. Der Sanitäter legt ihr wie zuvor der Kollege die Hand auf die Schulter; unterdessen sieht der Calle auffordernd an, doch Calle ignoriert ihn. Als die Schluchzer verebben, fährt Jenny fort.

»Ich habe ein Geräusch aus dem Bastelzimmer gehört. Also bin ich dort reingegangen. Das Fenster stand offen, und Ellen lag draußen im Gras.«

»Im Gras?«

Jenny murmelt etwas Unverständliches. Calle beugt sich vor, und bei der Bewegung blickt Jenny auf. Sie sieht aus, als hätte sie jetzt erst bemerkt, dass ihr jemand gegenübersitzt.

»Der Mann. Der Mann hielt sie im Arm.«

Angst lodert in ihrem Blick. Sie legt den Kopf in den Nacken, als würde sie nach Luft ringen. Die Hände beginnen zu zittern, die Fingernägel klackern auf der Tischplatte. Der Sanitäter gibt einer Kollegin, die ein Stück abseits steht, ein Zeichen.

»Erzählen Sie uns von dem Mann. Erzählen Sie uns, was Sie gesehen haben.«

In Calles Stimme hat sich eine leise Schärfe geschlichen. Jenny zittert noch immer, ihr Blick flackert, und die Augen sehen glasig aus.

»Er hatte kein Gesicht.«

»Kein Gesicht?«

»Nein. Oder … doch. Ich weiß es nicht.«

»Beschreiben Sie es.«

Jenny atmet mühsam.

»Er hatte Augen und einen Mund. Aber die waren irgendwie … schief.«

»Was meinen Sie mit ›schief‹?«

Jenny massiert sich hektisch die Stirn. Tränen tropfen auf die Wachstuchdecke.

»Sie waren wie verschmiert … hingemalt. Und die Haare waren dunkel, aber ohne Haarsträhnen …«

Sie hebt die Hände an die Wangen und drückt, bis ihr Gesicht ganz verzogen ist. Dann presst sie etwas hervor, was einem Lachen ähnelt.

Die Sanitäterin, die ein Stück entfernt steht, kommt auf sie zu. Sie legt die Hand auf Jennys andere Schulter und sieht Calle und Idun verärgert an. Der Kollege, der die ganze Zeit hinter Jenny gestanden hat, ergreift jetzt das Wort.

»Wir müssen sie jetzt ins Krankenhaus bringen. Sie können die Befragung in der Notaufnahme fortsetzen, aber sie steht schwer unter Schock.«

Calle nickt widerwillig. Idun steht auf, beugt sich vor

und legt Jenny die Hand auf den Unterarm. Bei der Berührung blickt Jenny auf.

»Gibt es noch irgendetwas, was wir sofort wissen müssten? Fällt Ihnen noch etwas Wichtiges ein?«

Jenny sieht Idun nachdenklich an. Sie blinzelt langsam, klappt den Mund auf und zu, ehe sie schließlich fragt: »Wo ist Ellen?«

Idun schluckt tonlos.

»Dieses Gespräch setzen Sie wie gesagt bitte in der Notaufnahme fort.«

Die Sanitäterin sieht sie streng an. Idun und Calle müssen sich geschlagen geben.

Die Sanis stellen Jenny auf die Beine und führen sie vorsichtig zu einer Rollbahre, die ein Stück entfernt steht. Dort helfen sie ihr, sich zu setzen, und schnallen sie sicherheitshalber fest. Gerade als sie sie nach draußen schieben wollen, hebt Jenny vorsichtig die Hand in Richtung der beiden Ermittler. Idun eilt auf sie zu.

»Ja?«

Jenny schmatzt ein paarmal leise.

»Diabetes«, sagt sie dann. »Ellen hat Diabetes.«

Idun spürt, wie sich ihr die Nackenhaare aufstellen. Stumm wartet sie ab, ob Jenny noch mehr zu sagen hat, doch sie ist fertig. Ihre Nasenflügel zittern, und erneut steigen ihr Tränen in die Augen.

Als Idun einsehen muss, dass von Jenny nichts mehr kommt, strafft sie die Schultern, bleibt aber neben den Sanitätern stehen. Jenny lehnt sich langsam zurück und setzt sich dann jäh wieder auf. Sie beugt sich zur Seite, über den Rand der Rollbahre, würgt heftig und kotzt der Sanitäterin über die Schuhe.

Cecilia Daniels parkt ihren Volvo V90 am Straßenrand und zieht den Zündschlüssel ab. Ein paar Hundert Meter weiter vorn ist auf der Straße mächtig was los: Die Umgebung ist weiträumig abgesperrt worden, Polizisten schlagen Holzpflöcke in die Grünstreifen, um die sie blau-weißes Absperrband wickeln.

Der Wagen piept, als sie die Tür aufschiebt. Obwohl sie im siebten Monat schwanger ist, bewegt sie sich geschmeidig. Ihr Bauch ist verhältnismäßig klein, die Hebamme sagt, dass das teils daran liegt, wie durchtrainiert Cecilia ist, teils aber auch daran, dass das Baby sehr klein ist; genau deshalb muss Cecilia auch einmal in der Woche zur Vorsorgekontrolle in die Entbindungsstation. Die Hebamme hält das für unerlässlich, weil das Wachstum im Verhältnis zu den Normwerten unterdurchschnittlich ist. Cecilia selbst macht sich keine Sorgen. Sowohl sie selbst als auch ihre vier Brüder waren bei der Geburt unterdurchschnittlich groß. Heutzutage sind sie alle fünf normal große Erwachsene. Zwei ihrer Brüder sind sogar Bodybuilder auf Profiniveau.

Calle Brandt steht ein Stück entfernt mit einem Kollegen zusammen. Als er Cecilia entdeckt, leuchtet sein Gesicht auf, und er kommt auf sie zu.

»Cecilia, verdammte Hacke!«

Sie lacht und geht ihm entgegen, breitet die Arme aus

und gibt sich Mühe zu lächeln. Was hier passiert ist, liegt ihr schwer im Magen.

Calle umarmt sie und drückt sie fest an sich. Sie verschwindet regelrecht unter seinem roten Bart.

»Calle Brandt persönlich – wie schön, dich zu sehen!«

Sie ist sich nicht sicher, ob er sie überhaupt hören kann oder ob ihre Begrüßung an seiner Halsbeuge verhallt. Calle umarmt sie lange und schiebt sie dann von sich weg, hält sie mit ausgestreckten Armen an den Schultern fest und sieht ihr erst ins Gesicht, dann auf den Babybauch.

»Scheiße aber auch, bist du dick geworden! Herrlich! Ich freue mich für euch!«

Cecilia legt beide Hände an ihren Bauch.

»Danke. Wir freuen uns auch riesig!«

Calle nickt fröhlich.

»Kinna muss außer sich sein. Ich weiß ja, wie lange sie sich das gewünscht hat.«

Cecilia schluckt lautlos. Der ehrliche Enthusiasmus ihres Kollegen angesichts ihres Familienglücks ist wirklich rührend. So überschwänglich zu sein sieht Calle gar nicht ähnlich. Es fühlt sich ungewohnt und sehr nett an.

»Oh ja, sie ist wirklich überglücklich.«

Ihre Stimme zittert, auch wenn Cecilia nicht recht sagen könnte, warum. Der Moment hält ein, zwei Sekunden an. Dann wenden sie sich wieder dem Ernst der Lage zu.

»Du bist mit Lajka hier, oder?«

Cecilia nickt.

»Gehen wir es an. Eigentlich bin ich schon nicht mehr im Dienst, aber in so einer Situation kann ich doch nicht zu Hause bleiben.«

Calle sieht sie ernst an.

»Idun ist auch da, sie spricht gerade mit dem Einsatzleiter.«

Er nickt in Richtung eines Grüppchens aus Polizisten, die sich vor der Kita versammelt haben. Darunter entdeckt Cecilia auch Idun.

»Idun und ich warten darauf, wie der Marschbefehl lautet, und fahren gleich wieder zurück, um mit den Eltern des Mädchens zu reden. Ist Lajka im Auto?«

Er dreht sich zu Cecilias Fahrzeug um.

»Japp. Allerdings soll sie dort warten. Ich will mir erst anhören, was der Einsatzleiter zu sagen hat. So ist es besser.«

»Peppe leitet den Einsatz.«

Patrik Pettersson. Cecilia kennt ihn seit ihrer Hundeführerausbildung. Er hat einige der Kurse geleitet, in denen es um die Zusammenarbeit von Streifenpolizei und Hundeführern ging. Sie kann sich noch daran erinnern, dass er kompromisslos, streng und gerecht war – eine Kombination, die ihr sehr zusagt.

»Peppe, sagst du? Dann läuft das heute Nachmittag glatt.«

Gemeinsam schlendern sie auf die Kollegen zu, die vor dem Kitagebäude stehen.

*

»Alle mal herhören!«, sagt Peppe laut. Obwohl er nicht schreit, ist seine Stimme an diesem warmen Spätsommertag weithin zu hören. Der Kreis um den Einsatzleiter besteht aus gut vierzig Kollegen im Außendienst. Die Einzige, die ausschließlich im Revier arbeitet, ist Siv. Sie steht am Rand der Gruppe und sieht Peppe durch die Brille auf ihrer Nase an. Ein Stück weiter steht Idun. Sie sieht hoch konzentriert aus.

Cecilia Daniels ist die einzige Hundeführerin vor Ort. Allerdings hat sie von ihrem Chef gehört, dass drei weitere angefordert wurden. Einer fährt von Umeå hoch, zwei weitere haben sich von Kiruna aus auf den Weg gemacht. Letztere hatten an einer größeren Gebirgsübung des Militärs teilgenommen, haben dort aber ihre Sachen gepackt, um sich an der Suche nach der fünfjährigen Ellen zu beteiligen. Sie dürften erst in ein paar Stunden ankommen; Kiruna liegt immerhin gute dreihundert Kilometer entfernt. Damit kommen sie in etwa zeitgleich mit dem Hundeführer aus Umeå.

Peppe lässt seinen Blick durch die Runde schweifen.

»Wir suchen nach Ellen Bohm. Sie ist fünf Jahre alt und vor rund vierzig Minuten aus der Kindertagesstätte verschwunden. Mehrere Kollegen sind schon unterwegs, wir schließen uns in ein paar Minuten an. Wir gehen davon aus, dass Ellen gegen ihren Willen verschleppt wurde. Bei dem Vorfall wurde ein Mann gesichtet – der eine Erzieherin niedergeschlagen hat.«

Die Stimmung in der Gruppe ist angespannt. Alle sind nur mehr darauf fokussiert, was der Einsatzleiter zu sagen hat.

»Es gibt bestimmte Gründe, warum wir Ellen umgehend finden müssen. Sie hat nämlich Diabetes.«

Niemand sagt etwas. Die Stille ist ohrenbetäubend laut.

»Bei ihrem Verschwinden hat Ellen eine rosa Hose und einen lilafarbenen Pullover mit einem rosa Herz auf der Brust getragen. Sie hat langes, lockiges blondes Haar, das sie zum Zeitpunkt der Entführung zu einem hoch angesetzten Pferdeschwanz gebunden hatte.«

Tanja Larsson von der Polizei Boden hebt die Hand. Mit einem Nicken erteilt ihr Peppe das Wort.

»Versteh mich nicht falsch – aber die ›Gründe‹, von denen du sprichst ... Das ist der Diabetes, richtig? Oder gibt es weitere Gründe für eine, sagen wir, noch akutere Lage?«

Tanja hat eine tiefe Stimme, fast wie die eines Mannes. Als Peppe antwortet, spricht er eine halbe Oktave tiefer. Unwillkürlich fragt sich Cecilia, ob er das bewusst macht.

»Ellens Krankheit spielt bei der Einschätzung der Lage natürlich eine wesentliche Rolle, allerdings wissen wir auch, dass sie eine sogenannte Insulinpumpe hat. Wir warten noch auf die Info einer Diabetesschwester aus Sunderby, die die Akte des Mädchens durchsieht und uns mitteilen will, welche Pumpe das genau ist. Außerdem wissen wir noch nicht, wann diese Pumpe zuletzt aufgefüllt wurde und wie viel Insulin somit noch übrig ist. Siv kümmert sich darum, sie rechnet jeden Moment mit einer Antwort.«

Peppe wirft Siv einen flüchtigen Blick zu und spricht weiter.

»Sobald wir wissen, wie lange das Insulin reicht, haben wir einen Zeitrahmen, auf den wir reagieren müssen – was aber natürlich in keiner Weise beeinflusst, in welcher Stärke wir fortfahren. Der Fall hat oberste Priorität, und alle verfügbaren Einheiten nehmen an der Suche teil. Wir bekommen Verstärkung aus den umliegenden Kommunen, eine Einheit aus Västerbotten ist in einem Bus unterwegs, und wir sprechen bereits mit weiteren Einheiten. Zwei Hubschrauber sind auch schon gestartet, weitere dürften sich anschließen, genau wie Militär und Reservisten sowie Missing People. Die Kita ist für die spurentechnische Untersuchung abgeriegelt worden, sodass wir unsere Einsatzzentrale in der benachbarten Schule einrichten. Ich halte direkten Kontakt zum Revier, das die Suche koordiniert. Ihr berichtet an mich, und ich wiederum berichte an Idun Lind und Calle Brandt – die oberste Einsatzleitung liegt bei ihrer Abteilung.«

Er verstummt und scheint kurz nachzudenken.

»Und um Tanjas Frage zu beantworten: Der Täter ist offenbar gewaltbereit. Er hat die Erzieherin, die Ellen befreien wollte, brutal attackiert. Das muss nicht notwendigerweise mehr bedeuten, als dass er in diesem Moment unter Strom stand und sich verteidigen wollte. Wir wissen nicht, ob er verwirrt ist, aus einem Impuls heraus gehandelt hat oder ob die Entführung geplant war. Das muss die Ermittlung erst zeigen. Aber wir gehen davon aus, dass er auf der Flucht ist und Ellen entweder mitgenommen oder sie irgendwo auf der Strecke zurückgelassen hat. Und wir gehen davon aus, dass wir das Mädchen lebend wiederfinden.«

Cecilia hebt die Hand.

Peppe starrt erst ihren Bauch an, ehe sein Blick zu ihrem Gesicht wandert.

»Daniels?«

»Wie weiträumig ist abgesperrt worden?«

Peppes Handy piept. Er zieht es hervor und überfliegt eine Nachricht, ehe er sich wieder an Cecilia wendet.

»Wir haben ein relativ großes Gebiet abgeriegelt, weil wir nicht wissen, ob der Mann zu Fuß oder in einem Fahrzeug geflüchtet ist. Es deutet derzeit nichts darauf hin, dass er ein Fluchtfahrzeug hatte, aber sicher sind wir uns da nicht.«

Cecilia hört ihm angespannt zu.

»Der innere Absperrungsbereich erstreckt sich von Heden bis Buddbyn, dann Erikslund bis raus nach Häggan – was wahrscheinlich übertrieben ist, aber so ist es nun mal. Außerdem haben wir zwei Sperren in Richtung Luleå und eine in Richtung Bodforsen-Ufer errichtet. Ein Team steht an der Straße, die am Aldersjön vorbeiführt. Dort gehen mehrere Waldwege ab, die als Fluchtwege infrage kommen könnten.«

Cecilia drückt den Rücken durch. Es zieht in der Leiste.

»Lajka und ich gehen in Richtung Sävast Zentrum, nehme ich an?«

Peppe hustet.

»Fürs Erste, ja. Wir warten wie gesagt noch auf weitere Hundeführer, und direkt zu Anfang müssen wir hier die nächste Umgebung absuchen. Wir brauchen Spuren und hoffen natürlich, dem Täter so auf die Fährte zu kommen.«

»Gibt es eine Täterbeschreibung?«

Idun hat die Frage laut gestellt, obwohl sie die Antwort schon kennt. Peppe räuspert sich. Er weiß, dass Idun nur um der Kollegen willen gefragt hat.

»Er wurde beschrieben als eins neunzig groß, sportlich, mit einem künstlichen Gesicht und dunklen Haaren aus Stoff.«

Obwohl niemand etwas sagt, ist die Verwirrung schier greifbar.

»Ich ahne, was ihr jetzt denkt. Die Beschreibung ist auch für uns nicht ganz klar. Die Erzieherin, die den Täter beschrieben hat, stand schwer unter Schock. Sie hat einen heftigen Schlag gegen die Schläfe bekommen. Sobald wir sie von Neuem befragen können, gebe ich ihre Beschreibung an euch weiter.«

Ein paar Sekunden verstreichen, ehe der Einsatzleiter sein Briefing beendet.

»Das war's. Ihr wisst, was ihr zu tun habt.«

Cecilia hält auf ihren Wagen zu, um Lajka zu holen. Die beiden arbeiten jetzt seit vier Jahren zusammen und sind ein eingespieltes Team. Es ist, als würden sie vollkommen wortlos miteinander kommunizieren. Nicht selten denkt Cecilia über ihre nächsten Schritte bei einer Suche nach und hat Lajka noch gar kein Kommando gegeben, trotzdem weiß die Hündin auf unerklärliche Weise, was als Nächstes zu tun ist. Es ist so, als könnte Lajka Cecilias Gedanken lesen.

Sie hat ihr Auto erreicht, und im selben Moment, da sie den Kofferraum öffnet, schaltet sich die Klimaanlage ab. Lajka steht in der Box auf, wedelt und sieht Cecilia unverwandt an, als diese die vordere Klappe aufmacht. Die Hündin wartet nur auf das Kommando, dass sie rausdarf, und als es so weit ist, springt sie nach draußen und setzt sich sofort neben ihre Hundeführerin.

Cecilia greift zur Leine und geht leicht schwerfällig in die Hocke. Sie sieht der Hündin in die feucht-dunklen Augen. Die schwarze Hundeschnauze nimmt bereits Witterung auf.

»So, meine Liebe, jetzt machen wir uns auf die Suche nach Ellen, okay?«

Die Hündin hört auf zu schnuppern. Stattdessen starrt sie Cecilia unverwandt an, die weiß, dass der ausschließliche Fokus des Tiers von nun an auf sie gerichtet ist. Dass sie beide zusammenarbeiten, ist wichtiger als alles andere. Und wenn jemand eine verschleppte Fünfjährige finden kann, dann Cecilia und Lajka.

Erneut zieht es in den Leisten, als Cecilia sich wieder aufrichtet. Der Bauch kommt ihr plötzlich schwer vor, auch wenn sich der restliche Körper stabil anfühlt.

»Komm, Schätzchen.«

Synchron setzen sie sich in Bewegung. Aus einigem Abstand sieht sie, wie Idun Lind und Calle Brandt in ein Auto einsteigen. Mit quietschenden Reifen biegen sie auf den Sävastleden in Richtung Boden ab. Cecilia schluckt trocken. Hoffentlich finden sie Ellen.

Bredåker 1994

Tommy steht auf Zehenspitzen auf einem Stuhl im Gemeindesaal. Wie viele andere Vierzehnjährige ist auch er schlaksig geworden und hat Arme und Beine nur schlecht unter Kontrolle. Die Ballons, die er unter der Zimmerdecke befestigen will, wehen in alle Richtungen. Genervt mahlt er mit den Zähnen und streckt sich, so weit er kann. Mit der Fingerspitze erreicht er gerade so den Haken an der Decke, versucht, die Ballonschnur darüberzuschieben, aber ein ums andere Mal misslingt es ihm. Die Schulter tut von der Anstrengung weh, und er ist drauf und dran aufzugeben, als er mit dem ausgestreckten Zeigefinger die Schlinge plötzlich doch noch an die richtige Stelle bugsiert.

»Schau an!«

Er zuckt zusammen. Neben dem Stuhl stehen Vivianne und ihre vierjährige Tochter Sara. Vivianne lächelt zu Tommy empor.

»Sieht gut aus.«

Sie streckt ihm die Hand entgegen, um ihm von seinem Stuhl zu helfen. Wortlos sieht er darüber hinweg und springt lautlos hinunter. Ohne eine Miene zu verziehen, lässt Vivianne ihre Hand sinken.

»Das wird eine schöne Feier für deine Mutter. Dass sie ausgerechnet heute Geburtstag hat! Und dass ihr jetzt schon fast fünf Jahre hier seid! Ist das nicht fantastisch?«

Sie verschränkt die Hände hinter dem Rücken. Tommy

zupft einen losen Faden aus seinem Pullover. Geduldig wartet Vivianne darauf, dass er antwortet. Als er nichts sagt, kommt sie einen Schritt näher.

»Gott hat euch hergeführt. Dafür solltest du ihm ein bisschen mehr Dankbarkeit erweisen.«

Tommy starrt zu Boden. Er weiß, dass die Gemeinde es nicht gutheißt, dass er noch immer nicht zu Gott gefunden hat. Seit fast drei Jahren besucht er nun jeden Gottesdienst, spricht Tischgebete und verkneift sich das Fluchen. Aber er hat sich nach wie vor nicht taufen lassen, obwohl Mattias ihn wiederholt dazu ermuntert hat.

Tommy bleibt schweigend stehen. Die Ballons schaukeln über ihm hin und her.

Doch Vivianne reicht sein Schweigen nicht.

»Du solltest es deiner Schwester gleichtun. Sie hat den rechten Weg eingeschlagen. Elf Jahre – und unserem Herrn schon so nah! Elf Jahre, und schon Teil von Gottes Familie. Gerade du, der du genau weißt, was Bosheit bedeutet, solltest doch wohl Verstand genug haben, um die Liebe zu wählen?«

Er fragt sich, was für eine Art Bosheit Vivianne meint, sagt aber nichts. Er weiß nur zu gut, dass Stille die Antwort ist, die Vivianne am meisten missfällt.

Es dauert nur ein paar Sekunden, bis sie erneut einen Schritt auf ihn zumacht. Sara tapst ihr hinterher und krallt sich in den langen Rock ihrer Mutter. Vivianne kommt mit dem Gesicht ganz nah an Tommy heran.

»Dir sollte man mal eine Lektion erteilen.« Und dann die feindselige Fortsetzung: »Eine richtig spürbare Lektion.«

Dann macht sie auf dem Absatz kehrt und geht. Tommy sieht ihr hinterher, der lange Rock weht um ihre Beine, und Sara muss sich sputen, um mit ihr Schritt zu halten.

Im nächsten Moment zuckt Tommy wieder zusammen, als direkt hinter ihm Ingrid das Wort ergreift. Er hat sie nicht kommen gehört.

»Du solltest Gott entgegentreten, Tommy. Nichts wird je besser, solange du Gott nicht entgegentrittst.«

Lange sieht er die Person an, die er von allen auf der Welt am meisten liebt. Ihm schnürt sich vor Sorge die Kehle zu. Ingrid ist jetzt elf Jahre alt und hat sich verändert. Sie hat diesen dauerhaft abwesenden Blick – seit sie von den zwei sogenannten Tauftagen wiederkam.

Anfangs hat Tommy geglaubt, dass sie vielleicht krank werden würde, aber als dann mehrere Tage vergangen waren und der Blick immer noch nicht wieder der alte war, dämmerte ihm, dass etwas passiert sein musste. In den darauffolgenden Wochen gab er sich alle Mühe, sie dazu zu überreden, ihm zu erzählen, was vorgefallen war. Doch Ingrid weigerte sich zu antworten. Erst nachdem die Taufe im Gemeindesaal vollzogen war, wo Mattias ihr Wasser über den Kopf träufelte, schien sich Ingrid ein wenig zu entspannen. Was sich in fünf langen Tagen des Schweigens äußerte. Gedankenversunken lag sie auf ihrem Bett in ihrem Familienzimmer. In der Nacht, als sie wohl glaubte, die anderen würden schlafen, sah Tommy, dass sie am Daumen lutschte, was sie nicht mehr getan hatte, seit sie ganz klein war; zuletzt hatte sie am Daumen gelutscht, kurz bevor ihr Vater sie grün und blau geschlagen hatte, weil sie mit diesen »obszönen Kindereien« aufhören sollte. Weder Ingrid noch Tommy hatten gewusst, was »obszön« bedeutete, aber in Anbetracht des blauen Auges und eines monatelang nicht heilenden Arms war zumindest klar, dass es nichts Gutes heißen konnte. Und Papas Strafe zeigte Wirkung: Ingrid hörte mit dem Daumenlutschen auf.

Jetzt steht sie neben Tommy. Er will nichts lieber, als ihre Hand zu nehmen, wie er es früher gemacht hat. Doch das geht jetzt nicht mehr. Das Leben auf dem Paradieshof dreht sich darum, Trost bei Gott zu finden, nicht beieinander. Tommy ist sich nicht sicher, ob seine Schwester tatsächlich zu Gott gefunden hat oder ob sie nur so tut. Vielleicht ist das ihre Art, in dieser Welt zu überleben, in die sie hineingeraten sind. Er selbst kann Gottes Nähe nur allzu gut spüren – weil sie ihm nichts weiter als erstickend vorkommt. Wenn er diese Befreiung durch den Herrn empfinge, von der alle reden, würde er schlichtweg eingehen. Ein Schwur zu Gott, und sein Leben wäre zu Ende.

Tommy sieht sich um. Alle im Raum scheinen mit den Vorbereitungen für Violas Geburtstag beschäftigt zu sein. Als er sich vergewissert hat, dass niemand guckt, streckt er die Hand aus und streift Ingrids Finger. Er sagt kein Wort. Und auch Ingrid bleibt still, doch in ihrem Gesicht flackert kaum merklich etwas auf, was sofort wieder erlischt.

Schau einer an.

Dann kann seine kleine Schwester ja doch seine Zuwendung spüren.

Wenn Ingrid nicht wäre, hätte Tommy den Paradieshof längst verlassen. Keine Minute länger wäre er in dieser gottverlassenen Hölle geblieben.

Aber Ingrid zurückzulassen ist keine Alternative.

Lieber geht er hier ein.

Die warme Septembersonne steht schon recht tief. Goldgelbes Licht fällt von der Seite durchs Fenster in den Vernehmungsraum. Idun kneift die Augen zusammen, lässt aber die Jalousien geöffnet. Es hängt auch so schon Verzweiflung in der Luft. Das will sie durch gedämpftes Licht nicht noch fördern.

Calle sitzt neben ihr. Er sieht verkniffen aus. Idun meint, in seinem Augenwinkel eine Träne entdeckt zu haben, aber sie ist sich nicht sicher. Diese ewig steinharte Fassade – es muss schwer sein, sie aufrechtzuerhalten.

Ihnen gegenüber sitzen Magnus und Anna Bohm. Ellens Eltern sind am Boden zerstört. Magnus ist aschfahl im Gesicht, die Augen sind glasig, genau wie ein paar Stunden zuvor die von Jenny Ek. Anna weint die ganze Zeit, mal heftiger, mal weniger heftig, aber sie weint nonstop.

Am Tischende sitzt Anders Eriksson. Auch der Chef der Abteilung sieht verbissen aus. Er knirscht mit den Zähnen, und seine Stirn ist tief gefurcht.

Idun eröffnet das Gespräch.

»Ich verstehe, dass dies hier unfassbar schwer für Sie ist.«

Anna tupft sich mit einem Taschentuch, das Siv ihr gegeben hat, die Wangen ab, doch es kommen immer neue Tränen.

»Ich kann Ihnen versichern, dass wir alles tun, um Ellen

zu finden. Wir geben nicht auf. Wie hören nicht auf, nach Ihrer Tochter zu suchen.«

Anna nickt, aber es ist nicht ganz klar, ob sie wirklich versteht, was Idun sagt. Magnus starrt Idun an. Es wirkt fast, als wollte er jedes Wort, das sie sagt, krampfhaft in sich aufsaugen.

»Haben Sie eine Vorstellung, wer Ellen verschleppt getan haben könnte?«

Idun sieht das verstörte Elternpaar an. Zwei fahlgraue Menschen, die abgrundtiefe Angst haben. Magnus schüttelt den Kopf und muss sich erst sammeln, ehe er eine Antwort zustande bringt.

»Wir haben keine Ahnung … Wer sollte Ellen entführen wollen? Es will mir nicht in den Kopf …«

Sein Gesicht ist zerknittert.

Calle schreibt sich etwas auf.

»Mir ist klar, dass unsere Fragen Ihnen zusetzen, aber wir müssen sie stellen.«

Die Bohms reagieren nicht darauf.

»Könnte es sein, dass Sie Feinde haben?«

Anna zupft an ihrem Taschentuch und schüttelt langsam den Kopf.

»Wir haben keine Feinde. Eine Nachbarin vielleicht, die mal sauer war, als Ellen über ihren Rasen gelaufen ist – aber die ist achtzig und würde Ellen nie etwas antun!«

»Gibt es Konflikte innerhalb der Familie? Steuern Sie auf eine Scheidung zu?«

Anna zuckt so heftig zusammen, dass man meinen könnte, Idun hätte sie geschlagen.

»Absolut nicht! Es gibt keine Konflikte, und wir haben auch nicht vor, uns scheiden zu lassen. Oder, Magnus?«

Sie redet zu schnell und zu laut. Verunsichert sieht sie ihren Ehemann an. Magnus hat die Lippen zusammengepresst und schüttelt grimmig den Kopf. Wieder kommen Anna die Tränen. Das Taschentuch ist mittlerweile derart durchnässt, dass es nicht mehr zu gebrauchen ist. Trotzdem tupft sie sich damit über die Wangen.

»Wer hat Ellen heute Morgen zur Kita gebracht?«

»Meine Mutter, Ellens Großmutter.«

»Und weshalb?«

Magnus sieht Idun verwirrt an. Anna weint in ihr Taschentuch, reißt sich aber kurz zusammen, als Idun es ausführt.

»Wieso hat Ihre Mutter Ellen hingebracht? Macht sie das sonst auch?«

Erst jetzt scheint Magnus die Frage zu verstehen. Er antwortet mit brüchiger Stimme.

»Manchmal schon. Meine Mutter hilft uns ziemlich oft mit Ellen.«

Aus den Augenwinkeln sieht Idun, wie Calle sein Handy zückt und eine Nachricht schreibt – unter Garantie an Siv.

»Ellen hat Diabetes …«

Magnus' Stimme ist nur mehr ein Flüstern. Obwohl sie schon von Ellens Krankheit gehört haben, beschleicht Idun ein mulmiges Gefühl. Zum ersten Mal, seit sie beisammensitzen, entspannen sich Anders' Kiefermuskeln, während Magnus angestrengt atmet. Es sieht aus, als bekäme er unzureichend Luft.

»… seit einem guten Jahr. Manche Nächte sind besonders schwer, trotz der Insulinpumpe. Wir haben gestern Nacht kaum geschlafen, und in den frühen Morgenstunden habe ich meine Mutter angerufen, die daraufhin vorbeikam und uns abgelöst hat. So konnten wir vor der Arbeit noch ein paar Stündchen schlafen.«

Idun nickt verständnisvoll.

»Und sie hat Ellen später auch in die Kita gefahren?«

»Ja.«

Calle tippt eine zweite Nachricht. Es dauert nur wenige Sekunden, bevor von der Tür ein leises Klopfen zu hören ist. Siv tritt ein. Sie überreicht Calle einen Zettel und verlässt das Zimmer ohne ein Wort.

»Braucht Ellen auch Spritzen?«

Magnus schüttelt den Kopf.

»Nicht mehr. Über die Pumpe bekommt sie die programmierte Dosis und manuell mehr, wenn sie mehr braucht.«

»Dann per Spritze?«

Ellens Vater schüttelt erneut den Kopf.

»Nein, über eine Taste an der Pumpe.«

»Wie lange reicht das Insulin, das sie hat? Ungefähr?«

Anders atmet jetzt durch den Mund.

»Zwei, drei Tage? Kommt darauf an, was sie isst und wie viel sie sich bewegt.«

Idun lässt ein paar Sekunden verstreichen, in denen Stille herrscht.

»Wir müssen auch mit Ihrer Mutter sprechen.«

Magnus' Reaktion kommt überraschend schnell.

»Meine Mutter hat mit Ellens Verschwinden nichts zu tun, das kann ich Ihnen versichern.«

Idun hebt beschwichtigend die Hand.

»Davon gehen wir auch gar nicht aus. Trotzdem müssen wir auch mit ihr sprechen.«

Darauf antwortet Magnus nicht. Stattdessen legt er Anna den Arm um die Schultern und zieht sie an sich. Er gibt ihr einen Kuss auf den Scheitel und streichelt ihren Arm. Ihre Stimme zittert.

»Wenn Ellen stirbt, Magnus, dann sterbe ich auch.«

Magnus atmet ins Haar seiner Frau aus, legt ihr dann die Hand auf die Schulter und drückt sie – ein wenig fester als beabsichtigt, wie Idun glaubt.

»Ellen stirbt nicht. Die Polizei findet sie. Das stimmt doch?«

Letzteres hat er an Idun gerichtet. Sie fängt seinen Blick auf und hält ihm stand, weil sie weiß, dass es derzeit ihr Job ist, Stabilität und Verlässlichkeit auszustrahlen. Aber sie sagt nichts. Stumm denkt sie darüber nach, wovor es auch Calle graut, wie sie gut weiß.

Niemand hat eine Ahnung, wo Ellen stecken könnte, und inzwischen ist die Zeit ihr ärgster Feind.

Eivor Bohms Bungalow steht in zentraler Lage an einer Straßenecke. Er ist braun geklinkert mit weißen Schmuckdetails aus Holz und hat ein grünes Dach. Nirgends im Garten blühen Blumen, allerdings gibt es ein paar Büsche und mehrere Obstbäume.

An der Eingangstür gibt es keine Klingel. Stattdessen hängt auf Augenhöhe ein gusseiserner Türklopfer in Form eines Löwenkopfes. Als Calle mit dem Nasenring des Löwen auf die Metallplatte schlägt, ist das Geräusch laut und durchdringend. Idun muss sich zusammennehmen, um sich nicht die Ohren zuzuhalten.

Die Frau, die ihnen die Tür aufmacht, bietet einen jämmerlichen Anblick. Die Augen sind vom Weinen gerötet, die Lippen rissig. Sie umklammert ein Handy und presst die freie Hand auf ihre Brust, wie um eine Panikattacke zu unterdrücken. Idun entdeckt eine hässliche Narbe an ihrem Hals. Sie scheint lange verheilt zu sein, wurde jedoch schlecht vernäht, sodass sich überschüssige Haut über den schiefen Kanten wölbt. Lang ist die Narbe überdies, bestimmt zehn Zentimeter.

»Ja?«

Sie klingt heiser vom Schluchzen.

»Ich heiße Idun Lind, und das hier ist mein Kollege Calle Brandt. Wir sind von der Polizei.«

Die alte Frau fängt an zu weinen. Sie wimmert laut und

klopft sich auf die Brust. Idun muss sich zusammenreißen, damit sie nicht über die Schwelle tritt und sie in den Arm nimmt. Stattdessen warten sie und Calle schweigend ab. Es dauert eine Weile, ehe Eivors Schluchzer verebben.

»Dürfen wir reinkommen?«

Calles Stimme klingt sanft, doch Idun kann sehen, wie seine Hand zittert, ehe er die Faust ballt und sie in die Jeanstasche schiebt. Stumm macht Eivor einen Schritt zurück, damit sie eintreten können.

Idun sieht sich um. An den Wänden hängen gerahmte Fotos, die meisten von Magnus und Ellen. Auf einem der Bilder ist auch Anna zu sehen. Es sind schöne Aufnahmen, von besonderen Anlässen: von Weihnachts- und Geburtstagsfesten, von Ausflügen zum Aldersjön und ins Haus der Technik. Eins der Fotos scheint vom Sommerfest in Ellens Kita zu stammen. Idun erkennt das rote Gebäude mit den Schaukeln im Hintergrund wieder.

Eivor sagt immer noch nichts. Nachdem die zwei Polizisten die Schuhe ausgezogen haben, geht sie voraus in die Küche. Idun und Calle folgen ihr. Ohne ein Wort setzt sich Ellens Großmutter an den Küchentisch. Idun setzt sich ihr gegenüber, während Calle einen Hocker am Tischende nimmt. Der Hocker knarzt bedrohlich unter seinem Gewicht.

»Ich will Ihnen zuallererst sagen, wie sehr es mir leidtut, dass Sie in diese schwierige Lage geraten sind. Es muss ein Albtraum für Sie sein. Calle und ich und sämtliche Kollegen tun alles in unserer Macht Stehende, um Ellen zu finden.«

Eivor sieht Idun mit gehetztem Blick an. Es sind mittlerweile knapp drei Stunden vergangen, seit Ellen verschleppt wurde, doch für Ellens Großmutter muss es sich wie die Ewigkeit anfühlen. Die Küche ist warm, fast stickig. Trotzdem zieht Eivor ihre Strickjacke enger um den schmalen Leib.

»Warum sind Sie hier?«

Sie kann ihre Missbilligung nicht verhehlen.

»Warum sind Sie nicht draußen und suchen nach Ellen?«

Mit dieser Frage haben Idun und Calle gerechnet.

»Unzählige Kollegen – sämtliche verfügbaren Einsatzkräfte – sind derzeit draußen unterwegs und suchen nach ihr. Wenn ein Kind verschwindet, werden alle Ressourcen auf die Suche verwendet. Es sind tatsächlich alle draußen – außer Calle und mir.«

»Und warum sind Sie nicht ebenfalls draußen?«

Idun legt sich die Antwort sorgsam zurecht.

»Ein wichtiger Teil so einer Suche ist das Gespräch mit den Angehörigen. Das übernehmen Calle und ich. Was immer Sie uns erzählen, kann dazu beitragen, dass wir in Erfahrung bringen, wo wir als Nächstes suchen müssen. Und das wiederum kann dazu führen, dass wir Ellen bedeutend schneller finden, als wir es ohne Ihre Informationen getan hätten.«

Eivor sieht nachdenklich aus. Sie blinzelt leicht zeitverzögert.

»Haben Sie eine Ahnung, wer Ellen entführt haben könnte?«

Bei der Frage zuckt Eivor zusammen. Die Hände schnellen an ihren Hals, und mit zitternden Fingern streicht sie über die Narbe, ehe sie sich fest den Hals massiert. Es sieht aus, als müsste sie verhindern, dass sich ein unsichtbares Seil zuzieht und ihr die Luft abschnürt.

»Das ist die Angst«, erklärt Calle leise.

Seine Stimme klingt vollkommen neutral. Eivor sieht ihn fast mit Hysterie im Blick an.

»Das ist die Angst, die Ihnen das Gefühl gibt zu ersticken. Es fühlt sich nicht gut an, ist aber nicht lebensbedrohlich.«

Idun beugt sich ein Stück über den Küchentisch.

»Sie haben Ellen heute Morgen in die Kita gebracht?«

Eivor atmet flach.

»Anna und Magnus brauchten Schlaf. Sie hatten eine anstrengende Nacht wegen Ellens Blutzucker.«

Ein neuerlicher Weinkrampf bahnt sich an. Idun und Calle warten ab. Als die Tränen versiegen, fährt Eivor unterbrochen von Schluchzern fort.

»Dass die Arme diese schreckliche Krankheit haben muss! Es ist wirklich anstrengend, für uns alle, ständig müssen wir an die Kontrollen und an die Insulinzufuhr denken. Magnus und Anna haben das im Krankenhaus gelernt und es anschließend mir beigebracht.«

Ihre Stimme versagt immer noch hier und da, sodass einige Wörter kaum zu verstehen sind.

»Wissen Sie, wann die Pumpe zuletzt befüllt wurde?«

»Natürlich weiß ich das! Ich habe sie heute Morgen selbst frisch aufgefüllt.«

Calle zückt sein Handy und schreibt eine SMS an Siv.

»Was passiert, wenn die Pumpe leer ist?«

Eivor sieht Idun direkt ins Gesicht. Ihre Augen sind immer noch rot gesprenkelt. Überrascht stellt Idun fest, dass Ellens Großmutter erstaunlich junge Augen hat.

»Wenn das Insulin zur Neige geht, schlägt die Pumpe Alarm. Auf dem Display erscheint dann die Meldung, dass kein Insulin mehr verfügbar ist. Wenn Ellen dann etwas isst, schießt der Blutzucker in die Höhe.«

Calle schluckt lautlos. Idun hört es trotzdem.

»Das Gefährlichste ist aber, wenn jemand den Knopf für die Insulinzufuhr drückt, ohne dass sie etwas gegessen hat. In dem Fall wäre es zu viel Insulin im Verhältnis zur Einnahme von Kohlenhydraten.«

Idun traut sich nicht einmal zu blinzeln. Die Luft fühlt sich dicht und klebrig an.

»Aber warum sollte jemand auf den Knopf drücken, ohne dass Ellen gegessen hat?«

Die alte Dame tut keinen Mucks. Sie lässt Idun nicht aus den Augen, als sie mit heiserer Stimme antwortet.

»Ich weiß es nicht. Aber irgendwer will ihr doch offensichtlich etwas antun.«

Idun zögert.

»Was passiert – rein körperlich –, wenn Ellen zu viel Insulin im Blut hat? In welcher Hinsicht wäre das gefährlicher als zu wenig Insulin?«

Eivors Hände auf der Tischplatte fangen an zu zittern. Ihr Blick wird gehetzt. Unvermittelt beißt sie sich so hart auf die Unterlippe, dass sich ein Blutstropfen bildet. Dann läuft ihr ein schmales Rinnsal bis übers Kinn. Idun widersteht dem Impuls, aufzustehen und Küchenpapier von der Anrichte zu holen.

Als Eivor antwortet, klingt ihre Stimme nicht mehr wie ihre eigene.

»Wenn der Insulinspiegel zu hoch wird … dann stirbt Ellen.«

Langsam beugt Eivor sich über den Tisch. Sie legt die Stirn zwischen die ausgestreckten Arme. Der Kopf ruht schwer auf der Tischplatte. Dann holt sie tief Luft und schreit auf die Tischplatte ein.

Bredåker 1995

Im Nachhinein kann Tommy sich nicht erklären, was da passiert ist. Das Ganze begann als normaler Gottesdienst. Zuvor hatte er am Rande mitbekommen, dass es draußen im Stall weitergehen würde, allerdings hatte er nicht recht einordnen können, ob das nur Räuberpistolen waren oder nicht; niemand hatte diese Fortsetzungen je in allen Einzelheiten beschrieben. Aber flüsternde Stimmen und flüchtige Blicke sprachen von der Reinigung der Schmutzigsten von ihnen allen.

Der Gottesdienst an sich bestand zunächst aus mehr Liedern als sonst. Die Gemeindemitglieder sangen sich schier die Seele aus dem Leib. Die Loblieder hallten von den Wänden des Gemeindesaals wider und stiegen zur Decke auf. Mattias predigte darüber, wie der Himmel sie alle höre und dass Lobgesänge schließlich der Weg zu Gott seien.

Hinter den Bankreihen standen Saftkaraffen bereit. Wiederholt legten sie Pausen ein, um sich zu stärken. Während einer solchen Trinkpause brach Mattias unter Krämpfen am Altar zusammen. Der ganze Saal erstarrte. Alles vibrierte nur mehr vor Sorge, was ihrem weltlichen Anführer geschehen sein mochte. War Mattias krank? Würde er sterben? Guter Gott, gesegneter Herr im Himmel, hilf!

Auf dem Teppich vor dem Altar wurde Mattias von heftigen Zuckungen geschüttelt. In seinen Augen war nur noch Weiß zu sehen – ein gespenstischer Anblick. Ellenor rannte nach vorn, um ihrem Mann zu helfen, wurde jedoch in letzter Sekunde von zwei männlichen Gemeindemitgliedern zurückgehalten. Eine Frau darf sich dem Altar nicht nähern. Das wissen alle, selbst Ellenor. Deshalb blieb sie auf dem Gang stehen, schlug die Hände vors Gesicht, trotzdem war ihr die überwältigende Sorge um ihren Ehemann deutlich anzusehen. An ihrer Stelle eilten die beiden Männer, die ihr Einhalt geboten hatten, auf ihrer aller Gemeindeoberhaupt zu. Sanft hielten sie seinen Kopf, während die Krämpfe allmählich abebbten.

Es dauerte mehrere Minuten, ehe Mattias sich wieder aufsetzen konnte. Verwirrt sah er sich um – mit trägem Blick, der Körper schwer und schlapp. Als er schließlich auf die wackligen Beine kam, ging ein Raunen durch die Gemeinde. Langsam hob er die Hände und dann den Blick empor zur Decke. Sobald er abermals das Wort ergriff, war es ringsum totenstill.

»Mein Gott, o unser aller Gott! Ich danke dir für die Offenbarung! Danke, dass du zu mir gekommen bist. Danke, dass du zu mir gesprochen hast! Danke, dass du uns alle auf den rechten Weg führst!«

Ein Beben ging durch die Reihen, die anderen sprangen auf und rissen ebenfalls die Hände hoch. Jubelnd kleideten sie ihr Glück in Worte, dass Gott sich ihrem Mattias abermals gezeigt habe. Die Freude war nicht zu übersehen, man hörte und spürte sie, wie sie bis hinauf unter den Dachfirst hallte. Danke, Gott! Danke, Herr! Danke, Mattias!

Als Mattias die Hände wieder sinken ließ, taten die anderen es ihm gleich. Mit einer kaum merklichen Geste gab er ihnen zu verstehen, dass sie sich setzen sollten, und sie ließen sich wieder auf den Bänken nieder.

»Geliebte Gemeinde, ich habe eine Botschaft empfangen.«

Alle warteten stumm ab.

»Gott hat mir eine Offenbarung beschert.«

Allenthalben ein scharfes Einatmen.

»Der Herr hat mir von einer Sünde berichtet.«

Das Raunen hallte von den Wänden wider. Tommy reckte den Hals, um von seinem Platz zwischen Mama und Ingrid auf einer der hinteren Bänke besser zu sehen.

»Lena, mein liebes Lamm ... Sei so gut und steh auf.«

Ein besorgtes Murmeln ging durch die Reihen. In einer der hintersten Reihen stand die siebzehnjährige Lena zögerlich auf. Sie sah verängstigt aus. Tommy, der eine Reihe vor ihr saß, spähte zu ihr zurück, und es schoss ihm durch den Kopf, dass wohl so ein Mensch aussah, der drauf und dran war einzugehen.

Doch Lena ging nicht ein. Sie stand nur zitternd an ihrem Platz.

Als Mattias erneut sprach, bebte seine Stimme vor Wut.

»Lena. Der Herr hat mir verraten, dass du in anderen Umständen bist.«

Der Schock kam einem Peitschenhieb gleich. Alle wussten, dass Lena unverheiratet war. Was Mattias behauptete, war unbegreiflich.

Lenas Arm begann, unkontrolliert zu zittern. Sie klappte ein paarmal den Mund auf und wieder zu, bekam aber kein Wort heraus. Mattias nahm ihr Schweigen als Geständnis.

»Oh ja. Gott hat mir überdies verraten, dass die Frucht, die in Sünde empfangen wird, das Licht der Welt nicht erblicken darf. Was im Leib einer unverheirateten Frau heranwächst, muss aus dem Paradies vertrieben werden.«

Tommy versuchte fieberhaft zu verstehen, was Mattias damit meinen könnte: Würde Lena jetzt aus Gottes Paradies vertrieben? Oder meinte Mattias den Paradieshof?

*

Im Nachhinein würde Tommy den Nachmittag als jenen im Gedächtnis behalten, an dem alles in sich zusammenfiel. Als den Tag, an dem Mattias Lena im Stall zu Boden schleuderte und die Pferde angesichts der Stimmung, die sich dort schlagartig breitmachte, unruhig wieherten. Tommy würde nie vergessen, wie die drei Männer, die Lena mit aller Kraft auf dem harten Betonboden festhielten, sie der Reihe nach vergewaltigten, während Lena sich vor Schmerzen die Seele aus dem Leib schrie. Er wird die Erinnerungen nie wieder loswerden, wie er es plötzlich von oben im Heu knistern hörte, flüchtig nach oben blickte und Ingrid entdeckte, die auf dem Heuboden kauerte. Dort hinter einem Heuballen versteckt weinte sie stumme Tränen und hatte wieder diesen schrecklich abwesenden Blick.

Tommy wird auch nie den lähmenden Schrecken vergessen, als Mattias aus einem Verschlag eine Eisenstange holen ging. Zwei der anderen hielten Lenas Beine fest, der Dritte stellte sich auf ihre Arme und drückte ihren Kopf auf den schmutzigen Stallboden. Lena blutete bereits aus dem Unterleib, als Mattias die Spitze auf ihren Schoß richtete und dann mehrmals zustieß, bis er das Ergebnis erzielt hatte, das Gott ihm als seinen Wunsch übermittelt hatte. Den Laut, der sich Lenas Kehle entrang, wird Tommy nie wieder loswerden. Das Brüllen, das Heulen, den Schrei, der alles durchdrang. Der in heftige Krämpfe mündete –

und diese schlussendlich damit, dass eine blutige, unförmige Masse aus Lenas Leib sickerte.

Dort, auf dem harten Stallboden aus Beton, fixiert und vergewaltigt, brachte Lena ihr uneheliches Kind zur Welt; ein totes Baby in Gestalt von blutiger Masse.

Die Zeit stand still. Lena lag still am Boden. Nicht das geringste Geräusch war mehr zu hören.

Mattias selbst stand ein paar Meter von Lena entfernt und bedachte sie mit einem liebevollen, fürsorglichen Blick. Und dann lächelte er sanft, ehe er den Fuß hob und den großen schwarzen Stiefel in den blutigen Embryo stampfte, der zu rotbraunem Brei zerfloss. Anschließend wischte er sich die Sohle am Beton ab und beugte sich hinab, um der bewusstlosen Lena über die Haare zu streichen.

Und dann ging er. Seine drei Helfer folgten ihm nach. Das große Stalltor machten sie hinter sich zu.

Und zwischen den nervösen Pferden stand Tommy. Der Schock war genauso lähmend wie die zeitgleich einsetzende Erkenntnis, dass das Leben, so wie er es bislang gekannt hatte, unwiederbringlich vorbei war. Lena blutete immer noch stark. Tommy ging davon aus, dass sie tot war. Vielleicht war es besser so. Lena, die sich von Gott abgewandt hatte und jetzt für ihre Sünde bestraft worden war … oder gereinigt? Vielleicht sogar befreit? Tommy wusste weder ein noch aus. Sein Gehirn funktionierte nicht mehr. Die Gedanken schwappten nur noch zäh durch seinen Kopf. Sein Körper schien sich zu verformen – ihm war fast, als würden sich die Konturen der Welt um ihn herum auflösen.

Er drehte sich um, blickte empor zum Heuboden, doch dort war von Ingrid nichts mehr zu sehen. Er hatte sie nicht aus dem Stall laufen sehen, daher musste sie noch irgendwo sein. Trotzdem war sie weg – auf die gleiche Weise wie Lenas Unschuld und Tommys letzte Hoffnung auf eine geborgene Kindheit.

Es ist halb zehn Uhr abends. Idun, Calle und Anders sitzen im Besprechungsraum. Vor ihnen liegen vier leere Pizzakartons. Obwohl die drei Kollegen bis tief ins Mark erschöpft sind, können sie jetzt nicht nach Hause fahren. Es gibt diverse Verbrechen, bei denen man als Polizist auf Pause drücken kann; doch ein gekidnapptes Kind gehört nicht dazu.

Siv betritt das Zimmer. Sie trägt ein Tablett mit vier Kaffeebechern und einem Schälchen mit selbst gebackenen Geleekeksen vor sich her. Das Backen ist für Siv wie für Idun das Laufen: Es zwingt sie eine Zeit lang, sich auf etwas anderes als die Arbeit zu konzentrieren.

Siv verteilt drei Kaffeebecher und behält den vierten für sich. Anders beugt sich vor, nimmt sich einen Keks und kaut mit offenem Mund darauf herum. Trockene Brösel regnen aus seinem Mundwinkel auf den Tisch.

»Erzählt mir noch einmal, was wir bislang wissen.«

Sivs Stimme klingt trocken wie Zunder. Die Brille hat sie sich auf die Nasenspitze geschoben, und sie hält Block und Kugelschreiber bereit.

Als Anders antwortet, klingt er angestrengt. So ist das, wenn eine Fünfjährige verschwindet: So was lässt niemanden kalt, nicht mal einen sechzigjährigen Polizeichef, der seit annähernd vierzig Jahren im Dienst ist.

»Die Lage ist schwierig. Schrecklich schwierig.«

Siv zuckt nicht mit der Wimper. Idun übernimmt.

»Jenny Ek zufolge war der Täter genauso groß wie sie. Wenn man bedenkt, dass er in dem kurzen Moment, in dem Jenny ihn gesehen hat, draußen vor dem Fenster stand, muss er etwa eins neunzig groß sein. Jenny selbst ist eins sechzig groß, und Malmen sagt, der Höhenunterschied zwischen dem Boden des Kitaraums und der Stelle, wo der Mann stand, beträgt ziemlich genau dreißig Zentimeter.«

Siv schreibt es sich auf, während Idun ihren Kaffee in einem Zug trinkt und sofort das Gefühl hat, sie bräuchte womöglich noch einen.

Calle sitzt schweigend neben ihr, hat sich augenscheinlich entspannt auf seinem Stuhl zurückgelehnt, die Hände hinter dem Kopf verschränkt und blickt gleichgültig drein, auch wenn Idun genau weiß, dass er unter Strom steht. Die entspannte Haltung ist bloß Fassade und soll verhindern, dass er sich mit seinen Gefühlen auseinandersetzt. Denn sogar Calle ist ein Mensch, auch wenn das mitunter schwer zu glauben ist.

»Ellens Diabeteserkrankung setzt uns ein noch engeres Zeitfenster als sonst. Die Diabetologin aus Sunderby sagt, die Pumpe funktioniert nur so lange, wie Insulin vorhanden ist. Das stimmt doch, oder?«

Die Frage ist an Siv gerichtet, die mit dem Stift in der Hand innehält.

»Das stimmt – so eine Pumpe funktioniert, solange die Kanüle an Ort und Stelle sitzt und der Behälter Insulin enthält. Allerdings ist schwer zu sagen, wie lange das Insulin reicht. Ihr habt erzählt, dass Eivor den Behälter heute früh aufgefüllt hat, was uns natürlich in die Hände spielt. Die Pumpe ist auf die Basalrate eingestellt, die dem Bedarf des Körpers entspricht, solange keine Mahlzeiten verabreicht werden. Wenn Ellen etwas isst, steigt der Gewebezucker. Dann muss manuell eine zusätzliche Bolusgabe verabreicht werden. Das geschieht mittels einer Taste auf der Pumpe. Das Problem ist, dass man dafür wissen muss, wie viel Insulin zusätzlich nötig ist – und das hängt maßgeblich davon ab, wie viel Zucker der Körper ausgebildet hat.«

»Und woher weiß man das?«

»Man misst den Blutzuckerwert und berechnet die entsprechenden Insulineinheiten. Das ist relativ leicht, wenn man weiß, was man tut, aber das muss man natürlich erst lernen. Der Diabetologin zufolge bekommen Eltern von Kleinkindern, die an Diabetes erkrankt sind, eine verhältnismäßig ausführliche Einweisung, damit sie umfänglich Bescheid wissen. Die Krankheit macht das Leben erst mal kompliziert, ganz besonders, wenn sie kleine Kinder trifft.«

Es wird still im Raum. Anders streckt sich erneut nach einem Keks aus. Diesmal beißt er nur die Hälfte ab, und während er darauf herumkaut, hält er sich die andere Hälfte vor das Gesicht.

»Wenn Ellen also einen halben Marmeladenkeks isst, braucht sie zusätzlich Insulin, das manuell verabreicht wird. Korrekt?«

Er fuchtelt mit dem halben Keks herum, sodass es weitere Krümel regnet.

Siv nickt.

»Ganz genau. Ein Blutzuckertest zeigt dann an, wie viel Insulin der Körper benötigt, um den halben Keks wieder auszugleichen.«

Anders stopft sich die zweite Hälfte in den Mund und spricht weiter, sodass abermals die Krümel stieben.

»Und wenn sie einen ganzen isst, braucht sie mehr Insulin?«

Siv wiegt den Kopf hin und her.

»Na ja, keine Ahnung, ob die Messung wirklich *so* genau ist, dass klar ist, ob es ein halber oder ganzer Keks war. Die sind immerhin ziemlich klein.«

Sie nickt auf das Schälchen hinab.

»Aber an sich hast du natürlich recht. Mehr Nahrungszufuhr erfordert mehr Insulin als weniger Nahrungszufuhr.«

Anders schluckt und muss husten. Er greift zu seinem Kaffee, während Siv weiterspricht.

»Das große Problem dabei ist laut der Diabetologin, dass jemand per Knopfdruck mehr Insulin verabreichen könnte, obwohl Ellen *nichts* gegessen hat. Ein niedriger Blutzucker ist durchaus gefährlich – aber ein erhöhter Insulinwert ist umso gefährlicher.«

Ihr Chef nimmt sich den dritten Keks, während Idun auf Sivs Ausführungen antwortet.

»Jenny Eks Kollege Lennart hat angegeben, dass an den Tagen vor Ellens Verschwinden nichts Auffälliges passiert sei. Die einzige Ausnahme war wohl, dass jemand von der Haustechnik da war – es ging um einen gurgelnden Ablauf im benachbarten Schulgebäude, und ein freundlicher Mann namens Mats ist der Sache nachgegangen. Dieser Lennart – Jennys Kollege – meint, ansonsten sei es eine völlig normale Woche gewesen.«

Siv steht sofort auf.

»Dem gehe ich nach. Wenn wir Glück haben, hat dieser Mats irgendetwas beobachtet, was uns nützen könnte.«

Einen Augenblick später ist sie bereits durch die Tür verschwunden. Idun sieht Anders an.

»Liegt Jenny Ek immer noch im Krankenhaus?«

Er nickt.

»Mit einer schweren Gehirnerschütterung und unter Schock.«

Er nimmt sich den vierten Keks und hebt dann mit einem auffordernden Blick die Schale in Iduns Richtung, doch die schüttelt den Kopf. Anders stellt die Schale zurück, und im selben Moment beugt Calle sich vor und legt die Hände flach auf den Tisch. Die Tattoos auf seinen Unterarmen sind das einzig Bunte in dem ansonsten grauen Raum.

»Jenny meinte, das Gesicht des Mannes hätte komisch ausgesehen.«

Anders sieht ihn neugierig an.

»Komisch?«

Calle nickt.

»Sie hat gesagt, er hätte Augen, Nase und Mund gehabt, allerdings an den falschen Stellen. Dass sie irgendwie krumm und schief gewesen wären – und dass das Haar platt gedrückt war und aussah wie Stoff.«

»Stoff?«

Anders blickt verwirrt drein. Calle trommelt mit den Fingern über die Tischplatte.

»Also nicht strähnig, wie Haare sonst sind. So hat sie es beschrieben. Aber ich kann damit einfach nichts anfangen, verdammt – nur hat sie es genau so gesagt.«

Anders kratzt sich am Kopf. Seine Haare sind wie üblich zerzaust.

»Kann er sich geschminkt haben?«

»Geschminkt?«

»Ja. Könnte er sich geschminkt haben, um sein Aussehen zu verändern? Irgendeine Art von Camouflage?«

Im selben Moment fällt bei Idun der Groschen.

»Oder es war eine Strumpfhose.«

Calle kneift die Augen zusammen, während Anders sofort aufhört, sich am Kopf zu kratzen.

»Eine Strumpfhose! Das ist es!«

Idun will gerade aufstehen, als Siv zurückkommt. Sie sieht alarmiert aus.

»Gut, dass du kommst«, sagt Anders, dem die plötzliche Anspannung im Raum entgangen zu sein scheint. »Idun glaubt, dass der Täter sich vielleicht eine Strumpfhose über den Kopf gezogen haben könnte.«

Als Siv nicht antwortet, wiederholt er das Ganze, doch auch diesmal erhält er keine Antwort.

»Was ist passiert?«, will Idun wissen.

Siv hat die Augen weit aufgerissen.

»Ich habe gerade mit dem Leiter der städtischen Gebäudetechnik telefoniert.«

Calles Stuhl knarzt, als er sich gerade aufsetzt.

»Er behauptet, er habe niemanden zur Blåbäcken-Kita geschickt. In der vergangenen Woche war überhaupt niemand von ihnen in Sävast.«

Idun spürt ein wohlbekanntes Ziehen im Bauch. Aus dem Augenwinkel sieht sie, dass Calles Unterarme vor Anspannung schier zittern.

»Und wisst ihr, was er überdies gesagt hat?«

Siv schiebt sich die Brille ins Haar.

»Bei ihnen arbeitet niemand, der Mats heißt.«

Donnerstag, 3. September

Als Sara Selberg aufwacht, hat sie keine Ahnung, wo sie sich befindet. Das Letzte, woran sie sich erinnern kann, ist die Parkbank unten am Spazierweg und die Cola, die sie neben sich abgestellt hat. Ein Mann hat sich zu ihr auf die Bank gesetzt, allerdings auf Abstand, und gesagt hat er nichts. Sara hat ein Buch gelesen und an ihrer Cola genippt. Der Mann schien eine Zeit lang die Vögel draußen auf dem See zu beobachten, stand dann wieder auf und ging weiter. Sosehr Sara versucht, sich zu konzentrieren – an das, was danach war, kann sie sich nicht erinnern.

Und sie hat Kopfschmerzen. Ihr Mund ist wie ausgedörrt. Sie verspürt eine leichte Übelkeit, als sie versucht, sich aufzusetzen – sie scheint auf einem schmalen Bett zu liegen. Sie kneift die Augen zusammen und lässt den Blick über die Wandpaneele schweifen. Unter der Decke hängt eine Lampe, die den kleinen Raum in kaltes Licht taucht. Abgesehen vom Bett ist das Zimmer leer.

Mehr kann sie nicht feststellen, weil von draußen ein Geräusch zu ihr hereindringt. Es klingt wie Schritte auf einer Treppe. Das Knarzen kommt näher. Schlagartig gerät sie in Panik, und lautlos schiebt sie die Beine über die Bettkante, weil sie aufstehen will. Doch ihre Beine wollen sie nicht tragen. Langsam lässt sie sich auf den Boden gleiten. Ihr langer Rock liegt unter ihr in Akkordeonfalten. Der Boden fühlt sich kalt an. Sie bekommt eine Gänsehaut.

Die Schritte halten vor der Tür an. Sara entdeckt eine merkwürdig platzierte Luke auf halber Höhe. Noch ist die Luke geschlossen, und sie konzentriert sich ganz auf die Person, die dort draußen steht, weil ihr mit einem Mal dämmert, dass sie hier drinnen eingeschlossen worden sein muss.

Ein paar Sekunden lang passiert gar nichts. Die Zeit fühlt sich lang an, und sie hört nur ihren Herzschlag, der vom Brustkorb bis hoch in den Hals hämmert.

Dann geht die Luke auf. Sara sieht, wie sie zur Seite klappt und dahinter ein rotes Flanellhemd erscheint. Das Hemd bewegt sich nach unten, dann sieht sie einen Hals und dann Kinn, Mund und schließlich die Augen.

Und schlagartig hört das Hämmern ihres Herzens auf.

In ihr herrscht völlige Stille, und Panik ergreift schmerzhaft von ihr Besitz.

Sara glaubt, sie muss sterben.

Der Mann sieht sie forschend an. Es ist der Mann von der Parkbank. Sara ist sich nicht sicher, ob sie noch atmet. Schweiß rinnt ihr über den Rücken.

Der Mann sagt kein Wort. Sara ebenso wenig. Denn was sagt man schon, wenn man nicht ansatzweise begreift, was gerade vor sich geht?

Dann richtet er sich wieder auf, das Gesicht verschwindet, und wieder ist nur das Flanellhemd zu sehen. Die Luke geht zu, und Sara hört ein metallisches Klicken. Plötzlich hat sie quälenden Durst. Ihr Hals ist trocken, die Zunge fühlt sich geschwollen an, und sie will schlucken, schafft es aber nicht. Es ist kein Speichel zum Schlucken mehr übrig.

Die Tür geht auf.

Sara hat solche Angst, dass sie sich fast einnässt.

Der Raum gerät ins Wanken, das Licht verändert sich, die Wände werden wellig …

Sie ahnt, dass sie hyperventiliert. Schließt den Mund und versucht, durch die Nase zu atmen, nötigt sich, langsamer Luft zu holen; sie darf jetzt nicht ohnmächtig werden, sie muss bei Sinnen bleiben – wenn sie ohnmächtig wird, kann sie sich nicht verteidigen.

Der Mann betritt das Zimmer. Sie glaubt, dass er sich langsam bewegt, ist sich aber nicht sicher. Es sieht aus, als würde er etwas vor sich hertragen, auch wenn Sara nicht erkennen kann, was das ist – ein verwaschenes, unförmiges Bündel, das sich an den Rändern wölbt.

Der ganze Raum ist wie vernebelt, die Farben verschwimmen, und keine einzige Kontur ist mehr gerade. Sara will aufspringen, doch ihr Körper gehorcht ihr nicht mehr. Am liebsten würde sie schreien, aber auch das gelingt ihr nicht. Ihr Hals fühlt sich an wie Sandpapier. Wenn sie nur etwas trinken könnte, wenn er sie nur laufen ließe, wenn sie nur überleben dürfte … Sie würde rennen bis in alle Ewigkeit und nie wieder stehen bleiben. Sich nie wieder umsehen.

Sie kann keinen klaren Gedanken mehr fassen. Sie ahnt, dass sie drauf und dran ist, ohnmächtig zu werden. Jemand wimmert, und sie glaubt, dass sie es selbst ist, allerdings ist sie sich auch dabei nicht sicher. Sie hat einen metallischen Geschmack im Mund, irgendwas kommt auf sie zu, ihr Sichtfeld ist inzwischen winzig, die Ränder krümmen sich zusehends ein. Ihre Lippen brennen, und die Arme fühlen sich taub an. In den Fingern kribbelt es wie Kohlensäure.

Etwas Kantiges berührt ihre Lippen. Sara zuckt zusammen, als es um ihren Mund herum knistert – es hört sich an wie eine Papiertüte. Dann spürt sie eine stützende Hand im Nacken. Bringt er sie jetzt um? Geht so ihr Leben zu Ende – auf einem kalten Boden mit einer Papiertüte vor dem Gesicht?

Dann strömt die Angst nur so aus ihr heraus. Sie kann keinen Widerstand mehr leisten.

Mama.

Ich liebe dich.

Sekunden verstreichen. Werden zu Minuten, und langsam hört alles auf, sich zu drehen. Die Ränder sind immer noch verschwommen, aber endlich klart sich ihr Sichtfeld auf. Der Tunnel weitet sich, die Dunkelheit zieht sich zurück.

Sara atmet in die Papiertüte. Das Kribbeln in ihren Fingern lässt allmählich nach. Sie schließt die Augen und versucht, ruhig zu atmen, und als es ihr endlich gelingt, spürt sie, wie sich ihr Körper entspannt. Sie wird nicht sterben. Zumindest nicht jetzt sofort.

Sie blinzelt langsam. Der Schrecken hämmert noch immer in ihrer Brust. Aber sie lebt. Sie lebt noch. Und wer hält einem, den man umbringen will, erst noch eine Papiertüte vor den Mund?

Sie blickt auf, sieht ihm ins Gesicht. Er hat graue Augen. Freundliche Augen. Trotzdem liegt in dem Blick eine gewisse Härte.

Sara versucht zu schlucken, aber ihr Hals ist wie zugeschnürt. Sie hustet trocken, und es fühlt sich an, als müsste sie sich übergeben.

Er hält ihr eine Wasserflasche hin. Sie reißt sie ihm aus der Hand, dreht den Verschluss auf und nimmt gierige Schlucke. Das Wasser ist kalt, gut, sie schluckt hektisch, Wasser rinnt ihr übers Kinn. Die dünne Bluse wird nass, sie schließt die Augen und trinkt weiter so viel, wie sie nur kann.

Als sie nichts mehr in sich hineinbekommt, setzt sie die Flasche auf dem Boden ab. Sie atmet durch den Mund, holt tief Luft. Ihre Gedanken rasen, sie kann sie nicht sortieren.

Er überlässt ihr die Flasche. Aus dem Augenwinkel sieht sie, wie er zur Tür zurückweicht. Er geht und zieht die Tür hinter sich zu. Es klickt, als er den Schlüssel herumdreht. Auch die Luke klappt wieder zu.

Sie bleibt mit zu Boden gerichtetem Blick sitzen, atmet wieder durch die Nase und umklammert die Wasserflasche. Er hat ihr Wasser gegeben. Jemandem, den man umbringen will, gibt man doch kein Wasser? Das tut man doch nicht? Sie darf also noch ein bisschen leben. Sie darf doch bestimmt noch ein bisschen leben?

Nach einer gefühlten Ewigkeit hebt sie den Blick. Sie weiß, dass die Tür verschlossen ist, sie hat gehört, wie er sie verriegelt hat. Trotzdem stellt sie die Flasche neben sich auf den Boden und stemmt sich mühsam hoch. Ihre Beine zittern. Die Muskeln tun weh, als sie sich auf die Tür zuschleppt. Sie legt die Hand an die Klinke und drückt sie nach unten.

Natürlich ist die Tür verschlossen.

Tränen steigen ihr in die Augen. Dann schlägt die Angst um in Wut. Sie wallt auf wie ein Feuer, in das man Benzin kippt. Sie ist rasend vor Wut, wirft sich gegen die Tür und schreit, so laut sie kann. Hämmert und tritt und heult und schreit.

»Lass mich raus, du Arschloch! *Lass mich hier raus!*«

Die Tür knackt bloß, gibt aber keinen Millimeter nach. Bebend vor Zorn wischt sie die Tränen weg. Wer ist dieser Mann? Warum tut er ihr so etwas an?

Erschöpft dreht sie sich um und lehnt sich mit dem Rücken gegen die Tür. Langsam rutscht sie nach unten. Sie spürt, wie ihr Schulterblatt über die Luke gleitet.

Sie atmet schwer. Nach einer Weile legt sie sich auf den Boden. Er ist steinhart und immer noch kalt.

Gegenüber an der Wand entdeckt sie zwei weitere Wasserflaschen und eine Tüte mit Bananen. Die Flaschen sind beschlagen, hier und da läuft Kondenswasser daran hinab, sodass sich dünne Spuren auf der Oberfläche abzeichnen.

Sie sieht sie erst jetzt.

Dann bleibt ihr Blick an etwas auf dem Bett hängen. Irgendwas liegt dort, etwas, was dort zuvor nicht gelegen hat. Lilafarbener Stoff blitzt unter der Decke hervor. Sara blinzelt überrascht. Was hat er dort hingelegt? Ist das ein Kissen?

Sie winkelt die Beine an und versucht aufzustehen. Sie zittert am ganzen Leib, und ihre Hand tut höllisch weh. Sie entdeckt Blut an ihren Fingerknöcheln. Ein Tropfen ist über den Handrücken gelaufen und hat die Bluse verschmiert.

Die Beine wollen ihr nicht gehorchen, doch sie nötigt sie, stützt sich mit der Hand an der verschlossenen Tür ab, um nicht hinzufallen, und wünschte sich, es gäbe einen Tisch oder einen Stuhl, an dem sie sich festhalten könnte. Dann stemmt sie sich gegen die Tür und versucht zu fokussieren. Presst die Hände auf die Lider, drückt fest darauf; es tut weh, fühlt sich aber zugleich gut an. Kleine Lichtflecken tanzen vor ihren Augen. Weiter hinten hat sie immer noch Kopfschmerzen.

Dann sieht sie erneut zum Bett. Das lila Kissen rührt sich. Die Bewegung ist minimal, trotzdem hat Sara sie gesehen. Es gellt in ihrem Kopf, als ihr Herz plötzlich begreift, was die Augen bereits erkannt haben. Der Mann hat Wasser, Obst und ein lila Kissen gebracht. Ein lila Kissen mit Locken und kleinen, rundlichen Händchen.

Sara fühlt sich, als wäre aller Sauerstoff aus dem Zimmer entwichen. Zum ersten Mal, seit sie in dieser fremden Umgebung aufgewacht ist, hat sie mehr Angst um jemand anderen als um sich selbst.

Idun hat soeben ein Telefonat mit Lennart, dem Erzieher, beendet. Seine Beschreibung des Mannes, der sich als Mats von der Haustechnik ausgegeben hat, war recht vage und hat kaum etwas ergeben, womit sie arbeiten könnten. Groß, muskulös, helle Augen. Jenny schien von ihm hingerissen gewesen zu sein. Sie fehlt uns hier bei der Arbeit, aber wir verstehen natürlich, dass es noch eine Weile dauert, bis sie zurückkommt.

Es klopft an der Tür. Idun wirft einen Blick auf die Uhr, es ist Viertel nach zehn Uhr abends. Calle klopft nie an; wer ist denn sonst noch so spät bei der Arbeit?

Sie weckt ihren Laptop aus dem Stand-by-Schlaf und ruft: »Herein.« Als die Tür aufgeht, späht Eivor Bohm durch den Türspalt.

»Hallo …«

Idun sieht überrascht zu ihr hoch.

»Eivor? Es ist quasi mitten in der Nacht … Wie kommen Sie denn hier rein?«

Die ältere Dame sieht zutiefst unglücklich aus.

»Ich konnte nicht schlafen. Ich habe versucht, Sie zu erreichen, bin aber nicht durchgekommen, sodass ich stattdessen Carl angerufen habe. Er hat mich unten am Eingang abgeholt, muss wohl noch kurz zur Toilette, kommt aber gleich. Er meinte, ich könnte so lange zu Ihnen gehen. Ich hoffe, das ist in Ordnung?«

Idun steht auf und geht Eivor entgegen. Sie geben einander die Hand und setzen sich, Idun auf ihre Seite des Schreibtischs, Eivor auf den Besucherstuhl.

»Ich bin gekommen, weil ich sonst noch verrückt geworden wäre. Ich weiß einfach nicht, wie ich klarkommen soll ... Ich weiß nicht, was ich mache, wenn Sie sie nicht finden ...«

Ellens Großmutter fängt an zu weinen. Idun wartet geduldig, bis sie sich wieder beruhigt hat. Nach einer Weile beugt Eivor sich vor und lässt den Blick über Iduns Schreibtisch wandern. Und erstarrt.

»Was ist das?«

Idun blickt hinab auf den Ausdruck des Briefes an Åke, der neben ihrem Laptop liegt.

»Der ist Teil einer anderen Ermittlung. Erkennen Sie den Text wieder?«

Eivor sieht aus, als grübelte sie über etwas nach. Dann schüttelt sie langsam den Kopf.

»Nein. Oder ... doch. Ich weiß nicht. Ich glaube schon.«

Beide zucken zusammen, als Iduns Telefon klingelt. Mit einer entschuldigenden Geste in Eivors Richtung nimmt sie den Anruf entgegen.

»Idun Lind?«

Es knistert in der Leitung. Dann ist ein Flüstern zu hören.

»Idun Lind? Hier ist Caroline Hofverts. Die Nachbarin von Eva und Vidar.«

Idun seufzt tonlos. Natürlich weiß sie, wer Caroline ist. Sie kommt nicht dazu zu antworten, weil Caroline bereits weiterflüstert.

»Sie haben doch gesagt, dass ich anrufen soll, wenn irgendwas wäre ...«

Im selben Moment geht die Tür auf, und Calle kommt

herein. Er nickt Eivor und dann Idun zu, die vage die Hand hebt.

»Ja, Caroline? Worum geht es?«

Sie sieht, wie Calle die Ohren spitzt.

»Da ist jemand im Haus der Vendels. Das Licht ist aus, aber ich kann ihn trotzdem sehen.«

Idun steht halb von ihrem Stuhl auf.

»Es ist jemand im Haus der Vendels?«

Sie sieht Calle durchdringend an.

»Ja, sag ich doch ...«

Caroline klingt aufgebracht.

»Kann das jemand von uns sein? Von der Polizei?«

Erneut knackt es in der Leitung. Idun atmet lautlos, sieht, wie Eivor abermals interessiert den Bibeltext auf dem Tisch studiert.

»Es ist eindeutig ein Einbrecher. Er ist von Kopf bis Fuß schwarz gekleidet, hat eine schwarze Sturmhaube auf und ist über den Balkon eingestiegen.«

Idun wirft Calle einen gehetzten Blick zu. Er steht reglos mitten im Zimmer.

»Jetzt sehe ich ihn wieder! Er geht mit einer Taschenlampe herum – ich kann sie bis hierher sehen!«

»Caroline, danke, dass Sie sich gemeldet haben. Wir schicken sofort Kollegen hin.«

Idun drückt den Anruf weg, ohne dass Caroline noch etwas sagen könnte. Calle legt Eivor die Hand an den Arm und zieht sie fast von ihrem Stuhl hoch, während er gleichzeitig angestrengt erklärt, dass sie jetzt gehen müsse.

Unterdessen schnappt Idun sich ihre Schutzweste und nimmt ihre Dienstwaffe aus dem verschlossenen Waffenschrank unter ihrem Schreibtisch. Eivor sieht Calle erschrocken an, als er sie hinaus auf den Flur schiebt.

Sara ist verzweifelt. Mit einer Mutter, die die Gemeinde mit eiserner Hand führt, hat es für sie zweifelsohne Momente im Leben gegeben, in denen sie sich gewünscht hätte, sie wäre eine andere. Oder zumindest Momente, in denen sie woanders sein wollte. Doch jetzt ist ihr klar, dass nichts von dem, was sie früher erlebt hat, sich mit ihrer aktuellen Lage messen kann. Das hier ist das Schlimmste überhaupt.

Das Mädchen ist erst seit ein paar Minuten bei Bewusstsein. Nach der ersten Verwirrung fokussierten die Augen, dann nahm die Angst überhand. Panisch setzte sie sich im Bett auf, der Blick flackerte durch das Zimmer, zu Sara, wieder durchs Zimmer – und dann kamen die Tränen, die ihr nur eine Sekunde später über die runden Wangen kullerten.

Sara weiß nicht, was sie tun soll. Sie hat oft Kinder um sich, aber gegen ihren Willen mit einem wildfremden Kind eingesperrt zu sein ist eine völlig absurde Situation.

Vorsichtig geht sie am Bett in die Hocke. Das Mädchen sitzt wie versteinert da und starrt sie verängstigt an. Die Unterlippe zittert. Die kleinen Hände umklammern krampfhaft die molligen Unterarme.

»Hej. Ich heiße Sara.«

Sie spricht, so sanft sie nur kann. Das Mädchen rührt sich noch immer nicht.

»Und wie heißt du?«

Es zieht in den Waden. Bedächtig lässt Sara sich auf dem Boden nieder, sodass sie die Beine zur Seite ausstrecken kann.

»Ich weiß nicht, warum wir zwei in diesem Zimmer sind. Ich würde gern von hier weggehen, aber das funktioniert nicht, weil die Tür abgeschlossen ist. Weißt du, wer dich hierhergebracht hat?«

Sie muss sich mächtig zusammenreißen, um Ruhe zu bewahren. Das Mädchen blinzelt ein paarmal. Sara glaubt fest daran, dass es ihr zuhört.

Die Antwort kommt geschluchzt.

»Ich hab geschlafen.«

Sara versucht, möglichst beherrscht zu nicken, doch sie zittert so heftig, dass es fast wie krampfhaftes Zucken aussieht. Das Mädchen sagt nichts mehr.

»Willst du mir nicht erzählen, wie du heißt?«

Sie versucht, ganz ruhig zu sprechen, um der Kleinen nicht noch mehr Angst einzujagen.

»Meine Oma sagt, dass ich nich' mit Fremden sprechen soll.«

Sara seufzt. Das Mädchen scheint auf der Hut zu sein. Das ist doch ein gutes Zeichen?

»Klingt, als hättest du eine sehr kluge Oma. Ist sie nett?«

Das Mädchen nickt. Mit den kleinen Händchen wischt sie sich über die Wangen. Ihr Körper wird immer noch von Schluchzern geschüttelt, wie sie Kinder ausstoßen, die gerade geweint haben.

Sara muss ihrerseits die Tränen zurückhalten. Wie sonst soll sie das hier lösen? Was hat der Mann mit den grauen Augen mit ihnen vor?

Das Mädchen reckt den Hals, um über Saras Schulter zu sehen, und schaut sich hilfesuchend um.

»Können wir durch die Tür gehen?«

Sara schüttelt langsam den Kopf.

»Nein, leider nicht. Die Tür ist abgeschlossen, und ich habe keinen Schlüssel.«

»Hast du den verloren?«

Das Mädchen sieht sie offen an, und in seine Stimme hat sich ein Hauch Mitleid geschlichen, als hätte es so etwas schon mal erlebt. Ihr schnürt sich die Kehle zusammen. Was Kinder doch alles verstehen und wofür sie Mitgefühl aufbringen.

Erneut schüttelt sie den Kopf.

»Nein, ich habe den Schlüssel nicht verloren. Die Tür ist von außen abgeschlossen, und ich kann sie von hier aus nicht öffnen. Ich wünschte mir, ich könnte es, aber ich kann nicht.«

Das Mädchen sagt nichts weiter. Sara, die ebenso wenig weiß, was sie noch sagen soll, bleibt schweigend auf dem kalten Boden sitzen. Das Mädchen zupft an ihrem Pulloversaum, und Sara sieht, dass die Kleine hellrosa lackierte Fingernägel hat. Der Nagellack ist akkurat aufgetragen.

»Darf ich fragen, wie du heißt?«

Sie lässt die Fingernägel nicht aus den Augen und hofft, dass das Mädchen die Frage so auffasst, als wäre sie rein beiläufig gestellt.

»Ellen«, antwortet sie und lässt von ihrem Pullover ab.

»Du hast schöne Fingernägel, Ellen.«

Ellen nickt, sagt aber nichts.

»Wie alt bist du? Vier?«

Ellen schüttelt den Kopf und hebt die kleine Hand. Sie spreizt alle fünf Finger ab.

»Du bist fünf?«

Ellen nickt.

Sara kann sich nur schwer konzentrieren. Wie lange sollen sie hierbleiben? Wie lange ist sie überhaupt schon hier? Wie viel Uhr ist es? Ist es Tag oder Nacht?

»Meine Mama hat die angemalt. Mama Anna.«

Ellens Unterlippe fängt an, heftig zu zittern.

»Ich will zu meiner Mama!«

Und dann fließen erneut Tränen. Und auch Sara kann nicht länger an sich halten, auch sie fängt auf dem Boden neben dem Bett an zu weinen.

Vorsichtig streckt sie die Hand aus und streicht Ellen über das Bein. Sie will ihr sagen, dass sie sie verstehen kann, dass auch sie sich wünscht, Mama Anna wäre da. Doch ihr Hals ist so zugeschnürt, dass sie nichts herausbringt, sie ist nicht einmal mehr dazu imstande, sich hinreichend zusammenzureißen, um das Mädchen zu trösten.

Gemeinsam sitzen sie in dem verschlossenen Zimmer und weinen. Keine der beiden weiß, warum sie hier sind. Und beide sehnen sich nach ihrer Mutter.

Das Fahrzeug gerät mächtig ins Schlingern, als Calle mit hoher Geschwindigkeit um die Kurve fährt. Idun stemmt die Hand gegen das Wagendach und die Füße in den Boden, um die Kurvenlage auszugleichen. Unwillkürlich hält sie die Luft an und atmet erst wieder aus, als es ihr fast die Lunge zerreißt.

Sie biegen auf die 97 in Richtung Boden ab. Im selben Moment, da der Wagen wieder gerade auf der Straße liegt, tritt Calle das Gaspedal durch. Idun schaltet Blaulicht und Sirene an. Der Tacho steht bei fast zweihundert Sachen, und das blaue Licht wirft glitzernde Schatten über den dunklen Asphalt.

Das Funkgerät knackt. Dann ist Sivs ernste Stimme zu hören.

»Vidar ist bei Nadja. Er ist an sein Handy gegangen, als ich ihn angerufen habe – und Nadja hat bestätigt, dass sie bei ihr in der Wohnung sind. Eine Streife ist auf dem Weg.«

Ein paar Sekunden lang herrscht Stille.

»Laut GPS seid ihr bei der Geschwindigkeit, in der ihr unterwegs seid, in sechs Minuten vor Ort.«

Weder Idun noch Calle sagen etwas. Beide wissen, dass Siv es einfach nur loswerden wollte und keine Reaktion erwartet.

»Ihr solltet auf die Verstärkung warten. Und das meine

ich ernst. Aber die ist *mindestens* fünfzehn Minuten entfernt.«

Auch diesmal antworten die beiden nicht.

Vor ihnen taucht die Abfahrt in Richtung Sävast auf, und Idun spürt die Anspannung am ganzen Leib. Calle hält das Lenkrad umklammert. Wieder ein Knacken aus dem Funkgerät.

»Na dann. Verstärkung ist, wie gesagt, unterwegs. Ich habe sämtliche Einheiten alarmiert, aber ihr seid eindeutig am nächsten dran.«

Wieder das Knacken, dann ist Siv weg.

Sie nähern sich der Abzweigung. Calle lehnt sich zur Seite, ehe er das Steuer nach links reißt, ohne dabei nennenswert vom Gas zu gehen. Idun schafft es gerade rechtzeitig, sich gegen das Wagendach zu stemmen, um zu verhindern, dass sie sich den Kopf am Fenster anschlägt. Sobald sich die Straße gerade vor ihnen erstreckt, stellt sie die Sirene aus. Sie wollen den Eindringling schließlich nicht vorwarnen.

Knapp hundert Meter vor dem gelben Haus der Vendels wird Calle langsamer. Er hält am Straßenrand, und sofort springen sie raus, laufen geduckt in Richtung des Hauses und suchen unterdessen mit dem Blick die umliegenden Rasenflächen ab. Als sie nur noch knapp zwanzig Meter von der Auffahrt der Vendels entfernt sind, greifen beide nach hinten und ziehen ihre Dienstwaffen. Es knistert in Iduns Kopfhörer. Sie lauscht, aber es meldet sich niemand. Vielleicht ist Siv an ihrem Schreibtisch bloß an den Schalter gekommen? Idun weiß, dass Siv über ihr GPS-unterstütztes Kommunikationssystem gesehen hat, dass sie vor Ort sind. Sie kennt ihre Kollegin – wie ein Falke wird Siv jetzt über den Einsatz wachen und jederzeit bereit sein, die Kommunikation zwischen den operativen Einheiten zu koordinieren.

Als sie den Rasen der Vendels betreten, brennt im Haus nirgends Licht. Die Dunkelheit erschwert es ihr und Calle, etwas zu erkennen – etwas, was ihnen einen wichtigen Hinweis auf den Eindringling geben könnte. Der einzige Vorteil ist, dass auch die Gartenbeleuchtung abgeschaltet ist, allerdings dürften sie im Licht der Straßenlaternen von drinnen trotzdem zu sehen sein.

Sie laufen die Auffahrt hinauf und entsichern die Waffen. Insgeheim ist beiden klar, dass Siv recht hat: Sie sollten auf die Kollegen warten. Allerdings wissen sie auch, dass das derzeit keine Option ist.

Auf den letzten Metern laufen sie nur mehr auf den Fußballen, sodass sie möglichst kein Geräusch mehr machen. Idun wirft einen Blick zurück zum Haus der Hofverts. Hinter den Küchengardinen kann sie eine Person erahnen, ganz bestimmt Caroline, die in einer Mischung aus Schrecken und Faszination den Einsatz von ihrem sicheren Fensterplatz aus verfolgt.

Calle läuft um die Veranda herum und im Laufschritt bis zur rückwärtigen Ecke des Hauses. Mit dem Blick sucht er den Garten dahinter ab. Binnen weniger Sekunden ist er zurück an der Eingangstür. In der Zwischenzeit hat Idun die Vorderfront abgesucht – geduckt, damit sie durch die großen Fenster in der Fassade nicht sofort entdeckt wird. Ihre Beine zittern vor Anspannung, als sie – immer noch geduckt – die letzten Schritte zur Eingangstür läuft.

Idun und Calle postieren sich zu beiden Seiten der Tür und halten die Waffen beidhändig auf Schulterhöhe in High-ready-Position. Idun atmet durch die Nase ein und durch den Mund aus, um so schnell wie möglich Sauerstoff zu tanken. Sie wird sich um den Bereich vor der Tür kümmern und weiß, dass Calle sich auf das Dahinter konzentriert – nach Jahren als Partner wissen sie ganz genau, wie der andere tickt. In Situationen wie dieser sind Absprachen inzwischen überflüssig.

Mit einer einzigen behänden Bewegung hat Calle die Schultern gestrafft und tritt vor das Fenster in der Eingangstür – und sofort wieder beiseite. Das macht er noch zweimal, dann tippt er mit dem Fuß gegen Iduns Schuh. Ohne den Blick vom Rasen loszureißen, nimmt Idun eine Hand herunter, drückt lautlos die Klinke nach unten, die Tür schwingt auf, und als Idun blitzschnell nach hinten blickt, ist Calle bereits eingetreten. Er steht kniend abgestützt mit der Pistole im Anschlag im Flur.

Innerhalb einer Sekunde hat er sichergestellt, dass der Flur verwaist ist. Er kommt auf die Beine, ohne die Ausrichtung seiner Waffe oder auch nur die Blickrichtung zu verändern. Er sieht Idun nicht an, trotzdem weiß sie genau, was er als Nächstes vorhat.

Zwei Schritte tiefer in den Flur hinein. Und Idun rückt auf.

Leise macht sie die Eingangstür zu.

Genau wie bei ihrem letzten Besuch liegt der Flur im Dunkeln. Die Deckenlampe ist ausgeschaltet, und es riecht nach warmem Staub.

Calle geht vor. Mit nach vorn ausgerichteter Waffe sucht er den Eingangsbereich ab, während Idun dicht dahinter folgt, die Waffe im gleichen Griff hält wie Calle, den Lauf jedoch zu Boden richtet. Als Calle nach links herumwirbelt, wirbelt sie wie zur Antwort lautlos nach rechts. Gemeinsam bilden sie eine Einheit, die über ihre jeweilige Seite der Räumlichkeiten die Übersicht behalten. Sicherer wird es nicht – zumindest nicht, bis die Verstärkung eintrifft.

Sie lassen den Eingangsbereich hinter sich. Am Ende geht es in drei Richtungen. Calle nimmt sich das Wohnzimmer zur Linken vor. Aus dem Augenwinkel sieht Idun, wie er erneut in kniend abgestützte Position geht und dann um die Ecke späht. Sie selbst bleibt reglos stehen und wartet seinen nächsten Zug ab. In derselben Sekunde, da er aufsteht, geht sie ebenfalls in Position und wirft im Bruchteil einer Sekunde einen Blick in die Küche. Es ist niemand zu sehen. Ein weiterer Blick zur Sicherheit, und sie richtet sich lautlos auf.

Der erste Sicherungsblick in geknieter Haltung minimiert das Risiko, angeschossen zu werden. Die meisten Menschen, die sich genötigt sehen, sich zu verteidigen, stellen sich breitbeinig hin. Wenn sie überdies eine Schusswaffe tragen, halten sie diese so gut wie immer auf Brusthöhe, sofern mit einem potenziellen Angreifer zu rechnen ist. Doch je größer die Oberfläche, die man bietet, umso wahrscheinlicher der Treffer. Idun und Calle wissen, dass die gekauerte Position unerwartet kommt und ihnen daher in der Regel ein, vielleicht sogar zwei wertvolle Sekunden beschert, um zu handeln. Das ist nicht viel, aber es kann den entscheidenden Unterschied ausmachen.

Idun huscht in die Küche. Sie spürt mehr, als dass sie es sieht, wie Calle einen Halbkreis durchs Wohnzimmer zieht, ehe er hinter dem Türstock außer Sicht gerät.

Sie selbst bewegt sich seitwärts. Die Küche ist groß und blitzblank geputzt. Der riesige Esstisch besteht aus Mahagoni, die Arbeitsflächen aus hellem Marmor. Das Licht der Straßenlaternen schimmert auf den blanken Oberflächen und taucht den Raum in einen gespenstischen Schimmer.

Sie umrundet den Küchentisch, atmet langsam durch den offenen Mund, um ihren Puls zu beruhigen. Vor den Fenstern hängen keine Gardinen, sodass sich dort auch niemand verstecken kann. Unter dem Küchentisch liegt ein großer Wollteppich mit geflochtenen Fransen.

Sie hat die hintere Tischecke erreicht. Entlang der Wand sind vier hohe Schränke an der Wand montiert. Idun nimmt die Waffe in eine Hand, stützt den Ellbogen an einem der Schränke ab, sodass sie den Arm entlastet. Mit der freien Hand reißt sie eine Schranktür nach der anderen auf: zwei Vorratsschränke, einen für Putzmittel, der letzte enthält die Hausbar. Von einem Einbrecher immer noch nichts zu sehen.

Sie huscht wieder raus auf den Flur. Ihr Herz setzt für einen Schlag aus, als sie Calle entdeckt. Er kommt aus dem

Zimmer, von dem Idun annimmt, dass es ein Arbeitszimmer ist, und er schüttelt verbissen den Kopf. Auch dort war nichts zu finden.

Schulter an Schulter stehen sie vor der letzten Tür im Erdgeschoss. Idun sieht gerade noch das Badezimmerschild, als Calle auch schon auf ein Knie runtergeht. Sie selbst stellt sich an den Türrahmen, geht in dieselbe Bereitschaftsposition wie zuvor und stößt die Tür auf. Sie sieht Calle an, dass das Bad leer ist.

Er nickt in Richtung Obergeschoss. Idun erwidert das Nicken und will gerade hinter ihm hergehen, als sie mitten in der Bewegung erstarrt.

Auf irgendetwas hat sie soeben intuitiv reagiert. Etwas ist anders als bei ihrem letzten Besuch. Irritiert stellt sie fest, dass ihr das Gefühl zu entgleiten droht. Ist es die Stelle, an der sie jetzt steht? Oder etwas, woran sie vorbeigegangen ist? Langsam vollführt sie eine halbe Drehung. Ihr Gehirn hat eine Abweichung registriert, doch frustriert stellt sie fest, dass sie es nicht zu fassen bekommt.

Sie geht zurück ins Bad und sieht zur Duschkabine. Dort stehen nur teure Shampooflaschen. Irritiert legt sie die Stirn in Falten.

Und mit einem Mal fällt es ihr wieder ein. Eilig dreht sie sich um und geht auf den Flur. Sie hat recht gehabt: An dem Haken, an dem die tote Eva hing, hängt jetzt eine Deckenlampe in neutralen Farben. Die hing dort noch nicht, als Idun zuletzt hier war.

Sie versteht nicht, wie die dort hinkommen kann. Die Spurensicherung hat das Haus abgesperrt, nachdem Eva tot aufgefunden worden war. Nicht einmal Vidar hatte Zugang zu den eigenen vier Wänden. Wer kann die Lampe dort hingehängt haben?

Von oben ist ein Pfeifen zu hören. Es klingt wie ein Windstoß – und dann folgt ein lauter Knall. Idun wirbelt zur Treppe herum. Calle ist nirgends zu sehen.

Die Treppe ist nur zwei Schritte entfernt, und sie nimmt drei Stufen auf einmal, sodass sie im Handumdrehen oben ist.

Jetzt steht sie mitten auf einem Flur, und ihr dämmert, dass sie kaum in eine exponiertere Lage geraten könnte – wohin sie sieht, offene Türen. Ihr Herz hämmert so heftig, dass es im Brustkorb schmerzt.

Dann hört sie, wie eine Balkontür aufgeht. Die Scharniere quietschen, und sie spürt die Zugluft an den Beinen – warme Abendluft weht ihr entgegen und weiter den Gang entlang. Ohne auch nur darüber nachzudenken, läuft sie geduckt und mit der Pistole im Anschlag in die Richtung, aus der der Luftzug kommt. Als sie vor der letzten Tür am Flur ankommt, geht sie hinunter auf ein Knie. Ihr Puls hämmert in ihrem Kopf, als sie um die Ecke späht und sich sofort wieder hinter den Türrahmen zurückzieht. Die Bewegung dauert keine Sekunde, trotzdem reicht der Moment, um zu sehen, dass es sich um ein großes Schlafzimmer handelt – unter Garantie das von Vidar und Eva.

Rechts hinter der Tür steht ein großer Kleiderschrank, dann folgen das Bett und die Balkontür. Idun sieht sogar, dass sie offen steht, und ein dünner Vorhang bauscht sich im Wind.

Sie holt tief Luft, richtet sich auf und macht einen Schritt über die Schwelle. Hier ist niemand. Sie geht auf die offene Balkontür zu. Die Brise fühlt sich warm und klebrig an.

Erst da sieht sie ihn. Den Schuh, den sie kennt und der hinter dem Bett hervorragt. Ihr stockt der Atem, sie zwingt sich, ihren Blick davon loszureißen, und versucht, durch die Balkontür etwas zu sehen, aber sie kann nichts erkennen, der Balkon liegt im Dunkeln.

Sie schluckt trocken, um die Panik in den Griff zu kriegen – vergebens. Und ihr ist klar, dass sie alles auf eine Karte setzen muss. Von einem Moment auf den anderen stürmt sie auf die Balkontür zu. Im letzten Augenblick beugt sie das Knie, sodass sie das letzte Stück auf den Unterschenkeln rutscht. Es brennt auf den Kniescheiben, als der Hosenstoff den Schwung abbremst.

Sie wirft sich nach vorn, landet auf dem Bauch und mit dem Kopf über der Schwelle. Blitzschnell dreht sie sich auf den Rücken und reißt die Waffe hoch.

Der Balkon ist leer. Doch von unten hört sie ein Prasseln. Idun wälzt sich erneut herum und erblickt eine Person, die direkt unter ihr steht. Etwas blitzt in ihren Augen auf, als sie Idun durch das Geländer anstarrt.

Idun stemmt sich hoch, stürzt auf das Geländer zu und reißt die Waffe im selben Moment hoch, als die Person um die Ecke hinters Haus verschwindet. Idun versucht noch zu zielen, doch die Person ist bereits weg. Sie überlegt kurz, vom Balkon zu springen, aber muss wütend einsehen, dass es zu hoch ist.

»Scheiße!«

Sie zerrt ihr Handy aus der Tasche und ruft Siv an. Stammelt ihre spärliche Beschreibung hervor und die Richtung, in die der mutmaßliche Täter verschwunden ist. Dann drückt sie den Anruf weg. Unter ihr ist der Rasen zwar schwach von den Straßenlaternen beleuchtet, aber verwaist.

Idun schiebt das Handy zurück in die Jeanstasche und dreht sich zum Schlafzimmer um. In derselben Sekunde, da sie die Gardine beiseiteschlägt, sieht sie ihn: Er liegt auf dem Rücken und hat ein Bein unnatürlich angewinkelt. Einen knappen Meter entfernt liegt seine Pistole. Das rote Haar ist klebrig von Blut, und auf dem Boden unter seinem Kopf breitet sich eine dunkelrote Lache aus und wird sekündlich größer.

Der Schuss ist in seine rechte Wange eingedrungen. Direkt über dem Kieferknochen klafft ein rotschwarzes Loch, das wie ein Krater mit rissigen schwarzen Kanten lautlos in den Raum schreit. Außerdem blutet er aus der Stirn. Hals und Brustkorb sind blutverschmiert.

Idun muss sich dazu zwingen zu atmen. Es fühlt sich an, als würde sie ohnmächtig werden. Sie zückt erneut ihr Handy, um einen Notruf abzusetzen.

Verdammt, Calle!

Stirb mir hier jetzt nicht weg!

Boden 1996

Schon im März schmilzt der Schnee, und Ende April schlagen die Birken aus. Das ist früh für die Region Norrbotten – so früh, dass es sogar als Hauptmeldung in den Lokalnachrichten kommt. Douglas Roos, Lehrer für Naturwissenschaften am Gymnasium in Boden, behauptet, dass dies die Antwort der Natur auf all die umweltschädlichen Ausstöße sei. Die Klasse hört ihm aufmerksam zu, lacht jedoch hinter seinem Rücken, sobald er nicht hinhört. Dass Birken früher ausschlagen, nur weil Autos Abgase ausstoßen? Was für ein Blödsinn!

Sie haben die letzte Unterrichtsstunde des Tages hinter sich. Die Schüler sind auf dem Weg durch die Tür, als Roos Tommy zurückruft. Es kommt nicht alle Tage vor, dass ein Lehrer ihn bittet zu warten, er ist ein artiger Schüler, der sich aus allem heraushält, fast schon ein Eigenbrötler, wenn man es so sagen will. Aber er lernt fleißig und hat gute Noten.

Tommy ahnt intuitiv, dass Roos ihn nicht ausschimpfen will. Er weiß das, weil er schlicht und einfach keinen Unfug macht. Trotzdem ist er auf der Hut. Wenn er etwas nicht mag, dann ist das unerwünschte Aufmerksamkeit.

»Komm und setz dich kurz, Tommy. Ich würde gern mit dir reden.«

Er zögert. Wiegt die Bücher schwer in den Händen und überlegt, einfach zu gehen und zum Bus zu laufen.

Andererseits ist er neugierig, und nach ein paar Sekunden Bedenkzeit beschließt er nachzugeben. Er kann ja kurz dableiben und sich anhören, was sein Lehrer zu sagen hat. Der Bus fährt ohnehin erst in zwanzig Minuten.

Roos gibt ihm mit einer Geste zu verstehen, dass er sich ihm gegenübersetzen soll. Tommy setzt sich und schiebt seinen Bücherstapel auf dem Schoß zurecht. Roos lächelt sein freundliches Lächeln, bei dem ihm der Bart absteht.

»Du bist gut in Naturkunde, sehr gut. Vielleicht ein bisschen still, aber wenn du gefragt wirst, hast du immer eine Antwort parat. Bei der Klassenarbeit in der letzten Woche hast du die volle Punktzahl gekriegt – und bei der Arbeit davor ebenfalls, wenn ich mich nicht täusche.«

Irritiert sieht Tommy seinen Lehrer an. Hat Roos ihn wirklich gebeten zu bleiben, um ihm zu erzählen, was für Noten er in letzter Zeit bekommen hat?

Der Lehrer räuspert sich.

»Ich bin mit deinem Lerneifer wirklich zufrieden. Sehr sogar. Aber da gibt es noch etwas anderes, worüber ich mit dir sprechen will.«

Er kratzt sich am Bart und scheint zu zögern, ehe er ausspricht, was er sich zurechtgelegt hat.

»Ich frage mich einfach, wie es dir geht …«

Tommy ist zutiefst verwirrt.

»Abgesehen von der Schule, meine ich. Außerhalb der Schulzeit, sozusagen.«

Die Verwirrung schlägt um in Misstrauen.

»Was meinen Sie, Herr Roos?«

Tommys Stimme klingt schärfer als beabsichtigt, und der Lehrer lächelt.

»Sag Douglas. Roos klingt so alt.«

Tommy nickt, und dann fällt ihm eine nette Replik ein,

die von seinem gereizten Tonfall ablenkt. Denn im Grunde mag er den Lehrer ja.

»Bei allem Respekt, Douglas … aber Sie *sind* alt.«

Er erzielt genau die Wirkung, die er erzielen wollte. Für einen kurzen Moment sieht der Lehrer überrascht aus, fängt dann aber an zu lachen. Es ist ein herzliches Lachen, das aus seinem Vollbart dröhnt. Doch dann wird er erneut ernst.

»Ach, was soll's. Die Sache ist die … Ich mache mir Sorgen um dich. Du bist einer meiner besten Schüler, und ich schätze die Art, mit der du dem Unterricht folgst. Trotzdem hast du etwas an dir, was bei mir die Alarmglocken schrillen lässt.«

Roos windet sich auf seinem Stuhl. Tommy selbst rührt sich keinen Zentimeter.

»Ich glaube, dass du eine Last mit dir herumschleppst. Eine schwere Last. Vielleicht ist es gar nichts Akutes, vielleicht ist es auch schon vorbei, was weiß denn ich. Aber dass du immer so still bist und dich offensichtlich von allen fernhältst, bereitet mir Kopfzerbrechen.«

Er spricht nicht flüssig, man merkt ihm an, dass ihm all das leicht unangenehm ist. Wie versteinert sitzt Tommy auf seinem Stuhl. Er verzieht keine Miene, vielleicht hält er sogar den Atem an. Das Gefühl, dass abgesehen von Mama noch ein weiterer Erwachsener sich Sorgen um ihn macht, ist ihm fremd. Vollkommen fremd.

Und mit einem Mal schnürt es ihm die Kehle zu. Wie Lava aus einem Vulkankrater bahnen sich Tränen an, und Tommy schluckt hektisch, um sie zurückzuhalten. Er könnte es nicht ertragen, vor dem Lehrer zu weinen.

Er muss an Ingrid denken. Tommy fragt sich, ob sie so etwas je erlebt hat – die Fürsorge eines anderen Erwachsenen, der nicht Mama ist.

Dann kann er die Tränen nicht mehr zurückhalten. Roos sagt kein Wort. Er sieht Tommy bloß stumm mit diesem freundlichen Blick an.

Tommy hustet und steht auf. Fast hätte er die Bücher fallen lassen, kann sie aber im letzten Moment festhalten.

»Es ist alles gut«, schnieft er.

Und dann kehrt er dem Lehrer den Rücken zu. Er reißt die Klassenzimmertür auf und läuft hinaus auf den Flur und zu seinem Spind. Erleichtert stellt er fest, dass niemand mehr da ist. Er will nicht vor einem Lehrer heulen, aber vor den Klassenkameraden wäre es der sichere Tod.

Er zieht seinen Spind auf und wirft seine Bücher hinein, ehe er die Spindtür mit einem lauten Knall zuschleudert. Dann reibt er sich unbeholfen Augen und Wangen trocken.

Kurz bleibt er noch stehen. Als er sich endlich halbwegs beruhigt hat, macht er den Spind wieder auf. Sorgfältig reiht er die Bücher auf dem Regalbrett auf. Dann nimmt er sich seine Jacke und marschiert mit gesenktem Kopf zum Bus.

Als er an seinem Klassenzimmer vorbeikommt, ist die Tür dort geschlossen.

Der Lehrer ist nirgends zu sehen.

Der Regen ist stärker geworden. Es scheint jetzt in einem nie enden wollenden Strom auf sie herabzugießen.

Siv hält den Regenschirm mit festem Griff über sich selbst und Idun. Um sie herum eilen Polizisten und Rettungssanitäter hin und her. Mit gesenkten Stimmen tauschen sie sich aus. Siv spürt die gedrückte Stimmung, die immer herrscht, wenn jemand verletzt wurde, die aber umso greifbarer wird, wenn es einen Kollegen getroffen hat.

Bedrückt stellt sie fest, dass Idun kaum mitbekommt, was um sie herum vor sich geht. Sie sitzt in der offenen Tür des Rettungswagens und sieht völlig abwesend aus, nach innen gewandt, fast apathisch. Siv ist sich nicht einmal sicher, ob Idun mitbekommen hat, dass Siv neben ihr steht. Unwillkürlich muss sie an die batteriebetriebene Puppe denken, die sie als Mädchen hatte. Die konnte die Augen öffnen und schließen, sagte hier und da metallisch *Mama*, aber sobald die Batterien leer waren, blieb sie still. Genau so still sitzt Idun jetzt vor ihr.

Sobald sie Iduns Notruf entgegengenommen hatte, hat sie Alarm geschlagen und ist dann sofort zu ihrem Auto gelaufen, das in der Tiefgarage stand. Wenn man bedenkt, dass sie Zivilistin und überdies in ihrem Privatwagen gefahren ist, hat sie vermutlich sämtliche Verkehrsregeln gebrochen, die sie nur brechen konnte. Als sie hier ankam, hatten die Sanitäter Idun schon aus dem Haus gebracht und sie dort hingesetzt, wo sie jetzt sitzt. Idun hatte sich geweigert, in den Rettungswagen zu steigen. Die Sanis versuchten zwar, sie zu überreden, sich auf die Rollbahre zu legen, aber am Ende gaben sie auf und seufzten nur tonlos, ehe sie Siv mitteilten, dass die Kollegin zwar unter Schock stehe, aber zumindest nicht physisch verletzt sei. Es sei schon in Ordnung, dass sie dort sitze, zumindest für den Moment. Und Siv dachte nur wütend, dass sie sich ihren verdammten Moment bitte schön in den Arsch schieben sollten. Idun darf sich ja wohl genau die Zeit nehmen, die sie jetzt braucht.

Anders kommt auf sie zu und bleibt vor ihnen stehen. Er sieht besorgt aus, als er in die Hocke geht und Idun eine Hand aufs Knie legt. Sie scheint ihn nicht zu bemerken.

»Idun?«

Der Regen dämpft seine Stimme.

»Ich bin's, Anders.«

Keine Reaktion.

Er sieht hoch zu Siv. Sie bedenkt ihn mit einem kummervollen Blick, ehe er sich erneut an Idun wendet.

»Calle ist unterwegs ins Krankenhaus Sunderby. Er hatte Puls, als sie gefahren sind, und ich glaube, er konnte ohne zusätzliche Hilfe atmen. Die Ärzte kümmern sich jetzt um ihn. Du kannst nichts mehr ausrichten. Du hast alles richtig gemacht, indem du Alarm geschlagen hast.«

Der Regen füllt die Stille. Anders lässt Iduns Knie los und steht wieder auf.

»Die Sanis wollen sie mit in die Klinik nehmen. Sie muss beobachtet werden, solange sie unter Schock steht. Fährst du mit? Ich muss leider hierbleiben.«

Er wirft einen Blick zurück zum inzwischen hell erleuchteten Haus der Vendels. Malmen und die Spurentechniker sind schon bei der Arbeit und sichern potenzielle Spuren.

»Nichts und niemand hält mich davon ab, mit ihr mitzufahren.«

Sivs Stimme zittert. Das kommt nicht häufig vor.

Zwei Sanitäter helfen Idun in den Wagen. Diesmal leistet sie keinen Widerstand. Siv klettert hinterher und setzt sich neben sie. Als der Wagen das Wohnviertel hinter sich lässt, nimmt sie Iduns Hand und drückt sie fest. Idun schließt die Augen. Es ist das erste Mal, dass sie überhaupt zu bemerken scheint, dass Siv bei ihr ist.

Idun liegt auf dem Rücken in ihrem Krankenhausbett. Obwohl Siv vom Personal zwei Decken verlangt hat, friert sie so sehr, dass ihre Zähne klappern. Siv sitzt so nah wie möglich auf einem Stuhl neben ihr, damit Idun sie sieht und ihre Anwesenheit spüren kann.

Auf der Wanduhr ist es kurz nach Mitternacht. Als sie in der Notaufnahme ankamen, war Idun wie paralysiert. Der diensthabende Oberarzt bedachte sie lediglich mit einem gestressten Blick und stellte ein paar knappe Fragen. Als er keine Antwort bekam, befand er auf schweren Schock und dass die Patientin beobachtet werden müsse, dann rauschte er weiter zum nächsten Patienten. Grimmig musste Siv sich eingestehen, dass die Lage in den Notaufnahmen dieser Region ebenso angespannt war wie im übrigen Land.

Es dauert fast eine Stunde, ehe Idun wieder warm genug wird und ihre Zähne nicht mehr klappern. Irgendwann kann Siv nicht mehr widerstehen, streckt die Hand aus und streicht ihr vorsichtig über die Stirn. Idun protestiert nicht. Siv spürt, wie die Tränen hinter ihren Lidern brennen. Sie blinzelt sie weg.

»Calle …«

Iduns Stimme ist bloß ein Wispern.

Siv schüttelt sachte den Kopf.

»Ich weiß nur, dass er noch operiert wird. Die Ärzte

haben versprochen, uns zu informieren, sobald es etwas Neues gibt.«

Idun kneift die Augen zu.

»Er sah aus, als …«

Sie spricht den Satz nicht zu Ende. Dann verzieht sich ihr Gesicht. Weil Siv ebenso die Worte fehlen, streicht sie Idun erneut sanft über die Stirn.

»Wie gesagt, die Ärzte haben versprochen, uns zu informieren, sobald sich etwas tut. Bis dahin können wir nur hoffen.«

Idun erzittert.

»Er stirbt mir weg …«

Siv drückt den Rücken durch.

»Das wissen wir noch nicht.«

Und dann sagen sie beide nichts mehr.

Freitag, 4. September

Sara wird von einem Piepen wach. Verwirrt setzt sie sich auf und sieht sich verschlafen um. Es dauert eine Weile, bis sie sich wieder daran erinnert, wo sie sich befindet.

Sie hebt die Hand über die Augen zum Schutz gegen das grelle Deckenlicht. Dann versucht sie herauszuhören, woher das Piepen kommt, und spürt im selben Moment, wie ausgedörrt sie ist. Mit steifen Gliedern beugt sie sich zur Seite und tastet die Bettkante entlang, findet die Wasserflasche und nimmt sie hoch. Das Piepen will einfach nicht aufhören. Beunruhigt dreht sie die Flasche auf und trinkt ein paar Schlucke.

Erst schreckt sie heftig zusammen. Die Bewegung unter der Decke stammt nicht von ihr. Sie verschluckt sich am Wasser und muss heftig husten.

Sie stellt die Flasche zurück auf den Boden und hebt die Decke an. Es ist Ellen, die piept. Als Sara ihren Pullover anhebt, entdeckt sie eine viereckige Platte, die an Ellens Hosenbund befestigt ist. Durch eine kreisrunde Halterung verläuft ein breites Band, das an der Hose festgenäht scheint. Es ist irgendein technisches Gerät mit einem blau schimmernden Display, auf dem Ziffern blinken. Sara ahnt, dass sie für einen Wert stehen müssen. Sie versucht, die Platte anzuheben, um zu sehen, ob auf der Rückseite etwas draufsteht, doch im selben Moment wacht Ellen auf. Erschrocken lässt Sara das Gerät los.

»Hej, Ellen. Ich bin's nur, Sara. Kannst du dich an mich erinnern?«

Das Mädchen reibt sich die Augen und blinzelt.

»Mir ist schlecht.«

Sara strafft die Schultern.

»Dir ist schlecht? Was meinst du damit?«

Sara sieht sich im Zimmer um und fürchtet schon, das Mädchen könnte sich übergeben. An der Wand entdeckt sie die zwei Wasserflaschen und eine leere Tüte. Neben der Tüte liegen zwei Bananenschalen. Während Sara geschlafen hat, muss Ellen die Bananen gegessen haben.

»Hast du die Bananen gegessen? Kann es sein, dass dir deshalb schlecht ist?«

Ellen verzieht das Gesicht, aber noch weint sie nicht.

»Ich hatte Hunger. 'schuldigung.«

Sara wird schlagartig warm ums Herz. Sanft streicht sie Ellen über den Kopf.

»Gut, dass du die Bananen gegessen hast. Aber Ellen, kann es sein, dass du Diabetes hast?«

Ellen nickt.

»Es piept. Du musst auf den Knopf drücken.«

Sie zeigt in Richtung ihres Rückens. Sara hebt erneut den Pulloversaum an. Entlang des Displays befinden sich mehrere Tasten. Welche davon sie drücken muss, steht da leider nicht.

»Weißt du auch, welcher Knopf der richtige ist?«

Ellen schüttelt den Kopf. Sara sieht sich den Apparat genau an. Sämtliche Tasten sind grau, aber eine ist wesentlich größer als die anderen.

»Wie oft soll ich denn drücken?«

»Weiß nich'. Vielleich' viermal?«

Sara hält den Atem an und drückt viermal auf die größte

Taste. Das Piepen hört auf. Die Ziffern auf dem Display hören auf zu blinken, und dann wird ein schwarzer Strich in dem Feld sichtbar.

»Versuchen wir, noch ein bisschen zu schlafen?«

Ellen nickt. Sara legt sich wieder hin und zieht die Decke über sie beide. Ellen zwirbelt eine von Saras Locken um ihren Finger und schiebt sich den Daumen der anderen Hand in den Mund. Es dauert nur ein paar Minuten, ehe sie wieder schläft. Sara liegt wesentlich länger wach. Sie zerbricht sich den Kopf darüber, was als Nächstes passieren könnte. Wie kann jemand ein krankes Kind hier mit ihr zusammensperren? Sara hat von Diabetes keine Ahnung. Sie hat nur deshalb auf Insulinpumpe getippt, weil sie irgendwann im Fernsehen einen Beitrag über diese damals revolutionär neuen Geräte gesehen hat.

Nach einiger Zeit schläft auch sie wieder ein – ohne zu wissen, wie viel Insulin sie Ellen verabreicht hat.

Mika ist so müde, dass ihre Augen brennen. Gespielt überschwänglich zieht sie Iduns Kühlschrank auf und nimmt Butter und Eier heraus. Sie schlägt fünf Eier in eine Schüssel und verrührt sie mit ein bisschen Salz und ordentlich Schwarzpfeffer. In einer Bratpfanne erhitzt sie zu gleichen Teilen Rapsöl und Butter, ehe sie die Eiermasse hineingibt. Als das Rührei fast fertig ist, zieht sie die Pfanne auf die benachbarte Platte und salzt nach.

Idun sitzt in ihrem Morgenmantel am Küchentisch. Sie hat sich die Haare zu einem losen Dutt zusammengebunden, und ihr Gesicht ist vom Weinen aufgedunsen. Als der Arzt ihr am frühen Morgen mitgeteilt hat, dass sie nach Hause fahren dürfe, vorausgesetzt, es sei jemand da, der ein Auge auf sie habe, hat Siv Mika angerufen. Iduns kleine Schwester ist sofort ins Krankenhaus gefahren und hat Idun nach Hause gebracht. Dann hat sie das Sofa für sie beide bezogen und Idun unter die Bettdecke gesteckt. Dort haben sie noch ein paar Stunden vor sich hin gedöst, bis Mika davon wach wurde, dass Idun sich unruhig hin und her wälzte.

»Willst du das Rührei nicht essen?«

Mika sieht ihre Schwester besorgt an. Idun sieht unendlich müde aus, als sie den Kopf schüttelt.

»Ich hab keinen Hunger.«

Mika neigt den Kopf leicht zur Seite.

»Das verstehe ich sogar. Aber wenn du nichts isst, dann fährst du auch nicht zur Arbeit. Weil ich nämlich heute bestimme.«

Idun seufzt resigniert.

»Ich kann ja ein bisschen Tee trinken.«

Mika befüllt zwei große Becher und schiebt einen davon auf Idun zu.

»Und Rührei.«

Idun schafft es nicht zu protestieren, ehe ihre Schwester ihr auch schon eine Portion auf den Teller gelöffelt hat und neben Iduns Becher stellt.

»Du willst heute zur Arbeit, habe ich recht?«

Idun nickt.

»Also. Wenn das Rührei aufgegessen und der Tee getrunken ist, gehst du duschen und ziehst dich an. Ich fahre dich hin und rufe in der Mittagspause an, um die Lage zu checken. Wenn du abgeholt werden willst, komme ich sofort vorbei. Andernfalls stehe ich um halb fünf unten auf dem Parkplatz. Heute Abend isst du bei uns. Ich mache Linseneintopf mit Knoblauch und Chili, den du so gern magst.«

Idun nimmt einen Schluck Tee. Dann späht sie zu ihrer Schwester und nimmt die Gabel in die Hand. Kraftlos stochert sie in ihrem Rührei herum. Sie fühlt sich nicht imstande dazu, es zu essen. Sie schluckt schwer, um die Tränen zurückzuhalten.

Mika spornt sie an.

»Na los, iss, bevor es kalt wird!«

Idun seufzt schwer, tut aber schließlich wie geheißen.

Niemand im Besprechungsraum sagt etwas. Das einzige Geräusch ist das Prasseln des Regens, der gegen die Fensterscheiben schlägt. Riesige Tropfen landen auf den Scheiben und hinterlassen unzählige Rinnsale auf dem schmutzigen Glas. Das Licht, das von draußen hereinfällt, ist streifig und grau.

Am Tischende sitzt Anders. Er sieht noch zerzauster aus als sonst, sofern das überhaupt möglich ist. Sein Hemd – anscheinend dasselbe, das er gestern getragen hat – ist völlig zerknittert.

Am anderen Tischende sitzt Siv. Im Unterschied zu ihrem Chef sieht sie gepflegt aus: Das kurze Haar ist frisch gewaschen, sie trägt eine dunkle Bluse, einen knielangen Rock und hellgraue Strumpfhosen. Sie ist dezent geschminkt und hat kleine Perlenohrringe angelegt. Die schwarze Brille sitzt wie üblich auf der Nasenspitze, was ihr ein oberlehrerinnenhaftes Aussehen verleiht. Wer sie nicht besser kennt, könnte meinen, die ganze Situation ließe sie kalt, doch die Kollegen am Tisch wissen es besser. Das strenge Äußere und die zusammengepressten Lippen zeugen von innerem Aufruhr, sie zeigt es nur nicht nach außen.

An der Längsseite des Tisches sitzt Idun mit krummem Rücken und ringt die Hände. Ihr Blick ist auf die Tischplatte gerichtet, die Augen sind glasig, die Wangen blass.

Siv tippt sich nachdenklich mit dem Stift an die Wange. Die Spitze auf der gespannten Haut verursacht ein hohles Geräusch. Sie hört sofort damit auf, als es an der Tür klopft. Ein paar Sekunden verstreichen. Ohne dass irgendwer auch nur Anstalten gemacht hätte nachzusehen, wer draußen ist, geht die Tür auf, und der bärtigste Mann, den Siv je gesehen hat, betritt den Besprechungsraum. Er hat rabenschwarze Haare, der Bart ist ebenso schwarz und obendrein dicht. Die Wangenknochen sehen grob aus, die Augen sind dunkel, genau wie der Teint, obwohl der Mann nicht sonnengebräunt aussieht. Er ist muskulös, trägt schwarze Chinos und ein weißes Hemd. Die Ärmel hat er bis zu den Ellenbogen hochgekrempelt. Die beiden obersten Hemdenknöpfe sind offen. Eine breite Kette liegt um seinen Hals. Er trägt feste Schuhe, die draußen im Regen nass geworden sind, wie Siv feststellt.

Der Mann bleibt an der Tür stehen, lässt sie aber hinter sich zufallen. Dann sieht er zu Siv. Trotz seines ernsten Gesichtsausdrucks kann sie die feinen Lachfältchen um die dunklen Augen deutlich erkennen. Unter anderen Umständen hätte Siv ihn mit ihrem strahlendsten Lächeln begrüßt, doch für den Moment bringt sie nur ein knappes Nicken zustande.

Der Mann an der Tür lässt den Blick durch die Runde schweifen, bis er bei Anders ankommt. Der Leiter der Abteilung für Kapitalverbrechen sieht kurz verwirrt aus, fast als wüsste er nicht, wer der Besucher ist. Es vergehen ein paar angespannte Sekunden. Als Idun langsam den Kopf hebt, um zu sehen, wer gekommen ist, scheint endlich ein Ruck durch Anders zu gehen.

»Ja, richtig!«

Er steht auf und breitet die Arme aus. Man hört ihm an, dass er sich Mühe geben muss, um halbwegs fröhlich zu klingen. Es gelingt ihm kein bisschen.

»Herzlich willkommen. Komm rein.«

Mit ausgestreckter Hand macht er einen Schritt auf den Mann zu. Der wiederum umschließt Anders' Hand beidhändig. Er hat riesige Pranken, sodass Anders' Hand regelrecht darin verschwindet. An seinem linken Ringfinger blitzt ein breiter Goldring.

»Danke.«

Die Stimme ist tief.

»Ich ahne, in was für einer Stimmung ihr seid. Was eurem Kollegen Carl passiert ist, muss schlimm für euch sein.«

Der Blick aus den dunklen Augen wandert von Anders zu Idun und Siv. Auch er sieht niedergeschlagen aus. Idun blinzelt und blickt abermals auf. Sie wirkt fast, als wäre sie eben erst aufgewacht, ist aber sichtlich auf der Hut.

»Danke. Ja, es ist schwer für uns alle.«

Als Anders das sagt, lässt er Idun nicht aus den Augen. Der dunkeläugige Mann dreht sich langsam, fast feierlich, in Richtung des Besprechungstischs und legt sich die Hand an die Brust.

»Tareq Shaheen.«

Idun sieht aus, als hätte sie nicht die leiseste Ahnung, um wen es sich handelt.

Siv stellt sich ebenfalls vor.

»Ich bin Siv Liv, angenehm.«

Tareq Shaheen hebt die Hand zum Gruß. Idun sitzt immer noch reglos da. Tareq sieht sie lange an.

»Und du bist Idun Lind, richtig?«

Erst jetzt scheint sie aus der Starre aufzuwachen. Erneut

hebt sie den Blick und betrachtet den Mann, diesen Tareq. Es dauert ein paar Sekunden, ehe sie die einzige Frage stellt, die ihr in den Sinn kommen will.

»Sollst du Calle ersetzen?«

Tareq sieht leicht betreten aus.

»Nicht ersetzen, aber euch bei den Ermittlungen im Fall des verschwundenen Mädchens und der ermordeten Frau unterstützen.«

Idun antwortet nicht, sieht ihn nur lange matt an, ehe sie wieder den Blick niederschlägt und auf die Tischplatte starrt.

Vor dem Fenster regnet es weiter.

In ihrem Kopf ist nur Rauschen. Das Gefühl der Unwirklichkeit lässt einfach nicht nach. Sie fühlt sich, als würde sie durch zähen Brei waten und als wäre zu wenig Sauerstoff in der Luft.

Idun hört, wie die Kollegen sich unterhalten. Der Bärtige mit den dunklen Augen steht neben Anders. Idun hört die leisen Stimmen, kann sich jedoch auf nichts konzentrieren, außerdem ist ihr schlecht. Am liebsten würde sie sich schlafen legen. Einfach die Augen zumachen und alles ausblenden.

Es ist allein ihre Schuld. Wenn sie sich nicht so lange wegen ihres verdammten Bauchgefühls im Bad aufgehalten hätte, wäre es nie passiert. Dann wäre sie Calle nach oben gefolgt, hätte ihm im ersten Stock zur Seite gestanden und dieses Arschloch von einem Einbrecher niedergeschossen. Anschließend hätten Calle und sie ihren Bericht geschrieben und wären dann laufen oder in den Kraftraum gegangen. Sie kann es nicht erklären, ist aber überzeugt davon, dass Evas Mörder und Ellens Entführer ein und dieselbe Person sind. Sie hat keinerlei Beweise dafür –

außer ihr nagendes Bauchgefühl. Und das hat auch früher schon gestimmt. Wenn sich gezeigt hätte, dass sie auch diesmal richtiggelegen hat, hätten Calle und sie jetzt doppelt Grund zu feiern gehabt.

Erst als Siv ihr ein Taschentuch hinhält, wird ihr bewusst, dass sie weint. Wütend schüttelt sie den Kopf in Richtung ihrer fürsorglichen Kollegin, während sie sich eilig mit den Händen über die Wangen fährt. Sie sieht in die Runde. Der Bärtige – Tareq – hat die dunklen Augen unverwandt auf sie gerichtet.

Sie schluckt trocken und streckt die Hand aus. Sofort beugt er sich vor und umfasst auch ihre Hand mit beiden Händen.

»Schön, euch alle kennenzulernen, auch wenn die Umstände grässlich sind.«

Seine Stimme klingt kein bisschen unnatürlich; was er sagt, klingt weder einstudiert noch formelhaft. Er scheint angesichts ihrer derzeitigen Lage aufrichtig niedergeschlagen zu sein.

Anders fährt sich mit den Fingern durchs Haar.

»Okay, dann haben sich jetzt alle vorgestellt. Tareq, Siv und Idun. Tareq leitet eine Ermittlungseinheit bei den Kapitalverbrechen in Stockholm. Er war früher bei einer Sondereinsatztruppe in Göteborg und ist hergeflogen, um uns in dieser – gelinde gesagt – niederschmetternden Situation zu unterstützen.«

Weder Idun noch Siv verziehen eine Miene.

»Wir brauchen Verstärkung. Wir haben es mit einer ermordeten Frau und einer verschleppten Fünfjährigen zu tun, von der wir nach wie vor nicht wissen, wo sie derzeit steckt. Calle ist niedergeschossen worden, höchstwahrscheinlich von Evas Mörder. Den Ärzten zufolge kommt er durch und wird sich aller Wahrscheinlichkeit nach vollständig erholen, aber die Genesung wird einige Zeit dauern, und wir haben es entweder mit einem mutigen oder richtig dummdreisten Täter zu tun – und mit einem Kidnapper, der bislang noch keinerlei Forderungen gestellt hat. Aber wenn wir uns einen Moment lang auf Ersteren konzentrieren – man fragt sich doch, wie er es wagen konnte, sich bei den Vendels erneut Zutritt zu verschaffen. Entweder ist er wirklich komplett durchgeknallt, oder aber er weiß genau, was er tut. Ich bin mir ehrlich nicht sicher, was davon schlimmer wäre.«

Idun muss erneut schlucken. Man kann über Anders sagen, was man will, aber die Überlegung ist natürlich richtig. Die Lage ist aufs Äußerste angespannt. Außerdem gleichen die einzelnen Fäden eher einem Knäuel aus lauter losen Enden, ohne dass irgendwo eine Verbindung zu erkennen wäre.

»Meiner Einschätzung nach«, fährt ihr Chef fort, »brauchen wir dringend Unterstützung, weil wir sonst schlicht und ergreifend zu wenige sind. Ellens Verschwinden hat alleroberste Priorität, aber der Umstand, dass Calle angeschossen wurde, und zwar, wie wir vermuten, vom Täter in unserem zweiten Fall, verlangt uns als Polizisten – und als Freunden – eindeutig umso mehr ab. Genau deshalb brauchen wir Tareq. Er ist persönlich nicht involviert und hat einen unverstellten Blick auf die Dinge – wenn ihr versteht, was ich damit sagen will.«

Siv nickt. Ihr Chef zeigt gerade eine vollkommen andere Seite als die, die sie sonst kennen. Er scheint die Lage wohldurchdacht und nüchtern darauf reagiert zu haben. Und natürlich ist es ein kluger Schachzug: weil sie selbstredend Hilfe brauchen, auch wenn Siv Idun deutlich ansehen kann, dass diese anderer Meinung ist.

»Warum bist du nicht mehr bei der Truppe in Göteborg? Die Kripo Stockholm war ja wohl kaum der nächste Schritt in der Karriere.«

Sie klingt giftiger als beabsichtigt. Siv sieht sie verwundert an, doch Idun geht darüber hinweg.

»Ich wollte nach Stockholm.«

Die Antwort ist knapp, aber kein bisschen beleidigt – Tareq scheint weder das Bedürfnis zu haben, sich rechtfertigen, noch, sich erklären zu müssen. Idun beschließt, es fürs Erste auf sich beruhen zu lassen. Sie bringt nicht die Kraft für einen Typen auf, der glaubt, er könnte einfach aus Südschweden herauf nach Luleå kommen und dann ihr Durcheinander ruck, zuck für sie lösen. Sie fühlt sich von Anders verraten. Gab es wirklich niemanden aus der Gegend, der hätte einspringen können?

Tareq reißt sie aus den Gedanken.

»Euer Kollege Carl … Wie ich schon sagte: Was ihm zugestoßen ist, liegt euch natürlich schwer im Magen. Ich bin nicht hier, um ihn zu ersetzen. Aber ich kann euch hoffentlich bei den Ermittlungen helfen. Ich war schon an mehreren Ermittlungen zu Kindesentführungen beteiligt, so etwas kommt im Süden leider ein bisschen häufiger vor als hier oben – also, dass Kinder verschwinden. Und ich hoffe, dass sich niemand von euch durch meine Anwesenheit auf den Schlips getreten fühlt.«

In Idun brodelt es. Dass dieser Typ aber auch so verdammt freundlich und nachsichtig sein muss! Calles barsche Art fehlt ihr sehr.

Siv sieht über ihr Brillengestell hinweg zu Tareq. Sie scheint etwas sagen zu wollen, doch Idun kommt ihr zuvor.

»Die Kinder, an deren Suche du beteiligt warst – habt ihr die lebend wiedergefunden?«

Sie klingt stinkwütend. Tareq sieht sie mit offenem Blick an. Seine Augen sind wirklich kohlrabenschwarz.

»Die meisten waren am Leben, ja. Die allermeisten.«

Boden 1996

Sie sitzen auf Sesseln. Das Sprechzimmer des Schulpsychologen ist sauber, die Bücher im Regal sind nach Farben sortiert. Die Schreibtischlampe brennt und wirft gelbes Licht auf den leeren Schreibtisch. Das Zimmer zeugt von Ordnung und Struktur, während in Tommys Innerem Chaos herrscht.

Es ist, als könnte der Schulpsychologe seine Gedanken lesen.

»Du sollst wissen, dass alles, was hier gesagt wird, unter die Schweigepflicht fällt. Nichts von dem, was du mir erzählst, darf ich weitergeben. Dies hier ist ein sicherer Ort für Gespräche.«

Der Schulpsychologe sieht Tommy durch seine runden Brillengläser an. Tommy hofft insgeheim, dass ihm die Brille von der Nase rutscht. Wie der Blitz würde er nach vorn springen und sie zertreten – spüren, wie das Glas unter seinen Sportschuhen in winzig kleine, messerscharfe Splitter zerbricht. Da würde der Schulpsychologe dasitzen und mit seinem verschwommenen Blick schön glotzen – das wäre doch was.

Aber die Brille fällt nicht runter. Vielmehr sitzt sie stabil auf seiner Nasenspitze und beschert dem Mann einen intelligenten Anschein. Instinktiv ahnt Tommy, dass das nicht stimmt – und je länger er darüber nachdenkt, umso mehr wächst sein Widerstand.

»Ich scheiß auf die Schweigepflicht. Ich hab nichts zu sagen.«

Der Schulpsychologe sieht ihn interessiert an. Er sieht dermaßen albern aus, wie er da sitzt und durch diese hässliche Brille glotzt, die zertrampelt am Boden liegen müsste – und dann auch noch diese fette Nase! Fett und hässlich.

»Ich will dir gern helfen, Tommy. Ich will dir aus deiner Wut und deiner Trauer heraushelfen.«

Tommy zieht eine Augenbraue hoch und versucht nicht mal, seine Überraschung zu verbergen.

»Trauer?«

Die Nase des Schulpsychologen schimmert im Licht der Deckenlampe.

»Ich glaube, dass deine Wut in Wahrheit Trauer ist, dass sie stellvertretend für Trauer steht. Was geht dir durch den Kopf, wenn ich so etwas zu dir sage?«

Tommy gibt sich alle Mühe, um jetzt kläglich statt wütend zu klingen.

»Dann helfen Sie mir – nehmen Sie mir die Trauer, machen Sie mich wieder heil!«

Er hebt die Arme zu einer ironischen Geste, während er den Schulpsychologen gleichzeitig herausfordernd ansieht.

Doch in seinem Brustkorb hämmert sein Herz.

Der Mann blättert in einem Schreibblock.

»Vor ein paar Wochen hattest du im Sportunterricht einen Ausraster. Kannst du mir mehr darüber erzählen?«

Tommy schweigt.

»Du bist mit einem Klassenkameraden in Streit geraten und hast zu ihm gesagt« – und jetzt liest er ab – »dass du ihn ficken und ihn mit einer Eisenstange aufspießen wolltest. War das so?«

Tommy kneift die Augen zusammen.

»Der lügt doch.«

Der Schulpsychologe lehnt sich auf seinem Sessel zurück.

»Dein Klassenkamerad lügt?«

»Ja.«

Es wird still im Raum. Der Schulpsychologe kratzt sich am Bauch.

»Hast du vielleicht irgendeinen brutalen Film gesehen oder eine Horrorgeschichte gehört oder vielleicht sogar ein Verbrechen mit angesehen, Tommy?«

Mit dieser Frage hat er nicht gerechnet. Ein Schlag ins Gesicht hätte ihn weniger überrascht. Ihm schwirrt der Kopf.

»Was?«

Der Schulpsychologe hört auf, sich zu kratzen.

»Drohungen dieser Art, die noch dazu in jungem Alter ausgesprochen werden, können für ein unverarbeitetes Trauma stehen. Deshalb frage ich mich, ob du vielleicht etwas in der Art erlebt oder mit angesehen hast – vielleicht einen Übergriff? Der dich dazu gebracht hat, deinerseits einen Klassenkameraden zu bedrohen« – er blickt auf seine Notizen hinab – »und das allem Anschein nach ohne jeden Anlass?«

Tommy sitzt stocksteif auf seinem Sessel. Er will nicht über den Vorfall im Sportunterricht reden. Ohne Anlass? Alter, fahr doch zur Hölle. Ist es etwa kein Anlass, wenn dieser Klassenkamerad behauptet, dass Ingrid Fickmaterial wäre?

Er fängt den Blick des Schulpsychologen auf. Hinter den Brillengläsern sehen die Iris aus wie zwei grüne Kugeln. Tommy fragt sich, was der Mann wohl im Lehrerzimmer herumerzählt. Sitzt er da und vergnügt sich mit Geschichten von all diesen armen Schülern, mit denen er sich unterhält? Vielleicht imitiert er sogar die geknickten Kinder, wenn sie schniefend von ihren reichen Eltern erzählen, die ihnen kein brandneues Moped zu Weihnachten geschenkt haben? Buhuu, so gemein, solche Eltern zu haben!

Tommy beschließt, ehrlich zu sein, und wenn es nur ist, um die Reaktion des Mannes zu erleben.

»Ich habe eine Vergewaltigung mit angesehen.«

Der Schulpsychologe sitzt still da.

»Ich habe gesehen, wie mehrere Männer eine Frau vergewaltigt haben. Erst haben sie sie der Reihe nach rangenommen, und dann haben sie eine Stange genommen und in sie reingerammt, bis ihr Baby rausschwappte. Raus auf den Boden, einfach so, platsch.«

Er verstummt.

Der Schulpsychologe räuspert sich leise.

»Wo hat diese Vergewaltigung stattgefunden?«

Tommy gibt vor, kurz zu überlegen.

»Im Stall vom Paradieshof.«

Nickend macht sich der Schulpsychologe eine Notiz.

»Und wer waren die Täter? Kannst du sie beschreiben?«

Tommy zuckt mit dem Kopf zur Seite.

»Beschreiben oder benennen?«

Der Mann zögert.

»Gern benennen, wenn du kannst und willst.«

Tommy nickt aufmüpfig.

»Das waren Jesus persönlich und ein paar seiner Jünger.«

Abgesehen von dem leise rauschenden Ventilator ist es mucksmäuschenstill im Zimmer. Der Schulpsychologe sieht Tommy lange an. Dann verdunkelt sich seine

Gesichtsfarbe. Sie wechselt von Beige zu Rosa und dann für den Bruchteil einer Sekunde zum selben Rotton wie dem eines überreifen Apfels. Der Typ sieht aus, als würde er gleich in die Luft gehen.

Als er erneut das Wort ergreift, klingt seine Stimme düster.

»Tommy, komm gern wieder, wenn du den Anstand hast, dich an die Wahrheit zu halten. Deine Fantasien darfst du gern andernorts ausleben. Mein Arbeitszimmer ist ein Ort, um echte Probleme zu besprechen, Dinge, die man erlebt hat und über die man reden will.«

Er sieht aus, als würde er innerlich brodeln. Tommy steht langsam auf und geht zur Tür. Dass dieser Psychotyp ihm nicht glaubt, verwundert ihn kein bisschen. Bislang hat ihm noch kein Erwachsener geglaubt, warum sollte das also bei einem mickrigen Schulpsychologen anders sein?

Auf dem Weg nach draußen spuckt er in Richtung des Papierkorbs an der Tür. Er verfehlt ihn um mehrere Zentimeter, und eine weiß schaumige Pfütze landet auf dem gelben Linoleumboden.

Beide wissen, dass es Absicht war.

Es sieht Vivianne nicht ähnlich, dass sie verunsichert ist, aber im Augenblick ist es nun einmal so. Sie hat inzwischen überall nachgesehen: in jedem Zimmer, sogar im Keller und auf dem Dachboden. Draußen im Stall, auf dem Heuboden und in der Garage. Sie war bei den Nachbarn, hat bei den Gemeindemitgliedern geklopft, gefragt, sich gewundert, weitergesucht. Sie hat im Gemeindesaal nachgesehen – sowohl im Gottesdienstraum als auch in den angrenzenden kleineren Räumlichkeiten. Der einzige Raum, den sie nicht betreten hat, ist Mattias' Pfarrzimmer. Dort darf sie nicht rein, andererseits gilt dies auch für alle anderen, außer natürlich für Mattias selbst, was auch den übrigen Mitgliedern klar ist. Daher weiß Vivianne mit Gewissheit, dass Sara nicht dort ist.

Sie ist sogar am Waldrand hinter dem Hof entlanggegangen, dann durch den Wald bis hinunter zum See. Doch auch dort ist Sara nicht. Sie ist wie vom Erdboden verschluckt.

Sekündlich wächst ihre Verärgerung. Vivianne ist es gewöhnt, sowohl ihre eigene als auch die Familien der anderen im Blick zu behalten, und Sara scheint diese Übersicht gerade zu unterminieren. Vivianne hat mehrmals versucht, sie anzurufen, ist aber nicht durchgekommen. Das Handy ist abgestellt. Wenn sie es nicht besser wüsste, könnte man glatt meinen, Sara würde nicht gefunden werden wollen.

Müde setzt sie sich auf einen Stein am Ufer. Die Wasseroberfläche liegt spiegelglatt vor ihr. Sie atmet langsam, fast meditativ – eine kleine Verschnaufpause darf sie sich doch wohl gönnen, bevor sie weitersucht.

Als ein Zweig knackst, wird sie schlagartig hellhörig. Sie steht auf und sucht mit dem Blick konzentriert den Waldrand ab. Es ist keine Menschenseele zu sehen. Doch das Geräusch kam direkt von oberhalb, von der Stelle, wo der Weg zum See eine Kurve beschreibt. Sie kneift die Augen zusammen und beugt sich leicht vor, um besser zu sehen.

Obwohl sie hier aufgewachsen ist und die Umgebung gut kennt, dauert es eine Ewigkeit, ehe sie die Frau entdeckt. Sie steht ein Stück jenseits der Baumgrenze, zur Hälfte verborgen hinter einer großen Kiefer. Vivianne reckt den Hals. Die Frau ist schlank und blond. Als sie sie immer noch nicht wiedererkennt, hebt sie die Hand zu einem Gruß. Die Frau erwidert den Gruß nicht. Vivianne macht ein paar zögerliche Schritte in deren Richtung. Sie steht ein gutes Stück weg, scheint sich hinter der Kiefer verstecken zu wollen.

Mit einem Mal wird Vivianne unsicher und könnte nicht sagen, ob sie auf die Frau zugehen oder warten soll, bis die Frau ihrerseits auf sie zukommt. Das Ganze fühlt sich merkwürdig an. Sara ist verschwunden, Vivianne hat stundenlang nach ihr gesucht, und als sie sich am See nur kurz ausruhen will, kommt eine junge Frau durch den Wald und bleibt dann stehen, um … Was? Um Vivianne zu beobachten? Bestimmt gehört sie nicht zur Gemeinde, sonst hätte sie gewinkt und wäre ans Ufer gekommen. Niemand geht grußlos an Vivianne vorbei. Und niemand versteckt sich vor ihr. Aber diese Frau dort steht einfach nur still und stumm im Wald.

»Komm raus!«

Vivianne hebt erneut die Hand. Inzwischen ist das Winken eher auffordernd. Als sie auch diesmal keine Reaktion erhält, stapft sie zurück auf den Weg. Wo das sandige Ufer aufhört, beginnt der Wald. Der Erdboden ringsum ist dicht bewuchert, sie muss vorsichtig gehen und hier und da über alte Wurzeln und umgestürzte Baumstämme steigen. Der Weg wird zusehends schmaler.

Sie wirft einen flüchtigen Blick zu der Frau. Ein Teil des Gesichts ist zu sehen. Das Haar ist hell und sehr lang. Es fällt ihr in weichen Locken über die Schultern. Die Frau hat eine schwarze Hose und einen dunklen Pullover an. Vivianne rümpft die Nase. Mit solcher Kleidung ist vollends klar, dass sie nicht der Gemeinde angehört. Hier ziehen Frauen entweder Kleider oder Röcke an. Was in aller Welt macht diese Frau also auf ihrem Privatgelände?

Ihre Überlegungen machen Vivianne unaufmerksam. Sie tritt schief auf eine dicke Wurzel und stolpert, stürzt hart zu Boden, stößt sich die Schulter an einem Stein und den Kopf an einem umgestürzten Baumstamm.

Sie bleibt kurz liegen. Versucht zu erspüren, ob sie sich etwas gebrochen hat, allerdings glaubt sie es nicht. Als sie sich aufsetzt, ist ihr trotzdem kurz schwindlig. Etwas Warmes sickert über ihr Augenlid, die Hand schnellt zur Augenbraue, und mit den Fingerspitzen ertastet sie eine Platzwunde. Als sie auf ihre Finger hinabsieht, sind sie blutig.

Ächzend richtet sie sich auf. Schulter und Stirn tun weh, und ein Bein will nicht recht gehorchen. Das Blut, das ihr über das Auge läuft, behindert ihre Sicht, und sie zieht sich den Ärmel über die Hand und presst ihn fest auf die Wunde.

Langsam geht sie weiter. Als es nur noch ein paar Meter bis zu der blonden Frau sind, bleibt Vivianne abermals stehen. Und ist verwundert. Die Frau ist verschwunden.

Vivianne sucht den Wald ab, so gut ihr Auge es zulässt. Sie blickt zurück zum See, sucht das sandige Ufer ab, aber die Frau ist nirgends mehr zu sehen.

Vivianne schlurft auf die große Kiefer zu, stemmt sich dagegen und lässt sich ins Reisig sinken. Sie weiß nicht, warum, aber irgendwie hat sie im Nachhinein das Gefühl, als hätte sie die Frau gekannt. Frauen, die Hosen tragen, trifft sie nur selten; eigentlich bloß, wenn sie mal zum Arzt muss, allerdings ist es schon Jahre her, seit sie zuletzt ein Ärzte- oder Krankenhaus betreten musste. Trotzdem kam sie ihr vage bekannt vor. Je länger sie darüber nachdenkt, umso sicherer ist sie sich. Da war entweder etwas an der Haltung oder vielleicht an den Haaren, was sie wiedererkannt hat. Fieberhaft kramt sie in ihrem Gedächtnis, aber die Erinnerung entzieht sich ihr hartnäckig.

Frisches Blut läuft ihr über das Auge. Erneut presst sie sich den Ärmel auf die Wunde. Sie hofft, sie muss nicht genäht werden, lieber würde sie die Wunde einfach nur auswaschen und ein Pflaster draufkleben und dann Sara aufspüren. Vivianne muss dringend ein ernstes Wort mit ihrer Tochter reden.

Die Morgenbesprechung ist eine halbe Stunde her, als Anders an Iduns Tür klopft. Ohne ihre Antwort abzuwarten, tritt er ein. Sie sitzt an ihrem Schreibtisch. Anders setzt sich ihr gegenüber auf den Besucherstuhl, sagt aber nichts.

Idun sieht aus, als würde sie jeden Moment zusammenbrechen. Trotzdem weiß Anders es besser. Sie ist eine echte Kämpferin und unfassbar stur – manchmal an der Grenze dessen, was man noch als gesund bezeichnen kann. Eigentlich weiß er auch, dass er ihr besser nichts vorschreiben sollte, doch im Augenblick hat er keine andere Wahl. Siv hat ihn davor gewarnt, es auch nur zu versuchen. Die Sache ist nur: Jetzt, da es um Idun und die Lage in ihrer Abteilung geht, würde es an ein Dienstvergehen grenzen, wenn er es nicht wenigstens versuchen würde. Immerhin ist in letzter Konsequenz er für die beiden Ermittlungen verantwortlich, die sie leitet.

Er räuspert sich.

»Ich mache mir Sorgen um dich.«

Idun bedenkt ihn mit einem langen Blick, ehe sie die Arme verschränkt und sich nach hinten lehnt. Genau wie erwartet. Sofort stellt sie sich quer.

»Als dein Vorgesetzter ist es meine Aufgabe, dir zu helfen.«

Sie sitzt reglos da und zuckt nicht mit der Wimper. Anders seufzt.

»Was mit Calle passiert ist, hat uns alle mitgenommen. Natürlich trifft es uns alle. Aber nur ein Idiot würde glauben, dass wir anderen genauso mitgenommen wären wie du. Wir reden hier über deinen Partner. Und so harsch und selbstsicher Calle auch wirkt – ich weiß sehr wohl, dass ihr euch als Freunde empfindet. Obwohl schon reine Kollegialität bei dir ausgereicht hätte, damit es dich mitnimmt.«

Sie sitzt immer noch reglos da, doch Anders sieht, wie sich ihre Wangen verfärben. Er fühlt sich unzulänglich – diese Wirkung hat sie oft auf ihn. Es liegt daran, dass sie seine Lieblingskollegin ist. Ihre Sturheit und die ehrliche Art tragen dazu bei, dass er sich seines Chefsessels sicher sein kann – sicher, weil er sich zu zweihundert Prozent auf sie verlassen kann. Weder kann noch will er ihr die Richtung vorgeben. Ein einziges Mal hat er gegen ihren Willen gehandelt, und zwar, als er sie genötigt hat, ausgerechnet mit Calle zusammenzuarbeiten. Zwei starke Persönlichkeiten, dic cine mit unfehlbaren analytischen Fähigkeiten, der andere mit einer derart unverblümten Art, dass keine Frage je zu unangenehm wäre. Wo Calle geht und steht, tut sich die Erdc auf, und im nächsten Moment hat Idun sie dann mit einem einzigen Blick analysiert. Die beiden zusammenzupacken ist das Beste, was Anders je getan hat, auch wenn es lange gedauert hat, bis Idun es ihm verzeihen konnte.

Jetzt sitzt sie ihm gegenüber, mit einem Blick, der ihm wortlos entgegenschreit, dass er und alle anderen bei der Polizei sich auf direktem Wege zum Teufel scheren können. Er schluckt sein Unbehagen hinunter, weil er nun mal Sivs Warnungen zum Trotz beschlossen hat, eine Reaktion zu provozieren.

»Ich war von Anfang an unsicher, ob du überhaupt arbeiten solltest.«

Er sagt es bedächtig. Idun erstarrt und presst die Lippen zusammen.

»Sie hätten dich krankschreiben müssen, zumindest war das mein erster Gedanke.«

Er lässt sich mit dem Weiterreden Zeit.

»Aber inzwischen glaube ich fast, dass ein Gespräch beim Psychologen die bessere Alternative wäre.«

Die Reaktion kommt wie erwartet – und wie aus der Pistole geschossen.

»Was hast du gerade gesagt?«

Die Irritation ist ihr deutlich anzuhören.

Anders seufzt theatralisch und hört selbst, wie komisch es klingt.

»Ich habe gesagt, dass ich glaube, dass du zum Psychologen gehen solltest.«

Idun springt von ihrem Stuhl auf und fuchtelt so wild herum, dass er den Windzug spürt, weil ihre Hand nur Zentimeter vor seinem Gesicht vorbeizischt.

»Einen Scheißdreck sollte ich!«

Da ist sie. Die Urkraft.

»Du weißt genau, dass das Blödsinn ist.«

Unwillkürlich denkt Anders, dass sie gerade eher Calle als sich selbst gleicht.

»Was soll ich verdammt noch mal beim Psychologen? Drüber plaudern, dass Calle meinetwegen schwer verletzt wurde? Darüber soll ich plaudern? Während Ellen immer noch verschwunden ist und vielleicht umgebracht oder vergewaltigt wurde? Findest du das wirklich? Ja?«

Sie schreit so laut, dass ihm die Ohren wehtun. Er spürt, wie er langsam erschlafft und wie sich in seinem Hinterkopf ein leichter Kopfschmerz ausbreitet. Die Wut ist der Weg aus dem Schock, der Weg zurück zu ihren analytischen Fähigkeiten – und nie zuvor hat er sie dringender gebraucht als heute.

Mit gespielter Ruhe sieht er sie an.

»Verstehe. Aber weißt du, Idun … was du durchgemacht hast, kann man nicht einfach beiseiteschieben, ohne dass der Arbeitgeber gewisse Maßnahmen ergreifen müsste. Du gehst entweder zum Psychologen … oder du lässt dich krankschreiben. Und das bestimme ich, nicht du.«

Sie starrt ihn wutentbrannt an. Er hält ihrem Blick stand und muss sich zusammenreißen, um nicht zu schmunzeln.

Idun. Da bist du ja wieder.

»Ich scheiß auf dich und deinen beknackten Psychologen! Und ich lasse mich auch nicht krankschreiben, hast du gehört?«

Sie ist so wütend, dass die Spucketröpfchen auf seinem Gesicht landen. Er zieht sich den Hemdsärmel über die Faust und wischt sich damit über die Wangen. Sie kommentiert es nicht weiter, hat es womöglich nicht mal bemerkt.

Stattdessen reißt sie ihre Jacke von der Stuhllehne und marschiert zur Tür. Im Vorbeigehen schnappt sie sich ihren Rucksack vom Wandhaken. Als sie die Hand an die Klinke legt, hebt Anders erstmals während dieser Unterredung die Stimme.

»Idun Lind, wir sind hier noch nicht fertig!«

Sie reißt die Tür auf und dreht sich in derselben Bewegung zu ihm um, bleibt an der Schwelle stehen und funkelt ihn finster an. Wenn er sie nicht so gut kennen würde, könnte er glatt glauben, dass sie ihn gleich niederschlagen wird. Vielleicht will sie das aber auch wirklich. In Anders macht sich Erleichterung breit.

»Oh doch. Wir zwei sind fertig. Ich gehe. Lieber kündige ich, als dass ich hier festsitze und mir diesen Scheiß weiter anhöre!«

Er verdreht die Augen. Vor Erleichterung ist ihm fast schwindlig.

»Und was willst du jetzt machen, wenn ich fragen darf?«

Sie starrt ihn an, als hätte sie im Leben nie eine dümmere Frage gehört.

»Ich will Ellen finden. Was hast du denn gedacht, verdammt?«

Dann schlägt sie die Tür hinter sich zu. Es dröhnt durch die Wände.

An ihrem Schreibtisch sitzt ihr zutiefst erleichterter Chef. Dieses Gespräch ist genau nach Plan verlaufen.

Eivor steht nackt in ihrem Badezimmer. Der Spiegel ist beschlagen. Wassertröpfchen ziehen Spuren durch ihr Spiegelbild. Die Luft ist warm und feucht, liegt wie ein Schleier auf Eivors angsterfüllter Gestalt. Normalerweise wischt sie kurzerhand über den Spiegel, zieht eine Schneise durch den Dunst, mustert ihren nackten Körper in der aufgeklarten Spur ihrer Hand und ist sich bewusst, dass Frauen im Allgemeinen und in ihrem Alter im Besonderen dem eigenen Körper meist kritisch gegenüberstehen. Sie hat die Blicke im Umkleideraum und im Schwimmbad ihr Leben lang gesehen: geringschätzige Blicke, die jede Delle und jede Falte beäugen. Sie hat diese Haltung nie verstehen können. Sie selbst ist stolz auf ihren Körper. Sie ist groß, muskulös, sehnig. Natürlich hat sich hier und da die Fallhöhe verändert, aber Eivor hat das nie schlimm gefunden. Der menschliche Körper ist, was er ist – veränderlich und wunderbar.

Doch heute bleibt der Spiegel beschlagen. Seit Ellen verschwunden ist, fühlt sich alles sinnlos an. Das Mädchen muss einfach zurückkommen. Ein Leben ohne sie kann Eivor sich nicht mehr vorstellen.

Die Luft ist schwer zu atmen. Sie tastet nach der Türklinke, zieht die Tür auf und taumelt hinaus auf den Flur. Stößt sich das Knie an der Kommode draußen an, reibt kurz darüber, ehe sie zurück ins Bad geht und ihren Bademantel holt. Der weiche Frotteestoff klebt auf der nassen Haut, als sie den Gürtel zuknotet.

In der Küche greift sie zur Teekanne. Schwerfällig befüllt sie sie mit Wasser und stellt sie auf den Herd. Sie will eine Schlaftablette nehmen, damit sie wenigstens für ein paar Stündchen zur Ruhe kommt. Der Kamillentee ist da nur Beigabe.

Auf dem Sideboard neben der Verandatür liegt die Post. Sie sieht missmutig hin, bringt aber nicht die Kraft auf, sich darum zu kümmern. Doch das Teewasser lässt auf sich warten, deshalb greift sie schließlich doch widerwillig zu dem kleinen Stapel. Geistesabwesend sieht sie die Umschläge durch. Sie hat zwei Rechnungen bekommen, eine Einladung zum Jahrestreffen ihres Weinverkostungsvereins und eine zu einem Wohltätigkeitsevent – und ein kleines weißes Kuvert, auf dem ihr Name und ihre Adresse auf einem Klebeetikett stehen. Eine Briefmarke fehlt, jemand muss den Brief persönlich bei ihr eingeworfen haben. Denn die Post stellt doch wohl keine unfrankierten Briefe zu?

Aus der Küchenschublade nimmt sie ein Messer und schiebt es unter die Lasche. In dem Kuvert liegt ein zusammengefaltetes weißes Blatt Papier. Eivor faltet es auseinander, damit sie lesen kann, was darauf steht.

Die Erinnerung kommt blitzartig.

Sie lässt das Papier fallen und rennt in den Flur. Der Bademantel flattert auf, und wer immer gerade auf der Straße vorbeigeht, kann von draußen durch die Fenster ihren nackten Körper sehen, aber das ist Eivor egal.

Sie durchwühlt ihre Handtasche nach ihrem Handy, kramt zwischen Lippenstift, Bürste, Geldbörse und Schminkspiegel herum, bis sie es endlich gefunden hat.

Ihre Hände zittern, als sie die Kontaktliste durchscrollt. Lind, so hieß sie. Idun Lind.

Eivor drückt auf Verbinden und presst sich das Handy ans Ohr. Über das panische Rauschen in ihrem Kopf hinweg hört sie das Tuten.

Tareq Shaheen steht am Fenster. Idun betrachtet ihn kurz durch die halb offene Bürotür. Sie muss sich erst sammeln. Sie ist unfassbar wütend auf Anders. Und sogar auf Calle. Er hätte es besser wissen müssen und nicht allein, ohne Deckung, in diese Lage geraten dürfen. Wie konnte ihm das nur passieren?

Am wütendsten ist sie jedoch auf sich selbst. Weil sie nicht schneller gedacht hat, ihm nicht schneller gefolgt ist, sich nicht schneller bewegt hat. Calle hat ihr – und sie ihm – immer den Rücken freigehalten. Eine einzige Ausnahme, und er landet im Krankenhaus. Mit lebensbedrohlichen Verletzungen – ein Schuss ins Gesicht. Idun weiß, dass sie sich das nie verzeihen wird.

»Hej, Idun.«

Obwohl er leise spricht, zuckt sie zusammen. Sie fühlt sich ertappt und ist leicht beschämt.

Tareq sieht sie an und macht ein paar Schritte vom Fenster weg.

»Komm doch rein. Ich hatte gehofft, dass wir uns unterhalten könnten.«

Ohne zu wissen, warum, zögert sie. Erkennt sich selbst nicht mehr wieder. Doch dann tritt sie über die Schwelle und zieht die Tür hinter sich zu. Zaudernd setzt sie sich auf den Besucherstuhl, bleibt vorn auf der Kante sitzen und spannt die Beine an, damit sie nicht abrutscht. Sie will sich nicht anlehnen, um bequem zu sitzen. Dann könnte sie nie wieder aufstehen. Außerdem würde sich Entspannung anfühlen, als würde sie Calle hintergehen. Gemütlich mit Tareq zusammenzusitzen wäre Verrat an Calle.

Auch Tareq setzt sich. Er legt die Hände auf die Tischplatte und sieht aus, als wäre er die Ruhe selbst. Seine Schultern hängen entspannt nach unten, sein Blick ist freundlich. Die Nase ist kantig und läuft spitz zu, die Wangenknochen sind hoch, er sieht nett aus, und doch verspürt Idun reine Verachtung. Es ist, als würde seine Anwesenheit bestätigen, dass Calles Abwesenheit länger anhielte. Vielleicht sogar für immer.

Die Stuhlkante schneidet in ihre Schenkel. Sie muss die Beine anspannen, um das Gleichgewicht zu halten.

Tareq wartet geduldig ab.

Nach einer Weile dämmert Idun, dass es tatsächlich sie selbst war, die zu ihm gegangen ist.

»Dann sollen wir zwei also zusammenarbeiten …«

Er antwortet nicht, weil er ahnt, dass noch mehr kommt.

»Calle und ich …«

Sie beißt sich auf die Lippe, um die Tränen zurückzuhalten. Diese verdammten Tränen.

»Calle und ich wissen nicht, wer in dem Haus war. Und auch nicht, warum Calle angeschossen wurde.«

Sie spricht langsam, ihre Zunge fühlt sich geschwollen an. Sie hätte gern ein Glas Wasser. Vor Müdigkeit ist sie wie gelähmt.

Tareq sieht sie mit ernstem Blick an.

»Ich will genauso sehr wissen wie du, wer auf Calle geschossen hat. Und wer Eva umgebracht hat.«

Idun nickt.

»Der Täter hat sich aus einem bestimmten Grund in dem Haus aufgehalten. Am wahrscheinlichsten ist wohl, dass er etwas gesucht hat, was er zuvor, als Eva ermordet wurde, vergessen hat. Aber er kann natürlich auch versucht haben, Spuren zu verwischen – die Kollegen aus der Technik arbeiten daran.«

Ihre Beine zittern inzwischen vor Anspannung. Sie mag nicht mehr gegen sich ankämpfen, stemmt sich halb hoch und rückt sich den Stuhl zurecht, sodass sie mehr von der Sitzfläche nutzt. Die Entspannung setzt sofort ein. Ihr Blick verschwimmt fast.

»Ich will euch wirklich gern helfen, sowohl bei der Suche nach Evas Mörder als auch nach demjenigen, der auf Calle geschossen hat. Aber wir müssen auch Ellen finden. Gibt es Grund zu der Annahme, dass die beiden Fälle zusammenhängen?«

Dass jemand anders als sie selbst diesen Gedanken hat, kommt für Idun völlig unerwartet. Ohne dass sie wüsste, warum, spürt sie, wie ihr Kopf ganz leicht klarer wird. Ihre Stimme trägt kaum, als sie antwortet.

»Weiß nicht … Es hat niemand einen Zusammenhang gefunden, aber ich nehme an, dass wir auch noch nicht gezielt nach Überschneidungen gesucht haben. Bislang weist nichts darauf hin, allerdings habe ich selbst schon darüber nachgedacht. Glaubst du, es könnte nützlich sein, da mal tiefer einzusteigen?«

Tareq streicht sich über den Bart. Er hat eine lange Narbe, die vom Handrücken bis zum Unterarm reicht. Sie verschwindet unter dem aufgekrempelten Ärmel.

»Ja, ich glaube schon.«

Idun schluckt trocken.

»Ich habe vollstes Verständnis dafür, dass sich das hier

verkehrt für dich anfühlt. Ich weiß, dass Calle und du eng zusammengearbeitet habt.«

Idun steht abrupt auf, und von der schnellen Bewegung wird ihr kurz schwarz vor Augen. Sie hält sich an der Schreibtischkante fest, bis sich der Raum ringsum nicht mehr dreht.

»Calle ist mein Kollege, Partner und guter Freund. Du und ich, wir arbeiten so lange zusammen, bis er wieder da ist. Verstanden?«

Ohne eine Antwort abzuwarten, geht sie zur Tür, überlegt es sich dann aber anders und dreht sich noch einmal um. Mit dem Blick auf den Linoleumboden fährt sie fort.

»Wir sehen uns in fünf Minuten unten in der Tiefgarage. Ich muss noch pinkeln und mir bessere Schuhe anziehen.«

Tareq klingt hochaufmerksam.

»Wo fahren wir hin?«

Sie hebt den Blick und sieht ihm in die dunklen Augen.

»Wir gehen Ellen suchen. Und denjenigen, der Eva ermordet und Calle angeschossen hat.«

»In Ordnung. Ich bin in fünf Minuten fertig.«

Sie dreht sich zur Tür um, und mit dem Rücken zu ihm korrigiert sie sich.

»Sagen wir, in drei Minuten.«

Entschlossenen Schrittes verlässt sie Tareqs Interimsbüro und verschwindet über den Flur.

Idun zieht ihren Spind auf. Als sie sich hinabbeugt, um ihre festen Stiefel herauszunehmen, spürt sie, dass sie nicht mehr allein im Raum ist. Als sie aufblickt, steht Siv in der Tür. Die Kollegin macht ein ernstes Gesicht. Idun setzt sich auf den Boden, um ihre Sneakers auszuziehen.

»Ich kann jetzt keine Standpauke ertragen. Und ich will auch nicht darüber reden, wie es mir geht. Tareq und ich gehen Ellen suchen.«

Sie greift zum ersten Stiefel und schnürt ihn zu. Siv sieht sie verkniffen an.

»Ich hatte nicht vor, dich zu fragen, wie es dir geht. Du würdest ja sowieso nicht die Wahrheit sagen. Außerdem kenne ich dich gut genug – ich muss gar nicht erst fragen.«

In die Schnürsenkel des zweiten Stiefels hat sich ein Knoten geschlichen. Idun nestelt daran herum, ehe sie ihn endlich aufkriegt und in den Stiefel schlüpfen kann.

»Stell keine Anrufe von draußen durch, bitte – und zwar für den ganzen restlichen Tag. Außer es geht um Calle.«

Siv verschränkt die Arme und lehnt sich gegen den Türrahmen.

»Du wirst jetzt nicht gehen wollen. Zumindest nicht innerhalb der nächsten Stunden.«

Idun hält in der Bewegung inne. Die Schnürsenkel baumeln ihr von den Fingern.

»Was soll das heißen?«

»Eivor Bohm hat versucht, dich zu erreichen, und ist bei mir rausgekommen. Du solltest dein Handy anschalten … Aber wie dem auch sei – sie hat einen Brief bekommen, der dem Brief an Åke ähnlich sieht. Mit einem Bibelzitat über Befreiung.«

Idun bleibt die Luft weg. Sie hat die ganze Zeit über geahnt, dass Evas Tod und Ellens Entführung zusammenhängen.

Sie springt auf.

»Tareq ist auf dem Weg in die Tiefgarage …«

Siv lächelt schief.

»Zieh die Schuhe wieder aus oder mach einen richtigen Knoten, wie jeder erwachsene Mensch auch. Und dann holst du Eivor am Eingang ab. Sie sollte jeden Moment da sein. Ich rufe Tareq an und sag ihm, dass er wieder hochkommen soll.«

Siv macht einen Schritt zurück auf den Flur, überlegt es sich dann aber anders. Sie sieht Idun an, die wieder ihre Sneakers anzieht, ehe sie Siv ins Gesicht blickt. Die Kollegin mit der schicken Kurzhaarfrisur sieht sie ernst an.

»Wenn du schon arbeiten willst – was der Fall zu sein scheint –, dann musst du die Sache mit Calle von dir wegschieben. Du darfst nicht zulassen, dass sein Zustand deine Klarsicht vernebelt. Und verbiete Tareq verdammt noch mal nicht, dir zu helfen. Wenn überhaupt, dann wäre *das* ein Verrat an Calle.«

Idun kneift die Augen zusammen.

»Ich habe vor zu arbeiten, ja. Und davon kann mich auch keiner abhalten, nicht einmal du, Siv.«

Idun dreht sich um, schnappt sich ihre Jacke und sieht deshalb nicht, wie Siv den Mund verzieht, ehe sie antwortet.

»Na dann weiß ich ja Bescheid.«

Eivors Augen sind stark gerötet. Ihr Haar ist immer noch nass, die Haut über den Wangenknochen fleckig – es ist unklar, ob das an ihrer Gefühlslage liegt oder die Nachwirkungen der heißen Dusche sind.

In der Hand hält sie einen aufgerissenen Umschlag. Sie zittert wie Espenlaub, als sie ihn Idun überreicht, die ihn mit Latexhandschuhen entgegennimmt. Aufgewühlt sieht Eivor abwechselnd Idun und Tareq an. Sie macht den Mund auf und wieder zu, bringt aber kein Wort heraus.

»Darf ich Ihnen Tareq Shaheen vorstellen? Er ist auch Ermittler und arbeitet mit uns in Ellens Entführungsfall zusammen.«

Eivor nickt, kann aber immer noch nichts erwidern.

Malmen betritt den Raum. Idun hält ihm den Umschlag hin und lässt ihn in Malmens Asservatenbeutel fallen, den er sofort versiegelt. Ein Umschlag für den Umschlag. Ohne ein Wort verschwindet er wieder.

»Und das gerade war Mikael Malm. Er arbeitet in der Forensik und wird Ihren Umschlag innen wie außen gleich nach Fingerabdrücken, DNA und anderen Spuren absuchen.«

Eivor sieht sie verwirrt an.

»For-was?«

Sie klingt unendlich müde, was bemerkenswert ist, weil sie aussieht wie ein zu Tode verängstigtes Tier.

»Mikaels Kollegen nehmen kriminaltechnische Untersuchungen daran vor. Sie suchen nach Fingerabdrücken, Haaren, Speichelspuren und Hautschüppchen, aber auch nach anderen Merkmalen, die uns zum potenziellen Täter führen könnten.«

Eivors Unterlippe zittert.

»Zum Beispiel ein Haar von Ellen?«

»Ja, beispielsweise.«

Idun hat Mitleid mit Ellens Großmutter.

»Wir hoffen, dass wir auf dem Briefbogen oder auf dem Umschlag Spuren finden, die uns die richtige Richtung weisen. Damit wir Ellen aufspüren können.«

Eivor starrt Idun an. Sie sieht aus, als würde sie Schwierigkeiten haben zu begreifen, was Idun sagt.

Die Tür geht erneut auf, und Siv tritt ein. Sie überreicht Idun einen weißen DIN-A4-Bogen und geht wieder. Idun legt die Fotokopie auf den Tisch. Sie selbst, Tareq und Eivor beugen sich über den Text.

Nur auf Gott vertraut still meine Seele, von ihm kommt meine Befreiung.

Idun zückt ihr Handy, fotografiert die Kopie ab und schickt eine MMS an Mika. Dann schickt sie eine Nachricht hinterher, in der sie ihre Schwester unter Androhung der Todesstrafe mit einer Schweigepflicht belegt und sich nach der Bedeutung des Zitats erkundigt.

Als sie aufblickt, bemüht sie sich um einen neutralen Gesichtsausdruck. Sie will Eivor nicht beeinflussen.

»Sagt Ihnen der Text etwas?«

Eigentlich ist Eivors Blick bereits Antwort genug.

»Ja, er sagt mir etwas.«

Idun nickt.

»Gut, dass Sie uns sofort informiert haben. Sie haben keine Zeit verloren und genau richtig gehandelt.«

Eivor fängt an zu weinen. Sie schluchzt heftig, und Tareq legt ihr die Hand an den Unterarm.

»Haben Sie diesen Vers schon mal irgendwo anders gesehen, Eivor?«

Eivor schluckt, um weitere Tränen zurückzuhalten. Dann verzieht sie das Gesicht und hustet.

»Da gab es mal eine Familie, in den Neunzigern, eine Art Pflegefamilie. Dort haben wir bei ein paar Gelegenheiten Kinder untergebracht.«

Sie flüstert eher vor sich hin, trotzdem hören Idun und Tareq genau, was sie sagt.

»Kinder untergebracht? Was soll das heißen?«

Eivor atmet tief ein, um sich zu beruhigen.

»Ich war eine Zeit lang als Sachbearbeiterin bei der Kommune angestellt – das war nach meiner Krebs-OP und nachdem die Bestrahlung angeschlagen hatte.«

Sie streicht sich mit den Fingerspitzen über die Narbe am Hals.

»Ich war erst ein gutes Jahr als Hospitantin im Jugendamt und dort unter anderem dafür zuständig, Kinder aus instabilen Verhältnissen bei Pflegefamilien unterzubringen. Nach diesem Jahr bin ich dort fest angestellt worden.«

Idun überfliegt den Vers erneut. Sie sieht immer noch keinen Zusammenhang zu dem, was Eivor berichtet.

»Und dieser Text – den erkennen Sie wieder von … einem der Kinder?«

Eivor schüttelt den Kopf.

»Nein, nicht von einem Kind an sich, aber von einer der Pflegefamilien. Das Bibelzitat stand an der Haustür eines

Pflegeheims. Das war eine dunkle Tür mit einem goldfarbenen Briefschlitz – so eine altmodische Klappe, die es manchmal noch in Wohnungstüren gibt, allerdings weiter oben, ungefähr auf halber Höhe der Tür.«

Idun und Tareq hören ihr konzentriert zu. Sie wollen sie nicht unterbrechen, während sie alte Erinnerungen heraufbeschwört.

»Der Text stand auf dieser Klappe. Genau dieser Wortlaut. Ich weiß das noch, weil ich damals dachte, eine gläubige Pflegefamilie würde bestimmt für viel Liebe und Fürsorge stehen. Auf dem Anwesen wohnte eine ganze Kirchengemeinde – es bestand aus mehreren Häusern, das Gelände war riesig.«

»Wo war dieses Anwesen?«, hakt Idun nach.

Eivor starrt auf die Kopie hinab.

»Eivor?«

Die ältere Dame zuckt zusammen, als wäre sie aus einem Tagtraum aufgeschreckt.

Idun wiederholt ihre Frage.

»Dieses Anwesen mit der Pflegefamilie und dem goldfarbenen Briefschlitz – wissen Sie noch, wo das war?«

Diesmal nickt Eivor.

»Natürlich. In Bredåker. Es war ein riesiger alter Gutshof mit mehreren Wohnhäusern.«

Idun schreibt es sich auf.

»Sagt Ihnen der Name Eva Stenberg etwas?«

Eivor scheint in der Erinnerung zu kramen, schüttelt dann aber den Kopf.

»Oder vielleicht Åke Stenberg?«

Eivor sieht Idun wie vom Donner gerührt an.

»Warum fragen Sie nach Åke Stenberg?«

Sofort hört Idun die wohlbekannten Alarmglocken

schrillen. Sie muss sich zusammenreißen, um nicht aufzuspringen.

»Woher kennen Sie Åke Stenberg?«

Eivor sieht jetzt verängstigt aus.

»Er war der vorsitzende Richter beim Familiengericht. Wir sind uns mehrmals im Zusammenhang mit Unterbringungen begegnet.«

Jetzt macht auch Tareq sich Notizen. Idun hakt weiter nach.

»Diese Familie mit dem Bibelzitat auf dem Briefschlitz … Wissen Sie noch, ob Åke Stenberg auch über Fälle geurteilt hat, die Sie dann in dieser Familie untergebracht haben?«

Eivor hat einen gehetzten Blick.

»Woher wissen Sie das? Immer wenn ich eine Familie dort untergebracht habe, ist das zuvor bei Gericht so beschieden worden. Åke war der Vorsitzende im Prozess, er hat bestimmt, welche Familie anderweitig untergebracht werden sollte, und ich habe den Ort der Unterbringung, also Bredåker, ausgesucht.«

Idun hört ihren Puls in den Ohren.

»Und da sind Sie sich sicher? Sie wissen genau, dass das die Abfolge war?«

Eivor nickt.

»Absolut sicher. Ich weiß das noch, weil es mein erster Einsatz mit Gerichtsverfahren nach der OP war. Ich habe die Unterbringung an sich vorgeschlagen, und Åke Stenberg hat sie gerichtlich angeordnet.«

Iduns Handy vermeldet eine Nachricht. Sie nimmt das Gerät zur Hand und sieht, dass Mika geantwortet hat.

Ebenfalls ein Psalm. Und wieder falsch zitiert. Es muss heißen: »Nur auf Gott vertraut still meine Seele, von ihm kommt meine Rettung.« Wieder die falsche »Befreiung«. Scheint, als hättet ihr einen Befreier am Hals. Ruf an, ich mache mir Sorgen. Kuss!

Idun schiebt das Handy in ihre Jackentasche und sieht aus dem Augenwinkel, dass Tareq seines zückt. Er schreibt eine SMS – unter Garantie an Siv.

»Wissen Sie noch, wie das Anwesen hieß?«

Eivor nickt.

»Ja, auch das weiß ich noch. Das war der Paradieshof.«

Bredåker 1997

Ellenors letzter gesunder Tag ist ein Freitag. Gegen Mittag steht sie in der Küche und schält Kartoffeln. Vivianne steht neben ihr und filetiert den Lachs. Am Tisch sitzt Sara und malt mit Wachsmalstiften auf einem großen Papierbogen.

Ellenor und Vivianne wollen einen Lachsauflauf mit weißer Soße und Erbsen zubereiten. Mattias hat zwei Familien aus der Gemeinde zum Essen eingeladen. Als die Kartoffeln geschält sind, stellt Ellenor den Topf mit Sahne und Milch auf. Rhythmisch rührt sie Salz, Zitronensaft, ordentlich Dill und eine Prise Weißpfeffer unter. Vivianne schnuppert und lächelt Ellenor an.

»Das duftet herrlich!«

Ellenor nickt beifällig und wirft nebenbei einen Blick auf das Brot im Ofen. Leicht gehetzt, greift sie zu einem Geschirrtuch.

»Ich hab überlegt, wir könnten vielleicht auch eine Flasche Wein dazu aufmachen, aber ich weiß nicht, ob das nicht übertrieben wäre.«

Sie wirft ihrer Tochter einen verlegenen Blick zu.

»Aber Mama, mal ehrlich – Wein ist doch nett, immerhin ist Freitag.«

Ellenor senkt die Ofentemperatur und trocknet sich die Hände am Geschirrtuch – was völlig unnötig gewesen wäre, weil ihre Hände ohnehin trocken sind.

»Du hast recht. Und es wird netter, wenn die Andersson

ein Gläschen getrunken hat – da entspannt sie sich und wird ein bisschen geselliger. Es ist wirklich nichts verkehrt daran, ein bisschen schüchtern zu sein, absolut nicht. Aber wenn sie still in der Ecke sitzt und die ganze Zeit schweigt, wird es für Frau Levander und mich umso anstrengender, wenn du verstehst, was ich meine?«

Vivianne rührt die Sahnesoße um. Der Dill wirbelt auf.

»Ich weiß, was du meinst. Margot Andersson ist die perfekte Ehefrau. Als Person sehr zurückhaltend. Aber es ist nichts verkehrt daran, auch mal gesprächig zu sein. Und du weißt ja, was man über Wein und Gespräche sagt?«

Ellenor sieht ihre Tochter an.

»Dass der Wein in die Kehle hinein- und die Wahrheit herausfließt.«

Vivianne muss über ihren eigenen Witz lachen. Ellenor knufft sie liebevoll in die Seite und brummelt in sich hinein.

»Vivianne, also wirklich! Solche Sprüche kennst du!«

Das Abendessen wird ein Erfolg. Die drei Familien trinken zwei Flaschen Wein. Während die Frauen sich anschließend um den Abwasch kümmern, sitzen die Männer im Esszimmer und trinken Kaffee. Margot, die auf der Küchenbank sitzt und das Besteck abtrocknet, kichert vergnügt. Zwei Gläser Wein haben ihr wirklich gutgetan.

»Danke, liebe Ellenor und liebe Vivianne, für das fantastische Essen. Gott segne euch! Und Gott segne dein Töchterchen, Vivianne. Sie ist einfach hinreißend!«

Ellenor trocknet die große Auflaufform ab und stellt sie in den Eckschrank. Margot hat recht, das Essen war wirklich gelungen. Hätte Ellenor nicht noch während des Nachtischs Kopfschmerzen bekommen, hätte sie wirklich keinen Grund, sich zu beklagen.

Sie nimmt das Silbertablett mit den Weingläsern hoch und dreht sich zum Vitrinenschrank um. Und in diesem Moment überschlagen sich die Ereignisse.

Ellenor bleibt abrupt auf dem Teppich stehen und sieht verdutzt aus. Zuerst beginnen die Hände zu zittern. Die Gläser auf dem Tablett klirren unheilverheißend.

Im selben Moment ahnt Vivianne, dass etwas nicht in Ordnung ist, und steht vom Küchentisch auf, wo Sara auf ihrem Schoß gesessen hat. Sie setzt ihre Tochter auf dem Boden ab und geht zwei Schritte auf ihre Mutter zu, ist aber nicht rechtzeitig bei ihr, als auch schon die Beine unter ihr nachgeben. Als sie mit dem Hinterkopf erst gegen die Tischkante und dann auf den Boden kracht, klingt es, als hätte jemand einen Stein auf Asphalt geschmettert. Das Tablett gleitet ihr aus den Händen, die Gläser gehen zu Bruch, und Hunderte Scherben verteilen sich auf dem Küchenboden. Vivianne spürt nicht einmal, wie sie sich in ihre Fußsohlen bohren, als sie auf ihre Mutter zustürzt. Ellenor liegt der Länge nach inmitten der Splitter, ihr Körper wird von Krämpfen geschüttelt, aus ihrem linken Ohr rinnt Blut, und aus den Mundwinkeln tritt weiß schaumige Spucke. Viviannes Kreischen klingt wie das eines verletzten Tiers. Der Tumult weckt die Aufmerksamkeit der Männer im Esszimmer, sie kommen in die Küche gestürmt, und mit einem Mal herrscht helle Panik. Vivianne kreischt ihre Mutter an, während Mattias versucht, sie zur Besinnung zu bringen. Sara heult, Margot tut, was sie kann, um die Kleine zu besänftigen, und Judits Mann wählt den Notruf. Seine Hände sind schweißnass, und er braucht zwei Versuche, ehe er die fünf Ziffern lange Nummer gewählt hat.

Es dauert knapp acht Minuten, bis der Notarzt vor Ort ist, doch in der Küche des Paradieshofs fühlt es sich nach einer Ewigkeit an. Als der Rettungswagen mit angeschalteter Sirene endlich vorfährt, setzt draußen kühler Regen ein.

Idun ist so aufgewühlt, dass sie nicht still sitzen kann. Sie wandert ununterbrochen auf und ab. Siv und Tareq sitzen auf ihren Plätzen und folgen ihr mit dem Blick, als sie von einem Ende des Raums zum anderen und wieder zurück tigert. Nachdem sie fünf Runden gedreht hat, kann sich Siv nicht mehr zurückhalten.

»Jetzt sag schon, verdammt, was du denkst!«

Idun bleibt abrupt stehen. Siv schiebt sich die Brille in die Stirn und trommelt mit ihrem Stift auf den Notizblock auf ihrem Oberschenkel.

»Sag es laut, damit wir dir folgen können. Du weißt doch genau, dass wir zusammen besser sind!«

Idun setzt sich wieder in Bewegung. Es werden weitere vier Runden, ehe sie abermals stehen bleibt.

»Es gibt eine Verbindung zwischen dem Mord an Eva und Ellens Entführung. Die zwei Briefe mit Bibelzitaten sind der Beweis.«

Siv und Tareq warten stumm ab.

»Außerdem sind beide falsch zitiert – und das kann einfach kein Zufall mehr sein.«

Jetzt sehen sowohl Siv als auch Tareq sie ratlos an.

»Falsch zitiert?«

»Diese Befreiungssache – das ist falsch. Da hätte ›Heil‹ beziehungsweise ›Rettung‹ stehen müssen, und stattdessen steht da ›Befreier‹ und ›Befreiung‹.«

Siv runzelt die Stirn.

»Und was heißt das? Dass unser Täter nicht bibelfest ist? Oder willst du jetzt sagen, dass das Absicht war?«

Siv knabbert an ihrem Stift, während Idun bedächtig nickt.

»Ich bin absolut überzeugt davon, dass der Täter die Stellen ganz bewusst falsch zitiert hat. Es ist eine Botschaft. Der Mord an Eva handelt von Befreiung – und Ellens Entführung ebenfalls. Die Frage ist nur, in welcher Hinsicht. Befreiung von wem? Oder für wen? Und warum?«

»Womöglich wollte der Täter Eva und Ellen von etwas – oder jemandem – befreien.«

Idun nickt nachdenklich.

Tareq schlägt eine andere Richtung ein.

»Dieser Paradieshof, was ist das für ein Ort?«

Siv streckt den Rücken durch. Sie weiß, dass die Frage an sie gerichtet ist. Sie setzt die Brille wieder auf die Nasenspitze, ehe sie in ihrem Block blättert.

»Der Paradieshof liegt in Bredåker, nordwestlich von Boden. Genau genommen ist es kein Hof, sondern eine größere Anlage von gut zehn Hektar Land. Der Besitzer heißt Mattias Selberg. Er ist vierundachtzig und seit gut sechzig Jahren dort gemeldet.«

Sie nimmt eine andere Sitzposition ein.

»Mattias war früher Pastor der dortigen freireligiösen Gemeinde. Eigentlich heißt auch nur das Haupthaus, das Gemeindehaus, Paradieshof – also die Glaubensgemeinschaft an sich, könnte man sagen. Auf dem Gelände stehen mehr als zwanzig Gebäude, die Mattias gehören. Insofern ist die ganze Anlage mehr oder weniger eine einzige Kirchengemeinde. Im Internet findet man über sie so gut wie nichts, abgesehen von ein paar Lokalmeldungen aus den

Sechzigern, als sie dort gegen den Bau einer Eisenbahntrasse protestiert haben.«

Idun pfeift leise durch die Zähne.

»Dann haben wir es mit einer Gemeinde zu tun, die dieselben Bibelzitate wie die aus den Briefen falsch zitiert? Und das wissen wir, weil Eivor behauptet, dass eins der Zitate auf der Tür zum Gemeindehaus auf dem Briefschlitz stand – und auch dort im falschen Wortlaut. Wie Åkes Brief und Bibelvers mit all dem zusammenhängen, wissen wir noch nicht, aber klar ist, dass auch da eine Verbindung besteht.«

Siv nickt. Tareq sieht nachdenklich aus. Idun sieht ihn misstrauisch an.

»Was denkst du gerade?«

Er streicht sich bedächtig über den Bart.

»Ich glaube, dass es eine Botschaft sein soll – irgendwer will damit irgendwas mitteilen und richtet sich dabei vermutlich an die Empfänger der Briefe.«

Idun verlagert das Gewicht von einem Bein auf das andere.

»Die Briefe waren an Åke und Eivor adressiert …«

»Genau. Gleichzeitig scheint sich der Absender keinerlei Sorgen zu machen, dass die Verbindung zwischen den beiden Taten und dem Paradieshof entdeckt wird. Dass derselbe Vers verschickt wurde, der auf der Tür zum Paradieshof steht, macht das doch überdeutlich: Den Vers müssen über die Jahre zig Besucher des Hofs gesehen haben, und damit ist die Wahrscheinlichkeit hoch, dass die Verbindung aufgedeckt wird. Wenn der Täter außerdem weiß, dass Eivor Kinder dort untergebracht hat, dann ist die Wahrscheinlichkeit umso höher – und Gleiches gilt für Åke, den Richter, der bei mindestens einer Gelegenheit das entsprechende Urteil gesprochen hat.«

Idun zieht Luft durch die Zähne ein.

»Du hast völlig recht. Wer immer hinter alledem steckt, *will*, dass wir die Verbindung zum Hof und zu der Gemeinde erkennen. Wir müssen dem Paradieshof einen Besuch abstatten. Siv, du hast gesagt, Mattias wäre früher Pastor gewesen. Wer ist dort inzwischen Pastor?«

Siv blättert in ihren Notizen.

»Seine Tochter Vivianne. Sie hat das Pastorat 1998 übernommen.«

Tareq sieht sie überrascht an.

»Das steht alles in euren Polizeiakten?«

Siv dehnt den Nacken.

»Natürlich nicht. Aber ich habe so meine Quellen.«

Sie lächelt schief und steht auf.

»Ich besorge uns einen Durchsuchungsbeschluss von Sandberg.«

Idun und Tareq nicken unisono. Im selben Moment klingelt Iduns Handy. Svetlana Moritz ist dran.

»Idun, meine Liebe – hast du gerade kurz Zeit?«

Idun gibt Tareq mit einer Geste zu verstehen, dass er kurz warten soll.

»Eigentlich nicht, aber wenn es ganz schnell geht?«

Es dröhnt in der Leitung, und Idun hört, wie Svetlana ein paar Schritte macht.

»Entschuldigung, da kam gerade jemand. Jetzt bin ich in meinem Büro, und ich fasse mich kurz.«

Ihr russischer Zungenschlag ist überdeutlich.

»Wir konnten tatsächlich ein Betäubungsmittel bei Eva nachweisen – Zolpidem –, was erklärt, warum es bei den ersten Labortests nicht nachweisbar war.«

Idun steht wie erstarrt da. Tareq lässt sie nicht aus den Augen.

»Solpi-was?«

»Zolpidem. Ein Schlafmittel, das es sowohl in Tabletten- als auch in flüssiger Form gibt und das überdies süchtig macht. In flüssiger Form wird es durch den Darm aufgenommen und hat eine länger anhaltende Wirkung als die Tabletten. Die Moleküle werden von Enzymen gebunden, die natürlicherweise im Blut enthalten sind, was bedeutet, dass man gewisse Spurenelemente zusetzen muss, damit die aktive Substanz hervortritt. Genau das haben wir beim zweiten Labordurchlauf routinemäßig getan, deshalb ist es jetzt erst herausgekommen – ich hoffe, das stellt für euch kein Problem dar.«

Die russische Stimme verstummt.

»Und weißt du, ob Eva Vendel Tabletten oder die flüssige Form verabreicht bekommen hat?«

»Die flüssige.«

»Bist du dir da ganz sicher?«

»Zu einhundert Prozent. Die Tabletten lösen sich nur langsam auf, was erst im Verdauungstrakt geschieht. Hätte Eva Tabletten genommen, hätten wir entweder im Magen oder in den Ausscheidungen Rückstände gefunden.«

»Glaubst du, dass sie das Betäubungsmittel freiwillig eingenommen hat? Hat sie vielleicht ein Rezept dafür gehabt?«

»Nein. In dieser Menge will das niemand freiwillig zu sich nehmen. Eine solche Dosis kann die Leber nachhaltig schädigen, was jeder normalbegabte Arzt seinem Patienten auch erklärt, wenn er das Mittel verschreibt. Und nein, ich habe überdies Evas Verschreibungen der letzten fünfzehn Jahre durchgesehen. Sie hat nie auch nur irgendein Schlafmittel verschrieben bekommen.«

»Dann hat jemand es ihr untergejubelt?«

»Da.«

Sie beenden das Telefonat. Idun wendet sich zur Tür. Tareq sieht sie abwartend an.

»Ich erzähl's dir im Auto.«

Dann eilt sie den Flur entlang. Tareq bleibt ihr dicht auf den Fersen.

Ein alter Mann heißt sie willkommen. Mit der Mütze in der Hand blickt er ihnen vom Hauseingang entgegen, als sie auf den Hof einbiegen. Mattias Selberg trägt eine helle Hose und einen Strickpullover, sein Haar ist schütter und weiß und weht in der Brise leicht auf. Das runzlige Gesicht zeigt keinerlei Anzeichen von Überraschung angesichts eines unangemeldeten Besuchs zweier Polizisten.

Idun und Tareq steigen aus und schlagen synchron die Autotüren zu. Nur eine Sekunde später geht hinter Mattias die Haustür auf, und eine Frau kommt heraus. Sie ist jünger als er, wenn auch sichtlich über der Lebensmitte, und sie ist eine strenge Erscheinung: Sie trägt einen unmodischen, knöchellangen Rock und eine langärmelige Bluse. Sie sieht attraktiv aus, hat das Haar zu einem strammen Knoten im Nacken gebunden, und mit dem richtigen Make-up würde sie jenen älteren Models in Zeitschriften ähneln. Doch sie trägt kein Make-up.

Der Alte sieht Idun und Tareq freundlich an. Die Frau ist zurückhaltender. Obwohl Mattias vor ihr steht, hat Idun das Gefühl, als würde sie über alles wachen. Es wirkt eigenartig, dass so ein dem Anschein nach stabiler, selbstsicherer alter Mann eine Beschützerin brauchen sollte.

»Hej. Mein Name ist Idun Lind, und das hier ist mein Kollege Tareq Shaheen. Wir sind von der Polizei und hätten ein paar Fragen an Sie.«

Sofort wird Iduns Vermutung, was die herrschenden Hierarchien angeht, bestätigt.

»Mit wem möchten Sie denn sprechen? Und worüber?«

Die Frau hat eine feste, selbstsichere Stimme. Idun sieht ihr ins Gesicht. Der Ausdruck zeugt von Überlegenheit.

»Wir sind auf der Suche nach Mattias Selberg.«

Die Frau reckt das Kinn vor, öffnet den Mund und will gerade etwas sagen, als der Alte ihr zuvorkommt.

»Das bin ich. Sie müssen es meiner Tochter bitte nachsehen. Was Fremde angeht, ist sie das wandelnde Misstrauen.«

Die Frau hinter Mattias sieht Idun mit sichtlicher Abneigung an. Idun geht darüber hinweg.

»Könnten wir uns drinnen unterhalten?«

Die Frage ist an Mattias gerichtet, der mit einer einladenden Geste in Richtung der Eingangstür reagiert.

»Kommen Sie gern herein. Darf Vivianne dabei sein?«

Idun sieht ihn verwirrt an.

»Das Fräulein Misstrauisch hier hinter mir.«

Er lacht laut und freundlich. Idun geht die Verandatreppe hinauf und bleibt vor ihm stehen.

»Das geht leider nicht. Während wir uns unterhalten, möchte mein Kollege Tareq gern gleichzeitig mit Vivianne sprechen.«

Mattias scheint zu überlegen. Idun spürt die Sekunden vorbeiziehen.

»Wenn es sich für Sie besser anfühlt, können wir uns auch auf dem Revier zusammensetzen. Das wäre für uns genauso gut.«

Obwohl ihr Tonfall freundlich ist, scheint Mattias die unausgesprochene Drohung verstanden zu haben. Er seufzt leicht belustigt.

»Das wird nicht nötig sein. Wie gesagt, kommen Sie gern herein. Ich kann mit Ihnen ins Wohnzimmer gehen, und Vivianne und Ihr Kollege nehmen die Küche. Wenn das in Ordnung für Sie wäre?«

Die Sanftheit in seiner Stimme klingt echt. Idun weiß nicht, wie sie sie deuten soll. Ist er immer so freundlich, oder tut er nur so?

Sie betreten das Haus. Im Vorbeigehen wirft Idun einen Blick auf die Eingangstür, und tatsächlich: Da ist der goldfarbene Briefschlitz mit dem schnörkeligen Text, wortgleich mit dem aus Eivors Brief.

Ihr Bauchgefühl meldet sich. Sie kommen der Sache näher, sie spürt es mit jeder Zelle ihres Körpers.

Als sie im dunklen Flur stehen bleibt, streift Tareqs Hand ihre Hüfte. Idun könnte nicht sagen, ob es Absicht war. Ohne dass sie wüsste, warum, schluckt sie trocken, als die Eingangstür hinter ihnen zufällt.

Mattias Selberg beschreibt den Paradieshof ganz seinem Namen entsprechend: als blühendes Paradies. Er erzählt von einer Gemeinde, die mal Zulauf bekommt, mal Mitglieder verliert, alles natürlich ganz freiwillig. Nichts hier geschieht unter Zwang, alles beruht auf dem freien Willen und sanftmütigem Einvernehmen. Des Weiteren berichtet er, dass er Grund und Boden und sämtliche Häuser darauf besitzt. Die kleineren Wohnhäuser vermietet er an die Gemeindemitglieder. Der kleine Gewinn, den er so erzielt, fließt in die gemeinsam bewirtschafteten Flächen und in ihr Gemeindehaus, die Kirche und in den Küchengarten, mit dem sich die Gemeinde über weite Teile des Jahres selbst versorgen kann.

Nach der blumigen Einleitung nimmt Idun das Heft in die Hand. Sie kommt direkt zur Sache.

»Kennen Sie eine gewisse Eivor Bohm?«

Sie sieht Mattias aufmerksam an. Er wirkt, als müsste er nachdenken.

»Nein«, sagt er schließlich, »den Namen habe ich noch nie gehört. Hat sie eine Verbindung zum Paradieshof?«

Idun lässt ihn nicht aus den Augen.

»Eivor Bohm hat vor gut dreißig Jahren als Sachbearbeiterin für den Sozialdienst gearbeitet.«

Mattias sieht sie verwirrt an.

»Für den Sozialdienst? Und die Verbindung wäre …?«

Idun hält ihren Blick unverwandt auf ihn gerichtet.

»In ihrer Rolle als Sachbearbeiterin hat sie Sie mehrmals aufgesucht.«

Mattias schüttelt langsam den Kopf.

»Wir haben als Pflegeheim ein paar Familien aufgenommen, meine liebe Ellenor und ich. Aber ich kann mich an keine einzelne Sachbearbeiterin mehr erinnern, da kamen über die Jahre diverse.«

»Dann können Sie sich an Eivor Bohm nicht erinnern?«

»Leider nein. Tut mir leid, dass ich Ihnen nicht helfen kann.«

Er stützt die Hände auf die Oberschenkel und stemmt sich mühsam hoch. Dann sieht er Idun von oben mit demselben entspannten Blick an wie zuvor. Offensichtlich hält er dieses Gespräch für beendet.

Idun bleibt auf dem Sessel sitzen.

»Wie oft waren Sie denn Pflegeeltern?«

Widerwillig setzt Mattias sich wieder hin.

»Das weiß ich nicht mehr.«

»Versuchen Sie, sich zu erinnern.«

Er überlegt.

»Vielleicht viermal?«

»Und Sie erinnern sich nicht daran, dass Eivor Bohm mindestens eine der Unterbringungen eingefädelt hat?«

Er lächelt schief.

»Ich bin ein alter Mann. Mein Erinnerungsvermögen ist nicht mehr das, was es mal war. Beginnender Alzheimer, sagen die Ärzte.«

»Das tut mir leid.«

Er zuckt mit den Schultern. Es sieht traurig aus.

»Gottes Wege sind unergründlich. Es hat wenig Sinn, sich darüber zu beklagen oder sich zu beschweren. Das Leben ist nun mal, wie es ist.«

Darauf antwortet Idun nicht.

»Aber wie gesagt, leider kann ich mich an Eivor Bohm nicht erinnern, so gern ich es täte.«

Idun widersteht dem Impuls, die Beine übereinanderzuschlagen. Eine offene Körpersprache ist bei dieser Art von Unterhaltung besser.

»Da steht ein Bibelvers an Ihrer Tür. Auf dem Briefschlitz, um genau zu sein. Wissen Sie, dass der Vers falsch zitiert ist?«

Darauf lacht Mattias laut auf – das gleiche herzliche Lachen wie zuvor.

»Natürlich weiß ich das. Unser Glaube basiert auf dem Befreiungsgedanken. Das ist unser gemeinsames Ziel.«

»Befreiungsgedanke?«

»Die Befreiung von all unseren Sünden. Gott will uns von ihnen erlösen, er will uns davon befreien – und daran erinnert der Vers. Der Herr nimmt es uns nicht übel, dass wir ihn falsch zitieren. Er liebt uns, so wie wir ihn auslegen.«

Jetzt ist Idun an der Reihe zu nicken.

»Verstehe.«

Insgeheim versteht sie es nicht.

»Wir melden uns wieder bei Ihnen, aber fürs Erste habe ich keine weiteren Fragen.«

Sie steht auf, gibt Mattias die Hand und geht, ehe er auch nur aufstehen kann. Auf dem Weg nach draußen stößt sie fast mit Tareq zusammen, der aus einer anderen Tür kommt – der Tür zur Küche, wie sie vermutet. Schweigend ziehen sie ihre Schuhe wieder an, verlassen das Haus und ziehen die Eingangstür hinter sich zu. Sie steigen in ihren Wagen, und Idun steuert vom Paradieshof weg.

»Was hat Mattias gesagt?«

Idun sieht nach rechts und fährt auf die Straße.

»Er kann sich an Eivor nicht mehr erinnern. Angeblich aufgrund des Alters und einer beginnenden Alzheimererkrankung. Aber ich glaube ihm nicht. Er hat meine Fragen viel zu voreilig abgebügelt.«

Sie gibt Gas. Eine Hand liegt entspannt auf dem Lenkrad, während der freie Arm am Wagenfenster ruht.

»Vivianne hat sich an Eivor erinnert. Eivor hatte zwei Kinder sowie die Mutter bei Mattias und Ellenor untergebracht – Ellenor ist Mattias' verstorbene Ehefrau und Viviannes Mutter.«

Idun zuckt zusammen.

»Zwei Kinder und die Mutter, sagst du? Daran konnte sich Vivianne noch erinnern?«

Tareq nickt.

»Ich habe die Info schon an Siv geschickt. Sie dürfte der Sache bereits nachgehen.«

Idun schießt durch den Kopf, dass Siv die Angaben bestimmt schon überprüft hat. Sie hat kaum ihr Handy aus der Tasche geangelt, als es auch schon klingelt. Und natürlich steht Sivs Name auf dem Display.

»Ja?«

Der Empfang ist schlecht, und Siv muss sich mehrmals wiederholen, doch nach zwei Minuten weiß Idun alles, was sie über die Mutter und die zwei Kinder wissen muss, die gemäß Åke Stenbergs richterlichem Beschluss und Eivor Bohms Auswahl auf dem Paradieshof untergebracht wurden.

Sie beendet den Anruf und wirft einen Blick in den Rückspiegel.

»Wir fahren zurück ins Revier. Siv hat die Mutter erreicht, die von Eivor bei Mattias und Ellenor untergebracht wurde – eine gewisse Viola, wenn ich Siv richtig verstanden habe. Der Empfang war schlecht, aber anscheinend ist Viola bereit, uns zu treffen. Sie ist schon auf dem Weg.«

Tareq lächelt schief.

»Diese Siv ist echt effizient.«

Idun verzieht beifällig den Mund.

Vivianne hat sich auf denselben Sessel gesetzt wie zuvor die Polizistin. Mattias sitzt ihr auf dem Sofa gegenüber und ist aufgebracht.

»Was hast du dir dabei gedacht? Jetzt fangen sie an, in unserer Vergangenheit als Pflegefamilie zu wühlen und in meiner Zeit als geistiger Anführer – und womöglich sogar in der Sache mit Lena!«

Er speit es in einem einzigen wütenden Atemzug aus, und Vivianne hat fast Probleme zu verstehen, was ihr Vater sagt. Trotzdem sitzt sie seelenruhig auf ihrem Sessel und sieht ihn regungslos an.

»Auf die Unterbringungen wären sie früher oder später sowieso gestoßen. Die Akten liegen allesamt bei der Kommune. Aber über deine Zeit als geistiger Anführer werden sie wohl kaum etwas finden. Seither mag zwar sehr viel Zeit vergangen sein, aber alle hier wissen, dass es Konsequenzen hat, wenn sie etwas erzählen – für alle. Sogar für die, die nicht mehr hier wohnen. Viola riskiert, ins Gefängnis zu gehen, weil sie nichts unternommen hat, um ihre Kinder zu beschützen. Und ihre Kinder selbst sind ja wohl kaum eine Bedrohung mehr. Die Tochter ist wie vom Erdboden verschluckt, und Tommy – was sollte der schon erzählen? Er weiß, dass er mit untergehen würde, wenn wir ihnen berichten dass er bei Lenas Erlösung anwesend war und dass er an ihrer Reinigung von der Sünde der Unzucht teilgenommen hat.«

Mit gehetztem Blick sieht Mattias seine erwachsene Tochter an.

»Aber das weißt du nicht sicher! Es ist Jahre her, dass wir die Kontrolle über ihn hatten!«

Vivianne holt tief Luft, ehe sie sich über den Couchtisch beugt. Ihre Wangen sind errötet.

»Weißt du, Papa … Ich kann für Lenas Erlösung, die du angeordnet hast, nicht die Verantwortung übernehmen. Und ich kann auch nicht verhindern, dass die Notizen dieser krächzenden Hexe vom Amt irgendwann von der Polizei eingesehen werden. Aber ich kann dir eines versprechen: Es wird darin nichts Bedeutsames zutage kommen. Es liegt alles seit Langem unter dem Schweigen der Leute begraben. Das Beste ist jetzt, so zu tun, als wäre nichts geschehen, und ihnen das zu erzählen, was sie ohnehin ausgraben würden – und dann die Füße stillzuhalten. So wird auch niemand misstrauisch.«

Mattias sieht seine Tochter an, als hätte sie auf ihn geschossen. Kleine Schweißperlchen treten ihm auf die Stirn.

»Was soll das heißen? Was willst du damit sagen?«

Ohne zu antworten, steht Vivianne langsam auf. Sie sieht ihren Vater von oben herab an.

»Wenn deine Taten ans Licht kommen, wirst du allein dafür geradestehen. Was nicht passieren wird – aber abgesehen davon bist nur du allein dafür verantwortlich.«

Und dann dreht sie sich um und geht. Mattias folgt ihr mit dem Blick, sieht, wie der Rock um ihre Beine weht. Er fühlt sich an Ellenor erinnert. Abgesehen vom Hinken seiner Ehefrau bewegt Vivianne sich genauso. Nur innerlich unterscheiden sie sich. Vivianne hat nicht die weicheren Seiten ihrer Mutter geerbt.

Zum ersten Mal, seit Ellenor gestorben ist, spürt Mattias, wie ihm die Kontrolle zu entgleiten droht.

Die Panik beschert ihr abermals einen Tunnelblick. Sara kreischt und heult gleichzeitig, während sie den leblosen Kinderkörper schüttelt.

Es hat ein paar Stunden zuvor angefangen. Durch die Luke in der Tür haben sie Joghurt und Brote bekommen, die sie im Bett gegessen haben. Schon da hat Ellen sich komisch verhalten. Sie war fahrig, und als sie versucht hat aufzustehen, konnte sie kaum noch das Gleichgewicht halten. Als die Insulinpumpe piepte, drückte Sara auf die graue Taste – erst ein Mal, dann ein zweites Mal. Als die Pumpe stur weiterpiepte, drückte sie ein drittes Mal darauf, und dann brach die Hölle los. Ellen übergab sich, schwankte, als wäre sie betrunken, und fiel zweimal hin, ohne sich auch nur abzustützen. Sara war sofort klar, dass etwas nicht stimmte. Vielleicht war kein Insulin mehr übrig? Vielleicht war der Blutzucker durch die Decke geschossen? Sicherheitshalber drückte sie ein weiteres Mal auf die graue Taste – und wenige Minuten später verlor Ellen das Bewusstsein.

Erst glaubte Sara, sie wäre tot. Heulend wechselte sie zwischen einer Herz-Lungen-Massage an der Kleinen und der Tür hin und her und kreischte so laut um Hilfe, wie sie nur konnte. Ihre Stimme überschlug sich, die Tränen flossen, und sie nässte sich ein, ohne es zu bemerken. Ellen durfte nicht sterben, eine Fünfjährige, deren Eltern sie doch vermissten, durfte einfach nicht sterben! Sara weiß nicht mehr, wie lange es dauerte, aber irgendwann ging die Luke auf. Und dann ging alles ganz schnell.

Er riss die Tür auf, Sara stürzte sich auf ihn, kreischte und versuchte, ihm das Gesicht zu zerkratzen und ihm gegen den Hals zu schlagen und gegen die Beine zu treten, doch er wich ihr behände aus, rammte ihr den Ellbogen gegen die Brust und sah nur angewidert auf sie herab, als sie hinfiel und nach Luft schnappte. Unter Tränen bekam sie noch mit, wie er die leblose Ellen hochnahm und sich zur Tür drehte. Sara glaubte, dahinter eine weitere Person vorbeihuschen zu sehen, war sich aber nicht sicher; ihr Gehirn war wie Watte, und die Lunge rang nach Luft, trotzdem konnte sie beim besten Willen nicht atmen. Ihr Körper war vor Panik völlig verkrampft.

Er nahm Ellen mit und schloss die Tür. Durch das Rauschen in ihren Ohren hörte Sara das wohlbekannte Geräusch des sich drehenden Schlüssels. Dann war sie wieder allein, und Ellen war weg. Zum ersten Mal überhaupt war Sara nach Aufgeben zumute. Sie wollte einfach nur auf dem Boden liegen bleiben und für immer einschlafen. Vielleicht würde Gott sie ja jetzt zu sich holen? Oder der Teufel?

Es war ihr egal.

Die Frau ist sicher Ende fünfzig und sieht schmal und zart aus. Ein feinmaschiges Netz aus Fältchen überzieht ihr Gesicht, als sie sich besorgt umsieht. Idun und Tareq sitzen ihr gegenüber.

»Danke, dass Sie gleich gekommen sind.«

Viola zuckt zusammen. Nervös ringt sie die Hände.

»Wir haben erfahren, dass Sie und Ihre zwei Kinder früher draußen in Bredåker bei einer Pflegefamilie untergebracht waren – bei Mattias und Ellenor Selberg vom Paradieshof.«

Violas Blick flackert. Sie hüstelt leise, ehe sie antwortet.

»Das ist richtig. Allerdings weiß ich immer noch nicht, warum ich hierherkommen sollte …«

Sie spricht merkwürdig, als würde sie die einzelnen Wörter zu lange hinauszögern.

»Wir würden uns gern darüber unterhalten, wie Sie dort damals unterkamen. War eine gewisse Eivor Bohm Ihre Kontaktperson beim Sozialdienst?«

Viola sieht verängstigt aus.

»Ja, sie hieß Eivor. Sie hat uns im Krankenhaus besucht, als Tommy dort lag, und hat die Unterbringung bei Mattias und Ellenor organisiert. Das Gericht hat beschlossen, dass wir so eine Pflegeunterkunft bekommen sollten …«

Idun wartet ab.

»Was sollen die Fragen? Das ist Jahrzehnte her.«

»Haben Sie sich auf dem Paradieshof wohlgefühlt?«

Viola saugt die Wangen ein.

»Ja, es war gut dort. Wir hatten zu essen und ein Dach über dem Kopf. Das war gut.«

Die Lüge hinterlässt einen schalen Geschmack auf der Zunge. Idun kann es ihr ansehen. Tareq sitzt stumm neben ihr.

»Gab es auch etwas, was nicht so gut war? Vielleicht etwas, was Ihre Kinder nicht so gut fanden?«

Viola sieht aus, als würde sie die Frage nicht verstehen, was sie dann auch deutlich macht.

»Was meinen Sie?«

Idun wiegt den Kopf von einer Seite zur anderen.

»Vielleicht dass es ziemlich weit von der Stadt weg war? Oder die religiöse Umgebung …?«

Sie hört selbst, wie unterschiedlich die Qualität der beiden Fragen ist.

Viola sieht sie verwirrt an.

»Nein, zu weit weg von der Stadt war es nicht. Und dass die Gemeinde Gottesdienste abhielt, hat uns nicht berührt. Zumindest nicht, soweit ich mich erinnern kann.«

Sie sieht aus, als würde sie jeden Moment in Tränen ausbrechen. Idun beschließt, es auszunutzen.

»Ich kann Ihnen ansehen, dass es etwas gab, was Ihnen und Ihren Kindern missfallen haben muss. Und vermutlich zu Recht. Ich weiß überdies, dass Sie aus freien Stücken gekommen sind, nachdem unsere Kollegin Siv Sie davon in Kenntnis gesetzt hat, dass es enorm wichtig wäre. Trotzdem werde ich keine Sekunde zögern, Sie der Beihilfe zu einem Verbrechen anzuklagen, wenn Sie meine Fragen nicht zur Genüge beantworten.«

Viola schnappt nach Luft.

»Verbrechen? Wovon reden Sie?«

Idun sieht zu Tareq und zurück zu Viola.

»Eivor Bohms fünfjährige Enkeltochter wurde entführt. Es gibt Hinweise, die für einen Zusammenhang zu Eivors Tätigkeit als Sozialarbeiterin sprechen. Außerdem verweisen sie auf die Unterbringungen im Paradieshof durch Eivor. Also – auf *Ihre* dortige Unterbringung und die Ihrer Kinder.«

Viola sieht zutiefst verängstigt aus.

»Sie meinen … dass … dass ein kleines Mädchen … entführt wurde … und dass ich und meine Kinder … verdächtigt werden?«

Sie ist kreideweiß im Gesicht. Idun saugt die Unterlippe ein. Ganz bewusst lässt sie einige Zeit verstreichen.

»Wer immer die Kleine entführt hat, hat Verbindungen zum Paradieshof. Wir gehen derzeit davon aus, dass es sich um eine Art Racheakt an Eivor handelt. Deshalb habe ich vor, Sie hierzubehalten, bis Sie mir die Wahrheit erzählen.«

Sichtlich gestresst, starrt Viola aus dem Fenster. Draußen scheint die Sonne, allerdings sieht man dem helleren Himmel inzwischen an, dass es langsam Herbst wird. Als sie erneut das Wort ergreift, zittert ihre Stimme.

»Ich weiß nichts von einer Entführung. Und ich weiß auch nicht, was Sie von mir für Informationen erwarten.«

»Wie war es, auf diesem Gemeindehof zu leben?«

»Es war gut.«

»Eva Stenberg – sagt Ihnen der Name etwas?«

Viola schüttelt geistesabwesend den Kopf.

»Nein, ich glaube nicht … Eva, sagten Sie? An eine Eva kann ich mich nicht erinnern.«

»Und Åke Stenberg?«

Die Antwort kommt eindeutig zu schnell.

»Nein, einen Åke kenne ich auch nicht. Ist das Evas Mann?«

»Eva ist Åkes Tochter.«

Idun wählt ganz bewusst die Gegenwartsform, um nicht sofort zu verraten, dass Eva tot ist.

Viola blinzelt ein paarmal und flüstert dann leise: »Ich würde jetzt gern nach Hause gehen.«

Idun weiß, dass sie die Frau gehen lassen müssen. Sie haben keinerlei juristische Handhabe, sie hier festzuhalten. Sie muss jetzt alles auf eine Karte setzen.

»Bevor Sie gehen, möchte ich, dass Sie uns erzählen, was Sie am vorletzten Freitag gemacht haben. Das war der 21. August.«

Viola sieht als, als würde sie nachdenken. Die Hände auf den Oberschenkeln zittern.

»Der 21. August? Also ... Das klingt jetzt vielleicht komisch, dass ich darauf ohne Weiteres antworten kann, aber an dem Tag war ich in Sunderby im Krankenhaus. Hab mir zum dritten Mal das Handgelenk operieren lassen. Das habe ich mir vor vielen Jahren gebrochen. Eine dumme Geschichte ... Ich bin von der Leiter gefallen.«

Sie lacht gekünstelt. Idun kennt dieses Lachen von zahlreichen misshandelten Frauen, die sie über die Jahre getroffen hat. Von einer Leiter zu fallen scheint weit verbreitet zu sein.

»Das werden wir überprüfen.«

Viola nickt.

»Das verstehe ich. Ich bin mittwochs operiert worden und am Freitagabend aus dem Krankenhaus entlassen worden.«

Idun schlägt einen versöhnlicheren Ton an.

»Und hat es geholfen?«

Viola schüttelt traurig den Kopf.

»Der Arzt fürchtet, nein. Das war die letzte Chance. Jetzt muss ich wohl oder übel mit den Schmerzen leben.«

Bredåker 1997

Es sind nur noch wenige Stunden, bis das Jahr 1998 anbricht, als Tommy, Ingrid und Viola nebeneinander auf einer der harten Kirchenbänke sitzen. Vorn am Altar steht Mattias. Er ist in ein knöchellanges Gewand gekleidet und hat eine silberfarbene Stola umgelegt. In einer Hand hält er eine Kerze, während die andere Hand nach oben zeigt. Obwohl kein einziger Platz in den Reihen frei ist, herrscht im Gemeinderaum vollkommene Stille. Alle im Saal sind ganz auf Mattias konzentriert, ja fast in einen Bann geschlagen. Einige der Gemeindemitglieder scheinen in tiefe Trance versunken zu sein.

Mattias spricht von der Ewigkeit. Von der Liebe zu Gott und ihrer aller Aufgabe, den Herrn zu lobpreisen. Er redet von Schuld und Scham, von der Vergebung der Sünden und der körperlichen Beichte, die tausendmal mehr Vergebung erlaubt als die Beichte, die nur durch Worte abgelegt wird. Er spricht von der Befreiung durch Gott, die dem Menschen durch körperliches Leiden geschenkt werden kann. Versehrtes Fleisch führe zu einer geheilten Seele, sagt er, als er dort in seinem weißen Talar mit der Kerze in der Hand vor ihnen steht.

Die Gemeinde erhebt sich. Der Organist fängt an zu spielen, und alle stimmen in das achte Loblied dieses Gottesdienstes ein. Tommys Füße tun weh, und sein Rücken ist steif, als er sich abwesend zum Takt der Musik wiegt.

Ringsum heben die anderen die Hände zum Himmel, und Tommy unternimmt einen halbherzigen Versuch, es ihnen gleichzutun. Es zieht in den Schultern, er fühlt sich müde und benebelt. Er will nur noch, dass dieser Gottesdienst zu Ende geht.

Als das Lied endlich vorbei ist, sinken sie erneut auf die harten Bänke, auch Tommy, der versucht, eine halbwegs erträgliche Sitzposition zu finden, obwohl er insgeheim weiß, dass es nicht funktionieren wird. Aber Schande über den, der aufgibt, hat Ellenor immer gesagt, als sie noch gesund war.

Mit halbem Ohr lauscht er dem Rest von Mattias' Predigt. Als sie sich dem Ende zuneigt, spürt Tommy, wie sein Magen knurrt. Wie gut, dass es gleich das Silvesteressen gibt.

Mattias fordert die Gemeinde zu einem letzten Gebet auf, zieht dann die silberfarbene Stola von den Schultern und legt sie über die Altarkante. Ein verdutztes Raunen geht durch die Reihen. Tommy reckt den Hals, um besser sehen zu können, was dort vorn vor sich geht. Es ist unübersehbar, dass sich etwas Ungewöhnliches anbahnt, weil die Stola sonst nie vor den Augen der Gemeinde abgelegt wird, sondern immer nur hinter verschlossenen Türen in Mattias' Kämmerchen hinter dem Altar.

»Es ist an der Zeit, einen von euch im himmlischen Familienlicht willkommen zu heißen.«

Mattias' Stimme ist voller Freude. Die Gemeindemitglieder sehen ihn erwartungsvoll an.

»Wie sich gezeigt hat, wünscht sich Gott, dass unsere Familie abermals wachsen soll – oder genauer gesagt: meine Familie.«

Alle sitzen mucksmäuschenstill da. Keiner versteht, was

er damit sagen will. Ist Ellenor schwanger? Das kann doch nicht sein?

Mattias lacht und ist sichtlich amüsiert angesichts der verwirrten Gemeindemitglieder.

»Ich kann euch ansehen, was ihr jetzt denkt. Aber nein, wir bekommen kein weiteres Kind, meine liebe Ellenor und ich. Dafür wären wir nun wirklich zu spät dran.«

Den Leuten bleibt das Lachen im Halse stecken. Die siebenundfünfzigjährige Ellenor in der vordersten Bankreihe sieht nicht aus, als würde sie davon etwas mitbekommen. Ein bisschen Spucke rinnt ihr über das Kinn, und Vivianne tupft ihrer Mutter mit einem Taschentuch die Mundwinkel trocken. Sara sitzt mit gesenktem Kopf auf der anderen Seite ihrer Großmutter.

»Wir sprechen auch nicht von einem weiteren Kind. Gott, unser Herr, hat mir einen anderen Wunsch vermittelt. Ich habe mich anfangs sehr schwer damit getan, ihn zu akzeptieren, und ich will ehrlich sein, auch wenn es mir unangenehm ist: Ich habe darüber nachgedacht, mich dem Willen des Herrn zu widersetzen.«

Das Entsetzen in der Gemeinde ist fast mit den Händen greifbar. Einige rutschen unruhig auf ihren Plätzen herum. Sich dem Willen Gottes widersetzen? Ist Mattias verrückt geworden?

Ihr Anführer hebt beschwichtigend die Hände. Er wartet ab, bis auch die Letzten wieder still sitzen und der leise Aufruhr sich vollends gelegt hat, ehe er weiterspricht.

»Wir alle wissen, dass die Wege des Herrn unergründlich sind. Der Herr tut nicht immer, was wir von ihm erwarten, und er will auch nicht immer das, wovon wir ausgehen, dass er es will. Doch er will stets unser Bestes. Das ist das Einzige, worauf wir in dieser Welt vertrauen können. Dass Gott der Herr uns wohlgesinnt ist.«

Endlich macht sich Entspannung breit. Dass Gott gut ist, wissen sie alle. Doch Tommy hört leise Alarmglocken schrillen. Wie eine regenschwere Wolke zieht in ihm ein mulmiges Gefühl auf. Worum geht es hier gerade?

Mattias fährt mit fester Stimme fort.

»Wir dürfen Gott nicht verurteilen. Und wir dürfen einander nicht verurteilen.«

Jetzt murmeln die Gemeindemitglieder beifällig, und einige heben die Hände gen Himmel.

»Gott will …«

Derlei Kunstpausen sind ungewöhnlich für Mattias.

»… dass ich mir eine zweite Frau nehme.«

Letzteres ruft er fast, als wäre es ein Geschenk, das er ihnen allen präsentiert.

Es wird totenstill. Einige sehen ihn mit offenem Mund an. Tommy sieht ihn mit offenem Mund an.

Als Mattias fortfährt, sieht er zu Ellenor.

»Anfangs hatte ich wie gesagt Schwierigkeiten, es zu akzeptieren. Und glaubt mir, wenn ich sage, dass es einige Zeit gedauert hat, bis ich mich mit dem Wunsch Gottes versöhnt habe. Es waren zahlreiche Gebete und Loblieder in aller Einsamkeit nötig und viele lange Gespräche mit meiner Frau, meiner über alles geliebten Ellenor.«

Er wirft ihr einen liebevollen Blick zu. Geistesabwesend starrt sie zur Zimmerdecke.

»Doch durch unseren Glauben wissen wir, dass Gottes Wort Gesetz ist. Ihm gegenüber Ungehorsam zu zeigen ist ein Ding der Unmöglichkeit. Daher habe ich mich nach langer Bedenkzeit dazu durchgerungen, dass wir uns seinem Willen fügen müssen.«

Die Stille ist ohrenbetäubend.

»Und natürlich werde ich mir eine zweite Frau nehmen. Sie wird meine zweite geliebte Gattin, aber auch eine Schwester für Ellenor sein. Das hier ist etwas, was wir gemeinsam tun – wir beide zusammen.«

Mattias streckt die Hand nach Ellenor aus. Mit sanftem Nachdruck zieht Vivianne ihre Mutter von der Bank hoch. Ellenor steht wankend auf, hinkt leicht torkelnd auf ihren Mann zu, und mit fester Hand nimmt er ihre und hebt sie dann in einer gemeinsamen Bewegung gen Himmel. Tommy findet insgeheim, dass es nach Siegergeste aussieht. Ein kleines Spuckefädchen hängt von Ellenors Kinn.

Der darauffolgende Jubel scheint von oben zu kommen – und wird zusehends lauter. Die Gemeindemitglieder springen auf – Mama und Ingrid auch – und klatschen begeistert in die Hände. Erst als sie sich alle wieder gesetzt haben, dämmert es Tommy, dass er nicht mit aufgestanden ist. Er schämt sich ein bisschen, doch dieses Gefühl wird nicht lange anhalten.

Stark wie ein Baum steht Mattias mit Ellenor an seiner Seite vorn am Altar. Er hebt die freie Hand. Erneut wird es still in der Gemeinde.

»Danke, dass ihr die Freude mit uns teilt.«

Es bleibt weiter still.

Niemand sagt etwas.

Nur Mattias.

»Gott hat meine zweite Frau für mich ausgewählt. Ich bin demütig angesichts seiner Entscheidung.«

Sanft sieht er Ellenor an. Sie selbst starrt blicklos über die Köpfe der Gemeinde hinweg. Tommy fragt sich, ob ihr überhaupt bewusst ist, was hier gerade geschieht. Es wird das Letzte sein, was er noch denkt, ehe die Panik überhandnimmt.

»Liebe Gemeinde.«

Mattias blinzelt nicht einmal mehr.

»Bei meiner zukünftigen Ehefrau handelt es sich um Ingrid.«

Die Gemeinde bricht in überbordenden Jubel aus, der von den Wänden widerhallt und fast das Dach abhebt. Doch Tommy hört es nicht. Mama neben ihm zittert. Tommy könnte nicht sagen, ob vor Freude oder im Schock, aber es ist ihm auch egal. Er kann nicht mehr klar denken. Was passiert hier gerade? Wie kann er diesem Wahnsinn ein Ende setzen?

Dann spürt er, wie Ingrid sich rührt. Es ist bloß eine minimale Bewegung und in der nächsten Sekunde schon wieder vorbei, aber es ist, als wäre eine Schockwelle durch sie hindurchgerollt, bei der das Blut zu Eis gefroren und das Herz ganz kurz stehen geblieben ist.

Tommy kennt seine kleine Schwester. Er weiß, wovon diese sekundenlange Starre herrührt. Er deutet ihre Körpersprache, als könnte er ihre Gedanken lesen.

Sie will Mattias nicht heiraten. Mattias zu heiraten ist das Letzte, was sie will.

Lieber will sie sterben.

Idun und Tareq haben Anders gerade von ihrem Gespräch mit der zittrigen Viola berichtet, als jemand am Besprechungsraum anklopft.

Siv steckt den blonden Kopf herein. Sie hat die Brille im Haar und sieht erschöpft aus, was bei ihr selten vorkommt.

»Da ist eine Frau, die mit der Polizei reden will. Ihre erwachsene Tochter ist verschwunden.«

Verblüfft sieht Idun sie an, und Anders schüttelt verärgert den Kopf.

»Darum soll sich eine andere Abteilung kümmern. Wir hier ermitteln nicht beim ersten Verdacht eines Vermisstenfalls, da muss schon die Annahme eines Verbrechens vorliegen, damit das bei uns landet. Aber das solltest du selbst wissen, Siv.«

Er klingt verdrießlich, und das zu Recht, findet Idun und sieht erneut verwundert zu Siv.

Die blonde Kollegin schnaubt.

»Natürlich weiß ich das. Aber besagte Frau ist niemand Geringeres als Vivianne Selberg. Und sie hat einen Brief erhalten.«

Mit einem Mal steht alles still. Idun richtet sich gerade auf und sieht Siv aus zusammengekniffenen Augen an.

»Einen Brief, von dem du glaubst, dass er für unsere Ermittlungen relevant sein könnte?«

»Ganz genau. Mitsamt Befreiungsandeutung, wenn man es so sagen will. Ich dachte, das würdet ihr vielleicht interessant finden.«

Sie zieht sich zurück und lässt die Tür zugleiten, noch ehe irgendwer darauf reagieren kann.

*

Vivianne trägt ein langes Kleid, das Haar hat sie sich zum gleichen strammen Knoten im Nacken gebunden wie bei ihrer letzten Begegnung. Sie hat ein Pflaster auf der Stirn, und in der Hand hält sie einen weißen Umschlag, der aussieht wie jene, die man dazubekommt, wenn man sich Weihnachtskarten in einer Großpackung kauft.

Idun stellt die Fragen, Tareq, Anders und Siv stehen auf der anderen Seite des Fensters, das vom Vernehmungsraum aus wie ein normaler Spiegel aussieht.

»Meine Kollegin hat erzählt, dass Ihre Tochter möglicherweise vermisst wird. Wie alt ist sie?«

Vivianne sieht Idun ausdruckslos an.

»Nicht möglicherweise.«

»Wie bitte?«

»Sara wird nicht *möglicherweise* vermisst. Sie wird definitiv vermisst. Und sie mag volljährig sein, trotzdem ist sie meine Tochter.«

Idun wartet ab. Vivianne tut es ihr gleich.

»Wann haben Sie Sara zuletzt gesehen?«

»Am Mittwoch. Sie ist vorbeigekommen und hat Eier geholt, wollte etwas backen. Seither habe ich sie nicht mehr gesehen.«

»Ist das normal für sie, dass sie verschwindet, ohne Bescheid zu sagen, wo sie hinwill?«

»Sie sagt nie Bescheid – weil sie nie verschwindet. Wir stehen einander sehr nahe, ich weiß immer, wo sie gerade steckt.«

»Außer jetzt gerade.«

Viviannes Blick verdunkelt sich. Trotzdem sagt sie nichts.

»Wohnen Sie nah beieinander?«

»Sara wohnt ebenfalls auf dem Paradieshof.«

»Und sie ist jetzt seit zwei Tagen weg?«

»Ja.«

»Wie kommt es, dass Sie sie nicht früher als vermisst gemeldet haben? Immerhin sind wir uns ja gerade erst bei Ihnen zu Hause begegnet.«

Vivianne reckt trotzig das Kinn vor.

»Ich bin davon ausgegangen, dass sie wieder auftaucht. Und ich gehe davon aus, dass die Polizei anderes zu tun hat, als nach einer erwachsenen Frau zu suchen.«

Idun nickt. Es ist nicht ungewöhnlich, dass Leute erst Zeit verstreichen lassen, ehe sie die Polizei kontaktieren, auch wenn die Öffentlichkeit wissen sollte, dass es Aufgabe der Polizei ist, unter anderem nach verschwundenen Personen zu suchen. Trotzdem vergehen gern mal zwei Tage, bis Angehörige sich an die Behörden wenden.

»Ich verstehe. Gut, dass Sie uns nun doch kontaktiert haben.«

Vivianne erwidert nichts.

»Meine Kollegin hat überdies erwähnt, dass Sie im Zusammenhang mit dem Verschwinden Ihrer Tochter einen Brief erhalten haben?«

»Das stimmt. Das hier ist gestern gekommen.«

Vivianne legt den weißen Umschlag auf den Tisch. Sie

faltet die Hände auf der Tischplatte wie zum Gebet. Dann nickt sie auf den Umschlag hinab.

»Ich habe ihn aufgemacht und gelesen.«

Idun zieht ein paar Latexhandschuhe aus der Hosentasche und streift sie sich über, ehe sie zu dem Umschlag greift. Vorsichtig zieht sie ihn auf und angelt ein gefaltetes Blatt Papier heraus. Ein paar Sekunden nachdem sie es aufgefaltet hat, wirft sie einen flüchtigen Blick zum Spionspiegel. Sie hofft, dass Tareq die Geste richtig deutet. Sie haben den dritten Brief von Evas Mörder und Ellens Kidnapper vor sich.

Der Geist des Herrn ist auf mir, weil er mich gesalbt hat, Armen gute Botschaft zu verkündigen; er hat mich gesandt, Gefangenen die Befreiung auszurufen, Blinden, dass sie wieder sehen, und Zerschlagene in Freiheit hinzusenden.

Sie überfliegt den Text zweimal, ehe sie zu Vivianne aufblickt.

»Erkennen Sie den Text wieder?«

»Natürlich. Das ist ein Bibelzitat.«

Das ist sogar Idun klar. Geduldig wartet sie auf die Fortsetzung, aber Vivianne scheint jemand zu sein, der lediglich auf explizite Fragen antwortet.

»Können Sie mir etwas zum Inhalt sagen? Wie deuten Sie diese Zeilen?«

Vivianne drückt den Rücken durch. Als sie antwortet, klingt ihre Stimme fest.

»In unserer Gemeinde *deuten* wir nicht. Wir verstehen das Wort Gottes so, wie es dasteht – im Wortsinne.«

Idun nickt, auch wenn sie nicht genau versteht, was

Vivianne damit meint. Weiß die Frau überhaupt, dass ihr Vater einen falsch zitierten Bibelvers auf seinem Briefschlitz hat?

»Worum geht es also in dieser Textstelle?«

Vivianne blickt auf den Brief hinab, vermutlich unnötigerweise.

»Da steht, dass der Herr die Gefangenen befreien wird. Dass alle Menschen frei sein werden. Dass Blinde wieder sehen können.«

Idun denkt kurz nach.

»Wer genau ist mit den Blinden gemeint? Leute, deren Sehvermögen gleich null ist?«

Vivianne sieht fast amüsiert aus.

»Blinde sind jene, die noch nicht zu Gott gefunden haben. Die jetzt die göttliche Sehfähigkeit wiedererhalten.«

Also doch eine Deutung, schießt es Idun durch den Kopf, aber das sagt sie nicht laut.

Es muss eine Verbindung zwischen den drei Fällen bestehen. Der Brief ist der zweifelsfreie Beweis dafür. Wenn Sara gegen ihren Willen entführt wurde, könnte es sogar sein, dass sie sich am selben Ort wie Ellen befindet – was bedeutet, dass Ellen zumindest mit einer Erwachsenen zusammen ist. Wie schrecklich es für Sara sein mag – für Idun fühlt es sich tröstlich an, dass die Fünfjährige womöglich nicht allein ist.

Ein Mord, zwei Entführungen, drei Bibelzitate. Idun späht erneut zum Spionspiegel und hofft, dass Tareq den gleichen Schluss gezogen hat. Hinter der Scheibe wird vermutlich fieberhaft nachgedacht, und Siv dürfte sich eilig aufschreiben, was sie alles in die Wege leiten muss. Alle drei Fälle verweisen auf den Paradieshof. Die Frage ist nur: Warum? Ist der Mörder ein Gemeindemitglied? Und wenn ja: Wer? Und was treibt ihn an?

»Hat Sara Feinde?«

Vivianne schüttelt den Kopf.

»Meine Tochter führt ein Leben innerhalb unserer Gemeinde, in der sie von allen geliebt wird.«

»Dann hat sie keinerlei Kontakte außerhalb der Gemeinde? Keine alten Schulfreunde vom Gymnasium oder so?«

»In unserer Gemeinde geht man nicht aufs Gymnasium.«

Idun atmet lautlos durch, damit Vivianne ihr nicht anmerkt, was sie davon hält.

»Aber zur Grundschule muss sie doch gegangen sein?«

»Natürlich. Aber aus dieser Zeit hat Sara keine Freunde mehr. Mit dem Schulabschluss nach der neunten Klasse war das Geschichte.«

Idun lehnt sich auf ihrem Stuhl zurück.

»Dann meinen Sie wirklich, Ihre Tochter dürfte keinerlei Leute außerhalb der Gemeinde mehr kennen?«

»Ganz sicher nicht. Wenn, dann wüsste ich davon.«

»Und jetzt ist sie verschwunden, und Sie haben diesen Brief gekriegt?«

Vivianne nickt.

Idun wird zusehends sauer. Es wäre gut gewesen, wenn sie von dieser Sache noch am selben Tag erfahren hätten, als der Brief eingegangen war, oder wenigstens, als sie Mattias und Vivianne draußen auf dem Paradieshof besucht haben. Sie haben gelinde gesagt wertvolle Zeit verloren.

Es ist, als könnte Vivianne ihre Gedanken lesen.

»Wir versuchen üblicherweise, alles innerhalb der Gemeinde zu klären. Aber dort ist sie nicht, das weiß ich mit Sicherheit. Deshalb brauche ich jetzt Ihre Hilfe.«

»Saras Vater – wo finden wir den?«

»Den finden Sie nicht.«

»Und warum nicht?«

»Weil er seit vielen Jahren tot ist.«

Idun verschränkt die Arme vor der Brust. Zum Teufel mit offener Körpersprache.

»Ich muss trotzdem wissen, um wen es sich handelt.«

Vivianne errötet leicht.

»Nein, müssen Sie nicht. Aber nachdem Sie so hartnäckig nachfragen – er hieß Jakob Broo. Er war Mitglied der Gemeinde und ist, ein paar Wochen bevor ich überhaupt wusste, dass ich schwanger war, gestorben. Seine Eltern waren da bereits lange tot, und er war Einzelkind. Daher sind sämtliche Verbindungen zu ihm mit seinem Tod abgebrochen. Er hatte nur mich – und Sara, unser zu jenem Zeitpunkt ungeborenes Kind.«

Idun nimmt sich vor, Siv zu bitten, die Angaben zu überprüfen. Allerdings klingt es in ihren Ohren so, als würde Vivianne die Wahrheit sagen.

»Als ich mit Ihrem Vater gesprochen habe, hat er den Namen Eivor Bohm nicht wiedererkannt. Meinem Kollegen zufolge war das bei Ihnen anders.«

Vivianne zuckt mit den Schultern.

»Ich verstehe wirklich nicht, warum Sie so sehr an Eivor interessiert sind.«

Idun beugt sich vor und ist der Widerspenstigkeit dieser Frau mit einem Mal zutiefst überdrüssig.

»Eivor Bohms Enkelkind ist verschwunden. Es wurde entführt, um es deutlich zu sagen.«

Vivianne reißt die Augen auf.

»Und wir glauben, dass Ellens Entführer überdies eine gewisse Eva Stenberg ermordet hat. Und aus Gründen, die ich Ihnen derzeit nicht darlegen kann, müssen wir davon ausgehen, dass ein und dieselbe Person auch Sara entführt hat.«

Alle Farbe weicht aus Viviannes Gesicht. Mehrmals klappt sie den Mund auf und wieder zu. Idun beschließt, aufs Ganze zu gehen, auch wenn sie ahnt, dass Anders hinter dem Spiegel vermutlich nicht gefallen wird, was er gleich hört. Kurz muss sie an Calle denken, und es fühlt sich an, als würde etwas in ihr zerbrechen.

»Viola, Tommy und Ingrid sind auf behördliche Anweisung bei Ihren Eltern untergebracht worden. Ich glaube, dass alles, was derzeit passiert, mit dieser Unterbringung zusammenhängt. Könnte einer der drei vielleicht Grund dazu haben, einen Groll gegen Ihre Familie zu hegen?«

Vivianne kneift die Augen zusammen.

»Sie durften bei uns wohnen. Wir haben uns ihrer angenommen, haben ihnen ein Dach über dem Kopf und Essen auf dem Tisch beschert. Warum sollten sie einen Groll hegen, wenn sie doch vielmehr dankbar sein sollten?«

Ihre Stimme klingt selbstsicher, und der Blick ist hart wie Stahl.

Idun hat kaum die Tür zu Anders' Arbeitszimmer hinter sich zugemacht, als Siv auch schon loslegt.

»Was Vivianne über Jakob Broo erzählt hat, scheint zu stimmen: Er war Mitglied der Gemeinde, ist an einem aggressiven Blutkrebs gestorben, und zwar acht Monate ehe Sara zur Welt kam. Er hatte selbst keine Geschwister, die Eltern waren mehrere Jahre zuvor verstorben.«

Idun flucht stumm in sich hinein, obwohl sie bereits geahnt hat, dass Vivianne die Wahrheit gesagt hat.

»Åke Stenberg«, fährt Siv fort, »war seit Beginn der Achtzigerjahre Vorsitzender Richter im hiesigen Bezirksgericht. Seinem Urteil folgend, hat Eivor Bohm im Auftrag die Unterbringung für Viola und ihre zwei Kinder organisiert. Die Entscheidung fiel auf den Paradieshof von Mattias und Ellenor Selberg. Damit gibt es eine Verbindung zwischen Åke Stenberg, Eivor Bohm und Vivianne Selberg – aber das wisst ihr ja schon.«

Idun ergreift das Wort.

»Genau wie die Briefe an Åke und Eivor besteht auch der Brief an Vivianne aus einem Bibelzitat – und auch dieses handelt von Befreiung. Die Verbindung besteht derzeit hauptsächlich in diesen Briefen und dass sie in zwei Fällen – bei Åke und Vivianne – an einen Elternteil geschickt wurden.«

Sofort geht Anders dazwischen.

»Allerdings nicht in Eivors Fall – sie ist Ellens Großmutter. Warum ist ihr Brief nicht stattdessen an Ellens Eltern gegangen?«

Idun sieht ihrem Chef in die Augen.

»Weil Ellens Eltern keine Verbindung zum Paradieshof haben. Eivor hingegen schon.«

Anders pfeift leise durch die Zähne, und Idun fährt fort.

»Ich finde, wir sollten Violas Sohn, Tommy, einen Besuch abstatten. Seiner Mutter zufolge wohnt er in einem Haus, das Viola und ihre Schwester vor vielen Jahren geerbt haben.«

Siv richtet sich auf.

»Auch das stimmt – er ist dort sogar gemeldet. Und zwar allein. Er ist weder verheiratet, noch hat er Kinder.«

Anders kratzt sich am Hals.

»Und Tommys Schwester?«

Siv schüttelt betreten den Kopf.

»Es ist wirklich seltsam, aber die scheint tatsächlich verschwunden zu sein. Ist nirgends gemeldet, scheint keine weiterführende Schule besucht zu haben, hat keinen zuständigen Hausarzt und taucht in keinem sozialen Netzwerk auf. Sie ist wie vom Erdboden verschluckt – oder aber bewusst abgetaucht. Oder sie ist gestorben, allerdings wäre das dann bei keiner Behörde gemeldet worden.«

Sie lehnt sich zurück und schlägt ihren Block zu.

»Tareq und ich fahren zu diesem Haus.«

Noch während sie es sagt, steht Idun auf. Anders nickt nachdrücklich.

»Und ich fordere Verstärkung an.«

Das Häuschen steht nördlich von Pagla. Idun und Tareq durchqueren das immer noch spätsommergrüne Skigebiet und biegen auf einen zerfurchten Waldweg ab.

Nach einer knappen halben Stunde haben sie ihr Ziel erreicht. Der Anblick ist wirklich idyllisch: Das rote Holzhaus steht inmitten von Nadelbäumen und Heidelbeerpflanzen. Die Eingangstür wird von hölzernen Zierelementen eingerahmt, in den Fenstern hängen Spitzengardinen und davor künstliche Pelargonien.

Sie stellen den Wagen am Waldweg hinter ein paar ausladenden Fichten ab. Beide haben ihre Schutzweste angelegt und laufen mit gezogenen Waffen auf das Haus zu. Zwei uniformierte Kollegen folgen dicht hinter ihnen. Ein Stück weiter den Waldweg hinunter bleibt eine weitere Einheit bei ihrem Einsatzfahrzeug stehen. Sie sollen die Umgebung sichern. Über Funk hat Siv ihnen mitgeteilt, dass ein Hubschrauber unterwegs ist.

Sie erreichen das Haus. Tareq klopft an die Eingangstür.

»Polizei! Aufmachen!«

Keine Reaktion. Tareq legt die Hand auf die Klinke. Die Tür ist unverschlossen, und er stößt sie sperrangelweit auf.

Mit den Waffen im Anschlag betreten sie den Flur. Tareq hält seine Pistole genau wie Idun, hat die Mündung vom Körper weg auf den Boden gerichtet. Erneut blitzt eine Erinnerung an Calle auf, und Idun schnürt sich die Kehle zu.

Unwillkürlich sieht sie vor sich, wie dieser sture Teufel die Waffe gern waagerecht gehalten hat und wie sie anschließend diskutiert haben, wie riskant so etwas sein könnte, zum Beispiel wenn ein Täter auf dem Boden kauert.

Idun schiebt den Gedanken beiseite. Sie darf jetzt nicht an Calle denken. Sie muss sich auf das Hier und Jetzt konzentrieren.

Sie durchqueren den Flur. Die Küche ist winzig, lichtdurchflutet und mit einem Tisch, einer Küchenbank und ein paar Schränken möbliert. Herd und Spüle sind sauber, und am Sims über dem Herd hängt ein Geschirrtuch zum Trocknen. Tareq geht darauf zu und nimmt es in die Hand. Ein einziger Blick reicht, damit Idun weiß, dass es noch feucht ist. Jemand war kürzlich erst hier.

Sie verlassen die Küche. Eine Treppe führt in den ersten Stock, darunter befindet sich eine niedrige Tür. Idun streckt die Hand danach aus. Die Tür ist verschlossen. Sie gibt den Kollegen in Uniform zu verstehen, dass sie nach oben gehen sollen. Lautlos schleichen sie die Treppe hoch.

Idun selbst bleibt vor der braunen Tür stehen. Warum verschließt man im Haus eine Tür, wenn die Eingangstür offen steht?

Sie tastet über den oberen Türrahmen. Und findet den Schlüssel. Sie schiebt ihn ins Schloss, dreht ihn herum, die Tür gleitet auf, und dahinter führt eine Treppe nach unten.

Idun sieht Tareq an, der ihr zunickt. Dann dreht sie sich um und setzt den ersten Schritt auf die Kellertreppe. Die Stufe knarzt, und Idun flucht. Wenn irgendjemand dort unten ist, dann ist er jetzt vorgewarnt.

Sie kommen unten an. Die Decke ist niedrig, beide müssen den Kopf einziehen. Doch es ist niemand zu sehen. Sie gehen auf eine weitere Tür zu. Dass sowohl die Tür als auch die Wand rundherum neueren Datums sind, ist auf einen Blick zu erkennen. Auf halber Höhe der Tür befindet sich eine Holzluke. Sie sitzt an zwei Scharnieren und ist von außen mit einem Metallriegel verschlossen.

Unwillkürlich bekommt Idun am ganzen Leib eine Gänsehaut. Beide spitzen die Ohren, hören aber kein Geräusch. Hoffentlich sind die beiden Kollegen, die nach oben gegangen sind, in Sicherheit.

Idun atmet durch den Mund, als sie die Hand an den Riegel legt und ihn aus seiner Halterung hebt. Tareq steht mit auf die Luke gerichteter Waffe schräg hinter ihr, als sie die Klappe langsam aufzieht. Vorsichtig beugt sie sich hinunter, um hindurchzuspähen – hoch aufmerksam, für den Fall, dass der Täter mit geladener Waffe dahinter lauert.

Sie schiebt den Kopf vor die Luke, und es dauert keine zwei Sekunden, um die Lage zu sondieren. Erschrocken richtet sie sich wieder auf. Tareq starrt sie an.

»Das da drin muss Sara sein! Sie liegt auf dem Boden. Ich konnte sehen, dass sie atmet.«

Tareq zückt sein Handy und fordert weitere Unterstützung an: Polizisten und zwei Rettungswagen. Siv kann nicht einmal antworten, als er auch schon aufgelegt hat.

»Und Ellen – ist sie auch da drin?«

Idun schüttelt den Kopf.

»Nur Sara.«

Der Türrahmen splittert, als Tareq mit aller Kraft die neue Tür auftritt.

Mit kreischenden Sirenen rast der Rettungswagen über den Waldweg. Sara hat zwar geatmet, war aber nicht bei Bewusstsein. Einer ersten Einschätzung der Sanitäter zufolge war sie weder dehydriert, noch litt sie unter Nährstoffmangel, hatte aber eindeutig einen schweren Schock erlitten und war möglicherweise überdies betäubt worden. Tareq trug sie die Treppe hoch und legte sie auf die Rollbahre. Nachdem sie an einen Tropf gelegt und ihr Schmerzmittel verabreicht worden waren, wurde sie in den Rettungswagen geschoben und ins Krankenhaus gefahren.

Erst nachdem der Rettungswagen verschwunden ist, entdeckt Idun ihn.

Versteckt hinter einem Baumstamm steht er ein Stück tiefer im Wald und hat eine braune Hose und einen dunkelgrünen Pulli an, sodass er von der Umgebung kaum zu unterscheiden ist. Es sind die Augen, die ihn verraten – als sich die Sonne darin fängt, wird Idun darauf aufmerksam. Ihre Blicke kreuzen sich. Idun legt die Hand an die Waffe im Holster und macht einen Schritt vor.

»He, du!«

Intuitiv weiß sie, dass es Tommy ist.

Im selben Moment rennt er los.

Idun setzt ihm nach. Sie spürt den Kies unter den Sohlen, als sie über die Zufahrt läuft. Dann springt sie über den Zaun und sieht aus dem Augenwinkel, dass Tareq bereits über die Wiese rennt.

Tommy verschwindet zwischen den Bäumen. Idun hält auf den Wald zu, springt über einen Steinbrocken und hat den Waldrand erreicht. Direkt hinter der Grundstücksgrenze beginnt ein Trampelpfad. Er sieht viel benutzt aus, ist aber sandig, und ihre Schuhe versinken darin.

Ein paar Hundert Meter voraus sieht sie, wie er einen Haken schlägt. Fast unsichtbar zwischen den Ästen, rennt er tiefer ins Dickicht hinein. Er ist groß und drahtig, scheint aber kein routinierter Läufer zu sein. Idun weiß sofort, dass sie schneller ist als er.

Sie folgt dem Pfad und sieht ihn im Gestrüpp verschwinden. Das Holster schlägt gegen ihre Rippen, die Riemen reißen an den Achselhöhlen. Sie umrundet eine riesige Fichte und beschließt, ebenfalls durchs Dickicht zu laufen. Wenn sie sich jetzt scharf links hält, kann sie ihm den Weg abschneiden, sofern er die Richtung nicht ändert. Sie weiß nicht, ob Tareq noch hinter ihr ist, und will keine wertvolle Zeit verlieren, indem sie sich jetzt nach ihm umsieht.

Das Heidelbeergestrüpp schlingt sich um ihre Beine. Doch ihre Beine sind das Laufen gewöhnt, die Sprunggelenke kräftig. Sie weiß, dass sie die Waffe ziehen und das Magazin kontrollieren sollte, will Tommy aber nicht aus den Augen lassen.

Sie beschleunigt, und mit einem Mal scheint er hinter dichtem Gehölz abzutauchen. Sie wird ein bisschen langsamer, zieht ihre Pistole und hält sie fest in der Hand, während sie noch ein Stück weiterläuft.

Dann bleibt sie stehen und spitzt die Ohren.

Ihr Herz hämmert wie wild.

Sie dreht sich nach Tareq um, doch als der nirgends zu sehen ist, setzt sie einen weiteren Schritt und fängt dann noch in der Drehung erneut an zu rennen.

Der große Ast trifft sie über der Stirn. Es tut sofort höllisch weh, sie schreit und fällt rückwärts, lässt die Waffe fallen, und dann durchzuckt es ihr Kreuz, als sie schwer auf dem Boden aufschlägt. Sofort reißt sie die Arme nach oben, um ihren Kopf zu schützen, doch da steht er bereits über ihr.

In der Hand hält er einen dicken Ast.

Seine Augen blitzen vor Zorn.

Ihr Rücken tut weh. Wimmernd dreht Idun sich auf den Bauch. Ihre Lunge brennt, sie kommt hoch auf alle viere und hustet ins Gestrüpp. Es kommen Blutstropfen. Sie wischt sich mit dem Handrücken über den Mund. Im selben Moment dämmert ihr, dass sie nicht weiß, wo ihre Waffe ist.

»Runter auf die Erde!«

Er klingt vollkommen ruhig. Idun meint, die Stimme wiederzuerkennen. Sie tut wie geheißen. Eine Ameise krabbelt über ihre Hand. Ihre Wange liegt auf dem sandigen Boden, ein Auge pulsiert schmerzhaft. Irgendwo in der Nähe flattern Vögel auf. Idun könnte nicht sagen, in welche Richtung sie fliegen. Sie liegt reglos am Boden und konzentriert sich nur mehr darauf, ihre Atmung zu beruhigen. Ihr Kopf fühlt sich warm und breiig an, und es fällt ihr schwer, einen klaren Gedanken zu fassen.

»Wir haben Sara befreit. Es ist vorbei.«

Sie erkennt ihre eigene Stimme nicht wieder.

Zur Antwort lacht er nur leise.

»Es ist nie vorbei.«

Er klingt kein bisschen wütend. Es ist eine Feststellung. Idun versucht, den Kopf zu drehen, spürt dann aber, wie sich der Ast in ihre Wange bohrt.

»Bleib liegen. Keine Bewegung.«

Jetzt ist der Tonfall schärfer. Er klingt verärgert.

Sie macht den Mund zu, versucht, durch die Nase zu atmen. Weiß, dass die Sauerstoffsättigung so besser ist.

»Wo ist Ellen?«

Sie kriegt Sand in den Mund. Als er nicht antwortet, versucht sie es noch einmal.

»Erzähl mir, wo Ellen ist. Es sind mehrere Einsatzkräfte auf dem Weg hierher, sogar Hubschrauber und Hundeführer. Du kommst nicht mehr davon, Tommy.«

Er schweigt. Sie spürt seine Anwesenheit, sieht ihn aber nicht. Traut sich nicht, den Kopf zu drehen.

»Ellen ging es dreckig.«

»Wie, dreckig? War es der Zucker? Bitte, Tommy! Ellen ist gerade erst fünf und schwer krank – sie braucht ärztliche Hilfe! Sag mir einfach, wo ich sie finde.«

Sie redet, so schnell sie nur kann, ohne dabei vollends verzweifelt zu klingen, obwohl sie es eigentlich besser weiß und ihr klar ist, dass sie ihn nicht anflehen sollte.

»Dass es ihr schlecht ging, ist allein Saras Schuld.«

Idun versucht, ihm zu folgen.

»Es ist Saras Schuld, dass es Ellen schlecht ging?«

Sie hört, wie er einatmet, vermutlich um ihr zu antworten.

Dann fällt ein Schuss.

Brüllend geht Tommy keinen Meter von Idun entfernt zu Boden. Sie wirbelt herum, setzt sich auf, tastet über den Waldboden nach ihrer Waffe.

Dann sieht sie Tareq und erstarrt in der Bewegung. Breitbeinig steht er vielleicht zwanzig Meter entfernt und hat die Waffe auf Tommy am Boden gerichtet.

Erneut flattern Vögel auf. Es klingt, als würden sie direkt über ihren Köpfen hinwegfliegen.

Aus der Ferne ist das Dröhnen eines Hubschraubers zu hören.

Idun stemmt sich hoch. Sie weicht ein Stück zurück und taumelt auf einen Baumstamm zu. Ihre Beine zittern, als sie sich dagegenlehnt. Tareq steht jetzt schräg hinter ihr, und Tommy liegt auf der Erde. Er windet sich vor Schmerzen und hält sich die Schulter.

Idun nimmt ihr Handy und erstattet Meldung. Siv teilt ihr mit, dass weitere zwei Rettungswagen und mehrere Polizeieinheiten unterwegs sind. Der Wind rauscht in den Wipfeln. Idun macht einen Schritt nach vorn. Sie spürt mehr, als dass sie es sieht, dass Tareq es ihr gleichtut – und im selben Moment fällt ihr wieder ein, wo sie Tommy schon einmal gesehen hat.

»Samuel von den Zeugen Jehovas.«

Mit der Hand an der Schulter verzieht er das Gesicht.

»Dann haben Sie mir echt geglaubt?«

Idun macht einen Schritt auf ihn zu. Es zieht im Rücken.

»Erzähl mir jetzt, wo Ellen steckt!«, fährt sie ihn scharf an.

Tommy winkt ab und sieht sie schief von unten an.

»Kein Grund zu schreien. Die Toten schlafen den Schlaf der Gerechten.«

»Ich frag dich jetzt ein letztes Mal – wo ist sie?«

Mitleidig sieht er sie an. Als er antwortet, klingt er leicht ironisch.

»Ellen ist irgendwo im Sävastwald. Ein Stück weiter oben, wo keine Spazierwege hinführen. Zumindest ist sie körperlich dort – wie es mit ihrer Seele aussieht, wage ich nicht zu beurteilen.«

Er hustet heftig und nimmt für einen Augenblick die Hand von der Schulter. Blut sprudelt aus der Wunde. Idun ist klar, dass er dringend ärztlich versorgt werden muss.

Sie hört, wie Tareq ins Handy spricht. Die Infos, die er

an Siv übermittelt, sind knapp, aber ausreichend. Idun macht abermals einen Schritt auf Tommy zu und nimmt sich zusammen, damit ihre Stimme nicht zittert.

»Lebt Ellen noch?«

Tommy sieht sie überheblich an.

»Jetzt spuck es schon aus! Ist Ellen noch am Leben?«

Tommy blickt empor in den Himmel.

»Sie hat zumindest noch gelebt, als ich sie im Wald abgelegt habe.«

Nach dem ungewöhnlich warmen Sommer haben viele den Regen herbeigesehnt.

Doch für den Trupp Polizisten, der nach Ellen sucht, kommt der Wetterumschwung höchst ungelegen. Der strömende Regen erschwert die Sicht im Wald und beeinträchtigt die Hunde, die die Witterung des Mädchens aufnehmen sollen.

Idun flucht, als sie auf einem nassen Stein ausrutscht. Die dünnen Sneakers glitschen über den aufgeweichten Untergrund.

Als sie den Hang hinaufstapft, liegt das Wohnviertel, in dem Ellen verschwunden ist, ein gutes Stück hinter ihr. Wenn Idun sich umdreht und die Augen zusammenkneift, kann sie mit Mühe die Blåbäcken-Kita erkennen. Aus der Ferne sieht sie aus wie ein kleiner roter Punkt in der verregneten Landschaft. Tareq geht dicht hinter ihr.

»Gehst du öfter wandern?«

Idun wirft einen Blick über die Schulter. Tareq passt genau auf, wohin er seine Schritte setzt.

»Wandern eher selten. Laufen recht häufig.«

»Im Wald?«

Sie muss einen Seufzer unterdrücken.

»Sowohl auf Asphalt als auch im Wald, ja.«

Sie suchen das Gelände vor ihnen ab, arbeiten sich langsam voran, damit ihnen nichts entgeht.

»Ich gehe auch gern laufen. Im Fitnessstudio bin ich zwar auch öfter, aber Laufen ist eine gute Ergänzung zum Krafttraining.«

Er hat einen merkwürdig warmen Ton in der Stimme.

Idun antwortet nicht, sie hat nichts mehr zu sagen.

Eine Weile gehen sie schweigend weiter. Idun streicht sich mit der Hand über das nasse Haar. Sie ist bis auf die Knochen durchnässt, aber noch friert sie nicht. Der Regen wird stärker.

»Vielleicht können wir ja mal zusammen laufen gehen? Wenn das hier vorbei ist – als kleine kollegiale Trainingseinheit?«

Es klingt nach einer freundlichen Frage, trotzdem krampft sich in Idun alles zusammen. Kollegiale Trainingseinheiten hatte sie mit Calle – oft waren sie laufen, manchmal auch zusammen im Fitnessraum; wenn Idun schlecht gelaunt war, waren sie sogar boxen. Calle hat das Talent, sie so sehr zu provozieren, dass sie es schafft, ordentlich dagegenzuhalten. Einmal haben sie zusammen Yoga gemacht. Calle sah unfassbar blöde aus, wie er – ungelenk wie ein Betonklotz – verzweifelt versuchte, mit den Händen den Fußboden zu berühren.

»Vielleicht.«

Sie gehen weiter. Es zieht in den Beinen, und Idun muss kurz stehen bleiben und den Rücken durchstrecken. Tareq tut es ihr gleich. Er lässt den Rucksack von der Schulter gleiten und nimmt die Wasserflasche aus der Seitentasche. Langsam trinkt er ein paar große Schlucke und wischt sich den Mund mit dem Handrücken ab. Der Aufstieg an sich ist nicht schwer, die größere Anstrengung ist die Suche nach Ellen. Die ganze Zeit aufs Schlimmste gefasst sein zu müssen ist eine mentale Herausforderung.

Ein Stück voraus entdeckt Idun Cecilia Daniels mit Lajka. Cecilias Bauch ist riesig, und Idun schießt es durch den Kopf, dass es für eine Hochschwangere eine Zumutung sein muss, in unbefestigtem Gelände nach einer vermissten Person zu suchen.

Ringsum sieht sie weitere Polizisten, die entweder zu zweit oder in kleineren Grüppchen unterwegs sind. Die einzigen Ausnahmen bilden die Hundeführer, die immer ohne Begleitung und nur mit Hund suchen. Wenn es richtig schlimm kommt, dann ist Ellen irgendwo verscharrt, deshalb halten sie überdies Ausschau nach frisch aufgewühlter Erde. Idun glaubt allerdings nicht, dass es so weit kommt. Im Augenblick spricht nichts dafür, dass Ellen ermordet worden wäre. Tommy hat sich alle Mühe gegeben, sie lebend aus der Kita zu verschleppen; hätte er sie umbringen wollen, hätte er das gleich vor Ort erledigen und die Leiche einfach zurücklassen können. So wäre er wesentlich schneller wieder davongekommen und hätte weniger Risiken eingehen müssen.

Deshalb muss es einen Grund gegeben haben, Ellen lebend zu verschleppen. Idun versteht nur nicht, welchen. Nirgends in Ellens Umfeld hat jemand irgendeine Art Forderung erhalten – nur das kurze Bibelzitat, das Eivor geschickt bekommen hat. Tommy hat weder ein Lösegeld gefordert noch irgendeine andere Forderung gestellt, er hat Ellen einfach nur mitgenommen. Und er hat sogar verhältnismäßig schnell zugegeben, wo er sie abgelegt hat – sofern seine Aussage stimmt. Sowohl Idun als auch Tareq wissen, dass es genauso gut eine falsche Fährte sein kann. Und wenn das der Fall ist, dann tickt die Uhr nur umso unbarmherziger.

Cecilia Daniels hält Lajkas Leine im eisernen Griff. Die Hündin sucht konzentriert den Boden ab, bekommt hier und da Sand und Staub in die Nase und niest, sobald die Schleimhäute kitzeln.

Im Laufe des Nachmittags sind sämtliche verfügbaren Hundeführer eingetroffen, und der Einsatzleiter hat ihnen ein jeweils eigenes Areal zugeteilt. Über das GPS-System in ihrer Armbanduhr folgt Cecilia ihrer festgelegten Route. Sobald sie ihr Areal verlässt, fängt die Uhr an zu piepen, was aber nicht geschehen wird, dafür ist Cecilias Orientierungssinn einfach zu gut.

Lajka markiert plötzlich, fängt dumpf an zu kläffen, und sofort stellen sich Cecilia die Nackenhaare auf. Das Kläffen der Hündin wird lauter, es hallt durch den Wald, und Lajka reißt an der Leine, sie reckt den Hals so weit vor wie nur möglich und sieht dann abwechselnd zurück zu Cecilia und wieder in Richtung der steilen Böschung, die vor ihnen liegt.

Cecilia lobt die aufgeregte Hündin und macht ein paar Schritte auf die Böschung zu. Lajka zerrt an der Leine, und Cecilia muss ordentlich zupacken, damit ihr die Leine nicht aus der Hand gleitet. In Wahrheit will auch sie selbst so schnell wie nur möglich auf den Abhang zulaufen, doch ihr Babybauch hindert sie daran, im üblichen Tempo voranzukommen.

Keuchend marschiert sie vorwärts, so schnell sie kann. Lajka winselt mit jedem Atemzug, weil sie so sehr an der Leine reißt, dass das Halsband sich in ihren Hals schnürt.

Dann haben sie den Hang erreicht. Der Boden ist überwuchert, überall Heidelbeergestrüpp und anderes flaches Gehölz. Ein paar Felsbrocken liegen direkt an der Kante. Cecilia steigt über einen umgestürzten Baumstamm, ehe sie am Abhang steht und über die Kante nach unten späht.

Am Fuß des Hangs liegen mehrere Haufen mit Baumstämmen. Hier scheint das frisch geschlagene Holz für die Abholzung aufgeschichtet zu werden. Hier und da liegen schon frisch entastete Kiefern herum, und es riecht stark nach Harz. Es kann noch nicht lange her sein, dass sie gefällt wurden.

Lajka kläfft jetzt unaufhörlich. Ihr Signal klingt dumpf, kommt tief aus dem Bauch, und Cecilia ahnt, dass sie es entweder mit einer Bedrohung oder mit ihrem avisierten Suchobjekt zu tun haben. Möglicherweise hat die Hündin einen Bären gewittert, aber Cecilia hält das für unwahrscheinlich. Weder die Körperhaltung noch das Fell, das weiterhin glatt auf dem Rücken anliegt, sprechen dafür.

Cecilia beugt sich vor und stützt sich mit der Hand auf einen größeren Stein, ehe sie vorsichtig den Fuß am Hang vorschiebt. Die Erde ist nass und rutschig. Sie lässt die Sohle über die Erde gleiten, hält sich an dem Stein fest, um nicht zu fallen, doch Lajka zerrt weiter an der Leine, Cecilia gerät aus dem Gleichgewicht und schlägt sich das Knie an einer freiliegenden Wurzel an. Sie brüllt ihre Hündin an, die sich sofort fügsam hinsetzt. Die Leine bleibt indessen gespannt, auch wenn Lajka zumindest nicht mehr daran zieht.

Cecilia geht halb in die Hocke, rutscht ein Stück weiter die Böschung hinab und versucht, sich an Steinbrocken und einigen dickeren Ästen entlangzuhangeln. Die Schmerzen im Rücken und in der Hüfte ignoriert sie. Sie flucht bloß still und schwört sich, keine Einsätze mehr mitzumachen, sobald sie Ellen gefunden haben. Das hier ist einfach nichts mehr für sie.

Das letzte Stück rutscht sie schneller. Es zieht heftig im Unterleib, sie stößt sich das Steißbein an, und wegen der Schmerzen muss sie sich kurz hinstellen, doch dann rutscht sie weg und landet rücklings im Gestrüpp. Der Untergrund ist nass und weich, sie schlägt zwar nicht heftig auf, aber ihre Kleidung ist verschmutzt. Verärgert steht sie wieder auf. Lajka sieht sie nervös an. Der Regen wird abermals stärker. Jetzt geht das Kläffen in ein leises Grollen über, und Cecilia weiß, das bedeutet, dass sie nah dran sind.

Im selben Moment, da Cecilia den Blick von ihrer Hündin losreißt, entdeckt sie das Mädchen. Es liegt direkt unter ihnen im Unterholz. Schlagartig steht die Welt still. Cecilia hört weder Lajkas Grollen noch den Regen, der auf die Erde prasselt.

Das Mädchen liegt auf dem Rücken an einem lehmigen Pfad, der sich von der Böschung wegschlängelt. Drum herum dichtes Gestrüpp, trotzdem ist sie deutlich zu sehen. Cecilia fragt sich noch, warum sie sie nicht schon von oben entdeckt hat. Hat sie da wirklich schon zuvor gelegen, oder ist sie dort eben erst abgelegt worden?

Der kleine Körper rührt sich nicht. Cecilia beschleunigt in Richtung des Pfads. Mitten in der Bewegung zieht sich ihr Bauch so heftig zusammen, dass ihr fast schwarz vor Augen wird. Sie bleibt stehen und presst sich die Hände auf den Unterleib. Keuchend atmet sie durch den Mund, will um Hilfe schreien, doch ihr Körper gehorcht ihr nicht mehr.

Nach einer Weile lassen die Krämpfe nach. Cecilia schiebt die Nervosität beiseite, treibt sich weiter an, doch kurz bevor sie bei dem Mädchen ankommt, rollt die nächste Wehe heran. Ihr Bauch krampft mit solcher Macht, dass ihre Beine nachgeben. Cecilia fällt auf die Knie und stöhnt laut auf. Lajka neben ihr winselt unruhig.

Es dauert keine Minute, bis die Wehen erneut nachlassen. Unbeholfen richtet sie sich wieder auf und spürt, wie die Fruchtblase platzt. Ihre Hose ist jetzt durch und durch nass, und im unteren Rücken spürt sie einen dumpfen Dauerschmerz.

Auf wackligen Knien geht sie das letzte Stück. Dann lässt sie sich erneut auf die Knie fallen, und Lajka setzt sich dicht neben sie.

Ellens blonde Locken liegen wie zu einem Heiligenschein ausgebreitet um den kleinen Kopf. Der lila Pullover mit dem rosafarbenen Herz auf der Brust ist von Regen und Lehm schmutzig. Der Mund steht leicht offen. Es sieht aus, als würde Ellen gleich etwas sagen wollen, doch es kommt kein Wort. Alles ist still und leise.

Die Wangen der Fünfjährigen sind kreidebleich und sehen aus wie Porzellan. Die blauen Kinderaugen sind weit offen und starren blicklos in den regenschweren Himmel empor. Unmittelbar bevor die nächste Wehe einsetzt, denkt Cecilia noch, dass sie das Gläserne in den Augen wiedererkennt, diesen durchsichtigen Schleier, der sich allen über den Blick legt, die frisch verstorben sind.

Bredåker 1998

Ende Januar, exakt einen Monat nachdem Mattias verkündet hat, dass er Ingrid zur Frau nehmen will, stirbt Ellenor. Der Arzt erklärt ihnen, dass das Herz nicht mehr wollte. Ellenors Schlaganfall hatte das Gehirn zuvor so schwer geschädigt, dass der Körper irgendwann kapitulieren musste.

Mattias ist am Boden zerstört und ruft in der Gemeinde drei Tage kollektiver Trauer aus. Die Tage bestehen nur mehr aus Gebeten draußen im Gemeindesaal. Abends essen die Gemeindemitglieder zusammen im Gemeinschaftshaus, und nachts liegt Tommy wach und hört, wie Mattias in der Küche auf und ab wandert. Er weint und führt laute Selbstgespräche. Ein paarmal betritt er sogar das Zimmer hinter der Treppe, in dem Tommy, Ingrid und ihre Mutter wohnen. Tommy tut so, als würde er schlafen, späht aber durch die halb geschlossenen Lider. Mattias steht in der Tür und starrt fiebrig zu Ingrid. Im selben Moment ist Tommy klar, dass er seine kleine Schwester von hier wegbringen muss, koste es, was es wolle.

Der kälteste Monat des Jahres verstreicht, und Ellenor wird am ersten Freitag im März beerdigt. Mattias steht mit leerem Blick an ihrem Grab, als der Sarg nach unten gelassen wird. Vivianne weint verbissen, und Sara sieht verzweifelt aus, als sie sich von ihrer Großmutter verabschieden muss.

Zwei Tage später teilt Mattias allen mit, dass er nicht mehr der geistige Anführer sein wird. Anfangs sind die Proteste vehement. Die Nachricht löst Unruhe aus. Dann fangen die Ersten an zu überlegen, wer Mattias wohl nachfolgen könnte. Die Überraschung steht ihnen ins Gesicht geschrieben, als Mattias verkündet, dass künftig Vivianne seine Rolle übernehmen soll – eine Frau! Noch dazu eine, die zu allem Überfluss Mutter eines unehelichen Kindes ist!

Der Schock sitzt allen in den Knochen, doch sie wissen es besser, als Mattias zu widersprechen. Keiner von ihnen hat etwas gesagt, als Vivianne unverheiratet Mutter wurde, und auch diesmal sagt keiner etwas. So sind die Regeln. Mattias' Wort ist fast ebenso sehr Gesetz wie das Wort Gottes.

Drei Wochen später findet Vivianne zu Ehren eine Zeremonie statt. Am selben Abend teilt Mattias Viola mit, dass es Zeit für sie und für Tommy wird, dem Paradieshof den Rücken zu kehren. Sie sind natürlich willkommen, wenn sie zu Besuch vorbeikommen wollen, aber wohnen können sie hier nicht mehr.

Mama traut sich nicht zu protestieren. Auch Tommy schweigt, beißt die Zähne zusammen, und dann packen die beiden je einen Rucksack. Mama wirkt apathisch, murmelt die ganze Zeit vor sich hin, dass sie ja nichts mehr besitze, was sie umziehen könne, dass sie aber zumindest ein Häuschen kenne, wo sie und Tommy hinziehen könnten. Ingrid dürfe natürlich jederzeit zu Besuch kommen. Dass ihre Tochter einen Vergewaltiger heiraten soll, scheint Mama nicht weiter zu interessieren.

Eigentlich ist Tommy wenig verwundert. Mit der Zeit hat ihm gedämmert, dass Mama in Wahrheit ein Zahnrädchen im Verratsgetriebe ist: Sie steht für die mangelnde Fürsorge der Außenwelt und hat ihren eigenen Anteil an dem, was ihm und Ingrid bevorsteht. Für Ingrid geht es um eine Zwangsheirat – und für Tommy darum, das einzig Gute im Leben zu verlieren. Seine kleine Schwester.

Er weiß, dass er von hier wegmuss, weg aus diesem Höllenloch auf Erden.

Außerdem weiß er, dass er Mama zurücklassen muss. Er ist selbst überrascht, als er feststellt, dass ihm Letzteres kein bisschen nahegeht.

Nach außen wirkt Tommy völlig entspannt. Obwohl er mit Handschellen an der am Tisch montierten Sicherheitsstange fixiert ist, sieht er aus, als würde er bequem dasitzen. Sein Anwalt, der neben ihm sitzt, sieht Idun herablassend an.

»Ist das nicht ein bisschen übertrieben, dass Sie meinen Mandanten in Handschellen verhören?«

Idun starrt ihn so lange finster an, dass er am Ende einknickt und stattdessen zu Tommy sieht.

»Sitzen Sie gut?«

»Ja.«

Der Anwalt gibt sich mit der Antwort zufrieden.

Idun überfliegt ihre Notizen. Tareq sitzt neben ihr, hat die Unterarme auf den Tisch gelegt und die Hände locker verschränkt. Als Idun fertig ist, blickt sie zu Tommy auf.

»Als wir Sie vor dem Haus der Vendels getroffen haben – am Tag nach dem Mord an Eva –, was haben Sie dort gemacht?«

Tommy hört ihr aufmerksam zu.

»Sie meinen, was ich in der Gegend gemacht habe?«

Idun antwortet nicht, sondern wartet nur ab.

»Ich habe Sie beobachtet. Wollte einen kleinen Einblick in die Arbeit der Polizei bekommen, den Sie und Ihr Kollege mir ja auch ermöglicht haben.«

»Wie lange sind Sie schon Zeuge?«

Tommy reißt kurz die Augen auf.

»Dann sind Sie wirklich darauf hereingefallen?«

Idun muss einsehen, dass sie ihm aufgesessen ist.

»Sie waren nie Zeuge. Das war bloß Tarnung. Wenn ich im Königreichssaal anrufe, haben sie dort noch nie von Ihnen gehört, richtig?«

Er sieht sie unverwandt an. Ein vages Lächeln umspielt seine Mundwinkel. Idun macht sich eine Notiz. Er soll sehen, dass die Lüge sie nicht aus der Bahn wirft. Dann schlägt sie eine andere Richtung ein.

»Wir haben schon mit Ihrer Mutter gesprochen. Wissen Sie vielleicht, wo wir Ingrid finden?«

Tommy schweigt.

»Wo steckt sie?«

Keine Antwort.

»Hat Ihr Anwalt Sie darüber informiert, dass Sie inzwischen überdies unter dem Verdacht des versuchten Mordes stehen? An Carl Brandt, dem Polizisten, den Sie, ein paar Tage nachdem Sie Eva ermordet haben, in deren Haus niedergeschossen haben?«

Auch darauf antwortet Tommy nicht. Idun sieht zu seinem Anwalt, der sich erst räuspert.

»Mein Mandant ist darüber informiert. Und ich wüsste es doch sehr zu schätzen, wenn Sie Ihre Unterstellungen nicht als Tatsachen formulieren würden. Das muss ihm im Prozess schließlich erst nachgewiesen werden.«

Nachdem Tommy fixiert ist, hat er nur wenig Bewegungsspielraum, aber zwei erhobene Finger reichen aus, um den Anwalt zum Schweigen zu bringen.

»Ist schon okay. Ich bin schuldig an allem, was sie mir vorwerfen.«

Der Anwalt will schon dazwischengehen, als Tommy ihn mit einem Blick zum Schweigen bringt.

»Ich habe Eva umgebracht. Und ich habe Ellen entführt. Dass sie gestorben ist, war nicht meine Absicht. Sara muss ihr zu viel Insulin gegeben haben.«

Idun sieht ihn aus zusammengekniffenen Augen an. Innerlich kocht sie vor Wut.

»Sie schieben die Schuld an Ellens Tod also Sara in die Schuhe? Ist das Ihre Verteidigungsstrategie?«

Ein kaum merkliches Lächeln schleicht sich auf Tommys Lippen.

»Natürlich nicht. Aber es war tatsächlich nicht meine Absicht, dass sie sterben sollte. Sie ist an einer Überdosis Insulin gestorben, da bin ich mir sicher, das wird sich bei der Obduktion bestimmt zeigen.«

Idun saugt die Unterlippe ein. Mit einem Mal ist sie überzeugt davon, dass Tommy nicht nur die Wahrheit sagt, sondern obendrein in der Sache recht hat.

»Warum haben Sie Sara entführt?«

Er fängt ihren Blick auf.

»Was glauben Sie wohl, Frau Kommissarin?«

Tareq nimmt die Hände vom Tisch und lehnt sich langsam zurück, und so lange wartet Idun, ehe sie Tommy antwortet.

»Ich glaube, dass Sie während Ihrer Zeit auf dem Paradieshof misshandelt wurden. Und ich glaube, dass Sie sich jetzt dafür rächen. Eivor Bohm war die Sachbearbeiterin des Sozialdiensts, die Sie dort untergebracht hat, und Åke Stenberg der Richter, der die Unterbringung angeordnet hat. Sie haben sich an den beiden gerächt, indem Sie Åkes Tochter sowie Eivors Enkelin umgebracht haben.«

Tommy sieht sie vielsagend an.

»Gut, meinetwegen. Sie haben Ellen nicht ermordet, Sie haben sie entführt. Aber es war als Rache an Eivor gedacht.«

Sein provozierender Blick wird wieder milder.

»Bravo.«

»Haben Sie Eva von der Arbeit abgeholt?«, fragt Idun.

»Ja.«

»Wie haben Sie sie dazu gebracht, bei Ihnen einzusteigen?«

Jetzt seufzt Tommy amüsiert.

»Wir kannten uns schon eine Weile. Die Rolle des Zeugen Samuel hat sich als sehr gewinnbringend erwiesen.«

Er grinst schief. Idun wartet auf eine Fortsetzung.

»Eva war mehr an den Zeugen Jehovas interessiert, als man glauben sollte. Wir haben uns bei mehreren Gelegenheiten unterhalten, ehe ihr Mann unseren Gesprächen ein Ende gesetzt hat. Das Ganze ist mir nicht schwergefallen. Ich bin immerhin in einer Sekte aufgewachsen und habe gelernt, welche Knöpfe man drücken muss, um jemandes Interesse zu wecken. Als ich ihr an dem Tag angeboten habe, sie nach Hause zu fahren, hat sie sich anscheinend sicher gefühlt. Der eifersüchtige Vidar war immerhin bei der Arbeit und hätte es nie erfahren.«

»Ach, war Vidar so eifersüchtig?«

Tommy zuckt mit den Schultern.

»Wenn man Zeuge ist und in Kontakt mit Leuten kommt, erfährt man mitunter mehr, als man wissen will.«

Idun schreibt sich etwas auf und schiebt den Block zu Tareq hinüber. Er liest ihre Notiz und verzieht keine Miene.

»Dann haben Sie sich bei vorgetäuschten Missionsbesuchen mit Eva unterhalten? In wesentlich größerem Umfang, als es Vidar bekannt war?«

Tommy nickt.

»Haben Sie ihr ein Schlafmittel verabreicht?«

»Ich habe ihr einen Kaffee angeboten. Hatte gerade zwei Pappbecher von der Tankstelle besorgt. Sie hat ihren Kaffee ausgetrunken. Der Rest ist Geschichte.«

»Die Nägel in ihren Händen. Worauf sollten die anspielen?«

Jetzt lacht Tommy leise. Sein Lachen klingt annähernd kindlich.

»Die Nägel, ja. Nennen wir es einen biblischen Einschlag. Gott verurteilt niemanden, aber Evas Vater, Åke – der hat mit seinem Urteil keine Sekunde gezögert. Also habe ich ihn verurteilt, mittels seiner Tochter. Diese alte Weisheit – Sie wissen schon: Auge um Auge.«

Idun kneift die Augen zusammen, versteht nicht recht, worauf er hinauswill, und Tommy hebt, so gut es geht, die Hände zu einer resignierten Geste.

»War bloß eine spontane Idee. Ich hatte die Nägel im Auto, nachdem ich kürzlich zu Hause renoviert hatte, und in dem Moment fühlte es sich einfach richtig an – sie wie Jesus ans Kreuz zu nageln. Sie zum Tode zu verurteilen. Für etwas, was ein anderer getan hatte. Sagen wir, sie musste für die Sünden ihres Vaters sterben.«

Stumm überlegt Idun, dass sie ihn vielleicht sogar irgendwie verstehen kann; der kleine Junge wurde seiner Kindheit beraubt, und seine Wunden sind nie verheilt. Trotzdem ist ihr klar, dass er krank ist – schwer krank.

»Sie haben hinter sich hergeputzt.«

Tommy fängt ihren Blick auf. Plötzlich sieht er traurig aus.

»Nachdem ich sie erdrosselt hatte, habe ich sie an der Decke aufgehängt und ihr die Hände zusammengenagelt. Sie hat ziemlich stark geblutet, und unterdessen habe ich meinen Kaffee ausgetrunken. Anschließend habe ich stundenlang geschrubbt und dann das Haus verlassen, kurz bevor Vidar heimkam.«

»Woher konnten Sie wissen, wann er heimkommen würde?«

Er lacht wieder.

»Nachdem ich in der Gegend eine Zeit lang missioniert habe, weiß ich ganz gut, wie die Routinen und Zeitpläne der Nachbarn aussehen.«

»Und das Putzen? War das auch Routine? Ich muss schon sagen, in dem Fall wären Sie ziemlich routiniert.«

Tommy scheint den Sarkasmus in ihrer Stimme zu überhören.

»Wenn man als unerwünschtes Anhängsel aufwächst, lernt man irgendwann, unsichtbar zu sein. Es liegt in meiner Natur, dass ich meine Spuren verwische – sowohl buchstäblich als auch im übertragenen Sinne.«

»Wir müssen wissen, wo Ingrid sich aufhält. Wir müssen auch mit ihr reden.«

»Ich habe keinen Kontakt zu ihr, schon seit Jahren nicht mehr. Aber das ist auch das Einzige, was Sie von mir über sie hören werden.«

»Haben Sie einander als Kinder nahegestanden?«

Keine Antwort.

»Wann haben Sie den Kontakt zueinander verloren?«

Immer noch keine Antwort.

Der Anwalt sieht halbwegs zufrieden aus. Idun späht hinüber zu Tareq. Der bärtige Kollege sitzt lediglich reglos da und lässt Tommy nicht aus den Augen. Idun beschließt, erneut das Thema zu wechseln.

»Und dann wäre da noch Carl Brandt, der Polizist, den Sie im Obergeschoss bei den Vendels niedergeschossen haben.«

Sein Blick ist – allem Anschein nach sogar aufrichtig – betrübt.

»Ja.«

Sie wartet ein paar Sekunden, weiß nicht, ob sie die Antwort tatsächlich hören will.

»Warum haben Sie auf ihn geschossen?«

Wieder dieser freundliche Blick.

»Ich dachte, sonst würde er mich gleich erschießen.«

Sie atmet bedächtig.

»Dann wollen Sie behaupten, dass Sie ihn aus Notwehr niedergeschossen haben?«

Sein Blick flackert. Zum ersten Mal überhaupt.

Bevor sie die nächste Frage stellen kann, klopft es an der Tür. Siv steckt den blonden Kopf herein, und ihre Augen sind glasig vor zurückgehaltenem Zorn. Idun ahnt, dass sie auf der anderen Seite des Spiegels alles mit angehört hat.

»Idun, Tareq – könnt ihr kurz rauskommen?«

Idun weiß, warum Siv sie ausgerechnet jetzt stört. Eigentlich ist gar nichts vorgefallen, aber sie will ihnen eine kurze Pause im Gespräch über Calle ermöglichen und gleichzeitig Tommy und dem Anwalt suggerieren, dass die Ermittlung unterdessen einen entscheidenden Schritt vorangekommen ist.

»Einen Moment noch. Ich habe nur noch ein paar wenige Fragen.«

Siv nickt und zieht sich wieder zurück.

»Die Lampe im Eingangsbereich. Warum haben Sie die zurückgehängt?«

Tommy blinzelt.

»Die Lampe?«

»Ja, die Sie an den Haken zurückgehängt haben, an dem

Eva hing. Warum haben Sie sich dafür Zeit genommen? Das war doch zweifelsohne ein Risiko, wenn man bedenkt, dass das Haus versiegelt war und observiert wurde.«

Letzteres ist gelogen. Carolines neugierige Blicke durch ihre Vorhänge waren natürlich nicht von der Polizei sanktioniert.

Zum ersten Mal während der Vernehmung sieht Tommy seinen Anwalt an.

»Ich wollte sie wieder zurückhängen ... glaube ich. Kann mich nicht mehr erinnern. Kann es sein, dass es hier drinnen ein bisschen warm ist? Vielleicht sollten wir doch eine Pause machen.«

Idun würde ihn am liebsten totschlagen.

»Wir unterbrechen die Vernehmung. In dreißig Minuten geht es weiter.«

Der Anwalt nickt beifällig.

Idun pfeift darauf, ob er ihr beipflichtet oder nicht.

Bredåker 1998

Als Vivianne in die Küche kommt, sieht Tommy seine Chance gekommen. Weder Mattias, Sara noch Ingrid sind irgendwo zu sehen. Vivianne und Tommy sind unter sich.

Sie nimmt sich einen Apfel aus der Obstschale. Ihre Finger sehen aus wie Klauen. Für Tommy ist sie der Teufel in Menschengestalt. Als ihre Blicke sich kreuzen, sagt er es ihr, ohne zu zögern, ins Gesicht.

»Dein Vater ist ein Monster.«

Vivianne sieht ihn reglos an.

»Wie bitte?«

Er schiebt trotzig das Kinn vor.

»Ich habe gesagt: Dein Vater ist ein Monster. Er ist der personifizierte Teufel, und jetzt will er auch noch Ingrid heiraten. Aber dazu kommt es nicht, so viel sage ich dir.«

Vivianne antwortet nicht. Sie beißt nur in ihren Apfel, dreht sich dann um und verlässt die Küche. Tommy bleibt allein zurück und hat keine Ahnung, was für eine Lawine er losgetreten hat.

Samstag, 5. September

Dass sie Ellen nicht retten konnten, setzt ihr schwer zu. Idun träufelt Olivenöl über den Salat und schluckt trocken. Mika wirft eine Faustvoll frisch gehackter Kräuter in die Salatschüssel.

»Er ist doch ganz nett?«

Sie sagt es fast schon betrübt. Idun krönt den Salat mit ein paar Salzflocken.

»Ja.«

Mika befüllt die Wasserkaraffe.

»Aber?«

Idun kratzt sich am Hals.

»Er ist nicht Calle.«

Sie gehen ins Wohnzimmer. Tareq und Per sitzen schon am Tisch, Papa mit einem Glas Wein vor sich, Tareq mit einem Glas Wasser.

»Ist mir ein bisschen peinlich, dass ich einfach so angenommen habe, du würdest Wein trinken.«

Tareq dreht sein Wasserglas in den Händen.

»Das muss dir nicht peinlich sein. Ich nehme es niemandem krumm, wenn er mir Alkohol anbietet.«

Mika setzt sich neben Papa, Idun neben Tareq.

»Trinkst du keinen Alkohol?«

Tareq sieht Mika schulterzuckend an.

»Selten. Ich bin Moslem, und meine Mutter hätte am liebsten, wenn ich gar keinen trinke.«

Er zwinkert ihr zu. Sie lächelt zurückhaltend und greift dann zu der Weinflasche.

»Also, ich will jedenfalls ein Glas. Papa und ich sind dann gleich wieder weg. Uns ist klar, dass ihr noch viel zu tun habt, wir wollten nur sicherstellen, dass ihr etwas zu essen kriegt, so hart, wie ihr gerade arbeitet.«

Sie versucht, fröhlicher zu klingen, als sie ist. Idun drückt Tareq die Salatschüssel in die Hand und nimmt sich selbst ein Stück Lachs.

»Es ist noch einiges zu tun, ja.«

Per sieht sie bekümmert an.

»Essen muss man aber trotzdem. Sogar du, Idun.«

Sein Blick ist voller Mitgefühl. Als er weiterspricht, hat er die Stimme gesenkt.

»Wir haben gehört, dass das Mädchen gestorben ist. Das ist wirklich in jeder Hinsicht ein Drama.«

Sowohl Idun als auch Tareq blicken jäh auf. Idun versucht, den Kloß im Hals hinunterzuschlucken.

»Woher wisst ihr das?«

Per nimmt einen Schluck Wein.

»Boden ist eine Kleinstadt, hier reden die Leute. Es tut mir wahnsinnig leid, dass es so enden musste. Was für ein Albtraum für die Eltern.«

Ganz egal, wie abgebrüht man als Polizist je sein kann – an den Tod von Kindern gewöhnt man sich nie. Idun könnte heulen. Stattdessen kaut sie auf ihrem Lachs herum. Er schmeckt kräftig nach Dill und Zitrone, trotzdem kann sie ihm heute nichts abgewinnen.

»Es ist ein Albtraum, für alle Beteiligten.«

Mika streckt sich nach der Salatschüssel aus.

»Könnt ihr ein bisschen was über den Tatverdächtigen erzählen?«

Idun streift Tareq mit dem Blick. Er sieht aus, als wäre er voll und ganz aufs Essen konzentriert. Sie hüstelt leise, um seine Aufmerksamkeit zu wecken.

»Papa ist Psychologe, und Mika ist Dozentin an der Universität. Sie haben eine mentale Verschwiegenheitserklärung unterschrieben, damit ich mit ihnen brainstormen kann. Wenn dir das unangenehm ist, wechseln wir das Thema, bis die beiden weg sind.«

Tareq kaut auf einem Bissen Lachs und spült ihn mit Eiswasser hinunter.

»Mit einem Psychologen und einer Unidozentin zu brainstormen klingt doch nach einer guten Idee.«

Er hebt kraftlos das Glas, doch niemand am Tisch erwidert die Geste.

»Auf den ersten Blick«, überlegt Idun laut, »sieht alles nach einer Racheaktion aus. Ein Junge, der bei einer schlimmen Pflegefamilie untergebracht war, rächt sich jetzt an denen, die ihn dort untergebracht haben. An einer Frau vom Sozialdienst und an dem Richter, der die Unterbringung angeordnet hat.«

Mika macht große Augen.

»Ein Rachemord also …«

Idun runzelt die Stirn.

»Im Milieu sind rachemotivierte Verbrechen nicht unüblich. Schwerstkriminelle rächen sich ständig aneinander. Aber unter normalen Leuten, wenn man so will, ist Rache als Motiv für ein Kapitalverbrechen eher selten. Deshalb fällt es mir schwer zu glauben, dass es in unserem Fall wirklich so sein soll.«

Tareq tupft sich die Mundwinkel mit der Serviette ab.

»Da bin ich ganz deiner Meinung. Es fühlt sich verkehrt an.«

Per nimmt sich ein zweites Stück Lachs und salzt ordentlich nach.

»Darf ich fragen, was das für eine Unterbringung war? War das hier in Boden?«

Idun zögert. Per fährt sich mit dem ausgestreckten Finger über den Mund.

»Die Schweigepflicht gilt.«

Idun späht zu Tareq. Er scheint sich wieder auf sein Essen zu konzentrieren.

»Sagt euch der Paradieshof etwas?«

Mika reagiert auf den Namen sofort. Deshalb bekommt Idun nicht mit, dass auch ihr Vater die Stirn runzelt.

»Der Paradieshof ist eine Sekte, die einen gleichnamigen Hof draußen in Bredåker besitzt und bewirtschaftet. Sie war sogar Gegenstand eines – eher fragwürdigen – Forschungsprojekts meiner Fakultät.«

Mika klingt so energiegeladen, dass sowohl Idun als auch Tareq beim Essen innehalten.

»Eine richtige Sekte?«

»Absolut. Sie behaupten von sich, dass sie dem Christentum nahestehen, aber das tun sie keineswegs. Tatsächlich hat die Gemeinde mit dem christlichen Glauben so gut wie nichts am Hut, im Gegenteil, viele Christen empfinden das, was auf dem Hof vor sich geht, als regelrechten Verrat am christlichen Glauben.«

Idun legt ihr Besteck beiseite.

»Eine Sekte – was heißt das genau?«

Mika tupft sich den Mund mit der Serviette ihres Vaters ab.

»Das wichtigste Merkmal ist wohl, dass es einen totalitären Anführer gibt, dem nicht widersprochen werden darf. Es kann durchaus Versammlungen oder Beratungen geben, aber das Wort des Anführers ist und bleibt Gesetz. Die ganze Organisation baut auf Kontrolle auf, die wiederum oftmals auf Schuld und Schamgefühlen fußt – die Mitglieder empfinden eine Schuld gegenüber Gott, die nicht selten das Gefühl des Geliebtseins überwiegt. Die Frömmigkeit an sich basiert somit schlicht und ergreifend auf dem Angstprinzip.«

Idun hört ihrer Schwester aufmerksam zu. Auch Per hat inzwischen aufgehört zu essen und lauscht seiner jüngeren Tochter fasziniert.

»Es geht letztlich um Kontrolle und Macht. Es geht darum, über das Leben und das Verhältnis der anderen zu Gott zu bestimmen. Der Anführer vergibt, heilt und spricht die Mitglieder von der Sünde frei. Natürlich wollen alle diese Heilung erfahren, aber es ist fast unmöglich, an diesen Punkt zu gelangen, was zu einem lebenslangen Kampf um ein unerreichbares Ziel führt. Insofern kann der Anführer die Mitglieder so gut wie bis in alle Ewigkeit an der kurzen Leine halten.«

Mika verstummt.

»Das mit der Befreiung … Worum geht es da genau?«, hakt Idun nach.

Mika stochert noch kurz auf ihrem Teller herum und legt dann ihr Besteck beiseite.

»Es geht darum, die Mitglieder von der Sünde zu befreien. Der Anführer ist der Einzige, der das übernehmen kann, deshalb sind die anderen von ihm abhängig. Ich sage, ›von ihm‹, weil es sich in aller Regel um einen männlichen Anführer handelt.«

Idun nimmt den letzten Schluck aus ihrem Wasserglas.

»Ihr müsstet bitte entschuldigen, aber wir müssten allmählich weiterarbeiten …«

Per und Mika nicken verständnisvoll.

»Fahrt nur. Wir räumen hier auf und schließen hinter uns ab.«

Tareq bedankt sich artig für das Abendessen. Er gibt Per und Mika die Hand, ehe er hinaus auf den Flur geht. Idun umarmt ihre zwei Lieben und eilt Tareq hinterher. Sie schlüpfen in ihre Schuhe und laufen zum Parkplatz hinter dem Haus. Tareq hält auf ihr Dienstfahrzeug zu, während Idun daran vorbeigeht.

»Fahr schon mal vor, ich komme in meinem Auto nach. Wir wissen ja nicht, wie spät es noch wird und ob wir sonst noch heimkommen.«

Tareq nickt.

»Dann bis gleich auf dem Revier. Und danke für das leckere Abendessen!«

Idun steigt in ihren Wagen ein und sieht Tareq vom Parkplatz fahren. Irgendetwas an diesem Fall ist merkwürdig, das spürt sie intuitiv. Dass Tommy hinter sich hergeputzt hat, will ihr nicht aus dem Kopf gehen; war das wirklich nur alte Gewohnheit? Eine Unart, die er sich in einer schlimmen Kindheit angewöhnt hat? Oft versuchen Gewalttäter, ihre Spuren zu verwischen, wenn etwa die Polizei ihre Fingerabdrücke im System hat und dem Täter so auf die Spur kommen könnte. Doch Tommy war nicht in ihren Datenbanken registriert. Alternativ könnte er seine Spuren beseitigt haben, um zu verhindern, dass sie ihm bei einem *zukünftigen* Verbrechen auf die Spur kommen würden. Und damit stünde die Frage im Raum, welches Verbrechen Tommy noch geplant hätte. Stehen noch mehr Leute auf seiner Befreiungsliste? Andererseits sitzt er inzwischen in Haft und kann keine weiteren Taten mehr verüben. Trotzdem hat Idun ein mulmiges Gefühl. Etwas an dieser Geschichte ist nicht so, wie es sein sollte. Verärgert muss sie sich eingestehen, dass sie partout nicht daraufkommt, was das sein sollte.

Sie will gerade den Motor anlassen, als ihr siedend heiß einfällt, was sie vergessen hat. Verdammt noch mal! Sie wollte mit Marie ins Kino!

Seufzend steigt Idun wieder aus. Sie will zu ihrer Nachbarin laufen und Abbitte leisten. Mika wird sie dafür ausschimpfen. Ihre kleine Schwester liegt Idun ständig in den Ohren, dass sie endlich ein echtes Sozialleben führen soll.

Idun schlägt die Wagentür hinter sich zu und läuft zurück zur Hauseingangstür.

Bredåker 1998

Der Ring besteht aus Tommy und dreizehn Frauen. Sie alle stehen mit geneigten Köpfen da und blicken zu Boden. In der Luft liegt eine Anspannung, die fast mit den Händen greifbar ist.

Als Letzte kommt Vivianne. Sie trägt ein langärmeliges schwarzes Kleid, die Augen sind finster vor Zorn, die Lippen sind fest zusammengepresst. In der Hand hält sie ihre schwarze Tasche. Sie schreitet langsam näher, und die Kombination aus Zorn und Trägheit verleiht ihrem Auftritt etwas Makabres. Diese Frau hat unendliche Macht.

Als sie den Kreis erreicht, öffnet er sich: Ingrid und Sara treten zur Seite, sodass Vivianne eintreten kann. Ein letzter Schritt, und ihre geistige Anführerin hat ihren Platz im Mittelpunkt des Kreises eingenommen.

Es ist nur die leichte Brise zu hören, die vom Waldrand herüberweht.

Tommys Herz hämmert in der Brust, und er schmeckt Eisen auf der Zunge. Neben ihm steht Ingrid. Sie starrt reglos zu Boden. Ihr schwarzes Kleid bläht sich, während der dicke Zopf ihr schwer über den Rücken fällt. Eine vereinzelte Locke hat sich daraus losgemacht.

Vivianne setzt ihre Tasche im Gras ab. Langsam beugt sie sich vor und zieht sie auf. Sie schiebt die Hand hinein, verharrt in der Bewegung und wartet. Ganz bewusst zieht sie den Moment in die Länge. Als sie sich wieder gerade aufrichtet, hält sie eine Peitsche in der Hand. An dem schwarzen Griff hängen mehrere Lederriemen, die sich ihrerseits verzweigen. An den Enden sind jeweils silberne Metallkugeln befestigt.

Vivianne schnalzt mit der Zunge, woraufhin die Frauen im Kreis wie auf Kommando die Blicke heben. Verängstigt sehen sie ihre Anführerin an.

Langsam dreht Vivianne sich um die eigene Achse – so bedächtig, dass sie der Reihe nach allen ins Gesicht blicken kann. Weil sie bei Ingrid angefangen hat, ist Tommy der Letzte, den sie ansieht. Vivianne kann ihm die Angst vom Gesicht ablesen. Die Angst und die Panik.

Als sie ihn anspricht, klingt ihre Stimme bedrohlich.

»Sich Gottes Willen zu widersetzen gehört zu den schlimmsten aller Sünden. Sich überdies schlecht über einen der göttlichen Anführer der Gemeinde zu äußern macht den Verrat zum Schlimmsten überhaupt.«

Tommy weiß, was ihn erwartet; Ingrid hat es auch schon erlebt. Beim letzten Mal hat er sie genötigt, es ihm zu erzählen, glaubt aber bis heute, dass sie gelogen hat. Er hat aufgehört nachzubohren.

»Willst du befreit werden?«

Es ist eine rhetorische Frage.

»Also – willst du?«

Tommy weiß, dass er nicht antworten darf. Noch nicht.

»Willst du befreit werden?«

Die Frage kommt immer dreimal. Dreieinigkeit und so. Er macht einen zaudernden Schritt in den Kreis. Die Antwort schreit er unvermittelt heraus, sodass die Vögel unten am See erschrocken aufflattern.

»Ich will befreit werden!«

Dann bricht er in Tränen aus. In einer einzigen Bewegung

reißt er sich das Hemd vom Leib, dass die Knöpfe fliegen und sich wie Steinchen im Gras verteilen.

Dann reißt er die Hände zum Himmel und wirft sich auf die Erde, sodass alle seinen nackten Rücken sehen. Viviannes Blick ist schwarz wie die Nacht. Die Frauen, die den Kreis bilden, schnappen nach Luft, weil sie wissen, was als Nächstes passiert.

Als Vivianne die Peitsche hochnimmt, fassen die Frauen einander bei den Händen, sodass der Kreis um Tommy und Vivianne geschlossen ist. Mit freiem Oberkörper liegt Tommy auf dem Bauch und presst das Gesicht in den Boden. Er bebt unter den heftigen Schluchzern und vor Angst.

Mit Kraft schlägt Vivianne ein ums andere Mal zu. Die Peitsche trifft Tommy hart auf den Rücken, die Riemen zischen durch die Luft, und jedes Mal wenn die Silberkugeln auf seinem Leib auftreffen, ist ein feuchtes Klatschen zu hören, weil dort die Haut aufplatzt.

Tommy leistet keinerlei Widerstand, er schreit nur. Und es klingt fürchterlich. Blut strömt an seinen Rippen hinab und wird von der Erde aufgesaugt. Von Erde bist du genommen, zu Erde sollst du werden.

Als Tommy bewusstlos daliegt, stellt Vivianne sich breitbeinig über ihn. Sie lässt die Peitsche achtlos fallen und rafft ihr Kleid auf Hüfthöhe. Sie trägt keine Unterwäsche. Mit geschlossenen Augen und gen Himmel gerichtetem Gesicht pisst sie über Tommys blutigen Rücken.

Eine sichtlich erwartungsvolle Marie macht die Tür auf. Sie trägt Cargohose und Karohemd, hat sich das blonde Haar zu einem Knoten auf dem Oberkopf gezwirbelt, sodass die Spitzen in alle Himmelsrichtungen abstehen.

»Idun, hej!«

Marie lacht ihr entgegen. Idun schämt sich, dass sie ihre Nachbarin gleich enttäuschen wird.

»Hej, Marie. Ich komme leider mit schlechten Nachrichten.«

Die Nachbarin lächelt sie verhalten an.

»Ach. Und ich habe extra Obstsalat mit Schokolade gemacht …«

Sie zwinkert Idun zu.

»Ist dein Job der Übeltäter?«

Unwillkürlich verzieht Idun den Mund über den schlechten Wortwitz.

»Das kann man wohl sagen.«

Marie verzieht das Gesicht zu einem gespielten Heulanfall.

»Verstehe. Vergiss mich. Ich kann auch allein ins Kino gehen.«

Idun verlagert das Gewicht von einem Bein aufs andere.

»Ich mache es wieder gut, sobald diese Ermittlung abgeschlossen ist. Ein Abendessen ohne Pferd, einverstanden?«

Marie winkt ab.

»Ist schon in Ordnung. Aber komm wenigstens rein, und nimm ein bisschen Obstsalat mit – ich habe kleine Aluförmchen da, die kannst du mit zur Arbeit nehmen. Und ein Nein akzeptiere ich nicht. Ich werde jetzt nicht allein zu Hause sitzen und den ganzen Nachtisch in mich hineinschaufeln, während ich in Selbstmitleid versinke.«

Idun zögert. Sie hat ihrer neuen Nachbarin nie erzählt, dass sie an Süßspeisen wenig Interesse hat.

»Ein bisschen Obstsalat kann sicher nicht schaden.«

Sie wird ihn einfach Siv und Tareq anbieten. Zumindest Siv hat gegen Süßes nichts einzuwenden.

Sie betritt den Flur. Marie schiebt die Wohnungstür zu, und Idun schnürt sich die Schuhe auf und folgt der Nachbarin in die Wohnung. Es ist ihr erster Besuch.

»Ist das schön geworden!«

Die Wände sind hell tapeziert, der dunkle Boden frisch abgeschliffen. Die ganze Wohnung ist in dunklen Grün-, Braun- und Kupfertönen eingerichtet. An den Küchenwänden hängen gerahmte Drucke, auf denen dunkle Farben ineinanderfließen und organische Motive bilden, obwohl gar nichts Gegenständliches abgebildet ist.

Idun will gerade fragen, wo Marie die Bilder gefunden hat, als diese ihr ein Glas mit einer milchigen Flüssigkeit in die Hand drückt. Das Getränk ist kalt und riecht fruchtig.

Marie lacht angesichts von Iduns ratlosem Blick.

»Ich hatte mir einen kleinen Aperitif gemixt – und nur zu meiner Verteidigung: Er ist komplett alkoholfrei und besteht nur aus natürlichen Früchten. Ananas, Zitrone, ein Hauch Ingwer und jede Menge Eis.«

Idun mustert das kalte Getränk. Es ist blassgelb und sieht wirklich lecker aus.

»Ist es auch bestimmt alkoholfrei? Ich muss nämlich noch aufs Revier fahren.«

Marie nickt nachdrücklich.

»Absolut. Wir wollen ja nicht, dass die Frau Kommissarin betrunken am Steuer erwischt wird!«

Sie knufft Idun spielerisch in die Seite, sodass die fast ihren Drink verschüttet.

Sie stoßen miteinander an und nehmen beide einen großen Schluck. Das Getränk schmeckt wirklich gut, kein bisschen süß, und Idun nimmt sofort ein paar Schlucke mehr. Doch dann sitzt ihr schlagartig im Nacken, dass sie losmuss. Tareq wartet schon auf dem Revier.

Marie dreht sich zur Anrichte um.

»Ich fülle dir ein bisschen Obstsalat um – oder vielleicht sogar ein bisschen mehr? Dann kannst du deinen Kollegen auch etwas anbieten.«

Idun will gerade antworten, als die Küche beginnt, sich zu drehen. Sie stützt sich mit der Hand an der Wand ab und spürt erstaunt, wie die Wand einfach nachgibt. Es ist, als wäre sie aus Gelee, ihre Hand verschwindet einfach in dem weichen Material, während Marie und die Spüle plötzlich verschwimmen. Das ganze Zimmer verliert an Kontur …

Ohne dass Idun es merkt, rutscht ihr das Glas aus der Hand. Als es auf dem Boden aufschlägt und zerspringt, spritzt ihr die gelbe Flüssigkeit über die Hose.

Als sie selbst zu Boden geht, tut es nicht mal weh. Der Aufprall klingt wie ein entferntes Geräusch, das gar nicht mehr aufhört. Das Letzte, was Idun noch sieht, ehe ihr die Augen zufallen, ist Marie, die sich über sie beugt. Mit ihrem Drink in der Hand sieht sie fröhlich aus und lächelt freundlich auf Idun herab.

Als die Dunkelheit auf sie zurollt, spürt Idun zum ersten Mal seit mehreren Wochen, wie sich ihr Körper entspannt.

Im nächsten Moment ist die Welt ausgeblendet.

Das Kommissariat ist so gut wie verwaist. Die meisten sind nach Hause gefahren. Tareq und Siv sind die Einzigen auf der Etage. Gedankenversunken sitzen sie mit ihren Bechern Kaffee im Aufenthaltsraum. Schon dreimal hat Tareq bei Idun angerufen – vergebens.

»Irgendwas stimmt da doch nicht.«

Sivs Stimme reißt ihn aus den Gedanken.

»Wenn du damit die Menge Kaffee meinst, die ihr hier in Norrbotten in euch hineinkippt, dann neige ich dazu, dir zuzustimmen.«

Darüber muss Siv herzlich lachen.

»Aber mal Spaß beiseite«, sagt Tareq, »du meinst Idun, oder nicht?«

Siv sieht ihn verdutzt an.

»Idun? Nein, ich meine Tommy. Was soll denn mit Idun nicht stimmen?«

Tareq reibt sich die Wangen. Der Bart knistert wie trockenes Gras.

»Ich bin vor einer guten Stunde bei Idun losgefahren. Sie wollte in ihrem eigenen Auto hinterherkommen. Wie lange kann das denn dauern?«

Siv zuckt mit den Schultern.

»Vielleicht sitzt sie noch in der Tiefgarage und telefoniert mit dem Handy? Bei so einer Ermittlung herrscht immer Zeitdruck, und ständig versuchen Leute, sie zu erreichen. Sie taucht schon auf, du wirst sehen.«

Tareq weiß selbst, dass er sich entspannen sollte. Vielleicht sollte er auch weniger Kaffee trinken.

»Ich habe eher an Tommy und diese Zeugen-Jehovas-Geschichte gedacht.«

Siv klingt mitgenommen.

»Die Jehova-Geschichte?«

»Dass er missioniert haben will, um den Leuten näherzukommen. Und zwar so nahe, dass er ihr Leben ausspioniert hat und Eva in seinen Wagen locken konnte. Bei wie vielen anderen war er noch? Könnte es noch mehr Opfer geben, ohne dass wir davon wissen?«

An Sivs Hals machen sich rote Flecken breit.

»Eine Frau ermorden, eine weitere entführen, außerdem ein kleines Kind, das infolge seiner Handlungen stirbt, wenn auch nur mittelbar ... Religiöse Texte verschicken, in denen einzelne Wörter durch ›Befreiung‹ ausgetauscht werden ... Von wem glaubt er eigentlich, hätte er sie *befreit*?«

Tareq kommt nicht dazu, ihr zu antworten, weil sie sofort weiterspricht.

»Wenn er sich nun von Åke und Eivor schlecht behandelt fühlte – wegen ihrer Entscheidung, wo seine Familie untergebracht werden sollte –, hat er vielleicht Eva und Ellen von den beiden befreit? Und Sara von Vivianne?«

Tareq nickt.

»Kann schon sein. Allerdings verstehe ich dann nicht, warum er nicht Eivors Sohn ermordet hat. Und warum hat er Eva nicht entführt wie die anderen? Stattdessen hat er sie direkt umgebracht. Ob er Ellen auch umbringen wollte, wissen wir nicht, er schiebt Sara die Schuld für ihren Tod in die Schuhe, auch wenn Sara wohl kaum als schuldig angesehen werden kann, ob nun in juristischer oder moralischer Hinsicht. Aber warum hat er Sara und Ellen nicht sofort ermordet, so wie Eva?«

Siv schüttelt den Kopf.

»Ich weiß es nicht. Und jetzt fahre ich heim. Ihr dürftet noch einiges zu überlegen haben, Idun und du. Versuch trotzdem, ein bisschen zu schlafen. Es schwebt immerhin niemand mehr in Lebensgefahr, soweit wir wissen. Anders hat mit dem Krankenhaus telefoniert, Sara schläft. Sie steht unter Schock und ist zutiefst erschöpft, aber körperlich nicht mehr gefährdet. Vielleicht könnt ihr sie morgen schon befragen. Und Tommy sitzt hinter Gittern. Auch den könnt ihr euch morgen vornehmen. Ich habe den Vernehmungsraum für zehn Uhr reserviert.«

Sie steht auf, tritt an die Spüle und stellt ihre Tasse zu dem restlichen Geschirr. Über die angesäuerte Aufforderung, die sie selbst geschrieben hat – man möge seine Sachen bitte direkt in die Spülmaschine räumen –, sieht sie geflissentlich hinweg.

»Bis morgen dann – und Grüße an Idun!«

Und dann ist sie weg.

Tareq legt sich aufs Sofa und stopft sich eins der Kissen im Nacken zurecht. Dann fischt er sein Handy aus der Tasche und schreibt eine Nachricht an Idun, die in den Pausenraum kommen soll, sobald sie da ist. Als die SMS versendet ist, legt er das Handy auf den runden Beistelltisch. Binnen weniger Minuten schläft er tief und fest, ohne dass ihn der Kaffee im Geringsten beeinträchtigen würde.

Bredåker 1998

Nach dem Gottesdienst geht Sara allein hinaus in den Garten hinter dem Gemeindesaal. Sie legt sich ihren Schal enger um die Schultern und lehnt sich schwer gegen einen Baum. Kurz presst sie die Lider zusammen und atmet tief die feuchte Septemberluft ein.

Als sie die Augen wieder aufschlägt, ist sie nicht mehr allein. Sie zuckt heftig zusammen.

»Hast du mich erschreckt!«

Sie legt beide Hände auf die Brust und kichert nervös. Unter dem rauen Kleiderstoff spürt sie ihr Herz adrenalinbefeuert hämmern.

»Tut mir leid, das war nicht meine Absicht.«

Ingrid sieht Sara an, die schwer atmet.

»Macht nichts … Ich war nur tief in Gedanken und dachte, ich wäre allein.«

Ingrid mustert sie von Kopf bis Fuß.

»Du hattest echt Angst … Das wollte ich nicht, wirklich nicht. Entschuldigung.«

Sie legt Sara die Hand auf die Schulter, drückt sie kurz und zieht die Hand wieder zurück.

»Tommy hat seit dieser Aktion deiner Mutter schlimme Schmerzen.«

Ingrid klingt nüchtern, emotionslos, als wollte sie Sara lediglich davon in Kenntnis setzen. Sara ist unwohl zumute, sie weiß nicht, was sie darauf erwidern soll, und schweigt.

»Was deine Mutter mit den Menschen hier im Paradieshof macht«, fährt Ingrid fort, »ist gottlos.«

Das Wort fühlt sich an wie ein Pistolenschuss. Sara reißt die Augen weit auf.

»Hör sofort auf! So etwas darfst du nicht sagen!«

Ihre Stimme ist schrill und scheint zwischen den Bäumen widerzuhallen.

Es vergeht eine gefühlte Ewigkeit, ehe die Erkenntnis sie trifft wie ein Blitz aus heiterem Himmel. Mit einem Mal weiß Sara, dass sie sich nicht mehr dagegen wehren kann. Denn Ingrid hat recht. So schmerzhaft es ist – Ingrid hat recht. Was Vivianne tut, ist tatsächlich gottlos.

Angesichts der Wahrheit dreht sich ihr der Magen um.

»Du hast gehört, was ich gesagt habe. Bei allem, was deine Mutter tut, geht es gar nicht um Buße oder Besserung. Das ist nicht Gott, der da handelt. Menschen auf diese Weise zu foltern ist nichts weiter als ein Verrat an Gottes Willen.«

Sara bekommt weiche Knie, doch kurz bevor sie auf die Erde sinken will, packt Ingrid sie am Arm und zieht sie wieder hoch. Ihr ist schwindlig, ihr fehlen die Worte, ihr Hals ist wie ausgedörrt, wie zugeschnürt, sie kann weder sprechen noch atmen. Die klare Herbstluft ist wie weggefegt, es fühlt sich an, als wäre aller Sauerstoff weg, als wäre nichts mehr übrig, was sie einatmen könnte.

Ingrid hält sie am Arm fest. Ihre Stimme ist kaum mehr als ein Flüstern. Ein Ausatmen, das gar nicht möglich sein dürfte, ein Satz, der ihre eigene Existenz in ihren Grundfesten erschüttert und den Gott ihnen nie vergeben würde, wenn er ihn hörte. Trotzdem stößt Ingrid ihn leise hervor.

»Deine Mutter ist der Teufel persönlich.«

Und dann ist sie weg.

Sara bleibt allein zurück, ihr ist kalt, sie lehnt sich gegen den Baumstamm, und ihr Körper fühlt sich an, als würde es in ihm rauschen. Nur zwei Gedanken sind in ihr übrig, und sie wiederholen sich in Endlosschleife.

Ingrid hat recht.

Und Gott hört alles.

Die Kopfschmerzen sind überwältigend. Ihre Stirn fühlt sich an, als würde sie explodieren, und der Druck auf die Schläfen treibt ihr Tränen in die Augen. Idun weiß nicht, wo sie sich befindet und was überhaupt geschehen ist. Sie weiß nur, dass ihr Kopf drauf und dran ist zu bersten.

Vorsichtig dehnt sie den Nacken. Bei der Bewegung schießt der Schmerz wie ein Projektil zwischen die Augen. Sie fühlt sich, als müsste sie sich übergeben, presst die Augen zu und versucht, die Übelkeit zu unterdrücken. In dem Versuch, sich halbwegs zu beruhigen, atmet sie durch die Nase – langsame Atemzüge, ein und wieder aus. Konzentrier dich auf den Bauch, atme tief in den Bauch.

Es hilft halbwegs, und nach einer gefühlten Ewigkeit horcht sie in sich hinein. Sie spürt, dass sie auf einem Stuhl sitzt. Es fühlt sich an wie ein normaler Küchenstuhl. Die Hände sind hinter dem Rücken gefesselt, die Füße wohl an den Stuhlbeinen fixiert. Sie traut sich nicht, die Augen aufzuschlagen, um nachzusehen, weil der Schmerz in ihrem Kopf zu heftig pulsiert, und konzentriert sich erneut auf ihre Atmung.

Als sie endlich die Augen aufschlägt, zuckt sie zusammen. Marie sitzt ihr gegenüber. Ihr Sichtfeld ist immer noch verschwommen, trotzdem erkennt Idun sie wieder. Sie sitzt direkt vor ihr, keinen Meter entfernt. Der Raum hört auf, sich zu drehen, und Idun sieht, dass Marie sie ihrerseits aufmerksam mustert.

»Die Übelkeit geht vorbei. Das ist der Nebeneffekt des Medikaments. Aber das geht vorbei.«

Idun schluckt. Sie hat Durst, ihr Hals ist wie ausgedörrt.

»Zolpidem?«

Sie klingt wie jemand, der gerade erst aufgewacht ist.

Marie nickt anerkennend.

»Schau an. Du hast die Laborergebnisse von Eva gekriegt.«

Idun kann keinen klaren Gedanken fassen. Woher weiß Marie von Evas Laboranalysen? Was geht hier vor?

»Kann ich einen Schluck Wasser haben?«

Ohne zu antworten, steht Marie auf und geht aus dem Zimmer. Idun sieht sich um. Hinter ihren Augen hämmert der Schmerz.

Das Zimmer sieht aus wie ein beliebiges Schlafzimmer – mit Ausnahme eines eingebauten hohen Holzkastens in der Ecke. Es sieht fast aus, als hätte dort jemand einen Verschlag mit vielleicht zwei Quadratmetern Grundfläche in die Ecke eingebaut. Die Tür nimmt annähernd die ganze Seite ein und hat auf halber Höhe eine Luke, die mit einem Riegel verschlossen werden kann. Das alles erinnert an den Einbau im Keller des Hauses, in dem sie Sara gefunden haben.

Idun versteht die Welt nicht mehr. Welche Verbindung kann Marie zu Tommys Haus haben? Hinter sich hört sie den Wasserhahn in der Küche laufen, und kurz darauf kommt Marie zurück. In der Hand hält sie ein Glas Wasser. Sie setzt es Idun an die Lippen und hält es fest, während Idun kleine Schlucke nimmt.

»Danke.«

Trotz der Kopfschmerzen und der Verwirrung dämmert es Idun, dass hier irgendwas schiefläuft. Und sie ahnt, dass sie jetzt besser die Ruhe bewahrt. Aus ihrer Ausbildung weiß sie, dass es ihr nutzen kann, wenn sie sich verhält, als wäre sie unterlegen. Was sie genau genommen aber ja auch ist.

»Marie, was ist hier los? Warum hältst du mich hier fest?«

Die Nachbarin setzt sich wieder und schlägt die Beine übereinander.

»Ich befreie dich.«

Idun sackt leicht in sich zusammen. Alles Blut rauscht aus ihrem Kopf.

»Du befreist mich? Was soll das heißen?«

Marie neigt den Kopf zur Seite. Idun ahnt etwas in ihrem Blick, was am ehesten mit Verachtung beschrieben werden kann.

»Liebe Idun. Ich weiß, dass du genau weißt, was das heißen soll.«

Idun kramt fieberhaft in ihrem Gedächtnis nach den Resten ihres Verstandes. Wie kann Marie von den Befreiungsbriefen erfahren haben? Auf welche Weise hängt sie mit den Ermittlungen zusammen? Kennt sie Tommy? Oder Eva? Oder Eivor? Wer ist sie?

Idun schüttelt den Kopf.

»Ich verstehe kein Wort. Mich befreien? Wovon redest du?«

Ihre Stimme überschlägt sich. Sosehr sie sich anstrengt – sie kann nicht klar denken. Marie lächelt sie an, und dort auf ihrem Stuhl sieht sie fast durchgedreht aus.

»Ich rede natürlich von deinem Vater. Ich werde dich von Per befreien.«

Erneut steigt Übelkeit in ihr auf. Vater … Was meint sie? Wo ist er? Und Mika – wo ist Mika?

»Bitte, Marie …«

Idun zwingt sich zur Ruhe, versucht, sich vorzustellen, wie Calle vor ihr stünde, breitbeinig, die muskelbepackten Arme locker an den Seiten. Mit wütendem Blick würde er Idun ansehen und sie dafür verachten, dass sie sich nicht zusammenreißt und mit der Situation klarkommt. Sitzt einfach da und lässt sich das Heft aus der Hand nehmen – verdammt noch mal.

»Marie, was meinst du damit, dass du mich von meinem Vater befreien willst?«

Als keine Antwort kommt, stellt sie die Frage anders.

»Was hat mein Vater getan, dass du mich von ihm befreien musst?«

Diesmal stellen sich ihr bei der Antwort die Nackenhaare auf.

»Das Gleiche wie Ellens Großmutter und Evas Vater.«

Idun schluckt trocken. Es hilft kein bisschen. Die Übelkeit wird stärker. Dann ergreift Panik von ihr Besitz. Was ist hier los? Und warum steckt sie mittendrin? Was will Marie von ihr?

Sie hört erneut Calles Stimme in ihrem Kopf. Nüchtern stellt er fest, dass Idun eine vollkommen verrückte Person gegenübersitzt. Idun fängt unkontrolliert an zu zittern, als ihr dämmert, dass er recht hat.

Tareq schreckt ruckartig hoch. Erst weiß er nicht, wo er ist. Er setzt sich auf und reibt sich die Augen. Seine Schulter schmerzt, er muss darauf gelegen haben – Wahnsinn, dass es nach so kurzer Zeit so wehtun kann.

Die Überraschung ist groß, als er einen Blick auf die Uhr über der Spüle wirft. Er muss fast zwei Stunden geschlafen haben. Beschämt massiert er sich die Nasenwurzel und greift nach seinem Handy, ohne dabei auf den Kaffeebecher zu achten. Er stößt versehentlich dagegen. Er sieht noch, wie der Becher über die Kante schlingert und dann auf dem Boden zu Bruch geht. Überall Scherben.

Er seufzt schwer und steht auf, um Küchenpapier zu holen, als sein Handy den Eingang einer Nachricht vermeldet, eine SMS von seinem Sandkastenkumpel Fares, auf Arabisch, und sie ist weder wichtig noch eilig, Fares fragt bloß, wie es Tareq gehe, ob er das schwedische Wetter nicht langsam satthabe und ob Isa ihm schon die E-Mail mit den Flugangeboten zur Costa del Sol gezeigt habe. Tareq klickt die Nachricht weg. Fares muss jetzt warten. Enttäuscht stellt er fest, dass er von Idun nicht einen verpassten Anruf hat.

Er lässt den kaputten Becher am Boden liegen. Es ist nicht mal Mitternacht, das kann er auch später noch aufputzen, bevor die ersten Kollegen tags darauf zum Dienst erscheinen.

Er verlässt den Aufenthaltsraum und geht den Flur entlang. Die Deckenbeleuchtung schaltet sich automatisch an, als die Sensoren ihn erfassen. Vor Iduns Bürotür macht er sich nicht mal die Mühe zu klopfen, sondern stößt die Tür einfach auf und sieht sich um. Es brennt kein Licht, doch die Straßenbeleuchtung von draußen reicht aus, um zu sehen, dass sie nicht hier ist.

Beunruhigt macht er die Tür wieder zu und bleibt kurz auf dem Flur stehen. Dann wählt er erneut ihre Nummer, der Anruf geht durch, aber nach sieben Signalen springt die Mailbox an. Mit ernster Stimme hinterlässt er eine knappe Nachricht, dass sie ihn bitte zurückrufen möge, sobald sie dies abhöre.

Eine Weile bleibt er noch ratlos auf dem leeren Flur stehen. Dann fasst er einen Entschluss, weil die Unruhe ihn nicht loslässt. Es könnte ja durchaus sein, dass ihr schlecht geworden ist oder dass sie unterwegs einen Unfall hatte. Dass sie sich so gar nicht meldet, sieht ihr nicht ähnlich.

Auf hitta.se schlägt er Per Linds Nummer nach. Iduns Vater geht nach dem vierten Klingeln schlaftrunken dran.

Vorsichtig versucht Idun, die Hände zu bewegen, um den Druck von den Fesseln zu nehmen. Es hilft nur wenig, die Fesseln sitzen zu fest.

Marie folgt ihr mit dem Blick.

»Juckt es?«

Idun versucht, die lähmende Angst wegzuschieben.

Sie darf sich jetzt nicht beklagen. So schnell wie möglich muss sie Vertrauen zur Täterin aufbauen. Die beste Art, sich Zeit zu verschaffen, ist nun mal, das Spiel mitzuspielen. Ihr Ziel muss jetzt sein, Marie das Gefühl zu geben, dass sie ihrer Sache sicher sein kann, damit sie die Deckung runterlässt. Wenn Leute sich zu sicher fühlen, machen sie Fehler. Wenn das jemand weiß, dann Idun.

»Hast du Eva gekannt?«

Die Frage scheint Marie zu überraschen.

»Nein. Ich habe sie nicht gekannt.«

Idun spricht langsam, um Marie nicht allzu sehr zu bedrängen und um auf Zeit zu spielen.

»Trotzdem hast du sie ermordet?«

Marie klimpert mit den Wimpern.

»Wie kommst du darauf, dass ich sie ermordet habe?«

Idun zögert.

»Ich habe es so verstanden, dass du die Verantwortung für ihren Tod übernimmst. Hab ich das falsch verstanden? Tut mir leid.«

Marie lacht amüsiert.

»Tommy hat Eva ermordet. Du glaubst doch wohl nicht, dass ich sie unter die Decke hätte hängen können?«

Wieder lacht sie. Idun weiß nicht, was sie darauf erwidern soll, und verfällt in Schweigen.

»Aber ich habe auf deinen Kollegen geschossen – auf den rothaarigen.«

Es fühlt sich an wie ein Schlag in die Magengrube. Idun hält die Luft an, bis die Lunge protestiert. In ihrem Kopf wird ein Schrillen laut.

Am Ende kann sie sich nicht mehr zurückhalten.

»Warum musstest du auf Calle schießen?«

Die Frage hat einen hasserfüllten Unterton.

Marie zuckt mit den Schultern.

»Sonst hätte er auf mich geschossen. Ich stand hinter dem Kleiderschrank, als er ins Schlafzimmer kam. Dann hat er mir den Fluchtweg über den Balkon abgeschnitten. Ich war gezwungen, auf ihn zu schießen. Man könnte wohl fast sagen, es war Notwehr.«

Idun ballt die Fäuste hinter dem Rücken. Die Fesseln schneiden sich ihr tief in die Haut.

»Woher hattest du die Waffe?«

Gerade klingt sie eher nach Polizistin als nach Opfer. Keine gute Taktik, aber sie kann sich einfach nicht zurücknehmen.

Marie blinzelt.

»Du als Polizistin solltest doch wissen, wie leicht es ist, an eine Waffe zu kommen. Die hab ich im Internet bestellt, ganz einfach.«

Idun könnte nicht sagen, ob Marie die Wahrheit sagt.

»Und wer hat dir beigebracht, damit zu schießen?«

Marie lehnt sich zurück. Erneut sieht sie verächtlich aus.

»Ich kann nicht schießen. Er hat mich dermaßen erschreckt, dass ich einfach abgedrückt habe. Er stand plötzlich vor mir – keine zwei Meter von mir entfernt.«

Idun schluckt.

»Dann hast du aus nächster Nähe auf ihn geschossen.«

Marie nickt träge.

»So, und jetzt bin ich an der Reihe mit Fragen. Warum bist du nicht mit ihm ins Obergeschoss gekommen?«

Der Vorwurf ist deutlich zu hören, auch wenn sie es als Frage formuliert. Und Idun hat sich die gleiche Frage schon unzählige Male gestellt.

»Etwas im Erdgeschoss hat meine Aufmerksamkeit geweckt. Das war dumm von mir, aber so war es nun mal.«

Marie neigt den Kopf zur Seite.

»Es war die Lampe, stimmt's?«

Idun sieht sie lange an.

»Ich wusste es, es war die Lampe!«

Marie klingt fast beglückt, wie ein Kind am Weihnachtsabend, das fragt, wann endlich der Weihnachtsmann kommt.

Diese Frau ist psychotisch, schießt es Idun durch den Kopf.

»Ja, die war es.«

Marie schlägt sich auf die Oberschenkel.

»Ich wusste es!«

Sie lacht laut auf. Es ist das gleiche perlende Lachen, das einige Tage zuvor durchs Treppenhaus hallte. Idun wünschte sich, sie könnte sich die Ohren zuhalten.

»Hast du sie zurückgehängt?«

Marie grinst breit und nickt.

»Warum?«

Jetzt wiegt sie den Kopf von einer Seite zur anderen.

»Eigentlich wollte ich das nicht erzählen – aber du siehst ja den Schrank, den ich eingebaut habe. Den habe ich extra für dich gebaut!«

Sie macht eine einladende Geste in Richtung des Verschlags. Idun dreht sich erneut danach um.

»Was hat der Schrank bitte schön mit der Deckenlampe bei den Vendels zu tun?«

Marie sieht fast betreten aus.

»Ich habe Angst im Dunkeln. Seit ich in der Kindheit mal in einen Keller gesperrt worden bin. Es fühlte sich falsch an, sie nicht zurückzuhängen – ich konnte es nicht ertragen, dass Tommy ihnen auch noch das Licht abdrehte. Sieh es als christliche Geste, wenn du willst. Gott befreit, aber er schenkt auch Trost in Gestalt von Licht.«

Idun versucht, ihr zu folgen.

»Und diesen Schrank hast du für mich gebaut? Was soll ich damit?«

Marie strahlt, als sie antwortet.

»Da darfst du einen Tag lang drinsitzen. In kompletter Dunkelheit. Der Verschlag ist annähernd luftdicht, und nach und nach dürfte die Luft darin knapp werden. Langsam, aber sicher erstickst du da drinnen – aber das merkst du gar nicht, versprochen.«

Sie fuchtelt mit den Händen wild durch die Luft.

»Erst wirst du wegen des Kohlendioxids müde, und du dämmerst weg. Dann mache ich die Tür auf und schicke ein Foto an deinen Vater – zusammen mit einem Bibelzitat. Das wird perfekt, du wirst sehen!«

Idun versucht, klar zu denken. Die Spuren von Baumaterial auf dem Umschlag – die müssen hier aus Maries Wohnung gestammt haben. Aber welche Verbindung hat sie zu Tommy und den Opfern? Und zum Paradieshof?

Es muss einen Ausweg geben. Was hätte Calle getan? Was hätte er gesagt? Und wo ist Tareq? Hätte er nicht längst bemerken müssen, dass sie verschwunden ist?

Idun muss auf die Toilette, weiß aber genau, dass sie noch auf dem Klo war, ehe sie hoch zu Marie gelaufen ist. Daher müssen schon mehrere Stunden vergangen sein, seit sie hierhergekommen ist. Tareq muss doch längst nach ihr suchen? Wie lange war sie bewusstlos? Wie viel Uhr ist es jetzt?

Marie reißt sie aus den Gedanken.

»Was denkst du gerade?«

Sie klingt aufrichtig interessiert.

»Mein Vater wird mich sicherlich vermissen.«

Marie nickt.

»Ja, ganz bestimmt.«

Tareq gibt so viel Gas, wie er nur kann. Wie zur Hölle konnte er so dumm sein und sich hinlegen?

Per war nach dem vierten Klingeln rangegangen, und Tareq kam sofort zur Sache: Idun sei verschwunden, und er habe Angst, dass ihr etwas zugestoßen sein könne. Per hörte konzentriert zu und beendete dann das Gespräch, um Mika zu alarmieren. Sie wiederum rief im Krankenhaus Sunderby an, um in Erfahrung zu bringen, ob eine gewisse Idun Lind am Abend eingeliefert worden sei, während Per seinerseits zu Iduns Wohnung fuhr und sich mit dem Ersatzschlüssel Zutritt verschaffte. Die Wohnung sah genauso aus, wie er und Mika sie hinterlassen hatten, nachdem sie nach dem Essen hinter sich aufgeräumt hatten. Idun war nirgends zu sehen.

Auf dem Rückweg rief Per Tareq zurück, der inzwischen an Iduns Schreibtisch saß. Er musste es kaum zweimal klingeln lassen. Per sparte sich jede Begrüßungsfloskel.

»Ich frage mich, ob da nicht etwas passiert sein könnte, was mit eurem Fall zu tun hat.«

Tareq kratzte sich am Bart.

»Woran genau denkst du?«

Per zögerte.

»Was ihr über den Paradieshof erzählt habt … Das hat bei mir eine alte Erinnerung wachgerufen.«

Tareq hörte die Sorge in der Stimme von Iduns Vater.

»Was meinst du damit – eine alte Erinnerung?«

Per setzte den Blinker und bog rechts ab. Die Morgenröte zeichnete sich bereits golden auf der Motorhaube ab.

»Ganz zu Anfang meines Berufslebens war ich Sozialarbeiter an einer Schule. Ich hatte damals ein Gespräch mit einem Jungen, der mit seiner Familie ausgerechnet auf dem Paradieshof untergebracht worden war. Ich komme nicht mehr auf die Einzelheiten, und das Gespräch fiel unter die Schweigepflicht, aber ein paar Dinge, die dieser Junge erwähnt hat, haben über die Jahre an mir genagt.«

Jetzt war Tareq an der Reihe, stumm zuzuhören. Per konnte ihn im Hörer atmen hören.

»Umso mehr, seit ich weiß, dass euer Mordfall damit in Verbindung steht.«

Tareq räusperte sich leise.

»Ich bin ebenfalls zu Schweigen verpflichtet, deshalb erwarte ich, dass unter uns bleibt, was ich dir jetzt erzähle.«

»Natürlich. Alles, was dir und Idun hilft.«

Tareq fuhr sich nervös durch die Haare.

»Wir haben einen Mann festgenommen, der teils auf dem Paradieshof aufgewachsen ist. Höchstwahrscheinlich handelt es sich dabei um Evas Mörder und den Entführer von Sara und Ellen. Er scheint überdies auf Calle geschossen zu haben, aber da sind wir uns noch nicht ganz sicher. Rache ist wie gesagt ein eher ungewöhnliches Motiv. Und vielleicht hatte der Täter auch einen Helfershelfer – jemanden, der bei Bedarf für ihn eingesprungen ist. Während des Eingangsverhörs machte der Verdächtige nämlich den Eindruck, als wäre er bei gewissen Einzelheiten unsicher. Das kann natürlich geschauspielert gewesen sein, aber Idun glaubt nicht daran. Sie glaubt, dass es noch einen zweiten Täter gibt.«

Per hörte aufmerksam zu, während er gleichzeitig versuchte, sich an ein rund fünfundzwanzig Jahre zurückliegendes Ereignis zu erinnern. Als er die nächste Frage stellte, tat ihm der Hals vor Anspannung und Sorge weh.

»Ich muss das jetzt fragen, auch wenn du womöglich nicht darauf antworten darfst ... Aber heißt der Mann, den ihr festgenommen habt, möglicherweise Tommy?«

Tareq stellten sich die Härchen auf den Armen auf.

»Woher weißt du das?«

Per fuhr rechts ran und stellte den Motor ab. Sicherheitshalber stellte er auch gleich den Warnblinker an.

»Bringt Tommy Leute um, die mit dem Paradieshof in Verbindung stehen?«

»Nicht direkt. Aber deren Angehörige.«

Erst verstand Per nicht, was Tareq meinte.

»Angehörige?«

Tareq erklärte es ihm, und Per keuchte in den Hörer.

»Tareq, jetzt hör mir gut zu. Tommy hat Idun entführt!«

Vor Panik versagte ihm fast die Stimme.

»Wie kommst du darauf? Tommy sitzt in Haft. Er kann Idun nicht entführt haben.«

»Dann hat sein Helfer sie entführt. Ich weiß es.«

Tareq versuchte, ihm zu folgen.

»Und was für ein Helfer sollte das sein? Und warum sollten sie Idun entführen? Sie hat doch gar keine Verbindung zum Paradieshof?«

Per hielt sich die Augen zu.

»Idun war heute Abend ursprünglich mit einer Nachbarin verabredet. Sie heißt angeblich Marie.«

Tareq hatte Schwierigkeiten, Per zu folgen. Iduns Vater schien nur mehr unzusammenhängendes Zeug zu reden.

»Per, wovon redest du?«

»Mika hat mir erzählt, dass Idun eine neue Nachbarin hat. Idun unternimmt nichts mit anderen Leuten – deshalb sitzt Mika ihr ständig im Nacken, und auf einmal verabredet sie sich mit dieser Nachbarin. Und diese Nachbarin heißt Marie!«

Letzteres schrie er regelrecht in den Hörer. Tareq schloss die Augen und versuchte, Pers Ausführungen einen Sinn zu entnehmen.

»Okay, eine Nachbarin namens Marie … Was hat die mit unserem Fall zu tun?«

»Tommy hatte während der Schulzeit einen Termin bei mir, zum Gespräch, als ich Sozialarbeiter an seiner Schule war. Er hat versucht, mir mitzuteilen, was auf dem Paradieshof vor sich ging, aber ich habe ihm nicht geglaubt. Ich kam frisch aus der Ausbildung, war jung und wahrscheinlich einfach nur dumm – ich habe geglaubt, er hätte gelogen! Aber ich habe mich geirrt, Tareq! Ich habe mich geirrt!«

Inzwischen überschlug sich seine Stimme.

»Per, beruhige dich! Was meinst du damit – du hättest dich geirrt?«

»Tommy hatte eine kleine Schwester. Das Apfelmädchen – sie standen einander sehr nahe. Sie war womöglich die Einzige, die Tommy je wirklich wichtig war.«

»Das Apfelmädchen? Wovon redest du?«

Allmählich war Tareq sauer.

Als Per erneut das Wort ergriff, klang seine Stimme wie die eines Fremden. Schwer, rau und heiser vor Sorge.

»Apfelmädchen – so lautete ihr Spitzname. Ihre Mutter hat sie so genannt, wegen ihres kompletten Namens.«

Tareq war nur noch ratlos. War Per betrunken?

»Idun ist bei ihrer Nachbarin, ich bin mir ganz sicher –

und diese Nachbarin ist Tommys kleine Schwester und Helfershelferin!«

Tareq kämpfte verzweifelt darum, all das, was Per von sich gab, zu einem Gesamtbild zusammenzusetzen.

»Okay, und das glaubst du, weil …?«

Als Per weitersprach, brauchte Tareq keine zwei Sekunden, um zu verstehen, was er da sagte, aber weitere zwanzig, um nach unten in die Tiefgarage zu rennen, mit einem Kavalierstart loszurasen und hinaus auf die Straße zu fahren.

»Iduns Nachbarin muss Tommys Schwester sein – sie wurde früher Apfelmädchen genannt, weil sie einen Doppelnamen hat. Sie heißt wie diese dänische Apfelsorte, du weißt schon: Ingrid-Marie.«

Bredåker 1999

Tommy und Ingrid verlassen den Paradieshof eines frühen Morgens im März. Sie sagen nichts, zu niemandem, nicht mal zu ihrer Mutter Viola. Weil niemand sie bei der Polizei oder beim Sozialdienst als vermisst meldet, sucht auch niemand nach ihnen.

Viola versinkt in einer tiefen Depression. Vivianne hilft ihr noch, ihre Sachen zu packen. Gottes Kinder müssen das Lamm Gottes bewachen, ansonsten ist für einen im Paradies kein Platz mehr. Viola versteht nicht ganz, was Vivianne damit meint, sie und Tommy hätten den Paradieshof schließlich ohnehin verlassen müssen. Aber sie fragt auch nicht nach, und mit gepackter Reisetasche und zwei Fotos der Kinder zieht sie in das alte Häuschen ihres Vaters, das er ihr und Rita vererbt hatte, von dem Rita aber nichts hatte wissen wollen.

Viola weiß nicht mal mehr, wie Rita aussieht, allerdings erinnert sie sich noch an ihre Stimme. An die Worte, die Viola immerzu unter die Haut gingen und ihre Kindheit und Jugend begleiteten. Weltbeste Rita, die immer da war, wenn Papa zuschlug und Mama schwieg und man nicht mehr wusste, ob man sich auf den kommenden Tag freuen sollte oder lieber nicht.

Und dann verschwand sie. Wie ein Windhauch flog Rita davon und kam niemals wieder. Irgendwann tauchte dann Lars mit all seiner Liebe und seinem Hass auf, und mit einem Mal gab es einen Ort, an dem Viola sich beinahe zu Hause fühlen konnte. Oder heimisch … Vielleicht weil sie nichts anderes kannte. Wärme und Kälte in nie enden wollendem Wechsel.

Viola weiß nicht, was sie noch glauben soll. Das Einzige, was sie mit Gewissheit weiß, ist, dass Tommy seine kleine Schwester mehr liebt als alles andere auf dieser Welt. Immerhin das ist ein Trost. Ihr Apfelmädchen wird auf alle Zeit von ihrem großen Bruder beschützt werden. Solange Tommy an Ingrids Seite ist, kann ihr nichts Schlimmes passieren.

Marie kippt den Stuhl nach hinten und zerrt Idun in Richtung des eingebauten Verlieses. *Das* hat sie also während ihrer ersten Tage und teils auch nachts hier im Haus gezimmert, während Idun schlaflos dem Hämmern gelauscht hat. Wenn sie nur da schon gewusst hätte, dass der Lärm aus ihrer künftigen Todeszelle kam! Bei dem Gedanken wird ihr fast schwarz vor Augen.

Sie sagt kein Wort mehr, als Marie sie rückwärts zieht. Ihr schwirrt der Kopf, und sie kann ihre Gedanken nicht ordnen. Splitter logischer Erklärungen flattern an ihr vorbei. Der Baustellenstaub auf dem Umschlag an Åke stammte von hier. Hier sind die Briefe geschrieben worden, in Iduns Nachbarwohnung. Nur dass Idun immer noch nicht begreift, warum.

Sie spürt Calles träge Stimme eher, als dass sie sie hört, spürt Mikas liebevolle Umarmungen und Papas ewiges Gerede von Nachtisch. Die Einzige, die sie in Gedanken nicht an sich heranlässt, ist Mama. Wenn Idun auch noch an sie denkt, dann zerrinnt ihr die letzte Chance zu überleben zwischen den Fingern. In ihrer jetzigen Lage gibt es für Sentimentalität klare Grenzen, denn zum ersten Mal in ihrer ganzen Laufbahn fühlt Idun sich einem anderen Menschen unterlegen.

»Bitte, Marie …«

Sie hört selbst, wie flehentlich sie klingt, obwohl sie

doch weiß, dass jetzt das Gegenteil wichtig wäre. Marie bleibt mitten in der Bewegung stehen. Mit einem dumpfen Geräusch stellt sie den Stuhl auf dem Boden ab und geht um Idun herum. Sie kommt so dicht an Idun heran, dass die Maries Atem auf dem Gesicht spürt. Er ist warm und riecht nach nichts.

»Ja?«

Idun versucht, langsam zu atmen.

»Ich weiß schon, wie das hier zu Ende geht. Aber ich muss wissen, warum.«

Marie scheint kurz zu überlegen und richtet sich dann gerade auf. Sie holt sich selbst einen Stuhl und setzt sich Idun wieder gegenüber.

»Eigentlich ist es ganz einfach. Alles dreht sich um den Paradieshof.«

Idun hört aufmerksam zu, lauert auf jedes Detail, an das sie anknüpfen könnte – sie muss jetzt versuchen, Zeit zu gewinnen.

»Eivor und Åke haben uns in die Hölle gesteckt. Denn nichts anderes war es dort – eine Hölle.«

Uns.

Mit einem Mal ist alles klar.

»Du bist Ingrid.«

Marie blinzelt. Es dauert kurz, ehe sich auf ihrem Gesicht ein Lächeln breitmacht.

»Da schau einer an. Die Frau Kommissarin kann ihre Arbeit ja doch richtig machen.«

Idun bleibt die Luft weg.

Sie wird in dieser Wohnung sterben. Hinter der Wand zu ihrer eigenen Wohnung.

»Wir hatten es eindeutig besser, als wir noch mit Papa zusammengelebt haben. Seine Schläge waren immer noch besser, weil da noch ein Körnchen Liebe enthalten war. Auf dem Paradieshof ging es nur noch um Gehorsam und Verachtung.«

Letzteres kann Idun sogar teils verstehen. So funktioniert der Mensch nun mal – lieber eine schmerzhafte als gar keine Liebe.

»Åke und Eivor haben uns alles genommen. Sie haben uns Mattias und Ellenor ausgeliefert – und später dann Vivianne. Die hat Tommy letztlich den Garaus gemacht. Sie hat ihm das letzte bisschen Menschlichkeit geraubt.«

Idun versucht zu nicken.

»Dann habt ihr Sara entführt, um … Mattias zu bestrafen?«

Zu spät erkennt sie, dass sie die falsche Frage gestellt hat.

Zorn blitzt in Maries Augen auf.

»Nein!«

Idun platzen fast die Trommelfelle.

»Hör mir jetzt zu! Wir haben Sara entführt, um sie von Mattias zu *befreien*. Wir hätten auch Vivianne entführen können, aber für die war es längst zu spät. Die hatte sich schon an den Teufel verkauft, weil sie dieselbe Sicht auf die Dinge hatte wie ihr Vater. Sara hatte noch Zweifel, sie hatte eine andere Sicht auf den Menschen. Sie konnten wir noch befreien.«

Idun versucht zu nicken, aber es wird eher ein Zittern des Kinns.

»Ich glaube, ich hab es verstanden.«

Marie sieht sie misstrauisch an.

»Wirklich?«

Idun nickt erneut. Diesmal geht es besser.

»Ja. Und Eva habt ihr von Åke befreit. Damit sie dem

Vater, der für andere kein bisschen Mitgefühl aufbrachte, entkommen konnte.«

Langsam verändert sich Maries Gesichtsausdruck. Sie schlägt die Hände vors Gesicht und sieht fast aus, als würde sie anfangen zu weinen.

Idun packt die Gelegenheit beim Schopfe. Mit aller Kraft reißt sie die Hände im Rücken nach oben und wieder nach unten. Die Fesseln schneiden ihr in die Haut, es brennt wie Feuer um die Handgelenke. Doch dann spürt sie, dass die Knoten nicht mehr ganz so fest sitzen.

Marie nimmt die Hände wieder herunter und starrt auf ihre Knie hinab. Idun rührt sich keinen Millimeter.

»Erzähl mir von Ellen. Die habt ihr von Eivor befreit?«

Marie nickt langsam und blickt wieder auf. Sie hat kein bisschen geweint.

»Ich hab in einer Frauenzeitschrift einen Artikel über Eivor gefunden – ist jetzt schon ein bisschen her.«

Idun tut so, als wüsste sie, wovon Marie redet.

»Damals hatten wir bereits geplant, ihren Sohn – Magnus – zu entführen. Aber dann stand in dem Interview, dass sie eine schwere Krebserkrankung überlebt und ihr Leben zurückbekommen hätte. Sie erzählte dem Reporter von der Nachspeise, die das Leben ihr beschert hätte – Ellen. Dieses fantastische Wesen, mit dem Eivor so gern alle Zeit verbracht hat. Sie erzählte von Ellens Diabetes und welche ernste Krankheit das wäre – und welches Glück, dass sie ihrer kranken Enkeltochter helfen könnte. In den Siebzigern hat kaum jemand den Krebs, den sie hatte, überlebt. Der saß anscheinend im Hals. Aber Eivor überlebte – mit dieser hässlichen Narbe, kaputten Stimmbändern und dieser riesigen Erleichterung, dass sie noch eine Zukunft hätte. Und weil Ellen ihre Zukunft sein sollte, haben wir beschlossen, dass wir stattdessen besser sie befreien sollten. Das arme Mädchen! Mit so einer Großmutter aufzuwachsen!«

Idun sitzt dieser Frau stumm gegenüber. Ingrid – sie war mit Tommy im Haus der Vendels, als sie Eva an die Decke gehängt haben. Es war Ingrid, die die Briefe verschickt und die Lampe zurück in den Flur gehängt hat. Das Geschwisterpaar wollte sich an niemandem rächen. Sie waren tatsächlich auf Befreiung aus: auf die Befreiung aus der Hölle, die sie selbst hatten erleben müssen. Es ging ihnen nur um Befreiung. Um Befreiung von bösen Erwachsenen, die vermutlich sogar ihr Bestes getan hatten, allerdings in einer Zeit, in der es kein geeignetes Sicherheitsnetz gab – und das bisschen vermeintliche Sicherheit, das den Geschwistern zuteilwurde, beraubte sie ihrer Kindheit.

Das Ganze war nie persönlich gemeint.

Sondern biblisch.

Idun tut alles weh. Langsam dreht sie die Hände, um die Fesseln weiter zu lockern, gibt aber acht, dass Marie die Bewegung hinter ihrem Rücken nicht sieht.

Sie will gerade nachhaken, als es draußen an der Wohnungstür klingelt. Wie der Blitz springt Marie auf und schlägt Idun hart ins Gesicht. Der Schlag ist so heftig, dass sie mitsamt Stuhl umkippt und mit dem Hinterkopf auf den Boden kracht. Ihr Blickfeld verschwimmt, und wie in Zeitlupe spürt sie, wie jemand sie mitsamt Stuhl über den Boden schleift. Marie ächzt vor Anstrengung, und dann hört sich plötzlich alles anders an. Die Geräusche klingen gedämpft. Von ferne hört Idun wieder die Klingel. Diesmal klingt sie dumpf.

Die Dunkelheit ist allumfassend, und für den Moment

kann sie rein gar nichts mehr sehen. Es riecht nach frisch verarbeitetem Holz. Marie muss sie in den Verschlag geschleppt haben.

Stumm denkt sie an Calle, an Papa und Mika. Und an Mama. Endlich erlaubt Idun sich, auch an Mama zu denken. Im selben Moment kommen ihr die Tränen.

Idun glaubt nicht an Gott. Trotzdem spricht sie im Dunkeln ein Gebet.

Eine zierliche Frau mit blonden Haaren, die sie zu einem Dutt gezwirbelt hat, macht die Tür auf.

Sie sieht freundlich aus. Lehnt sich schief an den Türrahmen, sodass der halbe Körper hinter der Tür verschwindet.

»Ja?«

Tareq versucht, entspannt auszusehen. Er hat eine Hand hinter dem Rücken verschränkt. Die Pistole fühlt sich schwer an.

»Hej. Ich heiße Tareq und bin ein Freund von Idun. Du weißt nicht zufällig, wo sie steckt?«

Die Frau sieht ihn weiter freundlich an, schüttelt aber den Kopf.

»Idun? Ist das die Polizistin, die nebenan wohnt?«

Sie nickt in die Richtung von Iduns Wohnungstür.

»Ja, genau – und bist du vielleicht Marie?«

Sie legt die Stirn in Falten.

»Marie? Ich heiße Emelie. Keine Ahnung, ob hier im Haus eine Marie wohnt …«

Tareq kratzt sich mit der freien Hand am Bart.

»Stand auf deiner Tür nicht ›M. Eriksson‹?«

Er lehnt sich zur Seite, um einen Blick auf das Türschild zu werfen. Zu spät sieht er, dass das ein Fehler war. Die Frau in der Tür macht einen Ausfallschritt, während sie gleichzeitig einen Baseballschläger hochreißt, ihn mit beiden Händen packt und diagonal in Richtung von Tareqs Kopf zieht.

Sie trifft ihn am Haaransatz. Es tut nicht mal weh. Als die Beine unter ihm nachgeben, ist er bereits bewusstlos und spürt nicht, wie er hart zu Boden geht. Er spürt auch nicht, wie diese zierliche Frau ihn überraschend behände an den Füßen packt und in ihren Flur zieht.

Als die Wohnungstür zufällt, dauert es noch eine knappe Minute, ehe die Treppenhausbeleuchtung ausgeht. Dann ist das ganze Stockwerk wieder still und leer.

Durch den Nebel hindurch hört sie eine Männerstimme. Sie klingt sonor, Idun kann nur Gemurmel hören, keine einzelnen Wörter verstehen, aber die Wände ihres Verlieses müssen dünn sein, weil die Stimme vom Flur bis durchs Schlafzimmer und in den eingebauten Holzverschlag dringt und sie jetzt sogar hören kann, dass es Tareq ist. Er ist doch misstrauisch geworden und endlich auf der Suche nach ihr. Er steht direkt vor Maries Wohnungstür.

In ihrem Dämmerzustand kommt Idun nicht darauf, dass sie laut schreien sollte, als sie auch schon ein Geräusch und kurz darauf einen dumpfen Aufprall hört. Es klingt, als wäre etwas kaputtgegangen. Dann Stille.

Sie wartet ein paar Sekunden, und ihr dämmert, dass sie sich schleunigst befreien muss. Sie will nicht sterben. Um ihrer selbst, um Papas und Mikas und Calles willen muss sie hier irgendwie herauskommen. Koste es, was es wolle.

Sie holt tief Luft, denkt an die Atemtechnik, die Calle ihr bei ihrem ersten Ausflug in den Boxring beigebracht hat. Sie denkt an die zig Meilen, die sie gelaufen ist, an die Kilometer, die sie in der Schwimmhalle zurückgelegt hat, sie denkt sogar wieder daran, wie Calle und sie mal beim Yoga waren und wie sie dort immer atmet, wenn sie die Muskeln dehnt. Tief in den Bauch, der ganze Bauch muss voll werden mit Atemluft.

Mehrere Minuten verstreichen, bevor die Holztür aufgeht und Licht hereinströmt. Idun kneift die Augen zusammen. Marie steht in der Türöffnung und sieht sie irritiert an.

»Das war dein Kollege. Was hast du nur immer mit bärtigen Männern, die ich totschlagen muss?«

Idun sieht Marie mit gespieltem Unglauben an.

Sie muss alles auf eine Karte setzen.

Jetzt oder nie.

»Was weiß denn ich? Darauf kannst du schön selbst antworten.«

Marie sieht sie leicht skeptisch an.

»Huch, sind wir jetzt schlecht gelaunt?«

Idun schnaubt.

»Fahr doch zur Hölle. Mach mit mir, was du willst. Aber eins sag ich dir: Calle hat überlebt. Er liegt im Krankenhaus, du hast ihn zwar im Gesicht erwischt, aber er behält keine bleibenden Schäden zurück. Er wird zwar hässlich sein, aber er lebt, darüber sei dir besser im Klaren.«

Marie zuckt mit den Schultern.

»Und? Was geht mich das an?«

Idun lacht, so laut sie kann. Es klingt gekünstelt, und sie hofft, dass Marie es nicht merkt.

»Ich scheiß auf dich, echt – aber Calle ist eine andere Nummer. Ich kenne diesen Typen. Dich wird er nicht anrühren, da brauchst du dir keine Sorgen zu machen – der ist nämlich schlauer. Der wird alles daransetzen, Tommy das Leben zur Hölle zu machen, solange der im Gefängnis sitzt.«

Ein Schatten legt sich über Maries Gesicht.

»Warum sollte er Tommy das Leben zur Hölle machen?«

Idun dehnt die Nackenmuskeln.

»Weil er dich damit quält, natürlich. Er wird deinen geliebten Tommy quälen, bis dein Arschlochbruder sich irgendwann wünschte, er wäre tot.«

Idun faucht sie an, so giftig sie nur kann.

Marie kneift die Augen zusammen.

»Das sagst du nur, um mich zu provozieren.«

Idun seufzt.

»Was glaubst du wohl, warum Calle allein die Treppe nach oben gelaufen ist?«

Marie blickt leicht verwirrt drein.

»Weil der Typ wahnsinnig ist! Weil er auf Regeln und Anweisungen scheißt! Calle wird Tommy das Leben zur Hölle machen, er wird ihn zu den Vergewaltigern stecken, und dann wird dein Bruder täglich rangenommen. Täglich! Vielleicht gibt's ja sogar irgendeinen Höllenpfarrer, der ihm, wenn seine Zeit gekommen ist, die Letzte Ölung verabreicht – Gottes Segen für seinen Seelenfrieden oder wie zum Teufel ihr das nennt in eurer geliebten Höllenkirche von einem Paradies!«

Sie brüllt inzwischen so laut, dass ihr der Hals wehtut, und bringt den Satz kaum zu Ende, als Marie sich auch schon auf sie stürzt.

Idun schafft es, ein letztes Mal an den Fesseln zu reißen, sodass sie noch ein bisschen lockerer werden, bevor Marie sich auf sie wirft, der Stuhl nach hinten kippt – und Idun ihre linke Hand aus der Schlinge befreit.

Beide Frauen krachen mitsamt Stuhl zu Boden, doch diesmal ist Idun darauf vorbereitet und nimmt den Kopf rechtzeitig hoch, sodass sie den Sturz mit dem Rücken und den Schultern auffängt.

Noch während Marie sich wieder hochstemmt, kann Idun mit der freien Hand einen Schlag gegen deren Hals setzen. Er sitzt perfekt, Marie schnappt heftig nach Luft, wirbelt herum und fasst sich an den Hals.

Idun ist immer noch mit beiden Beinen und einer Hand am Stuhl fixiert und braucht mehr Zeit. Zweimal schlägt sie Marie hart gegen den Kopf – erst mit der geballten Faust, dann mit ausgestreckten Fingern. Sie spürt, wie Maries Augapfel unter ihren Fingerspitzen verrutscht, und dann folgt ein ohrenbetäubender Schmerzensschrei.

Idun greift nach unten, will die Knoten um ihre Knöchel aufziehen, schafft es aber nicht. Marie brüllt immer noch, rollt sich zu Idun herum, hält sich das Auge. Mit der anderen Hand packt sie Idun am Hals und kommt auf die Knie. Sie drückt so fest zu, dass Idun keine Luft mehr kriegt. Dann schwingt Marie sich rittlings auf Idun, die mit dem freien Arm um sich schlägt, während sie sich gleichzeitig hin und her wirft, um sich zu befreien. Der Stuhl behindert sie, und als sie schließlich einsehen muss, dass sie so nicht weiterkommt, boxt sie Marie fest in die Seite. Sie zielt abwechselnd auf die Rippen und ihren Hals, sodass Marie kaum nachkommt, die Schläge abzuwehren. Sie kreischt und kratzt Idun übers Gesicht, doch Idun ignoriert den Schmerz. Sie denkt nur noch daran, wie sie hier wegkommt.

Sie setzt einen festen Schlag gegen Maries Hals, und Marie fällt nach hinten. Dumpf kracht sie auf die Schwelle zur Tür des Verschlags. Aus dem Augenwinkel sieht Idun, dass sie sich auf den Bauch rollt und dann über den Schlafzimmerboden davonkriecht.

Panisch macht sie sich erneut an den Knoten um ihre Fußknöchel zu schaffen. Sie versucht, sie aufzuziehen, die Finger gehorchen ihr nicht, und ihr Herz schlägt so wild, dass es in der Brust wehtut.

Marie ist nirgends zu sehen. Idun nötigt sich, ruhig zu atmen. Sie tastet über die Fesseln, versucht gleichzeitig, die Tür im Auge zu behalten, doch dann muss sie sich auf die Fesseln konzentrieren. Ihr Blick verschwimmt, als sie versucht zu erkennen, wie die Knoten geschlagen sind. Der Moment fühlt sich an, als würde er ewig andauern, als würde die Zeit komplett stillstehen. Dann bekommt sie endlich den ersten Knoten und gleich darauf den zweiten auf. Unbeholfen kommt sie auf die Beine und will gerade das Seil aufknoten, das ihre rechte Hand am Stuhl fixiert, als sie vom Flur her eine Bewegung erahnt.

Als sie aufblickt, steht Marie erneut im Schlafzimmer. In der Hand hält sie ein großes Küchenmesser.

Und mit einem Mal ist Iduns Angst wie weggefegt. Im Bruchteil einer Sekunde hat sie ihre Atmung verlangsamt, und ihr Herz schlägt ganz ruhig. Die Angst ist besiegt.

Marie starrt sie gehetzt an. Idun versucht, sich auf deren Augen zu konzentrieren, während sie gleichzeitig das Messer im Blick behält. Marie hält es fest in der Hand.

»*Niemand* tut Tommy weh!«, faucht sie durch die zusammengebissenen Zähne.

Idun antwortet mit fester Stimme.

»*Alle* werden Tommy wehtun – einfach *alle.*«

Es blitzt in Maries Augen, und dann reißt sie das Messer hoch. Das Brüllen kommt tief aus dem Bauch, als sie auf Idun zustürzt. Es geht wahnsinnig schnell, obwohl es sich anfühlt, als würde es in Zeitlupe passieren.

Idun wartet so lange ab, wie sie kann, und als Marie nah genug an ihr dran ist, macht sie einen Schritt zur Seite, während sie gleichzeitig den Stuhl nach vorne reißt. Das Messer gleitet zur Seite weg, erwischt Idun an der Wange, und als es an ihrem Hals vorbeigezischt ist, beugt sie sich jäh vor, rammt Marie den Stuhl in den Leib und vollführt gleichzeitig eine halbe Drehung. Die Wucht reißt Marie von den Füßen, sie stürzt hintüber, und noch in der Bewegung entringt Idun ihr das Messer, ehe auch sie stürzt und über ihrer kreischenden Nachbarin landet.

Im Nachhinein kann Idun nicht mehr sagen, ob es Absicht war, aber noch im Fall dreht sie die Hand so, dass das Messer oberhalb von Maries linker Lunge in den Brustkorb eindringt. Als die Klinge das Herz trifft, hört es sofort auf zu schlagen.

Eine Sekunde später ist alles still.

Epilog

Anna und Magnus begraben ihre Ellen an einem Freitag. Die Waldkapelle im südlichen Svartby ist bis auf den letzten Platz und darüber hinaus voll besetzt: Diverse Menschen müssen stehen. Es wollen viele von der Fünfjährigen Abschied nehmen.

Auch Jenny und Lennart aus der Kita und Ellens Kitafreunde mitsamt ihren Eltern. Annas und Magnus' Freunde. An den Wänden stehen Kolleginnen und Kollegen. Die Bereitschaft, ihnen in der schwersten Stunde beizustehen, ist enorm, doch weder Anna noch Magnus sehen es.

Das Einzige, was sie sehen, ist die kleine weiße Kiste vorn am Altar. Auf dem verzierten Deckel liegt ein Kranz aus rosafarbenen Rosen. Davor steht ein gerahmtes Foto von Ellen. Auf dem Bild lacht sie mit funkelnden Augen fröhlich in die Kamera. Magnus hat das Foto an Ellens fünftem Geburtstag geschossen – am letzten Geburtstag, den sie hat feiern dürfen.

Anna und Magnus wissen nicht, wie sie dies hier verkraften sollen. Sie können ohne Ellen nicht leben. Vielleicht überleben, ja – atmen, essen, womöglich sogar eines Tages zur Arbeit zurückkehren. Aber leben werden sie nicht mehr. Diese Möglichkeit ist mit Ellen gestorben.

Schräg hinter ihnen sitzt Eivor. Sie weint, als würde sie jeden Moment zerbrechen. Seit dem Vorabend spürt sie einen heftigen Druck auf der Brust. Erst glaubte sie, es wäre die Trauer, doch in der Nacht ist sie aufgewacht, weil die Schmerzen in den linken Arm abgestrahlt haben. Sie hat es niemandem gegenüber erwähnt und hat auch nicht vor, etwas zu sagen. Niemand kann gerade noch mehr ertragen, Eivor muss für sie alle stark sein.

Schon am Morgen hat sie die empfohlene Höchstdosis Schmerzmittel geschluckt. Jetzt hofft sie, dass sie den Trauergottesdienst und das Begräbnis übersteht. Anschließend will sie heimfahren und noch mal so viel einnehmen. Hoffentlich kann sie am Abend schlafen. Und hoffentlich wacht sie dann nie wieder auf. Weil es nichts gibt, was Eivor lieber will, als wieder mit Ellen zusammen zu sein. Ohne Ellen ist das Leben nichts wert.

Als der Organist das erste Lied anstimmt, sieht sie, wie ihre Schwiegertochter sich vorbeugt und die Hände vors Gesicht schlägt. Magnus streichelt ihr über den Rücken. Sie wird von Schluchzern geschüttelt. Ellens Mutter schluchzt so laut auf, dass sie fast die Orgel übertönt. Die herzzerreißende Trauer der Eltern geht allen in der Kapelle nah. Denn was sind Eltern noch ohne ihr Kind?

*

Am selben Tag, da Ellen beerdigt wird, verlässt Sara den Paradieshof. Es ist kurz nach Mitternacht, die Dunkelheit allumfassend, und die meisten anderen Gemeindemitglieder schlafen.

Sie hat sich warm angezogen und einen Rucksack geschultert, in dem nur das Allernötigste steckt. Im Internet hat sie eine Stiftung in Südschweden ausfindig gemacht, die Sektenaussteigern Hilfe anbietet. Sie hat deren Seite nur wenige Minuten überfliegen müssen, um zu wissen, dass sie dort unbedingt hinmuss. Dass sie überhaupt in einer Sekte gelebt hat, hat sie erst begriffen, als sie die Checkliste auf der Webseite sah. Mit immer heftiger hämmerndem Herzen konnte sie Punkt für Punkt auf der Liste abhaken. Beim letzten Punkt fühlte es sich an, als würde der Boden unter ihr nachgeben. *Ein totalitärer Anführer, dem sich nicht widersetzt werden darf.* So stand es da. Und Sara bekam keine Luft mehr. Weil der totalitäre Anführer, dem sich nicht widersetzt werden durfte, niemand Geringeres als ihre eigene Mutter war.

Sara geht den Waldweg entlang und lässt das Zuhause ihrer Kindheit und Jugend hinter sich. Es ist ein gutes Stück bis in die Stadt, trotzdem würde sie, wenn nötig, die ganze Nacht laufen. Sie braucht einen Neustart, daran ist nicht mehr zu rütteln, und eigentlich hat sie das bereits in ihrem Kellerverlies gewusst, in dem sie mit Ellen zusammen war. Noch in der verriegelten Kammer hat sie sich geschworen, sofern sie dort je lebend herauskäme, würde sie ihr Leben umkrempeln. Sie würde nur mehr auf Gott vertrauen und alles Schlechte hinter sich lassen. Nur wusste sie da noch nicht, dass alles Schlechte sich letztlich als ihre Mutter erweisen würde.

Im Nachhinein dämmert ihr, dass ihr erst die blonde Fünfjährige mit dem ängstlichen Blick vor Augen geführt hat, dass draußen noch eine andere Welt existiert. Eine Welt, von der zunächst einmal die Gemeinde sie abgeschirmt und die ihr dann obendrein dieser Entführer vorenthalten hat. Dass ein so schrecklicher Verlust eine solche Einsicht nach sich ziehen kann! Als sie schließlich auf die Webseite für Sektenaussteiger stieß, dämmerte ihr überdies, dass das Leben zu kurz ist, um eingesperrt zu sein –

sei es nun körperlich oder seelisch. Es gibt so viel mehr hier auf Erden, als fromm, unterwürfig und verängstigt zu sein.

Die Tage im Krankenhaus, nachdem die zwei Polizisten sie aus dem Kellerverlies befreit hatten, entpuppten sich als erstaunlich kurz. Die Ärzte waren erstaunt, wie schnell sie sich wieder erholte. Viel zu trinken und Bettruhe wirkten Wunder, doch tatsächlich spürte Sara hauptsächlich in den Gesprächen mit dem Krisenbetreuer, dass sie sofort ins Leben zurückkehrte. Ihre zaudernde Schilderung, wie sie sich in der Gefangenschaft gefühlt habe, führte dazu, dass Sara schlagartig klar wurde, dass sie im Grunde schon ihr Leben lang eine Gefangene gewesen war. Allerdings waren erst eine verriegelte Kammer und eine fünfjährige Mitgefangene nötig, um das zu begreifen.

Im ersten Morgengrauen erreicht sie den Kreisverkehr an der nördlichen Zufahrt nach Boden. Nach einer weiteren halben Stunde kommt sie am Busbahnhof an. Sie kauft sich im Kiosk ein Käsebrötchen und eine Flasche Saft und frühstückt allein an einem Tisch, während sie versucht, den neugierigen Blicken der Kassiererin auszuweichen.

Nach einer knappen Stunde fährt der Doppeldeckerbus vor, auf den sie gewartet hat. Sara bezahlt für die einfache Strecke und setzt sich ganz hinten auf eine leere Bank. Erst als der Bus die Stadtgrenze hinter sich lässt, kann sie sich endlich entspannen.

Danksagung

Die Idee zu *Apfelmädchen* kam mir, als ich an der Mittuniversitetet Religionswissenschaften studierte. Vor allem das Seminar zum Thema Sekten gab mir in mehrfacher Hinsicht zu denken, und ich war fasziniert von den strukturellen Bedingungen, die dazu führen, dass ein Sektenführer die vollkommene Macht an sich reißen und aufrechterhalten kann.

Zudem kam mir ein Abendessen mit der Leiterin des Jugendamts einer größeren schwedischen Gemeinde in den Sinn. Sie hatte erwähnt, dass in Schweden Gesetze für Erziehungsberechtigte, nicht für Kinder erlassen würden, und diese Formulierung hat seither in mir Wurzeln geschlagen. Tommys und Ingrids Geschichte basiert auf dem, was ich an jenem Abend gehört habe.

Apfelmädchen spielt hauptsächlich in Boden und Luleå. Mir war es wichtig, den Schauplätzen Genüge zu tun, auch wenn ich um der Erzählung willen einige Orte umsiedeln musste. Darüber hinaus habe ich das eine oder andere Gebäude ganz bewusst anders bezeichnet. Wichtig ist mir überdies zu betonen, dass sämtliche Protagonisten frei erfunden sind.

Einen Roman zu schreiben ist eine einsame Aufgabe und erfordert zugleich die Hilfe von anderen. Mein innigster, wärmster Dank gilt Sofia Brattselius Thunfors und Jonas Axelsson vom schwedischen Polaris-Verlag: Euer geschärfter Blick und die diskreten Anleitungen haben mich zu einer besseren Autorin gemacht.

Ein großes Dankeschön an Viktoria Thuresson und Åsa Sundström: Euch meine ersten zaudernden Kapitel vorzulegen war ein Risiko für mich, aber – wow, was für ein Glücksgriff! Ich wollte konstruktive Kritik und habe euch verboten, mir Honig um den Bart zu schmieren, und ich habe genau das von euch bekommen, was ich gebraucht habe! Eure unverblümten und immer wohlmeinenden Ratschläge haben mir neue Wege für diese Geschichte eröffnet und mich dazu ermutigt, den Stift immer wieder neu anzuspitzen.

Danke an alle, die mir bei der Recherche geholfen haben. Es ist mir eine Ehre, von so vielen klugen Menschen umgeben zu sein! Ein besonderer Dank gilt Mats Figaro und Stefan Jansson, die mir unermüdlich Fragen beantwortet und Informationen gegeben haben, nach denen ich mich niemals erkundigt hätte. Und auch Magdalena Olofsson und Markus Sammeli gebührt ein herzliches Dankeschön, weil sie mich durch die polizeiliche Ermittlungsarbeit gelotst und mich beinhart angetrieben haben, wann immer ich in einem schwachen Moment daran gezweifelt habe, ob ich wirklich weitermachen sollte.

Es ist wichtig, sich im Klaren darüber zu sein, dass ein Roman immer ein Roman ist, was der Verfasserin gewisse Freiheiten einräumt. Alle Sachfehler in *Apfelmädchen* habe deshalb ich allein zu verantworten.

Danke auch an Rudi Urban Rasmussen und Sigrid Stavnem von der Politiken Literary Agency für tolle Ratschläge und kluge Sichtweisen und dafür, dass ihr allen Ernstes findet, dass Idun Lind und Calle Brandt auch außerhalb Schwedens bekannt sein sollten.

Danke an meine Familie, an meine Freunde und Kollegen, die *Apfelmädchen* bejubelt haben und sich für mich als Autorin freuen: Ich kann von Glück sagen, dass ihr Teil meines Lebens seid!

Zu guter Letzt will ich meinem Manuel danken: Ohne dich hätte es dieses Projekt nie gegeben. Danke, dass du in unzähligen Stunden unsere gemeinsame Welt alleine stemmst, nur damit ich die Zeit habe zu schreiben. Was für ein großes Glück, dass du so stark bist, besonders jetzt, da ich den Nachfolger von *Apfelmädchen* angehen will. Denn Idun Lind und Calle Brandt scheinen noch ein Weilchen bleiben zu wollen. Was bin ich für ein Glückspilz, dass das auch für dich gilt!

Ein Doppelmord, drei Verdächtige und nur eine Wahrheit …

448 Seiten. ISBN 978-3-8090-2758-4

Bill verliert seine Frau an Krebs und wird von einem Tag auf den anderen alleinerziehender Vater. Um seine Rechnungen bezahlen zu können, vermietet er ein Zimmer an die Jurastudentin Karla. Karla arbeitet als Reinigungskraft für Steven und Regina Rytter. Schnell merkt sie, dass mit dem Paar etwas ganz und gar nicht stimmt. Denn warum verlässt die Ehefrau des angesehenen Arztes nie ihr abgedunkeltes Schlafzimmer? Jennica, die ehemals beste Freundin von Bills verstorbener Frau, steckt mitten in einer Lebenskrise. Als sie Steven über eine Dating-App kennenlernt, scheint sie ihr Glück gefunden zu haben. Doch dann werden Steven und seine Frau tot in ihrem Haus aufgefunden …

Lesen Sie mehr unter: **www.limes-verlag.de**

Ein Zwillingspaar im erbitterten Kampf gegen einen gefährlichen Kult …

544 Seiten. ISBN 978-3-7341-1167-9

Alex und Dani Brisell sind eineiige Zwillinge und unzertrennlich, seit ihre Eltern sie im Teenageralter im Stich gelassen haben. Als sie 22 sind, verschwindet Dani am Mittsommerabend spurlos. Monatelang gibt es kein Lebenszeichen von ihr. Die Menschen in ihrem Umfeld versuchen Alex davon zu überzeugen, endlich weiterzumachen und zu vergessen, was passiert ist. Doch sie hat nur ein Ziel: Sie muss ihre Schwester finden! Dann geschehen in ihrem Leben weitere mysteriöse Dinge, die Alex langsam an ihrem Verstand zweifeln lassen. Alles deutet darauf hin, dass ein unberechenbarer Kult Dani als Sklavin in seinen Fängen hält, und Alex fürchtet, dass sie selbst die Nächste ist, die verschwinden wird …

Lesen Sie mehr unter: **www.blanvalet.de**